Zu diesem Buch

Heinar Kipphardt, dessen Name vielen Lesern nur als Synonym für Dokumentartheater gilt, erweist sich als ein Bühnenautor von großer Vielfalt. Von der brillanten Satire auf sozialistische Kulturbürokratie («Shakespeare dringend gesucht») bis zum szenischen Tribunal über die Kriegsverbrechen von Nazi-Offizieren («Der Hund des Generals») reichen Kipphardts in diesem Band versammelten Stücke. Zum erstenmal gedruckt wird sein Fernsehspiel «Bartleby», die Geschichte eines Sonderlings, der die heiligen Gesetze der Leistungsgesellschaft ad absurdum führt. Kipphardts Sympathie gehört den Außenseitern und Widerspenstigen. Zugleich klärt er auf über die fatalen Folgen von Anpassung und blinder Loyalität. – Der Band enthält ein ausführliches Nachwort des Herausgebers und Informationen zur Entstehungsgeschichte der Stücke.

Heinar Kipphardt, geboren am 8. März 1922 in Heidersdorf (Schlesien), gestorben am 18. November 1982 in München, Dr. med., Fachrichtung Psychiatrie, übersiedelte 1949 von Krefeld nach Ost-Berlin, wurde Arzt an der Charité und später Chefdramaturg am Deutschen Theater. Seit 1961 lebte er in der Nähe von München. 1970/71 war er Chefdramaturg der Münchner Kammerspiele. Er wurde vor allem als Dramatiker bekannt. Sein Stück «In der Sache J. Robert Oppenheimer» (rororo Nr. 12111) gehört zu den Klassikern des modernen Theaters. Auch sein letztes Stück «Bruder Eichmann» (rororo Nr. 5716) erregte Aufsehen. Überdies verfaßte er Erzählungen (ein Sammelband unter dem Titel «Der Mann des Tages» erschien als rororo Nr. 4803), Gedichte («Angelsbrucker Notizen», rororo Nr. 5605), «Traumprotokolle» (rororo Nr. 5818), Fernsehspiele und den Roman «März» (rororo Nr. 5877).

Kipphardts gesammelte literarische Arbeiten erscheinen in einer Werkausgabe im Rowohlt Taschenbuch Verlag.

Heinar Kipphardt

Shakespeare dringend gesucht

und andere Theaterstücke

rororo

Rowohlt

Gesammelte Werke in Einzelausgaben
Herausgegeben von Uwe Naumann
Unter Mitarbeit von Pia Kipphardt

Veröffentlicht im Rowohlt Taschenbuch Verlag GmbH,
Reinbek bei Hamburg, März 1988

Umschlaggestaltung Klaus Detjen
(Szenenfoto aus «Shakespeare dringend gesucht»
von Willy Saeger)
Gesetzt aus der Garamond (Linotron 202)
Gesamtherstellung Clausen & Bosse, Leck
Printed in Germany
1280-ISBN 3 499 12193 x

Inhalt

Shakespeare dringend gesucht

Ein satirisches Lustspiel in drei Akten

Personen

Amadeus Färbel, Dramaturg eines Stadttheaters
Fridolin, Botenjunge
Paula Glück, Theatersekretärin
Schnell, Intendant des Stadttheaters
Eisengrün, ein Rentner
Zaun, Strämmchen, Rehorst – Autoren
Drei Herren, ein Operettenkollektiv
Monhaupt, auch ein Autor
Raban, wirklich ein Autor
Anna, seine Braut, eine junge Lehrerin
Schulte, Leiter des Amtes für Kunst und kulturelle Maßarbeit
Mellin, aus dem Ministerium für Volksbildung
Eine leichte Dame
Ein Arbeiter
Ein Professor
Polizist, Reporter, Kellner

Erster Akt

Das Arbeitszimmer des Dramaturgen Amadeus Färbel mit Manuskriptstößen, Büchern, Plakaten, Kakteen, schön geformten Steinen, Holzstücken und Flaschen, die als Blumenvasen dienen, vollgestopft.
Mantel, Hut und Schirm liegen auf einem Tisch zwischen Manuskripten, Zeitungen und zwei kleinen Kaffeekannen, wie sie in Restaurants benutzt werden.
Ein Sofa mit zusammengeknüllten Decken.
Das Telefon thront auf Papieren. Der Raum scheint von einer planlosen, hastigen Arbeitsweise mißbraucht.
Färbel sitzt am Schreibtisch, sieht interessiert suchend eine Reihe Manuskripte durch und macht sich Notizen.

FÄRBEL *ein Stück nach dem anderen durchblätternd und weglegend*: Wohnküche, Sitzung, Sabotage, Brigade – Schade – Wohnküche, Sitzung, Brigade, Gesang. – *Zitiert:* «Träum' von Eisen und Traktoren, diese lieb' ich Tag und Nacht. Die Brigade ist geboren, hei, wie sie uns glücklich macht!» Mein Magen! Natron! *Sucht verzweifelt.* In diesen Stücken geht es zu wie in einem Kuhmagen, nur, daß statt Gras Gedanken und altes Zeitungspapier wiedergekäut werden. *Er nimmt ein neues Manuskript mit roten Blättern.* Das ist nicht schlecht. *Lacht, blättert.* Ein Lustspiel, keine Sitzung, kein Gesang. *Er liest jetzt gespannt, nimmt den Telefonhörer ab und legt ihn wortlos wieder auf, liest fasziniert vor sich hin.* Was ist denn das? Ein neuer Schluß? *Lacht.* Sehr gut, das ist entweder genial oder abgeschrieben. Ein Stück! Ein brauchbares Stück! *Legt die Seiten weg.*

FRIDOLIN *kommt aus dem Nebenzimmer*: Guten Morgen, Herr Färbel. Wie geht's der Welt?

FÄRBEL Besser.

FRIDOLIN Ich bringe Ihnen den Shakespeare zurück.

FÄRBEL *zeigt ihm das Manuskript*: Lies das. Shakespeare. Was hältst du davon?

FRIDOLIN *lacht*: Das ist von Ihnen.

FÄRBEL Nicht von mir. Leider nicht von mir.

FRIDOLIN Aber auch nicht von Skakespeare. *Deutet auf seinen Kopf.* Bei mir nicht! Mein Gedächtnis ist Ia. Ein genialer Bursche, dieser Shakespeare! Obwohl es eine Menge Dinge gibt, von denen er keine Ahnung hat. Ideologisch, meine ich. Folgen der Klassengesellschaft, wissenschaftlich gesprochen. Das wirkte sich natürlich auch auf den Überbau aus, so daß selbst Shakespeare – sagen Sie, Herr Färbel, warum findet sich nicht einer, der wenigstens halb soviel wie dieser Shakespeare auf dem Kasten hat und ein Stück über unsere Zeit schreibt? Warum schreiben Sie eigentlich kein Stück?

FÄRBEL Weil ich es nicht kann, mein Junge.

FRIDOLIN Sie kennen doch die Tricks von vorn bis hinten.

FÄRBEL Ich kenne sie. Aber ein Stückeschreiber muß ein junges Herz und kluge Augen haben. Ich bin kurzsichtig und kriege zweimal in der Woche Herzspritzen, Strophantin mit Traubenzucker. Jung muß ein Stückeschreiber sein. Jung wie die Welt im Frühjahr.

FRIDOLIN Sie sind doch noch jung, Herr Färbel.

FÄRBEL Es sind doch nicht die Jahre, die einen Menschen jung oder alt machen.

FRIDOLIN Was sonst?

FÄRBEL Tage, die man nicht lebt, Nächte, in denen man nicht schläft.

FRIDOLIN Warum nehmen Sie kein Schlafpulver? Fräulein Glück sagt, die Ärzte hätten Ihnen eine Kur gegen Magengeschwüre verschrieben?

FÄRBEL Wenn es nach den Ärzten ginge, wären sie die einzigen, die nicht im Krankenhaus liegen. Magst du eigentlich Fräulein Glück?

FRIDOLIN Nicht besonders. Aber Sie, was?

FÄRBEL Ich mag Menschen im allgemeinen gern. Sie ist sehr zartfühlend.

FRIDOLIN An Ihrer Stelle würde ich ein Stück schreiben.

FÄRBEL Weißt du, Fridolin, ich werde lieber den Burschen suchen, der halb so viel auf dem Kasten hat wie dieser Shakespeare. *Mit Bezug auf das Manuskript.* Vielleicht ist er das. Vielleicht nicht – aber eines Tages werde ich ihn hier in dieses Büro bringen. Einen Augenblick wird die Welt hersehen, und wir sagen ihr: Guten Morgen, Welt. Wir schenken dir einen neuen Shakespeare!

Paula Glück, eine resolute, rundliche Theatersekretärin, Mitte der Dreißig, ist ohne anzuklopfen eingetreten. Sie bringt Färbel, der sie verehrt, das Frühstück.

GLÜCK Die Shakespeare sind draußen, die Sie sich bestellt haben.

FÄRBEL Guten Morgen, Fräulein Glück.

GLÜCK Sie werden sich mit Ihrem Wettbewerb zur Förderung der zeitgenössischen Dramatik noch verrückt machen. *Sieht die Decken auf dem Sofa.* Sie haben ja wieder in Ihrem Büro geschlafen!

FÄRBEL Nicht geschlafen...

GLÜCK So! Nicht geschlafen?! Was?

FÄRBEL Doch, geschlafen doch, aber zu Hause...

GLÜCK So?!

FÄRBEL Ach, Sie meinen die Decken – ich dachte, leg die Decken für alle Fälle zurecht.

GLÜCK *sieht die Kaffeekannen*: Und Kaffee haben Sie getrunken! Hatten Sie angenehme Gesellschaft?

FÄRBEL Malzkaffee. Fridolin war so freundlich, mir etwas Malzkaffee zu holen.

Der Junge nimmt eilig die Kannen und will sie wegbringen.

GLÜCK *nimmt ihm die Kannen weg, öffnet den Deckel*: Wenn Sie sich zugrunde richten wollen, ich komme zu Ihrer Beerdigung.

FÄRBEL Es war ganz schwacher Kaffee.

FRIDOLIN Schwächer als Malzkaffee. Tatsache.

FÄRBEL Sogar der Arzt sagt, hin und wieder eine Tasse Kaffee...

GLÜCK ...ist Medizin für Magengeschwüre! Frühstücken Sie! Milch! Mehlsuppe! Weißbrot!

FÄRBEL *verlegen*: Oh, sehr freundlich... *Pause, in der Fräulein Glück ärgerlich das Frühstück vor ihn hinstellt, die Manuskripte beiseite wirft.* – überhaupt, es ist so ein überaus freundlicher Tag heute – ein besonders freundlicher, warmer Tag – sogar die Opuntia elegantis blüht. Mögen Sie Kakteen?

GLÜCK Um 2 Uhr ist BGL-Sitzung über die Chemnitzer Beschlüsse...

FÄRBEL Aha.

GLÜCK – um halb vier ist Produktionsberatung über den Zwickauer Plan...

FÄRBEL Aha.

GLÜCK – um fünf Sitzung des Stanislawskizirkels, des Zirkels für Zusammenarbeit mit den Massenorganisationen, des Zirkels für Kontrolle der organisierten Arbeitskontrolle...

FÄRBEL Aha.

GLÜCK – um sechs Uhr ist Sitzung des Koordinierungsausschusses der Seminar- und Zirkelarbeit, und für heute abend liegen zwei Konzertkarten für Sie an der Kasse.

FÄRBEL Ist das alles an Sitzungen?

GLÜCK Wieso?

FÄRBEL Weil eine Sitzung fehlt. Es fehlt die Sitzung des Zirkels zur Ausmerzung des Sitzungsfanatismus, damit hin und wieder ein Mensch Gelegenheit findet, statt des Hinterns den Kopf anzustrengen. Gut, was?

Glück geht zur Tür.

FÄRBEL Fräulein Glück?

GLÜCK Was?

FÄRBEL Ich dachte, was das Konzert heute abend betrifft – so hätten wir vereinbart…

GLÜCK Daß die Karten für Sie an der Abendkasse liegen. Soll ich sie abbestellen?

FÄRBEL Nein, nein, ich war nur der Meinung, daß auch Sie – was ich Sie noch fragen wollte…

GLÜCK Was denn?

FÄRBEL Ob es sich wohl einrichten ließe – daß ich zum Frühstück etwas Schinken und Zwiebel genieße?

GLÜCK Der Arzt hat Milch, Mehlsuppe und Weißbrot verordnet!

FÄRBEL Fräulein Glück!

GLÜCK *bleibt an der Tür stehen*: Was?

FÄRBEL Es ist sehr lieb, daß Sie an meine Gesundheit denken.

GLÜCK Denken Sie selbst daran. *Ab.*

FRIDOLIN In einem früheren Leben muß sie so eine Art Sklavenaufseherin gewesen sein. – Um Himmels willen, sie hat heute Geburtstag!

FÄRBEL Geburtstag? – Geburtstag!

FRIDOLIN Soll ich Ihnen Schinken holen, Herr Färbel?

FÄRBEL Nein, danke. Es ist sehr freundlich von dir, aber es bekommt mir nicht. Wenn du mir einen Gefallen tun willst, so holst du einen Strauß Rosen – sieh zu, daß du malvenfarbene bekommst, dann holst du eine der Konzertkarten ab und bringst sie Fräulein Glück.

FRIDOLIN Klarer Fall, Herr Färbel.

FÄRBEL Vielleicht könntest du mir auch ein oder zwei weichgekochte Eier besorgen. Sie muß es nicht wissen. – Und Mokka.

FRIDOLIN Ist gemacht, Herr Färbel. *Rennt zur Tür, stößt mit dem Intendanten Schnell zusammen.* Entschuldigung, Herr Intendant – ich bitte vielmals –

SCHNELL Paß auf, wo du hinrennst! Was hast du hier zu suchen?

FRIDOLIN Ich habe Herrn Färbel die Zeitungen gebracht.

SCHNELL Und wo sind meine Zeitungen?

FRIDOLIN *nimmt einen Stoß Zeitungen aus der Tasche*: Ich wollte sie gerade bringen.

SCHNELL *zu Färbel*: Steht was über mich drin?

FRIDOLIN Nein.

SCHNELL *zu Färbel*: Wieso nicht?

Fridolin zuckt die Achseln.

Dann bring die Zeitungen ins Archiv.

FRIDOLIN Jawohl, Herr Intendant.

FÄRBEL *hat vergebens versucht, sein Frühstück hinter Manuskripten zu verstecken, und ist aufgestanden*: Guten Morgen, Herr Intendant. Schön, daß Sie mich besuchen. Sehr erfreut natürlich. *Räumt Bücher von einem belegten Sessel auf den anderen, sucht den Tisch freizubekommen.* Möchten Sie vielleicht hier Platz nehmen – *legt Bücher auf den Sessel, den er gerade anbietet* – oder vielleicht lieber hier – es ist zwar etwas unordentlich...

SCHNELL Ich bin nicht gekommen, um mich auszuruhen, lieber Färbel! Ich komme wegen dieses blödsinnigen Wettbewerbs. Da sitzen schon wieder zwanzig Leute vor Ihrer Tür. Man kann ja nicht mehr durchs Haus gehen, ohne daß einem irgendwelche «Dichter» in den Ohren liegen. Stöße, Stöße von Manuskripten, wohin man tritt. Da können Sie natürlich keine Zirkelarbeit leisten, da bleibt die wichtigste Arbeit natürlich liegen.

FÄRBEL Entschuldigen Sie, Herr Intendant, aber ich bin der Meinung, daß das wichtigste heute ein junger Dramatiker ist.

SCHNELL Sie brauchen mich nicht zu belehren. Ich bin lange genug am Theater. Natürlich müssen wir die junge Dramatik fördern, natürlich, man braucht nur die Entschließung des ZK zu lesen und so weiter, aber der Akzent liegt auf Dramatik. Sie dagegen beschäftigen sich mit jedem gereimten Bockmist.

FÄRBEL Man muß Versuche lieben, wenn man sie verstehen will. Man muß junge Menschen lieben.

SCHNELL Das steht Ihnen frei. Ich kritisiere nicht Ihre Liebe, sondern die Tatsache, daß Sie wegen dieser Makulatur Ihre wesentlichen Aufgaben versäumen. Mit einem Wort, ich kritisiere Ihren Arbeitsstil. Sie mögen ein gebildeter Mensch sein, arbeitsam, gewissenhaft und so weiter und so weiter, ein Kenner der Literatur und so weiter, mit einem Wort: Sie verläppern sich. Sie verkennen die Kraft der Organisation! Nehmen Sie mich: Für mich heißt es jeden Tag: klare Analyse, klares Programm, Hauptaufgaben, Hauptstoßkraft, Arbeitsorganisation, Arbeitskollektive, Seminare, Zirkel, Kollektivberatungen und so weiter, mit einem Wort: Übertragung der Erfahrungen der Arbeitsbrigaden in den Großbetrieben auf die Methoden der Bewußtseinsbildung durch die Kulturinstitute. Das vermisse ich bei Ihnen.

FÄRBEL Ja, was die Einteilung betrifft, das ist nicht meine starke Seite, das gebe ich zu, obwohl ich nicht weiß, ob die Brigaden der Bewußtseinsbildung in dramatischen Großbetrieben...

SCHNELL Warum nicht? Warum revolutionieren wir unsere Arbeitsmethoden nicht? Warum verstehen wir es nicht, die Arbeit des Geistes zu präzisieren wie die Arbeit eines Kumpels in einem Hammerwerk? Ist ein Kumpel schlechter als wir? Nein. Ist seine Arbeit schlechter? Nein. Was wollen Sie also!

FÄRBEL Erlauben Sie, ich wollte keineswegs... ich dachte lediglich...

SCHNELL Weil Sie ein kleinbürgerlicher Individualist sind! Weil es Ihnen an Parteilichkeit, Kühnheit und Massenverbindung fehlt! Das entnehme ich Ihren Äußerungen!

FÄRBEL Erlauben Sie, ich äußerte gar nichts...

SCHNELL Aber Sie wollten sich dahingehend äußern!

FÄRBEL Ich wollte keineswegs... ich wollte...

SCHNELL Das ist ja gleichgültig, was Sie wollten, das hat ja mit dem Kern meiner Kritik nichts zu tun! Ich kritisiere, daß Sie über Ihrer fixen Idee, einen neuen Dramatiker zu finden, Ihre wesentlichen Aufgaben versäumen! Sie haben es bis heute nicht fertiggebracht, eine brauchbare Bearbeitung der Hermannsschlacht zu machen!

FÄRBEL Hermannsschlacht? Aber Sie haben mir doch gar nichts davon gesagt...

SCHNELL Gesagt! Gesagt! Das liegt doch in der Luft! Das ist es ja, daß man alles sagen muß! Daß Sie keine eigene Initiative entwikkeln! Gestern hat ein Zitat aus der Hermannsschlacht im «Neuen Deutschland» gestanden!

FÄRBEL Das mag sein, aber, entschuldigen Sie, warum sollen wir gerade die Hermannsschlacht spielen?

SCHNELL Weil es mit geringfügigen Textänderungen ein revolutionäres Werk ersten Ranges ist. Eine Tat. Eine kritische Aneignung erster Güte.

FÄRBEL Die Hermannsschlacht?

SCHNELL Außerdem ist es ein Klassiker, und meine Frau wird als Thusnelda großartig sein! Darauf kommt es an: kulturelles Erbe! Klassiker! Klassiker! Klassiker!

FÄRBEL Mit dieser Einstellung sind wir kein Theater, sondern ein Museum! Entschuldigen Sie meine Heftigkeit, es steht mir natürlich nicht zu, aber für die junge Dichtung opfere ich mein Leben.

SCHNELL Bitte.

FÄRBEL Nicht darauf kommt es an, sagt Marx, die Welt zu interpretieren, es kommt darauf an, sie zu verändern. Das ist die Aufgabe unseres Theaters! Dazu brauchen wir vor allem einen Dramatiker aus unserer Zeit! Und ich werde ihn finden! Ich habe ihn bereits. *Sucht das Manuskript.*

SCHNELL Sehen Sie sich doch das Zeug an. Dramatiker! Das Stück von diesem Monhaupt zum Beispiel, das Sie mir da auf den Schreibtisch gelegt haben. Da kriegt man doch Darmverschlingung. Ist doch völlig talentlos, der Mann, das riecht man doch bei den ersten Sätzen.

FÄRBEL Was diesen Monhaupt betrifft, so ist das auch meine Meinung, aber dieses Stück, wo habe ich es denn nur... *Sucht.*

SCHNELL Belästigen Sie mich nicht mit neuem Unsinn: Warum haben Sie mich denn erst mit diesem Monhaupt behelligt, wenn Sie mir recht geben!?

FÄRBEL ...Ich dachte, weil einige Leserbriefe in den Tageszeitungen erschienen sind, die der Ansicht Ausdruck geben...

SCHNELL Verstehen doch nichts vom Theater. Sehen Sie, da fehlt es Ihnen wieder an Elan! Sagen Sie dem Monhaupt, daß sein dramatisches Talent nicht ausreiche, die Wettervorhersage zu formulieren! – Wer, sagen Sie, hat sich für ihn eingesetzt?

FÄRBEL Einige Leser...

SCHNELL Persönlichkeiten?

FÄRBEL Nein.

SCHNELL Gut. Man muß hart sein, wenn es um künstlerische Qualität geht! Kühnheit und nochmals Kühnheit! Lieber Färbel, ich denke, daß uns die uneigennützige, freundschaftliche Kritik, die wir soeben aneinander geübt haben, helfen wird. Ich jedenfalls stehe auf dem Standpunkt: Kritisiert mich, ich bin nicht der liebe Gott! Üben Sie Selbstkritik und schmeißen Sie die jungen Leute raus. In einer halben Stunde besprechen wir unsere Bearbeitung der Hermannsschlacht. *Steht auf, öffnet die Tür zu den wartenden Autoren.* Bitte, meine Herrschaften, die jungen Talente an die Front! Ich habe Ihre Arbeiten mit großer Freude gelesen. Sehr talentiert einzelnes. Herr Färbel wird Ihnen unsere Eindrücke sagen. Ja, ja, der Jugend gehört die Welt. Die Jugend, die Jugend... *Ab.*

EISENGRÜN *alter schwerhöriger Rentner*: Eisengrün ist mein Name. Ich bin gekommen, um mich nach dem Stand der Dinge zu erkundigen.

FÄRBEL Sehr erfreut. Obwohl ich eigentlich Ihren Sohn erwartete. Ist er krank?

EISENGRÜN Was?

FÄRBEL *sehr laut*: Ihr Sohn!

EISENGRÜN Mein Sohn? Ja. Ich bin nämlich schwerhörig.

FÄRBEL Aha!

EISENGRÜN Vom Ersten Weltkrieg her.

FÄRBEL Was Sie sagen!

EISENGRÜN Ich war bei der Artillerie, Schiffsgeschütze, wenn Sie die kennen. Wir beschossen damals Verdun, Verdöng, wie der Franzose sagt. – Und was soll ich Ihnen sagen, eines Tages, weiß der Teufel, wie das zusammenhing, hatten wir einen Rohrkrepierer. Es war gegen Abend, und wir sollten am selben Tag abgelöst werden, nun weiß ich nicht mehr, war es das 245. oder war es das 246. Artillerieregiment, das uns ablösen sollte... Mein Gedächtnis ist zuweilen nicht mehr ganz so scharf wie früher...

FÄRBEL Und Ihr Sohn?

EISENGRÜN Oh, meine Söhne haben ein sehr gutes Gedächtnis –

FÄRBEL Ich meine, ob er ernstlich krank ist?

EISENGRÜN Ernstlich? Nein, es sind wohl Alterserscheinungen. Ich vermute, daß Sie den Ältesten meinen.

FÄRBEL Ich meine den Sohn, der mir dieses Material geschickt hat!

EISENGRÜN Der auch? Ich dachte, ich wäre der einzige?

FÄRBEL Sie?

EISENGRÜN Wie meinen?

FÄRBEL *laut*: Haben Sie mir diese Mappe mit den Zeitungsartikeln geschickt?

EISENGRÜN Ja, natürlich. Ich las in der Zeitung, daß neue Theaterstücke gesucht werden, da dachte ich mir, ich bin Rentner, habe Zeit, Muße, warum sollte ich Ihnen nicht helfen. Und weil auch gerade ein paar Zeitungsstücke gesucht wurden, da sagte ich mir, such ein paar passende Zeitungsstücke aus den Zeitungen heraus. Es muß doch zwei Stunden gehen, höre ich?

FÄRBEL Zeitstücke.

EISENGRÜN Zeitstücke? Und ich dachte Zeitungsstücke. Wie sich ein Mensch verlesen kann. Und wann wird es aufgeführt?

FÄRBEL Was?

EISENGRÜN Das Stück.

Färbel *erschrocken*: Haben Sie eins geschrieben?

Eisengrün Ich? Nein. Ich dachte, daß Sie das machen. Die Hauptsache ist doch, daß ich Ihnen ein geeignetes Thema aus der Zeitung bringe.

Färbel *laut am Ohr*: Nein, Vater. Ein Thema ist noch kein Theaterstück.

Eisengrün He?

Färbel Es muß eine dramatische Handlung haben und Charaktere.

Eisengrün Ach, so ist das. Ja, wenn das so ist?

Färbel Ja, so ist das. Leider. *Gibt ihm die Mappe.* Auf Wiedersehen.

Eisengrün Auf Wiedersehn. *An der Tür.* Wenn ich mich auch gleich nach dem Stand der Dinge bei meinem Sohn erkundigen könnte?

Färbel *schreit*: Grüßen Sie ihn!

Eisengrün Grüßen! Danke schön! Grüßen. *Ab.*

Fridolin *kommt zur anderen Tür herein*: War er das?

Färbel Wer?

Fridolin Der junge Shakespeare?

Färbel Nicht ganz, Fridolin, nicht ganz.

Fridolin *nimmt zwei Eier und ein Kännchen Kaffee aus der Tasche*: Weichgekocht, essen Sie schnell. Ich habe Fräulein Glück die Rosen und die Karte gebracht. Sie hat mich angeschrien, aber Sie erwartet Sie vor dem Konzert an Ihrem Treffpunkt. Essen Sie.

Färbel Du würdest mir einen Gefallen tun, wenn du die Eier äßest. Nimm das Frühstück mit. Sie muß nicht sehen, daß ich es nicht gegessen habe. *Es klopft. Fridolin geht ab.* Ja, bitte.

Zaun *ein junger Mann von künstlerischem Aussehen. Hornbrille, geschorenes Haar, Schiebermütze, im Maßatelier angefertigte Arbeitskleidung*: Mein Name ist Zaun. Ich bin Partisan des wissenschaftlichen Theaters. Der Methode des historisch-dialektischen Materialismus mit rationaler poetischer Bildschlüssigkeit folgend, bin ich entschlossen, jedwedes Erlebnis auf der Bühne zu liquidieren.

Färbel Erlauben Sie, daß ich Ihnen «Guten Tag» sage.

Zaun Wozu? Beginnen wir ohne bürgerliche Umschweife. Ich erwarte das Messer Ihres kritischen Verstandes.

Färbel Schauen Sie, Ihr Stück –

Zaun «Mast-Vertrag» – ein Lehrstück!

FÄRBEL Schauen Sie, Ihr «Mast-Vertrag»...

ZAUN Ganz meine Meinung. Ist mit der Entwicklung zur Produktionsgenossenschaft auf dem Lande unaktuell. In meinem Kopf habe ich es bereits umgearbeitet.

FÄRBEL Das geht fix. Fängt es noch mit diesem Gedicht über eiweißhaltiges Kraftfutter an?

ZAUN Natürlich nicht. Bei einer Produktionsgenossenschaft muß das ein Chor sein.

FÄRBEL Ich bitte Sie – man kann ein Stück nicht –

ZAUN Ganz klar. Ich beginne mit einer Statistik.

FÄRBEL Ich bitte Sie – man kann ein Stück nicht mit einer Statistik...

ZAUN Völlig richtig. Nicht originell genug. Ich habe das Thema bereits verworfen...

FÄRBEL Das ist fein!

ZAUN ...und mein Lehrstück auf eine Großbaustelle verlegt.

FÄRBEL Fix, fix. Und der Mast-Vertrag?

ZAUN Verwandelt sich in «Arbeitstag». Dokumentarischer Bericht eines sozialistischen Alltags. Ziehharmonika, Lachen, Optimismus, Fahnen. Schlußchor: Wir bauen die Welt nach der Dreiermethode! Wie finden Sie das?

FÄRBEL Schlecht.

ZAUN Ganz recht. Zu undramatisch. Einfall: Hochofen, Explosion bei geschlossenem Vorhang –

FÄRBEL – Auch schlecht.

Fräulein Strämmchen tritt resolut ein.

Was wollen Sie?

STRÄMMCHEN Ich will die Gelegenheit benutzen, Ihnen mein Stück vorzuspielen!

FÄRBEL Was?

ZAUN Einfall: Nachts, Sitzung –

FÄRBEL Nein, nein, nein – *ausbrechend.* Nehmen Sie ein Beruhigungsmittel und schicken Sie das Stück an eine Nervenklinik!

ZAUN Ich freue mich, Sie außer Fassung zu sehen; ich fühle mich bestätigt. Meinen ergebensten Dank! *Ab.*

STRÄMMCHEN «Die Agentin und die Aktivistin», ein Zyklus in 15 Teilen, der alljährlich erweitert wird.

FÄRBEL Und was arbeiten Sie sonst?

STRÄMMCHEN Nichts! Mein ganzes Leben habe ich diesem Werk gewidmet.

FÄRBEL Das ist gut.

Strämmchen Sie müssen sich das natürlich gespielt vorstellen. –

Färbel Danke, nur wenn ich in Anbetracht meiner Verfassung, ich leide an Magengeschwüren, bitten dürfte...

Strämmchen *bemächtigt sich Färbels*: Zweiter Akt, dritte Szene, die große Walzstraße ist ausgefallen... Sie als Schnelldreher müssen die Produktion retten...

Färbel Ich?

Strämmchen *stellt das Telefon vor ihn*: Sie stehen an der Drehbank, und es umflutet Sie die Sinfonie der Maschinengeräusche in der Nacht... *Ahmt die Maschinengeräusche nach, zieht die Vorhänge zu, macht die Schreibtischlampe an.*

Färbel Was machen Sie denn?

Strämmchen Das Licht umbraust zukunftshell Ihre mächtige Gestalt – Ihre Pranken umklammern das Werkstück – da! – da! – *Sie stöhnt.*

Färbel Was ist Ihnen?

Strämmchen Die Agentin tritt auf, um Sie von ihrem Arbeitsplatz zu locken. – Schatz – *Färbel schreit.* Komm – komm, Schatz – Du! *Sucht ihn unter den Schreibtisch zu ziehen.*

Färbel Weib! Loslassen!

Strämmchen *Färbel auf dem Boden umschlingend*: Ich lasse dich nicht, du tötest mich denn!

Mehrere Autoren haben sich auf den Lärm hin in das Zimmer gedrängt, die folgenden Repliken werden teilweise gleichzeitig gesprochen.

Rehorst *ein stattlicher Germane mit halber Glatze im Jagdanzug*: So sehen Ihre Beratungen aus! Das ist Ihre Förderung junger Talente! Eine reizende Szene!

Färbel Eine entsetzliche Szene!

Strämmchen Alles scheint verloren, da kommt die Aktivistin...

Rehorst Unter diesen Umständen wundert es mich natürlich nicht, daß die moralische Kraft meines Werkes «Schlageter», in neuer Fassung «Der Hochverräter» genannt, von Ihnen weder Würdigung noch überhaupt Beachtung erfahren hat –

Strämmchen ... die Aktivistin, deren Liebe Sie immer verschmäht haben, und übernimmt Ihre Arbeit...

Färbel Schluß! Aufhören!

Rehorst ... Obwohl dieses Werk im Jahre 1938 sogar in Wernigerode 27 Vorhänge erzwang! Obwohl diese nationale Tat in unwesentlicher Bearbeitung noch heute...

Färbel Aber meine Damen und Herren, Sie wollen das Theater

doch nicht in eine Strafanstalt verwandeln, Sie können doch aus unserer Zeit keine Farce machen!

1., 2., 3. HERR Natürlich nicht...

1. HERR Denn worauf kommt es an?

2. HERR Worauf wartet der werktätige Mensch?

3. HERR Was ersehnen unsere Theater?

1. HERR Die leichte Muse.

2. HERR Die neue Revue.

3. HERR Die wir in echt kollektivem Geist –

2. HERR ... in Zusammenarbeit mit Betrieben –

3. HERR ... Kulturbund, Veranstaltungsdienst –

2. HERR ... die Vereinigung für gegenseitige Bauernhilfe –

1. HERR ... dem Zentralhaus für Laienkunst, dem Amt für Literatur –

3. HERR ... FDGB, Staküko, DHZ –

2. HERR ... unter besonderer Berücksichtigung der Analyse des Museums für Zeitgeschichte –

1. HERR ... soeben fertiggestellt haben! *Erhebt die Arme und gibt das Zeichen zum Singen.*

1., 2., 3. HERR Mein Mädel ist ein Maurerkind,
Sie kennt den Bau genau.
Sie weiß, daß wir schon weiter sind
Auf dem Bau, auf dem Bau, auf dem Bau.

FÄRBEL Aufhören, Aufhören! *Die drei brechen ab.*

1. HERR Aber entschuldigen Sie...

FÄRBEL Ich entschuldige. Auf Wiedersehn.

1. HERR Und Ihr Urteil?

FÄRBEL Gehen Sie, wenn Sie nicht mein Mörder scheinen wollen! *Die drei ab.*

MONHAUPT *ein energisch aussehender Herr von 40 Jahren. Er hat kurz geklopft und ist sofort eingetreten*: Guten Tag! *Zu den Autoren:* Lassen Sie uns allein!

AUTOREN Wieso? – Wie kommen wir dazu?! – Meine «Traktoristenbraut» ist noch nicht behandelt!

MONHAUPT Gehen Sie!! *Öffnet die Tür.*

STRÄMMCHEN *abgehend:* Ich werde mein Stück dem Minister für Maschinenbau vorspielen.

REHORST *abgehend*: Und ich werde mein Stück dem Sozialismus vorenthalten!

MONHAUPT Hinaus. *Alle ab.*

FÄRBEL *erschöpft*: Ich danke Ihnen.

Monhaupt Bitte.
Färbel Sind Sie der letzte?
Monhaupt Der erste! Mein Name ist Monhaupt. Ich bin gekommen, mit Ihnen den Aufführungstermin meines Schauspiels «Generalversammlung» festzusetzen.
Färbel Und wie geht es Ihnen gesundheitlich?
Monhaupt Da ich in der glücklichen Lage bin, neben dem Dichterwort auch die Bühnenbilder und die Musik anfertigen zu können, fühle ich mich veranlaßt, den Vertrag hinsichtlich der Uraufführung meines Werkes sofort mit Ihnen abzuschließen.
Färbel Sehr liebenswürdig.
Monhaupt Weil ich das Werk bestens kenne, könnte ich auch die Inszenierung übernehmen, wenn Sie die fortschrittliche Weltpresse informieren, Moskau, Peking, Paris, und hundert Aufführungen garantieren.
Färbel Da wären wir aus dem Gröbsten heraus.
Monhaupt Mein Stück wird in allen Bereichen unseres Lebens die gleiche Aktualität haben, da ich alle Themen unserer Zeit darin behandelt habe. Objektivismus, Praktizismus, Kosmopolitismus, Realismus, Formalismus, Pazifismus, Sozialdemokratismus, Ökonomismus, linker Radikalismus, Kritizismus, Sportreform, Schulreform, Bodenreform, Justizreform...
Färbel Wenn Sie noch die Reform im Gesundheitsweisen hineinnehmen könnten?
Monhaupt Das ließe sich einrichten.
Färbel Sowie der Hühnerintensivhaltung?
Monhaupt Ja.
Färbel Und wenn Sie dann noch so freundlich sind, aus einem der hundert Themen ein Stück zu machen, so spielen wir es.
Monhaupt Wann?
Färbel Also, wir haben Ihr Werk gründlich geprüft und kamen überein, daß es zwar eine wunderschöne Aufzählung fortschrittlicher Errungenschaften, leider aber kein Stück ist.
Monhaupt Sie kamen überein?
Färbel Ja, ich.
Monhaupt Bei aller Wertschätzung Ihrer fachlichen Qualifikationen, lieber Herr Färbel, glaube ich nicht, daß Sie das beurteilen oder gar entscheiden können.
Färbel Ich frage mich, warum Sie uns dann Ihr Stück geschickt haben.
Monhaupt Weil ich die Stimme der Massen vertrete, und weil ich

weiß, daß das Volk Stücke meines kämpferischen Geistes gebieterisch fordert und gegen die Diktatur der Fachleute an den Theatern durchsetzen wird. *Nimmt eine Zeitung aus der Tasche.* Darf ich Ihre Aufmerksamkeit auf einige neue Leserzuschriften lenken? – Bitte.

FÄRBEL Danke.

MONHAUPT Ich denke, daß dies nicht die letzten Beiträge bleiben werden.

FÄRBEL Ich denke, daß Ihr Stück der dramatisierte Leitartikel eines Vierzehnjährigen ist, daß Ihr dramatisches Talent nicht ausreicht, die Wettervorhersage zu formulieren und daß ich die Polizei bitten werde, für Ihren persönlichen Schutz Sorge zu tragen, wenn das Stück wider Erwarten irgendwo anders gespielt werden sollte! – Genügen Ihnen diese Garantien?

MONHAUPT Sie genügen mir. – Es wird auch Ihnen genügen, wenn Sie erfahren, daß mein Stück von namhaften Persönlichkeiten unseres öffentlichen Lebens begrüßt und seine Aufnahme in den Spielplan gefordert wird.

FÄRBEL Dann richten Sie den namhaften Persönlichkeiten aus, daß der Intendant und ich Ihr Stück für unbrauchbaren, gereimten Bockmist halten!

MONHAUPT Sie werden sich denken können, daß mir daran gelegen ist, diese seine Meinung vom Intendanten persönlich zu erfahren. *An der Tür:* Ich habe mein Stück dem Präsidenten gewidmet und rate Ihnen, Ihren Stuhl festzuhalten, Herr Färbel. *Ab.*

FÄRBEL *trinkt Kaffee, schlägt die Zeitung auf*: Ich hätte ihn zum Fenster hinauswerfen müssen. Dieser Gangster, diese Bulldogge, dieses Grab meiner Gesundheit – Hergott, mein Magen – und das reißt – wo ich nur diese Atropintabletten habe – Belladonna, Neutralon, Bullrichsalz, alles ist da, nur dieses Atropin ist nicht da ... *Liest aus der Zeitung.* «Und wenn sich das Theater hinter kleinbürgerlichen Formfragen versteckt und mit allen Mitteln die Aufführung des Werkes von Adolf Monhaupt verhindert, so ist es an uns zu fragen: ob sich –» – eine Frechheit! – «... das formalistische Versagen des verantwortlichen Dramaturgen allein durch Unvermögen erklären läßt.» Dieser Erzeuger meines Sodbrennens! – Ich werde ihn die Treppe hinunterwerfen. Ich werde ihm zeigen, daß ich hart sein kann, daß ich unerbittlich sein kann, daß ich ...

Es klopft. Färbel, auf der Höhe seines Zorns und Mutes, schreit: Was wollen Sie?!

Raban tritt ein. Färbel verhält sich ihm gegenüber so, als hätte er Monhaupt vor sich.

FÄRBEL Was Sie wollen, frag ich! Sind Sie auch Dramatiker? Haben Sie den Zeitungsartikel schon in der Tasche? Glauben Sie, daß mich Ihre Machenschaften schrecken können?! Antworten Sie!

RABAN Guten Tag! Trainieren Sie für einen Stierkampf?

FÄRBEL Antworten Sie auf meine Fragen!

RABAN Sind Sie immer so entgegenkommend oder machen Sie das mir zuliebe? – Es muß nicht sein, daß wir miteinander reden.

FÄRBEL *mit aller Ironie, deren er fähig ist*: Ach, es muß nicht sein? Reizend, daß Sie mir Gelegenheit geben, endlich eine Audienz beim jungen Shakespeare zu haben. Sie können sich denken, daß der Glanz Ihrer Erscheinung, der göttliche Klang Ihrer Stimme die Genialität Ihrer Werke hinreichend beweist.

RABAN Ich habe nicht gewußt, daß man auf dem Bauch ins Theater rutschen muß, wenn man sich über sein Stück unterhalten will. Ich habe nicht geahnt, daß ich vom lieben Gott oder seinem Vertreter aus der Nervenklinik empfangen werde.

FÄRBEL Sie sind das Grab meiner Gesundheit...

RABAN Es ist dumm, wie Sie sich benehmen. Ganz gleich, ob meine Arbeit etwas taugt oder nicht –

FÄRBEL Sie taugt nichts.
Fridolin erscheint.
Mach, daß du rauskommst!
Fridolin ab.

RABAN Ich kann Ihnen das Kompliment machen, daß ich durch Sie begriffen habe, warum wir keine jungen Dramatiker haben, und ich danke Gott, daß ich auf Gönner Ihres Schlages nicht angewiesen bin. Ich bin Schlosser und kann mir mein Brot verdienen, ohne vor größenwahnsinnigen Heuschrecken auf den Knien zu liegen.

FÄRBEL Wenn Sie Ihre natürliche rhetorische Begabung in Unverschämtheiten erschöpft haben, so bitte ich Sie, mir ein erklärendes Schlußwort zu gestatten. – Sie sind der unbegabteste Flegel, der mir je begegnet ist! Sie glauben, mich darüber hinaus durch Drohungen einschüchtern zu können. Aber Sie verrechnen sich in mir! Ich weiß, wie man Artikel in die Zeitung lanciert! Ich werde beweisen, daß Sie mit Ihren Gangstermethoden ein gesellschaftsfeindliches Element sind!

RABAN Was reden Sie? Ich habe Ihnen gesagt, daß ich froh bin, ohne Sie auszukommen, weil ich Schlosser bin.

FÄRBEL Schlosser! Schlosser! – Würden Sie sich von mir ein Schloß anfertigen lassen?

RABAN Weiß Gott nicht.

FÄRBEL Und ebensowenig lasse ich mir von Ihnen ein Theaterstück aufzwingen.

RABAN Ich dachte, Sie würden mir sagen, was an meinem Stück schlecht ist und warum es schlecht ist – aber das muß nicht sein. Es wäre Ihnen wahrscheinlich auch schwergefallen: Sie haben mich weder nach meinem Namen noch nach dem Stück gefragt.

FÄRBEL Ich habe jetzt genug von Ihrer Unverschämtheit!

RABAN Regen Sie sich nicht auf. – Geben Sie mir mein Manuskript.

FÄRBEL *wühlt in Manuskripten*: Hier – hier – hier …

RABAN Es ist das oberste …

FÄRBEL *wirft ihm das Stück mit den roten Blättern hin*: Da! Und jetzt verlassen Sie augenblicklich das Theater!

RABAN Nehmen Sie ein Beruhigungsmittel!

FÄRBEL Sie – Sie –

als Raban schon draußen ist –

Sie Ajax der Talentlosigkeit! Sie Turm des Dilettantismus! Sie Zeitmörder!

Der Intendant Schnell tritt ein.

Entschuldigen Sie, Herr Intendant, ich bin – ich wollte soeben – bitte, nehmen Sie doch Platz – sehr liebenswürdig – ich wollte – was die jungen Autoren betrifft – bis auf das eine Stück, das ich Ihnen schon vorhin zeigen wollte – *sucht* – wo hab ich es denn? – was diesen Wettbewerb betrifft, so muß ich sagen – daß mich Ihr Standpunkt nach meinen jüngsten Erfahrungen – obwohl nicht generell, so doch in manchem Punkt – ich wollte soeben mit meinen Bearbeitungsvorschlägen zu der Arbeitsschlacht, zu dieser Thusnelda im neuen Arbeitsstil –

SCHNELL Herr Färbel! Vor einer halben Stunde war ich bei Ihnen, um Ihnen im Geiste freundschaftlicher Kritik zu sagen, daß Sie den Forderungen unserer Zeit nicht genügend Beachtung schenken, daß Ihre Bemühungen um die Dramatik unserer Gegenwart absolut unbefriedigend sind.

FÄRBEL Deshalb bemerkte ich soeben, Herr Intendant, daß mich Ihre Kritik in gewisser Weise überzeugt hat und ich die Bearbeitung der Hermannsschlacht – daß ich insbesondere der Flut des Dilettantismus mit entschiedener Härte und strengem Maßstab …

SCHNELL Reden Sie nicht um die Sache herum. Ungeachtet meiner entschiedenen Ermahnung, den Weizen echter Begabung von der Spreu sich spreizender Talentlosigkeit zu sondern – haben Sie es gewagt, einen unserer begabtesten jungen Dramatiker, Herrn Monhaupt, dessen Verdienste sogar die Tageszeitungen zu rühmen wissen – der sein Stück dem Präsidenten gewidmet hat, in pöbelhafter, unverantwortlicher Weise zu beleidigen, Sie wagen es...

FÄRBEL Entschuldigen Sie, aber Sie sagten...

SCHNELL Ich sagte, daß es Ihnen an echter Parteilichkeit fehle, daß dies die Quelle Ihres kleinbürgerlichen intellektuellen Hochmutes sei, der Sie hindert, zündende begeisternde Stoffe auch in unvollkommenen Formen zu entdecken –

FÄRBEL Aber Sie sagten mir doch, ich solle ihm sagen, daß sein Stück...

SCHNELL Machen Sie sich nicht lächerlich, ich kenne das Stück ja gar nicht.

FÄRBEL Aber Sie sagten, wirklich, Sie bemerkten, daß sein dramatisches Talent nicht ausreichend sei, die Wettervorhersage...

SCHNELL «Sie sagten, Sie bemerkten», gut, meinetwegen habe ich in anderem Zusammenhang diese oder eine ähnliche Floskel gebraucht, das ist doch völlig uninteressant. Wenn wir auf einen neuen Shakespeare warten, dann werden wir nie einen Dramatiker finden.

FÄRBEL Natürlich nicht, das sagte ich ja, während Sie sagten, daß vor allen Dingen die Klassiker, vor allem die Hermannsschlacht...

SCHNELL Wenn Sie doch endlich mit Ihrer öden Wiederkäuerei aufhören könnten. Natürlich müssen wir auch unser kulturelles Erbe pflegen, natürlich, aber im Augenblick gehört unsere ganze Kraft der jungen Dramatik. – Ich denke, ich habe mich klar ausgedrückt und bitte Sie, lieber Färbel, üben Sie Selbstkritik und bearbeiten Sie das Werk unverzüglich mit dem Autor.

FÄRBEL Ich? – Aber ich halte das Werk doch für vollkommen wertlos...

SCHNELL Auch ich halte es ja nicht für ein Meisterwerk – deshalb müssen wir es eben gemeinsam bearbeiten.

FÄRBEL Aber Sie kennen es doch gar nicht.

SCHNELL Was hat das mit der Bearbeitung zu tun? Sie kennen es doch.

FÄRBEL Aber ich werde es nicht bearbeiten. Weil es ein erbärmlicher

Unsinn ist, und weil ich meine Meinung nicht wie ein Hemd wechsele.

SCHNELL Aber das verlangt doch niemand von Ihnen.

FÄRBEL Sie verlangen es!

SCHNELL Niemand verlangt das. – Aber man kann sich doch irren. Man muß dialektisch denken: Die Presse, der Präsident – man muß den Mut haben, sich zu revidieren. Kritik und Selbstkritik.

FÄRBEL Wie können Sie sich revidieren, wenn Sie das Stück nicht gelesen haben?

SCHNELL Schweifen Sie doch nicht dauernd ab, schließlich müssen wir ja mal zu Stuhle kommen! Schließlich ist der Kollege Monhaupt ein vernünftiger Mensch, und was Ihnen nicht paßt, das können Sie ja neu schreiben. *Zur Tür.* So, Kollege Monhaupt, bitte sehr, es waren da noch so einige kleine Meinungsverschiedenheiten, kleine Mißverständnisse zu diskutieren, bitte, nehmen Sie Platz, die Herren kennen sich ja – *Monhaupt setzt sich steif, Färbel ebenfalls* –, einige Differenzen zu beseitigen, ja, denn es ist, wie Sie wissen, auch im Theater unser Prinzip, auf unseren Meinungen ehrlich und kühn zu beharren, bis die besseren Argumente siegen.

MONHAUPT Selbstverständlich. Ich sagte bereits zu Herrn Färbel, daß ihn meine Argumente überzeugen würden. Darf ich die Zeitung zurückhaben? – Danke. *Er steckt sie ein.*

FÄRBEL Bitte.

SCHNELL Ich freue mich, Ihnen sagen zu können, daß wir beschlossen haben, Ihr starkes Stück gemeinsam zu bearbeiten und einer erfolgreichen Aufführung entgegenzuführen.

MONHAUPT Wieso bearbeiten?

SCHNELL Bei allen Vorzügen hat das Werk wie jeder Erstling natürlich gewisse Schwächen...

MONHAUPT Erstling ist nicht Erstling.

SCHNELL Natürlich nicht, lieber Monhaupt, aber im Theater wird nun einmal immer bearbeitet, Shakespeare, Schiller, Hauptmann, Kleist, keiner, der nicht bearbeitet würde, so daß man es eher eine Benachteiligung nennen könnte, wenn wir Ihr an sich schönes Stück nicht bearbeiten würden.

MONHAUPT Und wie ist es mit Goethe?

SCHNELL Auch Goethe wird bearbeitet.

MONHAUPT Dann bin auch ich bereit.

SCHNELL Ich wußte, daß Sie uns entgegenkommen würden. Ich

wünsche Ihnen eine gedeihliche, harmonische Zusammenarbeit. *Ab.*

MONHAUPT Vergessen Sie die Weltpresse nicht. Moskau, Peking, Paris. – Ich fühle, daß ich in meine klassische Periode trete.

FÄRBEL Sagen Sie, schreiben Sie viel?

MONHAUPT Täglich. Augenblicklich habe ich vier oder fünf Projekte in erstklassiger Ausführung bei erstklassigen Verlagen laufen. Allerdings werde ich in Zukunft nur noch Dramen schreiben. Ich gratuliere Ihnen.

FÄRBEL Danke. Und waren Sie schon einmal im Krankenhaus?

MONHAUPT Wieso? Wie kommen Sie darauf?

FÄRBEL Ich bin magenleidend, deshalb diese Assoziation. Vielleicht waren Sie einmal in einem Heim oder so?

MONHAUPT Verlassen wir den Alltag und vertiefen wir uns in unsere dichterische Arbeit. Seien Sie versichert, lieber Herr Färbel, daß ich Ihnen die Verkennung meines Werkes nicht nachtrage. Dergleichen ist von Kleist, Grabbe, Hölderlin hinreichend bekannt. Das Gute erschließt sich schwer.

FÄRBEL Natürlich. Und wie ist es mit den Geschwistern, sind die Geschwister gesund?

MONHAUPT Beginnen wir mit dem Vorspiel. Ich glaube, wir sind uns einig, daß dieses Vorspiel...

FÄRBEL ...überflüssig ist. Das sind die ersten zehn Seiten, die können schon mal weg. *Wirft die ersten zehn Seiten in den Papierkorb.*

MONHAUPT Sind Sie irrsinnig? Gerade das Vorspiel ist großartig.

FÄRBEL Natürlich großartig. Nur überflüssig. Es ist ja alles großartig, deswegen können wir auch vom ersten Akt hier auf Seite 29 diese sechs Zeilen lassen. Bitte, notieren Sie sich das. *Gibt ihm die Blätter des Manuskripts, die von Rabans Stück zurückgeblieben sind.* Nehmen Sie ruhig die Rückseite von diesen Blättern, das übrige kann dann weg. *Wirft weitere Blätter in den Papierkorb.*

MONHAUPT Herr! Wissen Sie, daß Sie den genialsten Akt dramatischer Rasanz zu vernichten im Begriff sind?

FÄRBEL Ich weiß, aber wir wollen das Stück nicht gern die Woche hindurch in Fortsetzungen spielen.

MONHAUPT Auch Faust ist lang. Ein Dichter kann sich nicht nach der Gewohnheit richten.

FÄRBEL Natürlich nicht. Deswegen können wir ja auch vom zweiten Akt die ersten drei Seiten lassen, weil Sie dort ausführlich das Bühnenbild beschreiben.

MONHAUPT Das bekanntlich nach meinen Entwürfen anzufertigen ist.

FÄRBEL Selbstverständlich. Schade, daß Sie nicht tanzen können.

MONHAUPT *überlegt*: Für die Zwischenakte werde ich je eine optimistische Tanzsuite schreiben. Was meinen Sie dazu?

FÄRBEL Bestens. Wenn Sie jetzt noch das Publikum und die Presse stellen, dann muß das Ganze ein Schlager werden. Auch die Regieanweisungen auf Seite 57 sind große – Klasse: «Hebt erstaunt die linke zornbebende Augenbraue, verbeugt sich in kriecherischer Spitzelunterwürfigkeit mit schlotternden Waden, hämisch durch die Zähne murmelnd.» Notieren Sie sich das. Das behalten wir zur Erinnerung.

Monhaupt schreibt.

Auch die Seite 58 behalten wir, daraus machen wir eine Parodie aufs Theater. Haben Sie?

Monhaupt schreibt, Färbel blättert, stößt auf die restlichen Blätter des Manuskripts von Raban.

Halt! Das sind doch Seiten aus dem guten Stück. – Das gehört doch zu dem Manuskript – Herrgott, wo ist denn das Stück? *Sucht.*

MONHAUPT Hier.

FÄRBEL Ich meine nicht Ihr Stück. Ich meine das Stück. – Um Gottes willen! Ich habe den Dichter mit dem einzigen brauchbaren Stück hinausgeschmissen. *Stürzt auf Monhaupt zu, entreißt ihm die verstreuten Blätter, kämpft mit Monhaupt, der einen Anschlag auf sein Manuskript annimmt.* Geben Sie die Blätter her – das – stehen Sie auf – los – loslassen –

MONHAUPT Mein Werk... meine Notizen... erlauben Sie...

FÄRBEL Aufstehen!

MONHAUPT Warum?

FÄRBEL Weil Sie darauf sitzen. – Weg!

MONHAUPT Was suchen Sie denn? Was suchen Sie denn?

FÄRBEL Ich muß ihm nach! *Stürzt sich, von Monhaupt verfolgt, auf den Papierkorb und durchsucht diesen, greift Hut und Mantel und stürmt hinaus.*

MONHAUPT Mein Argwohn bestätigt sich. Ihr Plan, mein Werk unter dem Vorwand der Bearbeitung zu rauben, wird scheitern! *Bemerkt, daß Färbel weg ist, läuft ebenfalls zur Tür und schreit:* Ideenraub, Gedankendiebstahl! Sabotage!

Zweiter Akt

1. Bild

Straßenbahnhaltestelle. – Anna, kurz darauf Raban.

ANNA *auf Raban zu*: Was ist mit dem Stück? Wird es aufgeführt? – Was haben sie gesagt? Hat es Ihnen gefallen?

RABAN Tag, Anna! Hast du gewartet?

ANNA Hast du es vorlesen müssen?

RABAN Nein. Das war nicht nötig.

ANNA Hast du ihnen gesagt, daß es im Anfang der Spielzeit herauskommen muß? Da kommt es noch an andere Theater, verstehst du?

RABAN Ja.

ANNA War es ein Dicker, mit dem du verhandelt hast?

RABAN Nein.

ANNA Du mußt nach Möglichkeit mit Dicken verhandeln, hörst du?

RABAN Ja, ja.

ANNA Nicht «ja, ja», das ist wichtig. Mit einem Lustspiel muß man zu einem Dicken gehen. Hat er sehr gelacht?

RABAN Nein.

ANNA Dann würde ich es ihm nicht geben. Schon weil er nicht gelacht hat. Erzähl, was hat er gesagt?

RABAN Daß meine Talentlosigkeit seine Gesundheit ruiniert habe.

ANNA Was? – So ein Schwein. Du hast doch ein Jahr daran gearbeitet.

RABAN Es kommt nicht darauf an, wie lange man an etwas arbeitet. – Gut. Es hängt mir zum Halse heraus. *Gibt ihr das Manuskript.* Nimm es zum Feuermachen.

ANNA Bist du verrückt? *Nimmt das Manuskript.*

RABAN Oder zum Fensterputzen! Irgendwas wird es doch nützen! Fahr nach Hause, ich komme nach. *Will ab.*

ANNA Ernst!

RABAN Laß.

ANNA Der Mann, der dir das gesagt hat, kann doch keine Ahnung haben. Hat er es überhaupt gelesen?

RABAN Nein.

ANNA Dann müßte man ihn verprügeln. Einsperren oder verprügeln.

RABAN Glaubst du, daß ein gutes Stück zwei Monate auf einem Schreibtisch liegt und nicht gelesen wird? – Nein.

ANNA Es ist ein gutes Stück. Glaub mir. Alle sagen das.

RABAN Alle! Alle! Mich interessiert nicht, was alle sagen.

ANNA Glaub mir.

RABAN Nein.

ANNA – Es ist dein erstes Stück, es ist nicht vollkommen, natürlich nicht, es ist ein Versuch – aber es ist doch brauchbar.

RABAN Ein brauchbarer Schlosser ist eine gute Sache, Anna. Auch ein brauchbarer Arzt ist nützlich. Ein brauchbarer Schriftsteller aber, der ist wie ein Adler, dem man die Flügel stutzt, in einen Käfig sperrt und zur Besichtigung mit einem Schild «brauchbarer Adler» versieht. Soll er gewaltig krächzen, um den Besuchern weiszumachen, daß er in die Sonne fliegen kann?

ANNA Ärgere dich nicht über diesen Schwachkopf. Schick das Stück an ein anderes Theater.

RABAN *ausbrechend*: Ich will keiner von diesen «brauchbaren Adlern» sein, die ihre Manuskripte kistenweise zu den Zeitungen, Verlagen und Theatern schleppen, die ihr Leben lang Papiere beschmieren, Zeilen schinden, Gedichte, Romane, Tragödien – und Jahre brauchen, um zu begreifen, daß sie nicht gelebt haben, daß sie überflüssig waren! – Ich denke nicht daran!

ANNA Du redest wie ein Kleinbürger, dem man die Ehre oder das Eigentum angetastet hat. Hast du denn das Stück nur für dich geschrieben?!

RABAN Jedenfalls habe ich es geschrieben, und ich habe keine Lust, mir vorschreiben zu lassen, was ich damit mache! Wenn ich es verbrennen will, verbrenne ich es, und wenn ich Papierschiffchen daraus machen will, mache ich Papierschiffchen daraus.

ANNA Wie eine ehrgeizige Primadonna, der man keinen Auftrittsapplaus gegeben hat.

RABAN Du bist ehrgeizig, nicht ich. Du willst aus mir etwas machen, was ich nicht bin! Du willst ein Genie lieben, und ich bin nur ein Schlosser, der nicht ganz dämlich ist! Ich werde wieder als Schlosser arbeiten, und wenn dir das nicht paßt –

ANNA Was ist dann?

RABAN Dann mußt du dir eben einen von diesen brauchbaren Adlern suchen, mit denen man die Straße pflastern kann! Es gibt zu viel Genies und zu wenig Schlosser.

ANNA Mir passen Menschen nicht, die nur an sich denken.
RABAN Dann kann ich ja gehen.
ANNA Geh doch! So geh doch endlich!
Raban wendet sich zum Gehen. Licht aus.

2. BILD

Gartenlokal, Tische, Paula Glück – sorgfältig angezogen und schöngemacht – wartet auf Herrn Färbel.

GLÜCK Jetzt warte ich 26 Minuten. – Da hat man gezögert und gezögert, da pflegt man ihn, da umsorgt man ihn, da hat man seine Liebe aufgespart und denkt, daß man endlich einen Mann gefunden hat, der halbwegs zu einem Menschen zu entwickeln ist, und muß dann feststellen, daß man sogar am Geburtstag von ihm betrogen wird.
Der phlegmatische Wirt bringt einen Cognac. Sie probiert den Cognac.
Ich habe Cognac bestellt, keinen Fusel!
Der Wirt ab, kommt dann mit einem neuen Glas. Sie trinkt aus.
In der vorigen Woche haben Sie Herrn Färbel Cognac ausgeschenkt, obwohl Sie wissen, daß er es nicht verträgt.
Der Wirt macht eine phlegmatische Geste.
Belehren Sie mich nicht.
Wirt ab.
– 27 Minuten!
FRIDOLIN *kommt angelaufen*: Gut, daß ich Sie noch treffe, Fräulein Glück, die Bahn war gerade weg, ich bin den ganzen Weg gelaufen. Ist Herr Färbel da?
Keine Antwort.
Herr Färbel läßt Ihnen sagen –
GLÜCK Guten Tag!
FRIDOLIN Guten Tag, Fräulein Glück. – Entschuldigen Sie, Herr Färbel läßt Sie schön grüßen und bittet Sie zu entschuldigen, wenn er sich ein paar Minuten verspäten sollte.
GLÜCK *steht auf*: Grüße ihn wieder und sage ihm, daß er sich nicht überanstrengen soll. *Will gehen.*
FRIDOLIN Aber es ist wegen einer ganz wichtigen Sache.
GLÜCK Eben.

FRIDOLIN Wir haben den jungen Shakespeare entdeckt.

GLÜCK Das freut mich.

FRIDOLIN Wirklich, Fräulein Glück. – *Zieht ein Manuskript aus der Tasche.*

GLÜCK Merk dir, mein Junge, wenn du zu mir kommst, mußt du dir was Originelleres einfallen lassen. Wenn du mich belügst, dann verlange ich, daß du dir Mühe gibst. *Will weg.*

FRIDOLIN Aber es ist wahr. Ehrenwort. Ich lüge nicht, wenn ich «Ehrenwort» sage, Ehrenwort, Fräulein Glück. Hier – lesen Sie doch – glänzender Stil, ein Lustspiel, hundertfünfundzwanzig Aufführungen garantiert – wenn wir ihn finden.

GLÜCK Ich denke, ihr habt ihn?

FRIDOLIN Wieso? Das ist es doch. Herr Färbel hat ihn rausgeschmissen.

GLÜCK Aha!

FRIDOLIN Weil er einen anderen rausschmeißen wollte. Jetzt suchen wir ihn. Wir hätten ihn schon, aber Herr Färbel macht ja alles falsch. Ich sage ihm: Herr Färbel, sage ich, setzen Sie sich ans Telefon, rufen Sie den Schriftstellerverband an, rufen Sie den Bühnenvertrieb an, das Amt für Kunst – mit irgendwem muß er ja gesprochen haben –, aber nein, er muß ihm durch die ganze Stadt nachrennen. «Ich muß meine Schuld persönlich gutmachen», sagt er...

GLÜCK Wo wohnt die Person!?

FRIDOLIN Herr Färbel, sage ich, was ist das für ein Standpunkt, man muß die Organisationen einschalten, aber nein, er will die Sache allein machen...

GLÜCK Wo die unsittliche Person wohnt?!

Herr Färbel erscheint derangiert und atemlos.

FÄRBEL Guten Tag, Fräulein Glück – entschuldigen Sie, daß ich mich an diesem Ehrentag ein wenig verspätet habe. Ich erlaube mir, als kleine Festtagsgabe – diese Veilchen – *nimmt ein Blumensträußchen aus der Hosentasche* – es war da ein Versehen – so ein dummes – besonders dummes Versehen – meine Uhr – ging nicht... – die Straßenbahnen auch nicht –

GLÜCK Bitte belügen Sie mich nicht an meinem Geburtstag. Ich habe alles erfahren. Alles. *Trinkt die Cognacs aus.*

FÄRBEL *auf Raban bezogen*: Verzeihen Sie mir, ich habe mich gehenlassen. Ich ahnte natürlich nicht –

GLÜCK Daß Sie damit das Glück eines Menschen zerstören würden.

FÄRBEL Verzeihen Sie mir, Fräulein Glück – ich leide daran wie Sie, und ich werde nicht ruhen, bis ich diesen Menschen wiedergefunden habe. Das wird das schönste Geburtstagsgeschenk sein.

GLÜCK Ihre Roheit ist grenzenlos. *Sie wendet sich weinend ab und schneuzt sich.*

FÄRBEL *ratlos versucht er sie zu trösten*: Aber, aber – sie weint – Fräulein Glück...

FRIDOLIN *flüsternd*: Haben Sie seine Adresse?

FÄRBEL *verneint flüsternd*: Ich bin alle Straßen abgefahren. Einwohnermeldeamt, Arbeitsamt, Wohnungsamt, Schlosserinnung. Niemand weiß Bescheid.

FRIDOLIN Aber ich sagte Ihnen doch, daß Sie vor allen Dingen zum Amt für Kunst gehen müssen.

FÄRBEL *auffahrend*: Natürlich. Das habe ich vergessen.

GLÜCK Ich habe mich von Ihrer Schüchternheit täuschen lassen, sogar heute morgen noch, angesichts der Decken auf Ihrem Sofa, war ich geneigt, Ihnen Glauben zu schenken.

FÄRBEL Ich verstehe nicht – entschuldigen Sie, aber was haben die Decken mit dem Autor zu tun?

GLÜCK Jetzt sehe ich, daß Sie feige und würdelos sind. Gehen Sie zu Ihrer Geliebten. Richten Sie sich zugrunde.

FÄRBEL Geliebte? Wieso Geliebte? Ich muß zum Amt für Kunst. *Fridolin schwenkt zum Beweis die Blätter.*

GLÜCK Bitte, lassen Sie den Jungen aus dem Spiel. Er lügt bereits so gut wie Sie.

FÄRBEL Aber liebes Fräulein Glück, ich bitte Sie – ich verehre Sie seit sieben Jahren – ich trage Ihr Bild in meiner Brieftasche, bitte. *Zeigt es.* – Ihre Locke, bitte. *Zeigt sie.* – Ich hoffte, daß eines Tages – gerade heute hoffte ich – ich liebe Sie! Verzeihen Sie mir. Vergessen Sie, was ich angerichtet habe.

FRIDOLIN *flüsternd*: Wir müssen weg, weil die sonst zumachen.

GLÜCK Ich will es versuchen.

FÄRBEL Ich danke Ihnen. Sie sind der einzige Mensch, der sich neben Fridolin um mich gekümmert hat.

GLÜCK Amadeus...

FÄRBEL Paula...

GLÜCK Ich habe nicht gedacht, daß ich mich heute noch verloben würde. *Umarmung.*

FRIDOLIN *flüsternd*: Wir müssen gehen!

GLÜCK Wir werden neu anfangen.

FÄRBEL Ja, ja...

GLÜCK Du wirst mich nie mehr allein lassen!

FÄRBEL Nein, nein...
FRIDOLIN *die Blätter zeigend, flüstert*: Die machen doch zu!
FÄRBEL Das heißt, jetzt muß ich weg, ich komme gleich wieder – ich –
GLÜCK An unserem Verlobungstag?
FÄRBEL Leider, du entschuldigst. Ich bin so schnell wie möglich zurück, aber ich muß mich doch an die Dienststunden halten. *Er nimmt Hut und Mantel und läuft ab.*
FRIDOLIN Halten Sie die Daumen, Fräulein Glück! *Ab.*
GLÜCK *setzt sich*: Die Früchte der Gutmütigkeit! Zwei Cognacs! *Licht aus.*

3. BILD

Das «Amt für Kunst» der Stadt. Der Leiter des Theaterreferats, Herr Schulte, im Gespräch mit Frau Mellin aus dem Ministerium für Volksbildung.

SCHULTE *reicht Frau Mellin Schriftstück um Schriftstück*: Bericht über die Zusammenarbeit mit unseren Autoren – Bericht über unsere Volkskunstgruppen – Bericht über die Entwicklung unserer Besucherorganisation, Qualifizierung der Kulturfunktionäre in den Betrieben, Einführungsvorträge, Diskussionen, Schulungen und so weiter. *Auf den Stoß weisend.* Das wären so die wichtigsten Informationen, damit Sie sich ein ungefähres Bild von unserer Arbeit machen können.
Telefon.
Entschuldigung. – Amt für Kunst, Schulte – Wer will mich sprechen? – Wer? Herr Färbel? – Ich bin jetzt für niemanden zu sprechen! Ich habe eine wichtige Unterredung mit der Kollegin Mellin vom Ministerium für Volksbildung. – *Legt auf.* So geht das nun den ganzen Tag, von unseren objektiven Schwierigkeiten können Sie sich in Berlin gar kein Bild machen – zu wenig qualifizierte Leute.
MELLIN Sagen Sie, was Sie mir hier geben, sind das die Berichte, die Sie jährlich nach Berlin schicken?
SCHULTE Jährlich? – Monatlich! Da kommen natürlich noch die Statistiken dazu, die ja die meiste Arbeit machen.
MELLIN Natürlich. Und wann arbeiten Sie?

SCHULTE Wie bitte?

MELLIN Wann Sie arbeiten! – Ich meine, ob Sie außer zu Berichten noch zu irgendwelchen Arbeiten kommen?

SCHULTE *lacht gezwungen*: Sehr gut. Eine sehr feine Bemerkung. Manchmal denke ich, laß diesen ganzen bürokratischen Kleinkram, aber was soll man machen, die Regierung muß informiert werden. Ich würde mich natürlich lieber ausschließlich meinen künstlerischen Aufgaben zuwenden. Im Augenblick arbeite ich zum Beispiel mit 28 Dramatikern. Diese Zahl könnte ich dann natürlich beträchtlich erhöhen.

MELLIN Eine begabte Stadt.

SCHULTE Es kommt nicht auf die Begabung an. Es mag komisch klingen, aber glauben Sie mir, das ist ein Vorurteil. Ich zum Beispiel halte überhaupt nichts von einem Talent. Das Talent wird Ihnen ein Stück niemals so schreiben, wie Sie es verlangen. Warum? Weil es irgendwelche eigenen Ansichten durchsetzen will. Sie mögen ihm vorschlagen, was Sie wollen, Sie bringen das Talent niemals ganz heraus und haben nur Ärger mit ihm. Ein Talent gehört von vornherein in die Kategorie der Schwierigen.

MELLIN Das ist ein interessanter Gesichtspunkt.

SCHULTE Anders schon verhält es sich mit der Kategorie der Hartnäckigen –

MELLIN Wie sind die?

SCHULTE Da liegt der Fall nicht ganz so hoffnungslos. Denen können Sie Ihre Themen, Ihre Vorschläge, Ihre Richtlinien sagen, mit denen können Sie diskutieren, die gehen drauf ein – aber sie werden rückfällig. Wenn man bei denen nicht ganz scharf aufpaßt, kommen sie immer wieder auf eigene Sachen zurück.

MELLIN Das ist natürlich ärgerlich.

SCHULTE Am besten hält man sich an Menschen, die noch keine festgefahrene Meinung über ihr Stück haben und die von der Literatur noch nicht verdorben sind. Damit habe ich meine schönsten Erfolge.

MELLIN Das glaube ich. Sagen Sie, Herr Schulte, in welchem Beruf haben Sie eigentlich früher gearbeitet?

SCHULTE Als Milchprüfer, aber bei den Dichtern fühle ich mich wohler. Sie können sich nicht vorstellen, wie eigensinnig ein Bauer sein kann, wenn Sie ihm seine Fettprozente berechnen.

Herr Färbel erscheint über die Feuerleiter am offenen Fenster, er klopft an den Fensterrahmen, nimmt den Hut ab, räuspert sich. Herr Schulte fährt erschrocken auf:

Was wollen Sie!!

FÄRBEL *einsteigend*: Ich bitte, nicht zu erschrecken, mein Name ist Färbel, Dramaturg des hiesigen Stadttheaters, ich möchte Sie nur um eine Auskunft bitten.

SCHULTE Sind Sie wahnsinnig! Ich habe eine wichtige Unterredung!

FÄRBEL Und ich habe ein wichtiges Stück! Dafür sind Sie da! Dafür werden Sie bezahlt!

SCHULTE Ich lasse Sie hinauswerfen! Ich informiere Ihren Intendanten! Ich rufe die Polizei! *Zum Telefon.*

FÄRBEL *kommt ihm zuvor, er nimmt in eine Hand ein Lineal, in die andere den Hörer:* Nicht ehe Sie meine Frage beantwortet haben!

MELLIN Ich glaube, das ist – das ist ein Fall aus der Kategorie der Schwierigen. – Darf ich Sie vertreten?

SCHULTE Bitte. Das heißt – wieso?

MELLIN Ich weiß nicht, ob man einen Fachmann wie Sie auf die Dauer der Milchwirtschaft entziehen kann. Überlegen Sie sich das.

SCHULTE Ja, ja – das heißt – das würde heißen, daß man meine 28 Dramatiker ihres Vaters beraubte. *Ab.*

MELLIN Das müßte man in Kauf nehmen. *Zu Färbel:* Kommen Sie immer über Feuerleitern? Waren Sie früher Fassadenkletterer?

FÄRBEL Nein, Bibliothekar. Wir benutzten Leitern in der Bibliothek. Mein Eintritt mag ungewöhnlich sein, aber die Bedeutung meines Anliegens – die ungewöhnliche Kraft des Stückes –

MELLIN Bitte, setzen Sie sich. Sie haben ein Stück geschrieben?

FÄRBEL Im Gegenteil, ich liebe das Theater. Ich suche ein Stück. Das schönste Lustspiel, das es augenblicklich gibt.

MELLIN Das suche ich auch.

FÄRBEL Ich habe es. Das heißt, ich hatte es – deswegen suche ich es – also passen Sie auf...

MELLIN Suchen Sie ein Stück oder haben Sie ein Stück?

FÄRBEL Bitte, unterbrechen Sie mich nicht. Ich suche das Stück, das ich hatte. Das ist doch ganz einfach.

Frau Mellin hat im Gespräch gedankenlos ein Manuskript in die Hand genommen, Färbel nimmt es ihr weg und legt es auf den Tisch zurück.

Konzentrieren Sie sich bitte. Strengen Sie vor allem Ihr physiognomisches Gedächtnis an. Mittelgroß, etwa 30 Jahre, schwarzes Haar, straff, kurzgeschnitten... *Das Telefon klingelt, Färber hebt ab.* Später! *Legt auf.*

MELLIN Erlauben Sie –

FÄRBEL ... tiefe Stimme, sehr tief, eine angenehme Stimme, erinnern Sie sich an die Stimme des bärtigen Matrosen in dem Film «Panzerkreuzer Potemkin« – diese Stimme in jung... *Ahmt Raban nach:* «Geben Sie mir mein Manuskript und nehmen Sie ein Beruhigungsmittel!»

MELLIN Was?

FÄRBEL Nicht Sie. – Zu mir hat er das gesagt. Kennen Sie ihn? Schlosser, ziemlich kräftige Nase –

MELLIN Ich verstehe kein Wort. Erst suchen Sie ein Stück, dann haben Sie es, dann suchen Sie, was Sie haben, behaupten, daß das ganz einfach sei, und beschreiben mir die Stimme eines bärtigen Matrosen.

FÄRBEL – in jung.

MELLIN In jung oder alt... ich weiß nicht, was Sie wollen!

FÄRBEL Dann weiß ich nicht, wozu Sie hier sitzen! Wenn Sie aus Phantasielosigkeit und Desinteresse außerstande sind, den Autor des einzigen bedeutenden Gegenwartsstückes herauszufinden, dann weiß ich nicht, wozu ein Amt für Kunst gut sein soll!

MELLIN Warum regen Sie sich auf? Sie wollen eine Auskunft über einen Stückeschreiber haben?

FÄRBEL Ich gratuliere, daß Sie das herausgefunden haben. Nur nicht über einen Stückeschreiber, sondern über den Stückeschreiber!

MELLIN *sucht den Bericht über Autoren aus dem Stoß*: Wie heißt er?

FÄRBEL Wenn ich das wüßte, wäre ich nicht hier.

MELLIN Der Titel des Stückes?

Die Tür öffnet sich, Herr Monhaupt tritt ein. Färbel ergreift eine Zeitung vom Tisch und versteckt sich lesend an der Stirnseite des Schreibtischs.

MONHAUPT Ich will zu Herrn Schulte!

MELLIN Ich vertrete ihn. Was kann ich für Sie tun?

MONHAUPT Das Theater sabotiert mein Stück und hindert mich somit, die deutsche Nationalliteratur zu vervollkommnen! Ich bitte Sie, alle nötigen Schritte umgehend einzuleiten!

MELLIN Was schlagen Sie vor?

MONHAUPT Behördliche Festsetzung des Aufführungstermins und Verpflichtung des Dramaturgen, eine geeignete Bearbeitung kurzfristig zu erstellen! Andernfalls Konventionalstrafe.

MELLIN Die Volkspolizei wollen Sie nicht einsetzen?

MONHAUPT Wieso?

MELLIN Ich meine, wenn wir mit den behördlichen Anordnungen nicht auskämen. Handelt es sich um ein Lustspiel?

MONHAUPT Sehe ich aus, als ob ich Lustspiele schriebe?! Sehe ich aus, als ob ich zum Vergnügen der Leute schriebe?

MELLIN Nicht unbedingt.

MONHAUPT Ich habe die Öffentlichkeit hinter mir! Ich habe die Massen der Leser hinter mir!

Färbel zeigt drei.

MELLIN Drei Leser, wenn ich richtig informiert bin.

MONHAUPT Ich werde – das bitte ich Herrn Schulte zu bestellen – nicht davor zurückschrecken, mein Werk den höchsten und einflußreichsten Persönlichkeiten zu widmen!

MELLIN An wen dachten Sie?

MONHAUPT Ich lehne es ab, meine Gedanken mit subalternen Mittelmäßigkeiten zu erörtern! *Ab.*

FÄRBEL Das war er.

MELLIN Der Dichter, den Sie suchen?

FÄRBEL Nein, der mich sucht. Ich soll sein Stück bearbeiten. Schon deswegen muß ich das andere finden. Konzentrieren Sie sich bitte.

MELLIN Sie wollten mir gerade den Titel sagen.

FÄRBEL Ich sage Ihnen die ganze Zeit, daß ich weder den Namen des Dichters noch den Titel des Stückes kenne! Seit einer halben Stunde versuche ich, Sie zu bewegen, aus dem Stil, aus der einmaligen dramatischen Technik den Dichter zu identifizieren. Das ist doch wohl nicht zuviel verlangt!

MELLIN Ich will es probieren. Lassen Sie die Blätter hier, ich kümmere mich darum.

FÄRBEL *erschrocken*: Diese Blätter? Ausgeschlossen. Ich muß das Stück noch heute bekommen! Sie müssen es sofort lesen! Augenblicklich! Alle Mitarbeiter müssen sofort zusammengerufen werden! Es geht um Sein oder Nichtsein!

MELLIN Ich will Ihnen ja helfen, aber ich kann jetzt nicht das ganze Haus zusammenrufen.

FÄRBEL Warum nicht?

MELLIN Wir wollen uns doch nicht lächerlich machen, Herr Färbel. Außerdem ist Dienstschluß.

FÄRBEL *steht wütend auf*: Ja, wenn Dienstschluß ist! Ja, wenn Sie fürchten, daß Ihre verehrten Mitarbeiter das lächerlich finden könnten, dann bin ich an der falschen Stelle! Wenn Sie die Dichtung nur bis zum Dienstschluß lieben, dann müssen Sie eben Ihren Laden zumachen! Dann sind Sie eine überflüssige Papierverwertungsstelle! – *Findet keine Worte, will wieder durch das Fenster ab.*

MELLIN Herr Färbel?

FÄRBEL Was?

MELLIN Es gibt auch Türen hier! Wenn Sie das Stück haben und Sie kommen nicht weiter, dann kommen Sie zu mir nach Berlin.

FÄRBEL Wieso Berlin?

MELLIN *gibt ihm ihre Karte*: Auch nach Dienstschluß. Auch über die Feuerleiter.

Licht aus.

4. BILD

Färbel sitzt nachts allein auf einer Parkbank. – Von einem entfernten Platz ist bisweilen ein Musikfetzen zu hören.

FÄRBEL *die Manuskriptblätter in der Hand, zitierend*: «An diesem Tage ging ich durch die Stadt, und alles, was ich sah, war wichtiger als ich selbst.» – Schön! Das schreibt der Mann, den ich hinausgeworfen habe. – Wenn ich ihn nicht finde, werde ich mich meines Postens entheben lassen. *Er sitzt eine Zeit nachdenklich. In Färbels Rücken erscheint Anna, die zögert, glaubt, Raban vor sich zu haben, und läuft auf Färbel zu, der erschrocken auffährt und sich ihr zuwendet. Sie stehen sich verlegen einander gegenüber.*

ANNA – Entschuldigen Sie, ich dachte – entschuldigen Sie bitte –

FÄRBEL Bitte. Das macht nichts. Ich erschrecke leicht. Entschuldigen Sie.

ANNA – Ich dachte, Sie wären mein Mann – ja –

FÄRBEL Ja – das heißt, nein, das bin ich leider nicht – Sie sind mit ihm verabredet?

ANNA Ja. Das heißt, nein. Wir haben uns gezankt. Wir haben uns früher oft hier verabredet. Ehe wir – das heißt, wir sind nicht richtig verheiratet. Wir haben uns wegen eines Idioten gezankt. Wegen irgendeines Grobians, den man prügeln müßte.

FÄRBEL Ja, ja – es gibt viel Roheit –

ANNA Sind Sie auch verabredet?

FÄRBEL Ja.

ANNA Mit Ihrer Frau?

FÄRBEL Nein. Ich habe keine Frau. Keine richtige Frau, meine ich. Ich habe mich heute verlobt. Sozusagen. Ich bin geschäftlich unterwegs.

ANNA Geschäftlich?

FÄRBEL Ja, geschäftlich.

ANNA An Ihrem Verlobungstag?

FÄRBEL Ja. Das hat sich so ergeben.

ANNA Sie sagen das nicht sehr vergnügt.

FÄRBEL Ich bin selten sehr vergnügt.

ANNA Ich bin meistens vergnügt. Nur heute nicht. –

Vogelstimme.

FÄRBEL Eine Nachtigall. – Die Nächte sind jetzt schön warm.

ANNA Sind Sie gerne traurig?

FÄRBEL Nein.

ANNA Wirklich nur geschäftlich?

FÄRBEL Nur geschäftlich.

ANNA Nichts, wobei ich Ihnen helfen könnte?

FÄRBEL Wir können uns nur selten helfen.

ANNA Fast immer. Ich bin Lehrerin, da gehört es zum Beruf.

FÄRBEL Bei Kindern, das mag sein.

Entfernte Tanzmusik.

Was ist das?

ANNA Sie tanzen. Es ist Mittwoch, da tanzen Sie. – Können Sie tanzen?

FÄRBEL Ich weiß nicht! Ich habe es nie probiert. – Es gibt vieles, was ich nie probiert habe.

ANNA Warum nicht?

FÄRBEL *zuckt die Achseln*: Ich bin immer beschäftigt.

ANNA Womit?

FÄRBEL Geschäfte. Theater.

ANNA Theater?

FÄRBEL Hm.

ANNA Sind Sie Schauspieler?

FÄRBEL Nein. So allgemein.

ANNA Dann können Sie mir helfen! Sehen Sie, Sie haben unrecht. Helfen Sie mir?

FÄRBEL Womit?

ANNA Wollen Sie?

FÄRBEL Es gelingt mir selten zu helfen.

ANNA *gibt ihm das in Zeitungspapier gewickelte Manuskript*: Sie müssen das Stück lesen und mir sagen, was Sie davon halten.

FÄRBEL *abwehrend*: Ein Theaterstück? Ist es von Ihnen?

ANNA – Ja.

FÄRBEL Schreiben Sie oft Stücke?

ANNA Nein. Aber es ist ein gutes Stück – ich meine, es hängt sehr viel davon ab, ob Sie es gut finden. Sie müssen es sofort lesen!

FÄRBEL Gern – natürlich – sehr gern – nur im Moment... *Er hat es unschlüssig in die Hand genommen und weiß nicht, wie er es wieder loswerden soll.* Vielleicht möchten Sie es mir lieber zuschikken – denn im Augenblick...

ANNA Sie sollen es doch nicht jetzt lesen. Morgen!

FÄRBEL Morgen? – Ach so – Sie meinen morgen –

Man hört Fridolin rufen:

STIMME FRIDOLINS Herr Färbel –

FÄRBEL *fährt wie elektrisiert auf*: Fridolin! *Zu Anna:* Entschuldigen Sie. – Fridolin! –

FRIDOLIN Ich habe ihn gesehen!

FÄRBEL Wen?

FRIDOLIN Den Shakespeare.

FÄRBEL Wo?

FRIDOLIN Beim Boxen. Er ist beim Boxen.

Sie umarmen sich und tanzen jubelnd herum.

FÄRBEL UND FRIDOLIN «Shakespeare beim Boxen...»

FRIDOLIN Ich habe ihn entdeckt! Ich! Ich! Ich!

FÄRBEL *würft den Hut hoch*: Wir haben ihn!

FRIDOLIN Wir haben ihn!

FÄRBEL *wirft das Manuskript hoch*: Den Shakespeare 53! *Denkt plötzlich an Anna, die entgeistert zusieht, und gibt ihr eilig das Manuskript zurück.* Bitte. Ich muß leider weg. Schicken Sie es ans Theater. *Begeistert:* Fridolin!

Färbel und Fridolin begeistert und schnell ab. Schon verschwunden, kehrt Färbel zu Anna zurück.

FÄRBEL Sie waren sehr gut zu mir. Ich danke Ihnen. Ich bin der glücklichste Mensch unter dem schaukelnden Mond!

Folgt eilig Fridolin.

ANNA Entweder ist ein Glücklicher verrückt geworden oder ein Verrückter glücklich. *Licht aus.*

5. Bild

Raum einer Polizeiwache. Zwei Pritschen. Auf der einen schläft ein Ganove, auf der anderen eine nicht mehr junge leichte Dame ganz zugedeckt. Ein Wachtmeister bringt Färbel herein.

FÄRBEL Sie sind jetzt meine einzige Rettung, Herr Wachtmeister.
WACHTMEISTER Ich weiß.
FÄRBEL Auf Sie richten sich die Augen der Welt.
WACHTMEISTER Ich weiß. Wir überprüfen Ihre Angaben, dann findet sich alles Weitere.
FÄRBEL Geben Sie die Suchmeldung an alle Streifenwagen. Veranlassen Sie sofort, daß alle Ausgänge besetzt werden, bevor der Dichter die Boxhalle verläßt. Eventuell muß der Schluß der Dichtung über den Lautsprecher verlesen werden. Von Ihnen hängt die Zukunft des Theaters ab.
WACHTMEISTER Ich weiß. Sie müssen die Hosenträger abgeben.
FÄRBEL *tut es*: Sie können ihn nicht verwechseln: schwarz, mittelgroß, tiefe Stimme – sehr tiefe Stimme – vielleicht machen Sie sich Notizen.
WACHTMEISTER Ich weiß. – Morgen früh unterhalten wir uns darüber. *Ab.*
FÄRBEL Morgen früh? *An der Tür:* Hallo! Hallo! –
Die Tritte entfernen sich, Färbel ist ein gebrochener Mann. Er orientiert sich zaghaft, räuspert sich, um die Aufmerksamkeit der Schnarchenden zu gewinnen.
FÄRBEL Guten Abend… *Er nähert sich der Pritsche des Ganoven, überlegt. Da der Ganove nicht reagiert, versucht er, sich ebenfalls auf der Pritsche auszustrecken.*
GANOVE He, he, he!
FÄRBEL Guten Abend! Mein Name ist Färbel –
GANOVE Hugo?
FÄRBEL Nein, Amadeus!
GANOVE Kippen?
FÄRBEL Kippen?
Ganove schiebt Färbel weg und schläft weiter. Färbel geht zur anderen Pritsche.
Guten Abend! Entschuldigen Sie, vielleicht könnten Sie ein wenig Platz machen! Hallo! *Als keine Antwort kommt, tippt er die Schlafende vorsichtig an. Eine Frau vorzufinden, erschreckt ihn fast ebenso wie der Ganove.* Entschuldigen Sie, Amadeus Färbel.

DIE LEICHTE DAME Jeannette Saint-Sulpice de la Grand Parmentière.
FÄRBEL Angenehm. Wie bitte?
DIE LEICHTE DAME Du kannst Käte sagen. Steinwall. – Wo haben sie dich gekascht?
FÄRBEL Ge – was ?
DIE LEICHTE DAME Wo sie dich gegriffen haben?
FÄRBEL Beim Boxen. Durch ein Mißverständnis.
Die leichte Dame macht fragend die Geste des Stehlens, irgendein Ganovenzeichen. Färbel ahmt die Zeichen fragend nach und bejaht verständnislos.
Ja. Zwei habe ich niedergeschlagen, aber ich kam nicht durch.
DIE LEICHTE DAME *resigniert*: Und das alles wegen ein paar lumpiger Groschen! Zeiten sind das! Eines Tages werden einen die Halunken noch dazu zwingen, das ganze bißchen schöne Leben mit Arbeit zu versauen. Was soll ein vernünftiger Mensch heutzutage noch machen? Das bißchen Kaffeeschieben, Kartenlegen. Es rentiert sich doch nichts mehr. Sie graben einem ja systematisch das Wasser ab. Früher, da konnte man leben, da bewohnte ich eine ganze Etage. Aus Pommern, aus Mecklenburg kamen sie zu mir, Gutsbesitzer, Barone, Fabrikbesitzer. Und heute? – Die enteignen die Fabriken, verteilen das Land und kümmern sich einen Dreck um unsere Existenzgrundlage. Und so was nennt sich Sozialismus. Da wird ja ein Mensch gezwungen, beim Boxen andern die Taschen auszufilzen.
FÄRBEL Auszufilzen? Ich suchte einen Dichter.
DIE LEICHTE DAME Dichter?
FÄRBEL Ja.
DIE LEICHTE DAME Und deswegen hat man Sie verhaftet?
FÄRBEL Dabei hatte ich ihn fast. Er saß ganz oben. Die Menschen waren irgendwie irregeleitet und ließen mich nicht durch. Da versuchte ich dieses Ding –
DIE LEICHTE DAME Was?
FÄRBEL ... dieses Viereck mit den Stricken –
DIE LEICHTE DAME Den Ring?
FÄRBEL Ja, diesen viereckigen Ring zu kriechen, aber auch daran behinderte man mich. Ich weiß nicht, woran das lag. Ich hatte diesen weißen Herrn da –
DIE LEICHTE DAME Den Ringrichter?
FÄRBEL Ganz recht, den Herrn Ringrichter – sehr höflich gebeten, mich durchzulassen – statt dessen hat mich ein Herr in einer Bade-

hose in diese Stricke gestoßen. Diese haben mich zurückgefedert, so daß ich wohl die beiden Herren mit dem Kopf irgendwie – wie gesagt, ein bedauerliches Versehen – jedenfalls lagen beide flach am Boden. Es entstand ein Tumult, Sanitäter, Polizei – Boxer – Bierflaschen – man ließ mich überhaupt nicht zu Worte kommen. Jetzt werde ich ihn nie mehr sehen. Die Welt wird vergeblich warten, und ich werde mir täglich sagen müssen, daß ich schuldig bin. – Alles, was ich besitze, würde ich für die Kenntnis seines Namens geben.

DIE LEICHTE DAME *sieht ein Geschäft*: Ein Dichter, sagen Sie?

FÄRBEL Ja, ein Lustspieldichter.

DIE LEICHTE DAME Ich glaube, ich kann Ihnen helfen.

FÄRBEL Mir kann niemand helfen.

DIE LEICHTE DAME Wenn Sie nicht wollen. Mir ist es egal. – Ich verstehe ja nichts von Büchern. – Aber zu mir kommt immer so ein verrücktes Huhn. Studienhalber, wissen Sie. Vorige Woche hat er mir ein Abend ein ganzes Theaterstück vorgelesen.

FÄRBEL In der vorigen Woche lag das Stück noch bei mir im Theater.

DIE LEICHTE DAME Sehen Sie. Davon sprach er ja die ganze Zeit. Hab ich gelacht! Hahaha. War es ein Lustspiel?

FÄRBEL *lebhaft interessiert*: Wie sah er aus?

DIE LEICHTE DAME So mittel –

FÄRBEL Mittelgroß?

DIE LEICHTE DAME Haargenau!

FÄRBEL Schwarzes Haar?

DIE LEICHTE DAME Haargenau!

FÄRBEL Tiefe Stimme?

DIE LEICHTE DAME Sehr tief – er brauste gleich auf.

FÄRBEL Sehr richtig! *Feierlich*. Aufbrausend.

DIE LEICHTE DAME Unberechenbar.

FÄRBEL Das ist er! Versammeln Sie alle Ihre Geisteskräfte! Rufen Sie das Erlebnis der Dichtung in Ihre Erinnerung zurück! *Reicht ihr die Blätter.* Kennen Sie dieses Stück?!

DIE LEICHTE DAME *nach flüchtigem Blick*: Jede Zeile!

FÄRBEL *aufspringend, an die Tür klopfend*: Wachtmeister! Polizei!

DIE LEICHTE DAME *will ihn bestürzt zurückhalten*: Was habe ich denn gemacht, Mensch? Ich sag doch gar nichts...

FÄRBEL Aufmachen! Sofort öffnen!! Wir müssen sofort entlassen werden! *Hämmert an die Tür.*

DIE LEICHTE DAME Seien Sie doch vernünftig! Morgen früh werden wir doch sowieso entlassen. *Zu dem Ganoven:* Emil!

Färbel Morgen früh?! Warum sagen Sie nicht gleich nächste Woche? Polizei!

Der Ganove, ein riesenhafter Kerl, ist aufgestanden und nähert sich schweigend Färbel, der erneut an die Tür hämmern will.

Wachtmeister! Wacht– *Das Wort bleibt ihm beim Anblick des Ganoven in der Kehle stecken.* Entschuldigen Sie die Störung, Herr Emil, ich vergaß, daß Sie schliefen, die Erregung – die ungewöhnliche Dichtung –

Die leichte Dame Das können wir doch alles morgen früh machen, mein Lieber.

Färbel Morgen früh? *Blick auf den Ganoven.* Ja, ja, wenn es nur früh wäre morgen früh – aber auf jeden Fall möchte ich mir seine Adresse aufschreiben.

Die leichte Dame An was haben Sie denn so gedacht?

Färbel Ich denke, Sie wissen die Adresse.

Die leichte Dame Deswegen ja. Ich meine, was ist Ihnen die Adresse wert?

Färbel Ach so, natürlich, das habe ich in der Aufregung vergessen – wäre Ihnen ein Monatsgehalt recht?

Die leichte Dame Wieviel?

Färbel Fünfhundert –

Da die leichte Dame schweigt.

dazu kommt bisweilen eine Prämie von einhundert Mark – *Ebenso* – Auch auf der Sparkasse hätte ich noch etwa zweihundert – elf?

Die leichte Dame Das geht. Ohne die Steuerabzüge natürlich.

Färbel Natürlich.

Die leichte Dame Aber reden wir nicht von Geld in der Kunst. Ich bin froh, daß ich einem so netten Menschen helfen kann. – *Nimmt ihn bei der Hand* – Das Schicksal hat uns zusammengeführt, wir können uns ihm nicht entziehen. *Zieht ihn neben sich auf die Pritsche.*

Färbel Wenn ich nur mein Schlafpulver hätte.

Die leichte Dame An meiner Seite werden Sie kein Schlafpulver brauchen.

Färbel Das mag sein, aber ich bin daran gewöhnt. – Wenn Sie vielleicht mit dem Oberkörper ein bissel rücken könnten?

Die leichte Dame *näher:* Man sieht Ihnen Ihre Kraft nicht an. Sie haben eine starke Ausstrahlung.

Färbel Eigentlich weniger.

Die leichte Dame Sie haben eine innere Glut!

FÄRBEL *am Rande der Pritsche, erhebt sich schließlich*: Entschuldigen Sie, ich denke gerade daran – ich habe ganz vergessen...

DIE LEICHTE DAME Was haben Sie vergessen?

FÄRBEL *lehnt sich an die Wand*: ...daß ich meistens im Stehen schlafe.
Licht aus.

6. BILD

Ein Lokal am frühen Morgen.

FÄRBEL *leicht betrunken, die Manuskriptblätter in der Hand*: Käte, lassen Sie sich umarmen. Ich war am Ende. Sie haben mir geholfen. Ich bin der glücklichste Mann der Welt. Herr Ober, eine Flasche Champus!

OBER Bitte sehr!

FÄRBEL Für die Entdeckerin des Shakespeare von 1953!

DIE LEICHTE DAME Ich bitte Sie, Bester...

FÄRBEL Ich dulde keine Bescheidenheit, denn die Theatergeschichte wäre ohne Sie ein Loch, jawohl, ein Loch – *Zum Ober:* Zwei Flaschen Champus, Herr Ober, eine für Sie, denn wir trinken auf den Dramatiker unserer Zeit. *Zu der leichten Dame:* Käte, sagen Sie Amadeus zu mir, denn ich verdanke Ihnen alles. Ich werde Sie fürstlich belohnen, meine Brieftasche steht zu Ihrer Verfügung.
Er nimmt die Brieftasche heraus, legt sie auf den Tisch und denkt nicht mehr daran.

DIE LEICHTE DAME Du denkst immer nur an Geld. Das ist doch selbstverständlich.

FÄRBEL Ich dulde keine Selbstverständlichkeiten! Ich bin ein Verfechter des absoluten Leistungsprinzips bis zur letzten Konsequenz – bis zur allerletzten – bis zur allerallerallerletzten Konsequenz – so bin ich nun einmal – ich bin eine kleine Hutnummer, das ist mir bekannt – aber für die Dichtung opfere ich mein Leben...
Der Ober serviert.
Danke, mein Freund, danke, du bist ein sympathischer Mensch, ich trink auf dein Wohl, setz dich zu uns, ich will für dich die Bedienung übernehmen, denn ich sehe, daß du müde bist...

OBER Das geht leider nicht. – Es ist die fünfte Flasche, die ich Ihnen gebracht habe. *Ab.*

Monhaupt tritt, von Färbel ungesehen, auf, setzt sich an einem Tisch hinter einem Paravent.

OBER *zu Monhaupt*: Kaffee schwarz?

FÄRBEL *zu der leichten Dame, die während seiner Rede die Brieftasche durchgeblättert hat*: Käte, aber das müssen Sie zugeben, daß diese Stunde die schönste meines Lebens ist, durch Sie! *Stößt mit ihm an.* Können Sie mir verzeihen?

DIE LEICHTE DAME Wieso?

FÄRBEL Weil ich Sie ursprünglich einfach – das muß ich selbstkritisch zugeben – einfach für eine asoziale, habgierige Person hielt! Ich sah nicht den wunderbaren, verwundeten Menschen in Ihnen – so vernebelt war ich, so bar jeder Menschenkenntnis. – Bitte, verzeihen Sie mir.

DIE LEICHTE DAME *die Brieftasche an sich nehmend*: Sie sind eben zu mißtrauisch.

FÄRBEL Das ist es genau. Und deswegen sage ich mir: Ich reiße dieses Mißtrauen aus mir heraus, ich reiße es heraus. – Bitte, holen Sie jetzt unseren gemeinsamen Freund, damit wir mit ihm auf sein Werk anstoßen und ihn im Triumph ins Theater geleiten. Sagen Sie ihm nicht, daß Sie ihn zu mir führen – bitte, versprechen Sie mir das.

DIE LEICHTE DAME Das verspreche ich. In diesem Punkt können Sie sich hundertprozentig auf mich verlassen.

FÄRBEL Ich danke Ihnen, ich wußte, daß Sie sehr, sehr, sehr, sehr feinfühlig sind. Kein Wort von mir, denn ich habe ihn beleidigt.

DIE LEICHTE DAME Ich werde ihm nicht eine Silbe sagen. Bis bald, Amadeus. *Ab.*

FÄRBEL Aber ich werde zu ihm sagen: *Steht auf, klopft an das Glas. Ansprache an drei leere Stühle*: «Verehrter und lieber Freund», werde ich sagen, «ich bin nur ein kleiner Dramaturg eines mittleren Stadttheaters. Ich bin, wenn ich ein Bild gebrauchen darf, so etwas wie ein Lesezeichen in einem Buch – und ich habe Sie beleidigt, Sie, der Sie ein Dichter sind. Das ist unentschuldbar, und ich will mich nicht entschuldigen. Aber ich will Ihnen meine Handlungsweise erklären: Als ich Sie angeschrien habe, verehrter und lieber Freund, waren Sie das Opfer einer Verwechslung. Nicht Ihnen galt mein Zorn, mein Zorn galt dem Intendanten, zu dem ich Sie jetzt führe und dem ich folgendes zu sagen gedenke. *Klopft erneut an sein Glas.* Herr Intendant! Seit sieben Jahren bin ich Dramaturg an Ihrem Stadttheater. Ich habe Sie für einen tatkräftigen Menschen unserer Zeit gehalten. Heute jedoch möchte ich

Ihnen sagen, daß Sie eine Null sind! Sie haben stets die Meinung, die am bequemsten ist. Das heißt, Sie haben keine Meinung. Sie denken stets die Gedanken, die Ihnen vorteilhaft scheinen. Das heißt, Sie haben keine Gedanken. Das ist es nicht, was ich Parteilichkeit nenne. Das ist es nicht, was ich Selbstkritik nenne. Das nenne ich feige und denkfaul. Sie sind kein Intendant, Herr Intendant, sondern ein Denkmal – ein Denkmal der Charakterlosigkeit. – Das aber, verehrter und lieber Freund, ist nicht die einzige Null, mit der ich Sie in meinem Zorn verwechselte. Ich verwechselte Sie vor allem mit einem Dilettanten, der seine Ungereimtheiten fälschlicherweise für ein Theaterstück hält und mit der Hartnäckigkeit eines Aktienmaklers an den Mann zu bringen suchte. Ihm hätte ich folgendes zu sagen. *Klopft an sein Glas.* Herr Monhaupt, Sie und Leute Ihres Schlages, Sie sind eine Landplage! Daß Sie nicht schreiben können, ist, so glaube ich, nicht Ihre Schuld! Daß Sie trotzdem schreiben, ist bedauerlich und kann seine Ursache in einem organischen Hirnleiden haben. Daß Sie aber darüber hinaus das Theater zu einer Folterkammer machen wollen, das ist, so glaube ich, Notzucht in Tateinheit mit Raub, mit Zeitraub, Herr Monhaupt!...»

Monhaupt taucht hinter dem Paravent auf.

MONHAUPT Herr Färbel!

FÄRBEL *setzt sich betroffen*: Herr Ober, eine Flasche!

MONHAUPT Ich wundere mich nicht, einen Mann Ihrer Skrupellosigkeit am hellen Vormittag betrunken zu finden.

FÄRBEL Prosit!

MONHAUPT Ich darf Ihnen mitteilen, daß Ihr Intendant angeordnet hat, unverzüglich mit mir an die Bearbeitung meines Stückes zu gehen!

FÄRBEL *überlegen*: Der Intendant interessiert mich nicht.

MONHAUPT Es wird Sie interessieren, daß Sie im Weigerungsfalle entlassen sind.

FÄRBEL Ich habe bessere Sachen.

MONHAUPT Dann werde ich Ihr skandalöses Verhalten publik machen. Ich werde Sie an die große Glocke hängen und dafür sorgen, daß Sie nirgends unterkommen. Das Amt für Kunst ist auf meiner Seite, der...

FÄRBEL Vorsicht, da war ich dabei. – Konventionalstrafe!

MONHAUPT Wieso?

OBER *bringt die neue Flasche*: Darf ich um Kasse bitten, mein Herr, ich werde jetzt abgelöst.

FÄRBEL Selbstverständlich. *Sucht vergeblich nach seiner Brieftasche.* Da war doch... ich hatte doch...

OBER Wenn Sie Ihre Brieftasche suchen, die haben Sie der Dame mitgegeben.

MONHAUPT Wollen Sie den Ruhm mit mir teilen oder nicht?

FÄRBEL Nicht! – Welcher Dame?

OBER Ihrer Dame. Der Dame, die Sie begleitete.

FÄRBEL Fräulein Steinwall?

OBER Früher hieß sie Käte.

FÄRBEL Aber das ist ganz ausgeschlossen. *Sucht weiter.*

OBER Ich habe es gesehen.

FÄRBEL Ausgeschlossen. – *Sucht weiter* – Höchstens aus Versehen. Na, dann also – *Drückt ihm, statt Geld zu geben, die Hand.* Sie muß ja gleich wiederkommen.

OBER Wiederkommen?

FÄRBEL Na hören Sie, ich bin völlig sicher – ich kenne die Dame aus dem Gefängnis.

OBER Tut mir leid. Ich muß mich jetzt an Sie halten, mein Herr.

MONHAUPT Ich frage Sie jetzt zum letztenmal: Wollen Sie? Ja oder nein? –

OBER *hat ausgerechnet*: Einhunderfünfundvierzig Mark und achtzig.

FÄRBEL *zu Monhaupt*: Natürlich will ich, warum sollte ich nicht wollen – wenn Sie dafür –

MONHAUPT Sonst spielen wir es nämlich unbearbeitet.

FÄRBEL *zusammenschreckend*: Um Gottes willen! *Zum Ober:* Der macht das wirklich. – *Zu Monhaupt:* Also abgemacht, ich bearbeite es sofort mit Ihnen, wenn Sie dafür meine Zeche bezahlen!

MONHAUPT Ich?

FÄRBEL Ja.

MONHAUPT Also meinetwegen. *Zum Ober, ohne zu zahlen.* Lassen Sie uns jetzt arbeiten.

FÄRBEL Ich halte es für richtiger, wenn Sie sofort bezahlen. Man soll diese Dinge nicht auf die lange Bank schieben.

MONHAUPT *ergeben*: Gut! Was macht es?

OBER Hundertfünfundvierzig Mark achtzig.

Monhaupt zahlt.

FÄRBEL *reicht dem Ober einen Geldschein aus Monhaupts Brieftasche*: Trinkgeld.

Ober ab.

MONHAUPT Also fangen wir an. *Er breitet das Manuskript auf dem Tisch aus.*

FÄRBEL Ich müßte nur noch ein kleines Telefongespräch führen.

MONHAUPT *in die Blätter vertieft*: Bitte. *Färbel geht auf das Telefon zu. Er nimmt verstohlen Hut und Mantel vom Garderobenhaken, dabei fällt ein Zeitungshalter herunter.*

MONHAUPT Was wollen Sie denn mit Hut und Mantel?

FÄRBEL Telefonieren. Ich telefoniere immer in Hut und Mantel – in Restaurants, meine ich. – Ich kann natürlich auch unbekleidet telefonieren. *Hängt Hut und Mantel wieder zurück. Unter Monhaupts Blick geht Färbel zum Telefon, nimmt verlegen den Hörer auf, wählt eine Nummer und täuscht, immer in der Absicht zu entfliehen, folgendes Gespräch vor*:

FÄRBEL Hallo! Ja, hier Färbel. Guten Tag, mein Lieber. – Wichtige Dinge, ja. Wie es mir geht? – Großartig, großartig. – Und Ihnen – gut? – Das freut mich. – Und Ihrer Frau? – Auch gut? – Das freut mich. – Und den Kindern? – Das freut – sagen Sie – und wie geht es dem Hund? Bellt er tüchtig? – Das ist schön. – *Da Monhaupt erneut sein Manuskript studiert, hat sich Färbel während der letzten Seite vom Telefon entfernt und geht weitersprechend auf den Ausgang zu.*

MONHAUPT Hervorragend, eine hervorragende Formulierung! *Zu Färbel:* Was machen Sie denn?

FÄRBEL *schiebt sich in die Damentoilette*: Nichts. – Ich wollte – ich mußte – verzeihen Sie.
Eine kreischende Frauenstimme, er kommt verlegen heraus.
Ein bedauerliches Versehen.

MONHAUPT Nun machen Sie schon.

FÄRBEL Es geht schnell. *Er geht in die danebenliegende Herrentoilette.*

MONHAUPT Hervorragend. Ich weiß nicht, was man daran noch verbessern soll.
Färbel schaut durch den Türspalt. Schließlich versucht er, im Windschatten einer dicken Frau, die aus der Damentoilette kommt und ihn vor Monhaupts Blicken schützt, den Ausgang zu gewinnen. Die Frau bemerkt ihn, er sucht, sie zu beschwichtigen, der Ober eilt herzu. Monhaupt bemerkt ihn, Färbel flieht in langen Sätzen auf die Straße. Die dicke Dame und Monhaupt, der fieberhaft seine Manuskripte zusammenpackt und noch von der Straße zu hören ist, folgen ihm.

STIMME MONHAUPTS Halten Sie den Mann auf! Halten Sie den Mann auf! Er weigert sich, mein Stück zu bearbeiten.
Licht aus.

7. Bild

Eine Baustelle. Raban und ein Arbeiter bringen auf einem Baugerüst eine Doppelrolle zur Beförderung von Mörtel und Steinen an. Unter dem Gerüst auf der gesperrten Straße Bretter, Ziegel, ein Bottich mit gelöschtem Kalk.

ARBEITER Ziemlich frisch heute morgen.
RABAN Ja.
ARBEITER Wo warst du solange? Wo hast du inzwischen gearbeitet?
RABAN Auswärts. – Nicht in meinem Beruf.
ARBEITER Nicht?
RABAN Nein.
Fräulein Glück und Fridolin laufen in die Szene.
FRIDOLIN Wir können doch nicht die ganze Stadt ablaufen, Fräulein Glück. Er kommt ins Theater. Glauben Sie mir, der Anruf ist nur ein Racheakt von diesem Monhaupt.
GLÜCK Ich finde ihn! Ich kriege heraus, wo er sich die Nacht herumgetrieben hat. An unserem Verlobungstag!
FRIDOLIN Ich sage Ihnen doch immer wieder, daß wir beim Boxen waren.
GLÜCK Beim Boxen! Beim Boxen! Ich werde ihm zeigen, wie man an seinem Verlobungstag boxt!
FRIDOLIN ... weil unser Dichter dort war ...
GLÜCK Dichter!
FRIDOLIN ... da ist Herr Färbel durch den Ring gekrochen – Ehrenwort! – und da hat ihn die Polizei ...
GLÜCK Lüg nicht! Ich werde nicht eher ruhen, bis ich deinen sauberen Herrn Färbel mitsamt seinen Huren gefunden habe! *Beide ab.*
ARBEITER Du gefällst mir nicht. Was ist mit dir los?
RABAN Was soll sein? Ich freue mich, daß ich wieder in meinem Fach arbeite.
ARBEITER Das merke ich. – Ist dir was schiefgegangen?
RABAN Nein.
ARBEITER Warum erzählst du nichts von dir?
RABAN Es gibt nichts zu erzählen.
ARBEITER Ein Mädel hat nach dir gefragt. Sie war vorhin im Büro. Hat man dir das gesagt?
RABAN Nein. Es interessiert mich auch nicht.
ARBEITER Bist du verheiratet?

RABAN Nein –

Färbel kommt angelaufen, ohne Hut und Mantel, derangiert; er verhält sich wie ein Verfolgter und setzt sich erschöpft unter ihren Arbeitsplatz auf einen Bretterstapel.

FÄRBEL Aus. Endgültig aus. Es gibt keine Hoffnung mehr, ihn je wiederzufinden.

ARBEITER Wenn mal was sein sollte, mein Junge, und du findest dich nicht zurecht, weißt du, ich bin immer da.

RABAN Ich weiß. – Aber es gibt Sachen, die jeder mit sich abmachen muß. *Hängt den Eimer mit Werkzeug ein und stößt ihn nach unten ab.* Das ist das Gute an der Schlosserei: Man sieht, was man gemacht hat, und kann keinen Schaden anrichten.

Färbel schreit auf, er liegt, von dem Eimer getroffen, ohnmächtig am Boden. Raban und der Arbeiter klettern eilig das Gerüst herunter und kommen ihm zu Hilfe.

RABAN Hol den Sanitäter.

Er bemüht sich um Färbel, ohne ihn zu erkennen. Anna kommt, von Raban ungesehen, ebenfalls auf die Unfallstelle zu. Färbel erwacht, stutzt, stößt einen unartikulierten Freudenschrei aus und umarmt Raban.

RABAN Wie geht es Ihnen?

FÄRBEL Shakespeare! Ihr Stück wird sofort aufgeführt!

RABAN *erkennt Färbel*: Ach, Sie sind das?

FÄRBEL Wo ist das Stück?

RABAN Im Ofen! *Will gehen, Färbel nach.*

FÄRBEL Wo?

ANNA *kommt und will ihm das in Zeitungspapier gewickelte Stück geben:* Hier!

FÄRBEL Bitte, lassen Sie mich zufrieden, ich will nicht Ihr Stück, sondern sein Stück. *Den weggehenden Raban aufhaltend.* Ich beschwöre Sie, geben Sie mir Ihr Stück –

ANNA Aber hier ist es doch.

FÄRBEL Ich sage Ihnen, daß ich Sie jetzt nicht gebrauchen kann. *Klammert sich an den weggehenden Raban.* – Ich bitte Sie – es war ein Mißverständnis.

Er drängt Anna zur Seite, die ihm abermals das Stück geben will. Raban geht auf das Gerüst und sichert die Rolle. Färbel klettert ihm nach.

ANNA Ich denke, Sie wollen es haben?

FÄRBEL Was?

ANNA Das Stück meines Mannes. Das ist es doch.

Färbel Sie? – Er? *Er springt die Leiter herunter, reißt ihr das Manuskript aus der Hand, umarmt und küßt sie freudig. Fräulein Glück kommt mit Fridolin und sieht die beiden.*

Glück Ich freue mich, endlich den Dichter kennenzulernen.

Färbel Ich habe ihn gefunden – Shakespeare – Paula! – *will sie umarmen* –.

Glück Wagen Sie nicht mehr, meinen Namen auszusprechen! Sie unersättliches Geschlechtstier! Sie Bigamist! Sie Skandal der Frauenwürde! Sie Mitgiftjäger! *Färbel weicht vor Fräulein Glück zurück. Seine Erklärungsversuche: «Ich bitte Sie, Fräulein Glück, wenn Sie sich erklären ließen – diese Dame» gehen unter. Fridolin und Anna versuchen ebenfalls vergeblich, sie aufzuklären. Rückwärts gehend fällt Färbel in den Bottich mit gelöschtem Kalk.* Ich werde ein Exempel statuieren! Sie Schaf im Wolfspelz! Das ist Ihr letztes Meisterstück gewesen!

Fridolin Beruhigen Sie sich doch! Das klärt sich alles auf!

Glück Komplice!

Anna Aber Sie glauben doch nicht im Ernst –

Glück Circe! *Ab.*

Fridolin und Anna helfen Färbel aus dem Bottich. Arbeiter kommen mit der Bahre.

Fridolin Hierher!

Anna Vorsicht!

Färbel wird bewußtlos auf die Bahre gelegt.

Färbel *wacht auf, als er weggetragen wird*: Mein Manuskript! *Er schnappt es im letzten Augenblick und drückt es feierlich an sich.* Mein Manuskript!

Fridolin *zu Anna*: Sagen Sie Ihrem Mann, daß ich das Stück sofort zum Intendanten bringe. Es ist schon so gut wie gespielt. Wir geben nicht eher Ruhe. *Er läuft Färbel nach. Licht aus.*

8. Bild

Zimmer eines Krankenhauses. Färbel sitzt mit Eisblase auf dem Bettrand vor einem Professor, der seinen Augenhintergrund spiegelt. Eine Schwester assistiert.

PROFESSOR Auf mein linkes Ohr sehen! Noch weiter links. Gut. Wundervoll. Sie haben die schönste Augenhintergrundblutung, die ich in meinem Leben gesehen habe.

FÄRBEL Das freut mich.

PROFESSOR Der Sehnerv schimmert durch das Blut wie ein porzellanfarbener Mond. Ich werde Sie allen meinen Assistenten vorstellen.

FÄRBEL Und wann bin ich wieder gesund?

PROFESSOR *das andere Auge spiegelnd*: Nach rechts sehen! Rechts, rechts, rechts! Höher, höher. *Begeistert.* Beidseitig! Herrlich! Sie müßten blind sein.

FÄRBEL Entschuldigen Sie, ich sehe noch.

PROFESSOR Müßten! Müßten! Ich werde der Welt beweisen, daß Sie sehen!

FÄRBEL Sehr liebenswürdig!

PROFESSOR Sie haben eine Contusio cerebri – eine Gehirnquetschung!

FÄRBEL Quetschung –

PROFESSOR Haben Sie Gleichtgewichtsstörungen? Lassen Sie unter sich?

FÄRBEL Noch nicht.

PROFESSOR Das haben wir sofort. Kommen Sie! Setzen Sie sich hier auf den Drehstuhl. – So – *Dreht ihn schnell rechts herum.*

FÄRBEL Entschulden Sie –

PROFESSOR *hält der Drehung inne, betrachtet die Augen*: Grobschlägiger Nystagnus – sehr schön – *Dreht ihn vehement links herum.* – So –

FÄRBEL Halt!

PROFESSOR Sie können jetzt nicht brechen! – *Betrachtet die Augen.* Rotatorischer Nystagmus bei Linksdrehung. Ausgezeichnet! Störungen des Sexuallebens?

FÄRBEL Nicht direkt.

PROFESSOR Wieso nicht? Beobachten Sie sich. Absolute Ruhe, Eisblase, nichts lesen, nichts denken, keine Aufregung. Dann kann ich Sie in einem Vierteljahr entlassen.

FÄRBEL In einem Vierteljahr!?

PROFESSOR Spätestens in einem halben Jahr.

FÄRBEL Ausgeschlossen!

PROFESSOR Wieso?

FÄRBEL *aufgebracht*: Weil ich zur Premiere meines Stückes gesund sein muß!

PROFESSOR *Färbel beobachtend*: Reizbar –

FÄRBEL Weil ich nicht beabsichtige, wegen einer Gehirnquetschung die wichtigste Stunde meines Lebens zu versäumen!

PROFESSOR Affektlabil – distanzlos –

FÄRBEL Und weil ich nicht daran denke, mich von Ihnen umbringen zu lassen!

PROFESSOR Verfolgungsideen – Sehr reizvoll! Sagen Sie, lieber Herr Färbel, was ist das eigentlich für ein Stück, von dem Sie da sprechen?

FÄRBEL Das bedeutendste Lustspiel der Gegenwart.

PROFESSOR Das läßt sich denken. Mich interessiert nur, haben Sie das Stück mit natürlichen oder übernatürlichen Kräften geschrieben?

Färbel schweigt.

Dürfen Sie nicht darüber sprechen? Ich meine, verbieten Ihnen das Ihre inneren Stimmen? Das gibt es doch – oder nicht?

Färbel schweigt.

Sagen Sie, lieber Färbel, wie, glauben Sie, entsteht eigentlich so ein Regenbogen?

FÄRBEL Herr Professor! Ich bin weder schwachsinnig noch verrückt. Ich will es auch nicht bei Ihnen werden! Ich bin Dramaturg des hiesigen Stadttheaters und bin in dieser Eigenschaft – genanntes Stück suchend – von einem Eimer am Kopf getroffen und bewußtlos in Ihre Klinik eingeliefert worden.

PROFESSOR Haben das Ihre Feinde veranlaßt?

FÄRBEL *schreiend*: Sie sind mein Feind!

PROFESSOR Wirklich? – Und warum meinen Sie?

FÄRBEL *am Ende seiner Kraft*: Bitte, glauben Sie mir, daß ich weder krank noch wahnsinnig bin. Ich erwarte lediglich den Bescheid der Intendanz über den Aufführungstermin des Stückes und verlasse Ihre Klinik, sobald es meine Kräfte erlauben! Glauben Sie mir!

PROFESSOR *während die Schwester den tobenden Färbel ins Bett bringt*: Aber natürlich, lieber Färbel, ich glaube Ihnen doch alles. Nehmen Sie nur diese Tropfen, dann findet sich alles Weitere. *An der Tür:* Ich werde aus Ihnen eine medizinische Berühmtheit machen. *Ab.*

FÄRBEL Machen Sie einen Menschen aus sich!

FRIDOLIN *am Fenster, das hochparterre gelegen ist*: Sst! Herr Färbel!

FÄRBEL Fridolin!

FRIDOLIN Kommen Sie ans Fenster. Die Bürokratenbande will mich nicht reinlassen.

FÄRBEL Hast du alles ausgerichtet?

FRIDOLIN *zögernd*: Ehrensache, Herr Färbel. – Ist es wahr, daß Sie schwerkrank sind?

FÄRBEL Ich bin völlig gesund. Hat der Intendant das Stück schon gelesen?

FRIDOLIN Ja, gelesen hat er es.

FÄRBEL Fängt er gleich mit den Proben an?

FRIDOLIN Nicht gleich –

FÄRBEL Wieso nicht. Das ist doch das Wichtigste! – Hat er sich bei dir bedankt?

FRIDOLIN Nicht besonders.

FÄRBEL Das hat er vergessen. Er wird zu bewegt gewesen sein.

FRIDOLIN Ich glaube, darin täuschen Sie sich.

FÄRBEL Verlaß dich darauf! Aber jetzt mußt du mir genau erzählen, was er dir aufgetragen hat! Genau!

FRIDOLIN Mir? Das war mehr so allgemein, wissen Sie – ich glaube, er wollte persönlich mit Ihnen sprechen – er muß schon unterwegs sein – das wollte ich Ihnen sagen – ja –

FÄRBEL *feierlich*: Ich habe es gewußt, Fridolin. Du magst sagen, was du willst – du kennst ihn nicht. Du magst ihn für einen Schönredner oder für einen Karrieristen halten, aber in allen wirklich entscheidenden Fragen wird er großzügig und unbestechlich das Richtige tun.

FRIDOLIN Er kommt. *Verläßt schnell das Fenster.*

Färbel legt sich hin, macht sich für den Besuch zurecht. Schnell ist zur Tür hereingekommen.

FÄRBEL Guten Tag, Herr Intendant.

SCHNELL Guten Tag!

FÄRBEL Ich freue mich sehr, daß Sie mich besuchen kommen.

SCHNELL Ich schäme mich, einem Hochstapler mein Vertrauen geschenkt zu haben.

FÄRBEL *lachend*: Ja, dieser Monhaupt!

SCHNELL Ich spreche von Ihnen!

FÄRBEL Ich trage Ihnen nichts nach!

SCHNELL Ich habe Sie in meiner Verblendung für einen loyalen Intellektuellen gehalten, und ich erfahre im Verlaufe eines einzigen Tages, daß Sie ein asoziales Subjekt sind!

FÄRBEL Wie bitte?

SCHNELL Ein Tartüff, ein Don Juan, ein unmoralischer Schädling!

Nicht genug damit, daß Sie in unerhörter, nie dagewesener Weise Ihren Dienst vernachlässigen, Produktionsberatungen, Sitzungen und Diskussionen fernbleiben, nicht genug, daß Sie die von mir aufgetragenen Arbeiten bewußt sabotieren, entlarvt Sie ein einziger Tag des Heiratsschwindels, der Hochstapelei, ja der widerlichsten Exzesse, der Jugendverderbnis, der Erpressung fortschrittlicher Autoren, der Zechprellerei und des Diebstahls.

FÄRBEL Sie haben die vorsätzliche Sabotage einer Boxerveranstaltung vergessen. – *Lächelnd:* Ich bitte Sie, Herr Intendant...

SCHNELL Sie können mich nicht mehr täuschen! Sie sind entlassen! Fristlos entlassen! Ich übergebe Sie der Staatsanwaltschaft!

FÄRBEL Bitte.

SCHNELL Das könnte Ihnen so passen. Sich im Skandal zu wälzen. Ich denke nicht daran. Aber ich verbiete Ihnen, das Theater zu betreten!

FÄRBEL Darf ich fragen, wie Ihnen das Stück gefallen hat?

SCHNELL Das ist kein Stück, sondern ein Machwerk –

FÄRBEL Was?

SCHNELL – eine beleidigende Kritik unserer Zustände, unserer Errungenschaften, unserer Helden – ich baue den Sozialismus auf, und so ein Schmierant will nur zersetzen!

FÄRBEL Schmierant?

SCHNELL *zeigt im Manuskript*: In diesem Stück kommt ein Aktivist vor, der seine Frau betrügt! In diesem Stück – wird von einem hohen Parteifunktionär gesprochen, der Bier trinkt.

FÄRBEL Schrecklich. Wie ein Mensch.

SCHNELL Bei Ihnen muß man natürlich saufen, um ein Mensch zu sein. Grölen, sich wälzen. – In diesem Stück – ich habe dafür keine Worte – wird über uns gelacht. Gelacht! Am Ende kommt einer daher und lacht über mich. Finden Sie unsere Zeit lächerlich?

FÄRBEL *aus dem Bett springend*: Nicht die Zeit. Ich finde Sie lächerlich! Wissen Sie, was sich in diesem Lande abspielt? An Neuem, an Widersprüchen, Großem, Kläglichem! Mit Menschen, die hassen, lieben, Fehler machen, viele Fehler, wie in diesem Stück, das Sie ein Machwerk nennen, und das wir trotzdem spielen werden! Weil es wahr ist!

SCHNELL Aber nicht typisch!

FÄRBEL Nicht schematisch!

SCHNELL Ist es für einen Aktivisten typisch, seine Frau zu betrügen? Ist es für einen hohen Parteifunktionär typisch, Bier zu trinken? Es ist untypisch, absolut untypisch! Deshalb lehne ich die Satire als ein unrealistisches, objektivistisch-kosmopolitisches Machwerk jederzeit ab! Auch wenn Gewaltnaturen Ihres Schlages das Stück interessant finden! Wir brauchen keine interessanten Stücke! Wir brauchen Idealfiguren, Vorbilder, die eben keine Fehler machen, die eben nicht lächerlich sind, sondern sauber, anständig und optimistisch...

FÄRBEL ...hygienisch und keimfrei...

SCHNELL ...der Menschheit lichte Zukunft erträumen und erbauen! *Zur Tür.* Mein Theater ist eine moralische Schulung. In dem weder Sie noch die Satire Platz haben! *Will abgehen.*

FÄRBEL Herr Intendant!

SCHNELL Was? –

FÄRBEL Wenn Sie einen Dramaturgen suchen sollten: Nehmen Sie einen Pfarrer!

SCHNELL Scheren Sie sich zum Teufel! *Ab.*

FÄRBEL *resigniert zurücksinkend*: Warum? Weil ein Pfarrer ans Predigen vor Schlafenden gewöhnt ist, und weil ihm vom Weihrauch nicht die Augen tränen.

FRIDOLIN *vor dem Fenster wieder auftauchend*: Sst! Herr Färbel! – Herr Färbel! Was ist?

FÄRBEL Nichts, Fridolin. Nichts. – Aus. Wir haben verloren.

FRIDOLIN Aber wir geben nicht auf, Herr Färbel. – Ich habe es gelesen, Herr Färbel, unterwegs! Das ist genau das, was wir brauchen.

FÄRBEL Ja. Aber vielleicht sind wir noch nicht soweit.

FRIDOLIN Das sagt man immer, wenn man zu feige ist, etwas durchzusetzen. – Herr Färbel!

FÄRBEL Ich bin nicht feige. Fridolin, ich bin müde.

FRIDOLIN Das ist ein bürgerliches Versagen, Herr Färbel. Jetzt ist der Zeitpunkt, wo wir kämpferisch diskutieren müssen!

FÄRBEL Wo, Fridolin?

FRIDOLIN In der Betriebsgruppe, das ist doch klar. Der erzähle ich alles von A bis Z. Was wir gemacht haben, warum wir es gemacht haben, daß der Intendant Sie entlassen hat und daß wir uns das nicht gefallen lassen. Offensiv.

FÄRBEL Ich habe eine andere Idee!

FRIDOLIN Jetzt kann man nur noch offensiv in der Betriebsgruppe kämpfen!

FÄRBEL Ich kämpfe ja – ich habe eine kolossal kämpferische Idee – du gehst zu einer Frau.

FRIDOLIN Was?

FÄRBEL Zu einer Frau. Frauen sind diplomatischer, weißt du.

FRIDOLIN Eine Genossin?

FÄRBEL Ja. Die Genossin Mellin im Ministerium für Volksbildung in Berlin. Eine großartige Frau.

FRIDOLIN Ist das die Frau, von der Sie mir erzählt haben, daß sie ein hilfloser Versager ist?

FÄRBEL Ganz recht, der bringst du das Stück, und sagst ihr: «Der Mann, der Sie über die Feuerleiter besucht hat –»

FRIDOLIN Feuerleiter?

FÄRBEL Über die Feuerleiter, dazu gibt es ja Feuerleitern. Also du sagst ihr: «Der Mann, der Sie über die Feuerleiter besucht hat, hat das Lustspiel unserer Zeit gefunden und liegt infolgedessen im Krankenhaus. Er vertraut Ihnen und bittet Sie, sich beim Intendanten für die Aufführung des Stückes zu verwenden.»

FRIDOLIN Gemacht, Herr Färbel, ich geh los! *Verschwindet vom Fenster.*

FÄRBEL Fridolin!

FRIDOLIN Was? *Sein Kopf erscheint wieder.*

FÄRBEL Du mußt ihr natürlich sagen, daß der Intendant nicht wissen darf, daß das Stück von mir kommt.
Fridolin verschwindet.
Fridolin!
Erscheint.
Du kannst ihr damit drohen, daß sonst das Stück von Monhaupt aufgeführt wird.
Verschwindet.
Fridolin! Fridolin!

FRIDOLIN *entfernt*: Was denn noch?

FÄRBEL *holt das Manuskript von seinem Bett, reicht es zum Fenster hinaus. Kurz danach tritt der Professor mit Assistenten, von Färbel nicht bemerkt, ein.* Was denn noch! Das Stück! Du hast das Stück vergessen. Daß du es nicht zerknitterst. Laß es nicht in der Bahn liegen. Flieg los! Toi – toi – toi!

PROFESSOR Was machen Sie denn da Schönes, Herr Färbel?

FÄRBEL Ich? – Nichts, das heißt ich füttre Vögel – *macht es vor* – gewöhnliche Vögel – Spatzen – tse-tse-tse...

PROFESSOR *zu den Assistenten*: Illusionen und Halluzinationen bei Gehirnquetschung. *Zu Färbel:* Unterhalten Sie sich mit den Vögeln? – Na? – Herr Färbel? Geben Sie ihnen Aufträge? – Sie sprachen den Vögeln doch von Ihrem Stück, nicht wahr? – Genieren Sie sich nicht, die Herren sind alle Ärzte.

Färbel *brüllt*: Ich bin normal! Ich weiß den Wochentag, ich weiß den Monat, ich kenne das Einmaleins, ich weiß, wie ein Regenbogen entsteht. Ich bin ein normaler, vollsinniger Mensch, der im Jahre 1953 ein satirisches Zeitstück zur Aufführung bringen will!

Professor *ad spectatores*: Hier sehen Sie die schönste wahnhafte Illusion der zweiten Hälfte des zwanzigsten Jahrhunderts!

Licht aus.

Dritter Akt

Das Zimmer Färbels, halb ausgeräumt und zu einem Frühstück vorbereitet, das der Intendant nach erfolgreicher Premiere der Presse zu geben beabsichtigt. Letzte Vorbereitungen der Festtafel. Es werden Büsche, Blumen und eine Gipsbüste hereingetragen. Seit dem letzten Bild sind etwa zwei Monate vergangen. Der Akt muß schnell gespielt werden.

GLÜCK *telefoniert*: Nein – und wenn Ihre Nachrichtenagentur die ganze Welt informieren wollte, dann könnte ich Ihnen immer noch nicht mehr über den Autor sagen, als daß er Raban heißt, daß er Schlosser ist und noch nie vorher ein Stück geschrieben hat – nein, kein Pseudonym – R-a-b-a-n ... ja, ich kann Ihnen nicht helfen, wir haben in zehn Minuten eine Pressekonferenz. *Legt auf.* Das Grünzeug und den Gipskopf raus! Die Glückwünsche zum Intendanten! *Telefoniert.* Bitte keine Gespräche mehr hier herauflegen. *Legt auf.*

REPORTER *fotografiert Fräulein Glück*: Danke. Telefonieren Sie! Das Knie höher, so, danke. – Ich gratuliere Ihnen zu Ihrem ungeheuren Erfolg. Ich brauche zwanzig Zeilen über das Stück für meine Bildreportage: Um was geht es eigentlich?

GLÜCK *gibt ihm das Stück*: Lesen Sie das Stück.

REPORTER Wieso lesen? Ich will schreiben. Fünf Zeilen über den Autor, fünf Zeilen über die Wirkung, fünf Zeilen politische Perspektiven – alles andere fotografiere ich!

GLÜCK In zehn Minuten hören Sie das alles auf der Pressekonferenz.

REPORTER Ich bitte Sie. – Ich kann Reden nicht aushalten, verstehen Sie, physisch nicht!

GLÜCK Dann werden Sie Taubstummenlehrer! *Drängt ihn hinaus.*

FRIDOLINS STIMME Fräulein Glück – Fräulein Glück!

FRIDOLIN *stürzt herein mit Telegrammen und Zeitungen*: Was habe ich gesagt! Das Stück wird ein Schlager! Eine Sensation, habe ich gesagt! 45 Telegramme! Keine Zeitung, die nicht über unser Stück schreibt. *Still.* Der Augenblick ist gekommen, von dem Herr Färbel sagte: «Guten Morgen, Welt, wir schenken dir einen neuen Shakespeare.»

GLÜCK Wer hat das gesagt?

FRIDOLIN Herr Färbel! Jawohl! Dem das Theater alles verdankt und der nicht einmal eine Karte für das Stück kaufen konnte, das er entdeckt hat.

GLÜCK *spitz*: Offenbar hat man ihn nur deshalb hinausgeworfen, deinen Herrn Färbel.

FRIDOLIN Jawohl! Und deshalb kommt er wieder herein! Dafür werde ich sorgen! Ich! Wenn ich auch nur ein Botenjunge bin. Wenn ihn auch die Menschen verraten, die er geliebt und verehrt hat! *Will ab, geht zurück.* – Aber was ist denn, Fräulein Glück?

GLÜCK Nichts. – *Sie schneuzt sich.*

SCHNELL *erscheint im Frack, er kämpft mit der Frackhose; der Knopf des hinteren Hosenträgers ist abgesprungen*: Meine Rede! Wo ist meine Rede?

GLÜCK Sie haben sie vorhin noch gehabt.

SCHNELL Ich frage nicht, ob ich sie gehabt habe, sondern wo sie ist! Ich kann doch nicht ohne Rede reden! *Er sucht seine Brille, Glück sucht die Rede.* Wo ist meine Brille? Machen Sie mich doch nicht verrückt mit Ihrem Gesuche! Nähen Sie mir den Knopf an! Haben Sie die Rede?

GLÜCK Vielleicht...

SCHNELL Vielleicht! Vielleicht! Nähen Sie mir nicht das Hemd an! *Findet die Brille in seiner Tasche.* Da ist ja die Brille. Man kann sich auf niemanden mehr verlassen. Vielleicht habe ich die Rede – *Versucht wegzugehen, der Faden hindert ihn.* Seien Sie nicht so nervös, Fräulein Glück! Die Rede kann ja nicht...

FRIDOLIN *schnell herein*: Fräulein Glück – Herr Intendant –

SCHNELL Was denn schon wieder?

FRIDOLIN Es sind Leute da, Bauarbeiter, sie wollen dem Dichter ein Geschenk bringen als Arbeitskollegen. Sie sagen...

SCHNELL Sie sagen, sie sagen! Sag ihnen, sie sollen es abgeben, sie hören von mir...

FRIDOLIN Aber sie wollen den Dichter –

SCHNELL Du siehst doch, daß ich keine Zeit habe!

Fridolin ab.

He!

Fridolin erscheint.

Such meine Rede!

FRIDOLIN Wo?

SCHNELL Wenn ich es wüßte, brauchtest du sie nicht zu suchen!

Fridolin ab.

REPORTER *kommt herein, fotografiert* Zwei Sekunden, Herr Intendant! Bitte, nehmen Sie das Stück in die Hand! Ganzseitig, Unterschrift: Der Geburtshelfer der zeitgenössischen Satire. Der Vater der jungen Dramatiker!

SCHNELL *macht sich von der nähenden Glück frei und stellt sich in Positur.*

REPORTER Danke.

SCHNELL Ich weiß nicht, warum Sie so viel Aufhebens von mir machen.

REPORTER Unterschrift: Der bescheidene Vater der jungen Dramatiker.

SCHNELL Noch eine im Sitzen. *Frau Mellin tritt ein.* Was wollen Sie denn? Es kann doch nicht einfach jeder hier reinkommen! Hier wird fotografiert!

REPORTER *knipst*: Danke!

SCHNELL Ich habe Pressekonferenz.

MELLIN Deswegen komme ich. Guten Tag!

SCHNELL Ach, Sie sind von der Presse – sehr erfreut! Entschuldigen Sie, daß wir noch nicht ganz soweit sind, aber ich habe hier schon etwas Informationsmaterial über unsere Arbeit für Sie vorbereitet, bitte... *Gibt ihr einen Packen Papier.* Wenn Sie die Liebenswürdigkeit hätten, etwas zu warten – in einem Viertelstündchen...

REPORTER Wenn Sie jetzt noch einen Bleistift zur Hand nehmen könnten, um Verbesserungen am Manuskript zu machen, die Stirn etwas grübelnd, im Ausdruck jedoch optimistisch bleibend – so – danke – superb! *Ab.*

MELLIN Ich wollte Sie gerne vor der Konferenz sprechen.

SCHNELL Leider, Verehrteste, das tut mir leid, aber da hat mich schon die Regierung mit Beschlag belegt.

MELLIN Die Regierung?

SCHNELL Sie hören ganz recht, meine Liebe, die Regierung. Die Regierung denkt sich ihr Teil und schickt mir den Genossen Mellin vom Ministerium für Volksbildung, damit ich ihm so gewisse Richtlinien gebe. Das Gebiet der Gegenwartsdramatik ist schließlich Neuland – da braucht man immer wieder einen alten Praktiker.

MELLIN Kommt der Genosse Mellin oft, Ihren Rat einholen?

SCHNELL Die Presse ist immer neugierig. – Sie können sich denken, Funktionäre und Gegenwartsdramatik – und erst gar bei einer Satire. Da will sich jeder sichern, da möchte es keiner gewesen sein. Da geht es los: «Wie ist es, Bester? Was sagen Sie dazu,

Verehrtester! Sehr scharf, nicht wahr, obwohl, obzwar, ja, ja, die Kühnheit darin ist sehr gut, aber wo bleibt die Vorsicht, obwohl, obzwar, ja, ja» – Wenn man mir die Sache dann zuschickt, so sage ich: «Ach was, wenn es nur wahr ist und uns hilft, unsere Fehler zu überwinden.» – Er ist sehr aufgeschlossen, dieser Genosse Mellin, ein dankbarer, sehr aufgeschlossener Mensch.

MELLIN Das ist viel wert.

SCHNELL Ja, ja. Na, wir sehen uns ja gleich auf der Konferenz!

MELLIN Ja, da werden wir's ja dann erleben. *Ab.*

SCHNELL *zu Fräulein Glück, die endlich den Knopf fertig annähen kann.* Wenn man Erfolg hat, umbrummen sie einen wie die Hummeln. Dann hat man nur noch Freunde, und wenn sie einen noch vor vier Wochen durch ihre Käseblätter gezogen haben. – Ach, diese Enge! Was ist diese Stadt für einen Mann mit großen Ideen.

GLÜCK Fertig. Der Knopf ist dran.

SCHNELL Ein Mann von Kopf braucht die Hauptstadt.

GLÜCK Jetzt brauchen Sie Ihre Rede.

FRIDOLIN *tritt ein*: Herr Intendant, die Bauarbeiter lassen sich nicht abweisen – sie wollen –

SCHNELL Laß mich mit dieser läppischen Delegation in Frieden! Ich habe ganz andere Dinge im Kopf. Ist der Genosse Mellin da?

FRIDOLIN Genosse Mellin? Nein. Ich kenn nur eine Frau Mellin. Wollte die kommen?

SCHNELL Misch dich nicht in meine Angelegenheiten. Wo ist die Rede?

FRIDOLIN Weg. Ich finde sie nicht.

SCHNELL *schreit ihn an*: Dann such sie! Such! Das ganze Haus soll suchen!

Fridolin schnell ab.

Diese Kleinlichkeit, diese Borniertheit! Um einen Menschen, der nach den Sternen greift. *Ab.*

GLÜCK So daß ihm die Hosenknöpfe abplatzen. *Sie nimmt eins der Bilder Färbels, die zusammengestellt in der Ecke stehen, betrachtet es und geht gerührt ab.* Nicht einmal einen Brief hat er mir geschrieben.

Nach einigen Sekunden öffnet sich die andere Tür um einen Spalt, Herr Färbel tritt ein, mehrfach von Geräuschen erschreckt. Er geht zu seinen Sachen, sucht Pillenschachteln, «da ist ja das Atropin», ein Bild, einen Schal, nimmt das Exemplar des Stückes, mit dem der Intendant fotografiert wurde, und eine Rose von der Ta-

fel an sich. Die Rose steckt er sich an. Der Abschied eines kleinen Mannes von seinem bisherigen Leben. An der anderen Tür hört er plötzlich Schritte, es gelingt ihm nicht, die Ausgangstür zu erreichen.

FRIDOLIN *tritt auf, die Rede in der Hand*: Herr Intendant! – Herr Färbel! – Endlich! Haben Sie meinen Brief bekommen?

FÄRBEL Nein.

FRIDOLIN Gut, daß Sie da sind! Wissen Sie, daß sich dieses Schwein den ganzen Erfolg anziehen will? Kein Wort von Ihnen, kein Wort, daß wir das Stück gefunden haben. Er wird Augen machen, wenn Sie da sind.

FÄRBEL Ich werde nicht da sein.

FRIDOLIN Wieso? – Sie werden ihm doch nicht den Nutzen lassen, diesem Nachbeter, diesem traurigen!

FÄRBEL Was ist Nutzen, Fridolin? Darüber können Meinungen ganz auseinandergehen.

FRIDOLIN Und der Intendant macht damit Karriere! *Wütend das Manuskript der Rede des Intendanten durchblätternd.* Hier! Lesen Sie seine Rede! «Ich... Ich... Ich...» immer nur «Ich».

FÄRBEL Mag sein, er macht Karriere, mag sein nicht, das ist nicht meine Sache.

FRIDOLIN Doch! Das ist unsere Sache!

FÄRBEL Ich bin nicht für Boxkampf. Es ist nicht meine Natur, weißt du. Ich muß gehen.

FRIDOLIN Warum sind Sie denn dann erst gekommen?

FÄRBEL Ich wollte dir «Auf Wiedersehen» sagen und für dein weiteres Leben Glück wünschen – ja – ich mochte dich sehr. Wenn du an mich denkst, wirst du mich für altmodisch halten.

FRIDOLIN Nein. Niemals.

FÄRBEL Aber ich bin es. Ich muß sehn, daß ich mich noch etwas modernisiere, verstehst du. Man baut auch in Autos andere Motoren. Hat Fräulein Glück nach mir gefragt?

Fridolin verneint.

– Gib ihr den Brief, ich fahre weg, die Bücher kannst du behalten – Shakespeare –.

FRIDOLIN Wo wollen Sie hin?

FÄRBEL Ziemlich weit, aufs Land, ich bin dort Bibliothekar, ja, eine ziemlich gute Stellung. Du kommst mich einmal besuchen.

FRIDOLIN Sie dürfen nicht weggehen. Ein Mann mit Ihren Kenntnissen, Ihren Fähigkeiten darf sich nicht in irgendeiner lächerlichen Beschäftigung verkriechen.

FÄRBEL Es gibt keine Beschäftigung, die lächerlich wäre. Es ist wichtig, den Leuten zu sagen, welche Bücher sie brauchen.

FRIDOLIN Wenn Sie gehen, sind Sie besiegt. Wenn Sie gehen, hat die Dummheit gesiegt.

FÄRBEL Der Mensch wird nur besiegt, wenn er stirbt und wenn er lügt.

STIMME DES INTENDANTEN *von draußen*: Fridolin! Fräulein Glück! Fridolin!

Färbel eilig zur anderen Tür.

FRIDOLIN Bleiben Sie hier!

FÄRBEL *in der Tür*: Auf Wiedersehen. Grüß alle. *Ab.*

SCHNELL Hast du nicht gehört, daß ich dich gerufen habe?! Wo ist Fräulein Glück? Wo ist meine Rede? Wo ist –

FRIDOLIN *ausbrechend*: Was geht mich Fräulein Glück, was geht mich Ihre Rede, was geht mich dieses ganze verfluchte Theater an! *Zur Tür.*

SCHNELL Bist du verrückt geworden! Du bist entlassen! Wo ist meine Rede?

FRIDOLIN Hier ist Ihre Rede! Hier ist Ihre Lüge!!! *Zerreißt das Manuskript heulend in Fetzen, wirft es dem Intendanten vor die Füße und rennt hinaus.* Hier! Und hier! Und hier! *Ab. Der Intendant hinter ihm her. Man hört:*

DIE STIMME DES INTENDANTEN Ich bring dich in eine Erziehungsanstalt! Halunke! Verbrecher! *Der Intendant kommt atemlos zurück, bückt sich nach den Fetzen.*

SCHNELL Meine Rede! Fräulein Glück! Dieser Lauseigel! Fräulein Glück!

GLÜCK *kommt*: Was ist denn jetzt schon wieder!

SCHNELL Er hat mir meine Rede zerfetzt!

GLÜCK Fridolin?

SCHNELL Kleben Sie die Rede zusammen.

Glück bemüht sich.

Was laufen Sie mir denn hier im Weg rum! Wo ist der Genosse Mellin?

GLÜCK Nicht gekommen. Der Autor ist auch noch nicht da.

SCHNELL Lassen Sie mich jetzt mit diesen nebensächlichen Dingen in Frieden. Der Autor! Redet doch nur Kohl! Kommen sich gleich wichtig vor, weil sie ein Stück geschrieben haben. Kleben Sie!

GLÜCK Das kann man nicht mehr kleben.

Es klopft.

SCHNELL Was denn?!
MELLIN Können wir anfangen?
SCHNELL Natürlich. Entschuldigen Sie. – Wenn Sie die Herrschaften heraufbitten wollten? Ich habe nur noch eine kleine Unterredung...
MELLIN Mit dem Genossen Mellin?
SCHNELL Ganz recht, dann fangen wir an, fühlen Sie sich indessen wie zu Hause.
MELLIN Danke, ich habe mich schon eingelebt. *Ab.*
SCHNELL *zu Glück*: Wenn dieser Tag vorbei ist, wird hier aufgeräumt! Ausgefegt! Kommt Zug in das Theater! – Geben Sie das Zeug her! Ich werde meine Gedanken aus dem Stegreif entwikkeln!
Geht, in den Fetzen lesend, ab.
GLÜCK Dann werde ich zur Vorsicht etwas essen. *Telefoniert:* Die Serviererinnen sollen kommen, wir fangen an.
Von draußen nähern sich die Stimmen der Pressevertreter. Bei Frau Mellin taucht Fridolin auf.
Zu den Gästen: Bitte, meine Damen und Herren, treten Sie näher! Der Intendant beendet gerade eine wichtige Unterredung, er läßt sich noch einen Augenblick entschuldigen. – Bitte bedienen Sie sich. – Das Mikrofon vor den Intendanten; hier sitzt der Intendant.
FRIDOLIN *zu Mellin*: Wenn ich Ihnen einen Rat geben darf: Contra und nochmals contra! *Trinkt ihr zu.* Prosit! Ich kann Sie jederzeit unterstützen!
GLÜCK *hat ihn entdeckt und zieht ihn zurück*: Raus, raus. Verschwinde! *Zu Mellin:* Darf ich Ihnen etwas anbieten?
FRIDOLIN *von der anderen Seite zu Frau Mellin*: Jederzeit! Auch der Autor, wenn ich ihn finde! *Ab.*
Es wird applaudiert, «bravo» – der Intendant tritt auf, verbeugt sich gemacht bescheiden, applaudiert ebenfalls, es wird fotografiert.
SCHNELL Fräulein Glück, können wir anfangen?
GLÜCK Bitte, meine Herrschaften, nehmen Sie Platz.
SCHNELL Wo sitze ich?
GLÜCK Hier, Herr Intendant.
SCHNELL Liebe Freunde unseres Theaters! Ich habe Sie, die Kritiker und tätigen Geburtshelfer einer neuen deutschen Dramatik, an dem Ehrentag unseres Theaters zu uns gebeten, nicht nur, um mit Ihnen die Uraufführung eines Stückes festlich zu begehen, dessen

gewaltige Resonanz bei unseren Werktätigen mich rührt und stolz macht, sondern auch, um mit Ihnen die Methode zu diskutieren, die dieses Werk hervorgebracht hat und die immer bessere, immer bedeutendere Stücke für unser Leben, für unseren Aufbau, für unsere sozialistische Gesellschaft, als deren bescheidener Stoßtruppführer ich meine Pflicht tue, hervorbringen wird. – Ich bin – wie Sie alle wissen – kein Freund großer Worte, ich bin ein Mann des Handelns, ein Vertreter des Prinzips der zähen Kleinarbeit, die schließlich immer das Große schafft, auch wenn es spät oder nie erkannt wird. Lassen Sie mich – ehe ich zum Grundsätzlichen und Prinzipiellen meiner Ausführungen komme – einen kleinen schöpferischen Hinweis auf meine Methode geben: Die Tatsache, daß Sie einer dringenden Besprechung wegen auf mich warten mußten, veranlaßt mich selbstkritisch, eine Rationalisatorenbewegung zur Verbesserung der Kontrolle der Arbeitsdisziplin zu gründen, die in beispielhafter Weise alle Zirkel, Diskussionsgruppen, Seminare, Produktionsgemeinschaften und Kollektivkomitees koordinieren wird, die ich in unserem Theater auf wissenschaftlicher Basis laufend gründe. Das heißt konkret gesprochen, jedem der 25 Zirkel unseres Theaters – Sie finden das in unserem Informationsmaterial – wird ein Rationalisatorenkontrollzirkel zugeordnet, so daß wir nicht über 25, sondern über 50 Zirkel verfügen. Das ist eine stolze Zahl, wenn man bedenkt, daß wir erst im zweiten Jahr des Fünfjahrplans sind. – Damit sind wir in der Lage, jedwede individuelle Arbeit im Theater konsequent zu liquidieren. Damit entfalten wir das Banner der Wissenschaft in unermüdlichen Diskussionen aller mit allen. Ja, ich kann sagen: In unserem Hause wird diskutiert und diskutiert, bis nichts mehr übrigbleibt. – Das ist der Beginn einer neuen Ära des Theaters. – Aber diese Methode, liebe Freunde, hat auch ihre Feinde, wie jede vorwärtsweisende Sache ihre Feinde hat. Ja, ich will Ihnen gestehen, daß der Haß gegen diese meine Methode meinen ehemaligen Dramaturgen veranlaßt hat, den Autor der mutigen Satire, deren Uraufführung wir heute feiern und die wir alle ihrer Kühnheit wegen lieben, aus kleinlichen, beckmesserischen Motiven als Dilettanten des Hauses zu verweisen. Dieser Haß hat heute – vor einer Viertelstunde – einen jungen, fehlgeleiteten Menschen dazu gebracht, in mein Arbeitszimmer einzudringen, meinen Rechenschaftsbericht zu rauben und zu vernichten! Aber diese Methode wird siegen, sie hat mit diesem Werk einen großen ersten Schritt getan, und sie wird sich wie der Frühling in allen künstlerischen

Produktionen ausbreiten. Sie wird zu den Dichtern kommen, den Malern, den Bildhauern, so daß überall –

MELLIN – nur noch geschwätzt wird.

SCHNELL – so daß überall – wie? So daß, wie gesagt, ich bin kein großer Redner, um es kurz zu machen, ehe ich zum Wesentlichen komme, ich bin überzeugt, also wenn es nach mir ginge, ich würde auf ein, zwei Jahre das Theater Theater sein lassen, ich würde auf eine MTS gehen, einen Traktor besteigen und in herzerfrischender Gemeinsamkeit mit unseren Kumpeln das Werden unserer neuen Welt erleben.

MELLIN Bravo!

SCHNELL Ich würde – ich würde, na, Sie wissen, es geht nun einmal nicht nach uns –

Während des letzten Teils seiner Rede hört man von draußen die Stimmen von Färbel, Raban, Fridolin, Anna. Die Stimmen nähern sich, sie kämpfen offenbar mit dem sich sträubenden Färbel. Raban hat etwas getrunken und ist in guter Stimmung.

FÄRBELS STIMME Entschuldigen Sie, es geht wirklich nicht. – Tun Sie mir den Gefallen...

SCHNELL Und so wollen wir Kämpfer an der Kulturfront...

RABANS STIMME Du mußt mit mir anstoßen, Amadeus.

SCHNELL ...ehe ich meine Rede über die Satire unserer Zeit beginne...

RABANS STIMME Da rettet dich kein Gott und kein Magengeschwür!

SCHNELL ...dankbar das Glas zu erheben.

RABANS STIMME Und wenn wir dich tragen müssen!

FÄRBELS STIMME Ich bitte Sie, Frau Raban – bitte –, ich möchte keinesfalls die Öffentlichkeit...

Die Tür öffnet sich, Färbel wird von Raban und den Arbeitern, Kollegen Rabans, hereingetragen.

RABANS STIMME Öffentlichkeit sind heute nur du und ich. – Du bist mein Freund, und ich will mit dir auf meine Premiere anstoßen.

Von der Schulter Rabans herab grüßt Fräbel verlegen und entschuldigend das verwirrte Auditorium.

SCHNELL Was ist denn das für ein Affentheater!?

FÄRBEL Entschuldigen Sie, meine Herren, meine Damen, ich komme ganz gegen meinen Willen.

RABAN *setzt Färbel am Tisch ab, bietet den anderen Platz an*: Bitte, lassen Sie sich nicht stören, ich heiße Raban und gehöre dazu – reden Sie weiter, oder reden Sie nicht, aber gestatten Sie, daß ich mit meinem lieben Freund Amadeus, mit unserm Fridolin – grüß dich! – mit meiner Frau – komm her, Anna!

GLÜCK Das ist Ihre Frau?

RABAN Wenn Sie nichts dagegen haben – und den Jungens, mit denen ich arbeite, ein paar Gläschen auf unser aller Wohl trinke –. *Holt Gläser, Flaschen herbei, immer auf Färbel achtend, der entweichen möchte.*

SCHNELL Das können wir später machen, Raban. Sie sehen doch, daß wir jetzt in einer wichtigen Konferenz sind!

RABAN Setz dich, Schnell, ich sehe – du redest zuviel –, setz dich, Amadeus, du bist mir sympathisch, setzt euch, hier ist Wein, hier ist Fleisch, bedient euch! *Er schenkt ein, holt Platten herzu.*

SCHNELL *leise zu Färbel*: Sind Sie wahnsinnig!? Sie wagen –

FÄRBEL Ich wage keineswegs, ich bitte, ich bin gar nicht vorhanden – ich traf Herrn Raban auf dem Theatervorplatz –

SCHNELL *zu Färbel*: Sie verlassen sofort das Theater!

FÄRBEL Ich wollte auch nicht heraufkommen. *Will weg.*

RABAN *führt Färbel zurück*: So ist es, und jetzt bist du da. – Auf dein Wohl! Du bist ein Prachtkerl! –

SCHNELL Weil er Sie so großartig rausgeschmissen hat.

RABAN *zu Schnell*: Zischel nicht lange hier herum, du hast genug geredet, jetzt wollen wir trinken, Prosit!

FÄRBEL *verlegen, gerührt, auf Fräulein Glück bezogen*: Ehe ich gehe, erlaube ich mir, das Glas auf eine Dame zu erheben, die mir immer lieb und teuer ist.
Fräulein Glück errötet.

SCHNELL Jetzt ist Schluß! Schluß mit der Heuchelei! Meine Damen und Herren! Ich habe lange und geduldig dieser unwürdigen Störung zugesehen, aber jetzt ist der Spaß vorbei! *Anklägerisch auf Färbel weisend.* Dieser Mensch, dieser harmlos und verlegen scheinende Mensch, dieser Mensch, meine Damen und Herren, ist es, der den Autor unseres Stückes in der rüdesten Weise hinausgeworfen hat.

RABAN *vergnügt*: So ist es.

SCHNELL Dieser Mensch ergab sich am gleichen Tage – seinem Verlobungstage mit einer unserer besten Mitarbeiterinnen – den scheußlichsten Exzessen und machte sich innerhalb von 24 Stunden des Heiratsschwindels ...

FÄRBEL *unterbricht Schnell*: Entschuldigen Sie – nicht des Heiratsschwindels –, dagegen muß ich in Anbetracht der Anwesenheit von Fräulein Glück protestieren.

SCHNELL Sie haben nicht zu protestieren! Fräulein Glück! Stimmt das? Fräulein Glück?

GLÜCK Ich weiß nicht –

SCHNELL *winkt ärgerlich ab*: Des Heiratsschwindels, der Zechprellerei und der vorsätzlichen Körperverletzung schuldig, so daß ihn die Polizei verhaftete. Deswegen habe ich diesen Menschen entlassen. Deswegen habe ich ihn des Theaters verwiesen!

RABAN So ist es. – Amadeus, ich muß sagen, das habe ich dir damals nicht zugetraut. Und alles wegen meines Stückes.

SCHNELL Was?

FRIDOLIN Jawohl, wegen unseres Stückes! Mit dem Sie sich jetzt brüsten, und das Sie damals Herrn Färbel vor die Füße geworfen haben, weil es zersetzend, weil es untypisch, weil es ein unrealistisches Machwerk war!

SCHNELL Du lügst!

FRIDOLIN Herr Färbel!

FÄRBEL Entschuldigen Sie, Herr Intendant, es lag nicht in meiner Absicht – ich gehe –

FRIDOLIN War es so mit dem Stück oder nicht?!

FÄRBEL – aber was das Stück betrifft, so muß ich leider zugeben, daß Sie es mir im Krankenhaus mit eben diesen Worten vor die Füße warfen.

SCHNELL Dieses Stück?! Doch nicht dieses Stück!

FRIDOLIN Jawohl, das kann ich beeiden!

SCHNELL Lüge! Das Stück ist mir vom Ministerium für Volksbildung in Berlin zugesandt und empfohlen worden.

FRIDOLIN Ja, nachdem ich es hingebracht habe! Im Auftrag von Herrn Färbel! Herr Färbel!

RABAN Das war gut. Das war ein sehr guter Schachzug, Amadeus!

SCHNELL *überlegen*: Meine Damen und Herren, ich glaube, die unqualifizierten Verleumdungen erledigen sich von selbst, wenn ich Ihnen berichte, daß mir der Genosse Mellin vor wenigen Minuten die volle Anerkennung eben dieser seiner Behörde ausgesprochen hat.

FRIDOLIN Genosse Mellin? Genosse Mellin?! – Herr Färbel! – Frau Mellin!

MELLIN Ja?

GLÜCK Sie heißen Mellin?

SCHNELL Wieso?

MELLIN Wieso nicht?

SCHNELL Das ist nicht wahr!

FRIDOLIN Der Genossin Mellin habe ich das Stück gebracht, als Sie noch das Schauerstück von Herrn Monhaupt aufführen wollten.
SCHNELL Monhaupt? Kenn ich nicht. Nie gehört.
Es klopft, Herr Monhaupt tritt auf.
SCHNELL Das ist –
FRIDOLIN Herr Monhaupt!
SCHNELL Das ist ein Komplott!
FÄRBEL Ich gehe.
RABAN Bleib hier, mein Lieber, denn ich finde es sehr gemütlich.
SCHNELL Was wollen Sie hier?
MONHAUPT Ich möchte die Anwesenheit von Presse und Rundfunk benutzen, um Ihnen für Ihren Wortbruch zu danken! – *Ins Mikrofon:* Heinrich von Kleist, ähnlich verkannt und beleidigt, hat sich am kleinen Wannsee erschossen. Ich hingegen habe durchgesetzt, daß mein Werk nunmehr in Berlin aufgeführt wird. Ich bitte die Herren, die fortschrittliche Weltpresse zu informieren. Moskau, Peking, Paris! *Ab.*
SCHNELL Das ist eine Verschwörung!
MELLIN Aber Herr Intendant...
SCHNELL Sie gehören dazu! Sie haben sich hier eingeschlichen! Ich kenne Sie nicht.
MELLIN Ich bitte Sie, wir haben doch vor ein paar Minuten miteinander gesprochen. Fräulein Glück war dabei. Sie sagten doch selbst, daß Sie mit mir gesprochen haben.
SCHNELL Ja, ja – nein, nein – natürlich – das heißt – wie soll ich sagen – *Blickt sich ratlos um.* Meine Damen und Herren – entschuldigen Sie – ich bin plötzlich... ein Hitzegefühl... *An den Kopf fassend* – leer, leer – ein Anfall von Schwindel... *Er wendet sich ratlos an Frau Mellin, sinkt auf einen Stuhl.*
MELLIN Meine Damen und Herren, der Intendant bittet mich, die Konferenz für ein paar Minuten zu unterbrechen. Nach der Pause wird sein Vertreter, der Kollege Färbel, mit Ihnen über die Fragen der Saitre sprechen. *Schnell stöhnt dumpf, während die Konferenzteilnehmer und die Arbeiterdelegation abgehen.*
FÄRBEL Ich? Wieso ich?
FRIDOLIN Ehrensache, Herr Färbel.
SCHNELL Ich bin ruiniert. Lächerlich gemacht. Ich muß mich beurlauben lassen. *Brüllt plötzlich.* Ihr habt mich lächerlich gemacht! Sie! Und Sie! Und Sie! Ihr alle!
MELLIN Und Sie? Was haben Sie gemacht?
Schnell Ich? Ich habe das Beste gewollt. Ich habe gearbeitet und

gearbeitet! Allen habe ich es recht machen wollen! Nach jedem habe ich mich gerichtet! Wer kann denn wissen, was ihr haben wollt? Was wollt ihr denn haben?!

MELLIN Keine Karrieristen und keine Phrasendrescher! Wir wollen Leute – die ihre Arbeit verstehen und ihr Gesicht den Massen zuwenden und nicht den vorgesetzten Dienststellen.

SCHNELL Und ich? Was soll ich machen?

FRIDOLIN Erfüllen Sie sich Ihren Herzenswunsch und gehen Sie auf eine Traktorenstation.

MELLIN In der ersten Woche wird Sie Herr Färbel vertreten.

SCHNELL Der Teufel hole Ihre Traktorenstation! *Ab.*

FÄRBEL Ich bitte Sie, Frau Mellin, das kann ich nicht machen. Auch diese Rede kann ich nicht halten. –

MELLIN Dann müssen Sie es lernen. Sie haben fünf Minuten. Das ist mehr Zeit als Sie über die Feuerleiter gebraucht haben. *Ab.*

RABAN Enttäusche mich nicht, Amadeus, ich erwarte, daß du die Sache jetzt in deine organisationsgeübten Fäuste nimmst. Du bist im Ring erprobt und hast somit die besten Voraussetzungen, für einen Intendanten einzuspringen.

FÄRBEL Nein, nein – das geht nicht –. Der Vorschlag ist sehr ehrend. – Aber ihr überschätzt mich. – Ihr kennt mich nicht.

FRIDOLIN *wütend*: Sind Sie denn umsonst eingesperrt gewesen, sind Sie denn umsonst im Krankenhaus gewesen!

FÄRBEL Wieso? – Warum muß ich Reden halten, weil ich eingesperrt war? Warum soll ich den Intendanten vertreten, weil ich eine Gehirnerschütterung hatte? –

RABAN Amadeus, in der ersten Zeit springen wir bei dir ein. Verfüge über mich als Dramaturg bis zum Nervenzusammenbruch.

FÄRBEL Entschuldige bitte. – Euer Vertrauen rührt mich tief. – Allein, ich bin außerstande... *Blick auf Fräulein Glück:* selbst wenn ich von meinen fachlichen Voraussetzungen absehen wollte – gewisse persönliche Gründe – gewisse private Umstände –

FRIDOLIN *scharf*: Kollegen! Ich finde unser Verhalten falsch!

RABAN Sehr richtig. Fridolin, du wirst mein Mitarbeiter.

FRIDOLIN *nimmt die Positur eines Redners ein. Im Kauderwelschton*: Kollegen! Wir haben es bisher nicht verstanden, dem Kollegen Färbel in genügender Schärfe klarzumachen, daß nicht nur der Intendant, sondern auch wir schwere Fehler begangen haben, die selbstkritisch zu revidieren sind. Wir müssen erkennen, daß wir für das opportunistisch-praktizistische Verhalten des Intendanten verantwortlich sind, weil wir es geduldet haben. Wir haben es nicht verstanden, diese Mißstände durch die Entwicklung einer innerbetrieblichen Demokratie zu überwinden, sondern sind den individualistischen Weg des privaten Widerstands gegangen, was ein typisch kleinbürgerlicher Rückstand ist. Das ist schlecht.

Raban lacht.

FRIDOLIN Das ist wirklich schlecht.

RABAN Dann sag es auf deutsch, Fridolin!

FRIDOLIN Ach so. – *Stockend.* Ich will sagen, ich finde, dieser Schnell ist keine Einzelerscheinung, finde ich. Es gibt ihn auch nicht bloß in Theatern, sondern auch in den Fabriken, zum Beispiel wo mein Vater arbeitet und auch in den Ämtern und Verwaltungen, wo ich als Botenjunge hinkomme und auch woanders und auch bei einem selber sozusagen, so daß ich finde, daß man diesem Schnell zu Leibe rücken muß.

RABAN Bravo, Fridolin!

FÄRBEL Sehr richtig.

FRIDOLIN Und nicht indem man wie ein Krebs bloß rückwärts kriecht, Herr Färbel, wenn man Fehler findet und Dreck und denkt ‹was soll ich mir die Hände dreckig machen?›, sondern indem man auf sie losgeht und selber was riskiert und anpackt und sich die Hände dreckig macht. Das wollte ich Ihnen, verehrter Herr Färbel, sagen.

RABAN Das hast du schön gesagt, Fridolin!

FRIDOLIN Und deshalb beantrage ich, daß wir die privaten Gründe des Kollegen Färbel nicht anerkennen und beschließen...

ANNA ...daß sich der Kollege Färbel zur Strafe für seine Verbrechen öffentlich verlobt!

FÄRBEL Ich? – Wieso? – Das heißt...

RABAN Und daß alle Komplicen auf euer Wohl trinken!

GLÜCK *geht auf ihn zu*: Amadeus!

FÄRBEL Paula – *fortan schnell und bestimmt* – halt! Wir verloben uns nicht.

GLÜCK Was?

FÄRBEL Wir heiraten! Organisation, verstehst du! Initiative! Was, Fridolin! Man darf die Sache nicht auf die lange Bank schieben!

RABAN So ist es, Amadeus. Ich habe gewußt, daß du ein tollkühner Kopf bist. Du hast dich meinetwegen ruiniert, jetzt ruiniere ich mich deinetwegen. Wir heiraten ebenfalls, Anna. Prosit, Amadeus, Prosit, Paula!

FÄRBEL Halt, Kollegen, so geht das nicht, wir müssen das organisieren. So. Jeder ein Glas. Eins, zwei, drei, vier, fünf, sechs, sieben –

GLÜCK Sechs.

FÄRBEL Sieben! Ich trinke zwei!

GLÜCK Du verträgst doch keinen Wein.

FÄRBEL Prosit! Ich vertrage alles! Wein, Fleisch, Zigarren, Kaffee, Küsse, Reden, Gedichte, Produktionsberatungen, Pressekonferenzen, Boxkämpfe – weil ich mit dem heutigen Tag die Partei des Lebens ergreife.

RABAN Amadeus, das nächste Stück schreibst du!

FÄRBEL Aber keine Satire. – *ad spectatores:* Wie ist es, Bester, was sagen Sie dazu, Verehrtester? Obwohl, obzwar, ja, ja. –

Schneller Vorhang.

Der Aufstieg des Alois Piontek

Eine tragikomische Farce

Personen

Alois Piontek
Franz Sambale
Die Witwe Kassandra
Vertreter der örtlichen Unternehmerschaft
Vermögensverwalter der Kriegsblindenvereinigung
Vermögensverwalter der Christlichen Mission
Vertreter der notleidenden Gutsbesitzer
Präsident
Kater
Sonnenschein
Mondenglanz
Hengstenberg
Armeeminister
Wirtschaftsminister
Der vermutende Minister
Der nickende Minister
Der geistige Minister
Der fromme Minister
Makuschke
Magdalena
Ein Junge

Erster Akt

Ein verwüsteter Hühnerstall in einem Schrebergarten am Rande der Stadt. Mit dem kleineren Hinterraum dient er, schon geraume Zeit offenbar, der Ablage alten Gerümpels, wenn man die herabsetzende Bezeichnung Gerümpel gelten lassen will für jenes eigentümliche Strandgut, das der fragliche Besitzer, Inhaber eines Verschönerungssalons möglicherweise, hier geborgen hat. Neben durchaus praktischen Flakons und Flaschen verschiedener Farbe und Größe, neben einem ebenso praktischen Destillierapparat im Hinterraum (der Besitzer mag hier während des Krieges Schnaps gebrannt haben, verstockt gegen die Weisungen der Obrigkeit), neben einer Luftpumpe und einer noch immer tadellos vernickelten Glocke, geeignet, Dauerwellen zu erzeugen bei Herren wie Damen, um vor der Mitwelt angenehm zu machen, neben diesen immerhin praktischen Gerätschaften findet sich eine Ankleidepuppe, die leider unbekleidet ist. Hühnerleiter, Futtertröge und verdreckte Bretter bezeichnen die eigentliche Bestimmung des Raumes.
Man kann sich denken, daß sich dieser so unerwartet ausgezeichnete Stall nur widerwillig mit der Gewährung von Asyl an die unstet beschäftigten Landstreicher Alois Piontek und Franz Sambale abgefunden hat.
In diesem Hühnerstall also, dessen Besitzrecht umstritten, in einen Handspiegel schauend gelegentlich, hält Alois Piontek, der Unbehauste, auf einem Gartenstuhl sitzend, dessen mittleres Sitzbrett der Krieg leichtfertig zerbrach, mit wohlklingender Stimme nachfolgende Rede an eine leergetrunkene Flasche vor sich auf hühnerverdrecktem Gartentisch.

PIONTEK So stehe ich heute vor dir. *Schwankt und setzt sich.* So sitze ich heute vor dir in aller Größe, in aller Schönheit, wie Gott sich den Menschen in einem Alptraum ausgedacht hat. Ich, Alois Piontek, ein Nichts, ein Niemand, an seinem einunddreißigsten Geburtstag, in der Blüte seines Lebens – *steht auf* –, ein Baum, der in den Himmel ragen sollte, stehe ich vor dir, bereit, des Baumes Rinde abzunagen, da es an Brot mir gebricht. Ich habe Mitleid mit mir. Ich habe Verständnis für mich – *setzt sich* –, obwohl es möglich ist, daß du an dieser Stelle gewisse Einwände machst. – «Du bist faul», wirst du sagen, «du bist arbeitsscheu. Sind deine

Muskeln nicht griffig, sind deine Gedanken nicht listig, zu nähren den Leib und zu kleiden? Du trägst die Schuld», wirst du sagen, «sieh dir die anderen an.» Gut, ich verstehe. Gut, sprich nicht weiter. *Er stößt bei seinen Erörterungen die Flasche an, so daß sie wackelt und schließlich umfällt.* Ruhe, sage ich, pst. *Setzt die Flasche an den Mund und sagt, da sie sich als leer erweist:* Entschuldigen Sie. – Ich übernehme die Schuld ... ich ... wohlverstanden – wer aber ist dieses Ich? – Wer hat das Ich denn genötigt, so und nicht anders zu sein? – Was, welcher hirnvolle Gott hatte den hirntollen Einfall, mich überleben zu lassen, mich mit der Sehnsucht zu plagen, Mensch unter Menschen zu sein, beachtet zu werden, geliebt wie die Männer im Kino. O allgewaltige Natur, o reiner Mond, Wolken und Meere durchwandernd, die ihr der Brust des Kindes einst wärmende Hoffnung verschafftet, o allgewaltige Natur, verschaffe dem Mann einen Strick – *sucht und findet ein Stück Papierkordel* – statt dieser Papierkordel. Daß er der Täuschung entsage in diesem Hühnerstall vor einer trauernden Flasche; denn seine Kleider sind unverkäuflich, und es fehlt ihm an Brot und Erbauung. Gib mir einen festen Nagel!

Er steigt auf eine Kiste, befestigt seine Hosenträger an einem Nagel an der Wand, unterbricht sich, da er Schritte hört.

Wer, welcher Peiniger kommt, den letzten Trost mir zu rauben.

Franz Sambale, sein Gefährte, der Landstreicher hat ein Paket unter dem Arm, schiebt die auffallend gut erhaltene Melone ins Genick und betrachtet Piontek belustigt.

SAMBALE Schiebe das Aufhängen auf. Es ist das achtzehnte Mal.

PIONTEK Nichts macht für diesmal mich zaudern. – *Hält inne.* Warum?

SAMBALE Weil es für den Menschen ein einmaliger Genuß ist und weil du nichts davon hast, wenn du besoffen bist. Entsage der Ausschweifung fürs erste. Wasch dich, zieh diesen Kittel an und gib dir ein bedeutendes Aussehen mit dunklen Augengläsern. Wir sind in ansehnliche geschäftliche Unternehmungen verwickelt.

PIONTEK Du versuchst mich nicht.

SAMBALE *zieht ein Bündel Banknoten aus der Rocktasche*: Marie, Marie, Mariechen ...

PIONTEK *steigt herunter*: Geld? Du, Geld? Woher?

SAMBALE Das bringt dich auf die Beine. Betriebskapital.

PIONTEK *ehrfürchtig*: Geld? Geld!

SAMBALE O süße Himmelsgabe,
o reine Macht der Banknote,

die du erweckest die Todsüchtigen
und erleuchtest die Kleingläubigen.
Singen machst du die Dichter
und denken die Professoren.
Lieblich verklärst du das Auge des Maklers
und lieblich die Herzen der Lieblosen.
O holde Kraft der Banknote,
die du die Wunder der Welt täglich staunend erneuerst,
gepriesen sei deine Bescheidenheit!
Das schlichte Gewand aus Papier,
bequem in die Tasche zu stecken.
O schlichte Besiegerin des Todes.

PIONTEK Woher?

SAMBALE Hör zu, damit du die Größe der Zeit und die Zeichen verstehst. Als ich in der Frühe heute aufwache, du schliefst noch, und mich hatte einzig der Hunger so zeitig geweckt, da sehe ich den Himmel durch das Fenster so rot wie Kalbsblut von Sonne. Ich spüre die Kälte und denke, mach dir ein bissel Bewegung, vielleicht erwischst du was. Ein Brot, ein Stück Wurst, sie können es dir nur als Mundraub auslegen.

PIONTEK Du bringst uns noch die Polizei auf den Hals.

SAMBALE Hör zu, Freiherr, damit du etwas lernst und nicht alles falsch machst, wenn es darauf ankommt. – Ich gehe also los, die Luft ist hübsch frisch, die Vorstadt noch feucht vom Tau und perlmuttern gefärbt wie ein Fischleib. «Morgen, Meister!» – «Morgen!» Sieh da, ich habe Glück und erwische das eine und das andere.

PIONTEK *ängstlich*: Das Geld? Gestohlen?

SAMBALE Nicht das Geld. Ich stehle kein Geld, weil es niemand offen hinlegt. Ein Brot und ein Stickel Wurst, wie beabsichtigt. Ein gottgesegneter Tag. Wo ist der lauschige Ort, die Himmelsgaben zu genießen? Eine Parkbank? Zu kühl. – Ein Pissoir? Zu unwirtlich. – Eine Kneipe? Kein Geld. – Ein Postamt? Zu ungemütlich. Wo, denke ich, kann man um diese Zeit warm, gemütlich und kostenlos frühstücken? In einer Bank, denke ich, wo die Leute Geld bringen und Geld abholen, die ist hübsch gemütlich zum Warten eingerichtet.

PIONTEK Und stiehlst das Geld dort und rennst weg und wirst verfolgt und rennst hierher. – Ich habe nichts damit zu tun! Ich habe noch nie etwas gestohlen. Da steht jemand. Da ist jemand!

SAMBALE Ich stehle kein Geld, sage ich, und in der Bank schon gar nicht. Warum? Weil eine Bank darauf eingerichtet ist. Ein Mensch muß eine Moral haben. – Warum? Weil er sonst nichts hat. Da draußen steht eine Laterne. – Wie ich mich also in der Bank so ein bissel umsehe, da bleibt dir doch so eine Pute stehen, wie in der Illustrierten zu sehen sind bei Korsettreklame für Dicke, und mustert mich mit meinem Päckel in Zeitungspapier. «Na, Madame», sag ich, «was soll's denn sein, was machen Sie denn hier so Schönes?» – «Ich suche das Zimmer des Direktors», sagt sie. «Das trifft sich», sage ich, «da sind wir auf demselben Dampfer» und schiebe mit ihr los in ein Wartezimmer, wo die Sessel so groß waren wie diese Hühnerbude. Da falle ich natürlich auf, wie ich dasitze mit meiner Melone und Brot abschneide und Wurst esse aus der Hand, Polnische und bissel Knoblauch seelenruhig, und ich sehe, wie die Pute einer kleinen, dicken Ratte zuzwinkert mit Schellfischaugen und mich dann fragt höhnisch: «Sie brauchen wohl einen größeren Kredit für Ihre Firma?» – «Im Gegenteil, Madame», sage ich, «im Gegenteil, ich bin damit beschäftigt, Kredite loszuwerden, für ein nie dagewesenes Unternehmen!» Und sehe, wie sie glubscht, ungläubig, und nicht weiß richtig, in ihre Dummheit angeborene, ob ich bin ein Vieh von Natur oder ein Vieh aus Kapitalkraft, das sich leisten kann Verrücktheiten. Und wie ich mir so betrachte diese Nummer, gelungene Mischung zwischen Hahn und Henne, und schon gehen will, da kommt dir so ein feiner Pinkel hochnäsiger in schwarze Kluft heraus, wo hereinläßt zu diese Bankherren, und fragt, was mein Anliegen sei und was er sich dem Herrn Direktor vorzutragen beehren könne. «Nichts!» schreie ich ihn an, «weil ich nicht gewohnt bin, daß man mich warten läßt. Mein Name ist Sambale!» Und gehe und will mit dem Portier ein bissel erzählen wegen Kippen, denn ich hatte doch keinen Tabak natürlich, da kommt die kleine dicke Ratte die Treppe heruntergesprungen wie ein Gummiball auf Continentalabsätze und zieht mich beiseite und fragt: «Würden Sie wirklich keinen Kredit nehmen?» – «Bemühen Sie sich nicht», sage ich, «es ist aussichtlos. Ich habe strenge Anweisung.» Von wem, fragt er und was, wie, wo, womit, wieso und ob ich nicht doch... und ob ich nicht ausnahmsweise... und die Pute kommt dazu und ein Mann, der aussieht wie ein marinierter Hering bei Fieber, und sie fragen dir Sachen an mir herum wie aus einem Wörterbuch für Verrückte. «Ich bin für Schweigsamkeit und Abweisung von Krediten engagiert», sage ich, «durch mein unwirsches Wesen. Wenn ich Ihnen sage, daß wir uns einen Hühnerstall als Laboratorium eingerichtet haben, um einigermaßen sicher zu sein vor Belästigungen, so werden Sie begreifen, daß Ihre Fragerei keinen Zweck hat. Wir zahlen hohe Preise für die Liebenswürdigkeit, in Ruhe gelassen zu werden.» Und gehe. – Ich denke, die werden verrückt wie ein Ameisenhaufen bei Gewitter mit Vitriolregen, sie fingern an mir herum wie an eine Jungfrau, sie wollen mir Prozente, sie wollen mir Provision geben...

PIONTEK Und schweren Herzens vertraute die Jungfrau in Geldangelegenheiten der öffentlichen Nutzung sich an. Du nahmst. Schlau.

SAMBALE Dumm. Ich nahm nicht. – Bis auf das Päckchen, das mir die Pute in die Rocktasche steckte, was ich nicht bemerkt habe natürlicherweise, weil eine Regel nichts ist ohne Ausnahme.

PIONTEK Und sonst hast du nichts genommen? – O Unbildung! O heilige Unwissenheit!

SAMBALE Nichts. Das ist es doch, was sie so verrückt machte.

PIONTEK Weil ihnen soviel Dummheit auf einem Fleck noch nicht untergekommen ist. Natürlich.

SAMBALE Unnatürlich. Daß einer Geld haben will, ist natürlich, das will doch jeder, aber daß einer kein Geld nehmen will, das ist unnatürlich. Das ist das Sichere daran. Das ist das Neue daran.

PIONTEK Wieso ist kein Geld neu? Wieso ist kein Geld sicher? Du bist ein Ochse gewesen.

SAMBEL Du begreifst es nicht, Freiherr! Warum? Weil es dir an Gesetzeskunde fehlt. – Wenn ich das Geld genommen hätte, Mensch, so wäre das doch irgendwie gestohlen, ungesetzlich, unehrlich, unmoralisch, unmodern.

PIONTEK Deshalb hast du es nicht genommen und wirst moralisch, ehrlich, gesetzlich und modern für die paar Kröten ins Zuchthaus gehen oder moralisch, ehrlich, gesetzlich und modern verrecken. Denn ehrlich währt am längsten und Armut ist keine Schande und die Letzten werden die Ersten sein. O Wucherer du mit dem Pfunde der Dummheit. Wer bringt das Geld uns zurück? Wer bringt die Chance zurück, zu kaufen einen Eiswagen oder eine Selterbude, um menschlich leben zu können? – Sambale, Sambale, gibt mir meinen Eiswagen wieder!

SAMBALE Du wirst zehn, hundert, tausend Eiswagen kaufen...

PIONTEK Wovon?

SAMBALE Von dem Geld, das sie uns bringen werden, ohne Diebstahl, zehnfaches Geld, hundertfaches Geld.

PIONTEK Dieweil der Regen neuerdings nach oben fällt.

SAMBALE Dieweil sie uns belagern werden mit ihrem Geld, dieweil sie uns durch die Fenster, durch die Dachritzen hineinkriechen werden, dieweil sie uns in die Taschen kriechen werden mit ihrem Geld. Mit größerem Geld, mit moralischem Geld, mit gesetzlichem Geld.

Was für ein Stümper war ich,
das Obst von den Bäumen zu stehlen,
das Brot aus den Läden zu stehlen
oder die Uhr aus der Tasche
in Zeiten des großen Geschäfts.
Unmodern ist der Diebstahl,
und hoffnungslos rückständig
sind die Methoden der Diebe,
der Einbrecher und Raubmörder,
hoffnungslos dumm und erfolglos
in Zeiten des Börsenberichts,
in Zeiten des Diebstahls am Fließband.
Ich alter Esel!
Wie kann man ein Autorennen
gewinnen mit einem Hochrad!
Mit Blindheit war ich geschlagen.

Sie werden uns Geld bringen, Mensch, bringen!

PIONTEK Die Polizei werden sie uns bringen. *Sieht zur Fensterluke hinaus.* Da! – Da ist sie wieder...

SAMBALE Die Polizei?

PIONTEK Die Frau.

SAMBALE Welche Frau?

PIONTEK Die ich vorhin schon gesehen habe. Da... sie hat sich hinter dem Komposthaufen versteckt... wir sind umzingelt... wir müssen das Geld sofort vernichten... da ist sie wieder... da...

SAMBALE Das ist sie!

PIONTEK Wer?

SAMBALE Die Pute, Mensch! Die große Chance, Mensch! Zieh diesen Kittel an und gib dir das bedeutende Aussehen eines Gelehrten in seinem Laboratorium.

Er wirft Piontek den Kittel hin, holt Flaschen, Destillierapparat, Glaskugeln aus dem Hinterraum und schafft damit die ziemlich lächerliche Parodie eines Laboratoriums.

PIONTEK Ich? Ich denke nicht daran.

SAMBALE O schöne Stätte der Forschung, o neue Gelehrsamkeit!

PIONTEK Ich bin kein Laboratorium, und ich bin kein Gelehrter. Ich bin kein Hochstapler, und ich bin kein Betrüger!

SAMBALE Natürlich nicht. Du sollst ja auch nur so aussehen. *Während er ihm den Kittel überzieht:* Aus reinem, unschuldigem Amüsement sollst du für eine Viertelstunde wie eine Mischung aus Rasputin und Gandhi aussehen und Belästigungen deiner Person sowie neugierige Fragen über deine Arbeit in würdevoller Haltung zurückweisen. Kapiert?

PIONTEK Aber was arbeite ich denn? Ich bin doch völlig unerfahren in Arbeit.

SAMBALE Du sollst ja auch nicht arbeiten – will der arbeiten –, sondern als Genie wirken. Gut siehst du aus. Sehr gut. Die Brille noch. Die Haare – *bringt Pionteks Haare durcheinander* – aus Gründen der Konzentration, ein bissel Schwarz um die Augen – *macht es* – aus Gründen der Nachtarbeit. Unverkennbar siehst du aus. Man mag sagen, was man will, aber daß du so genial wie irgendein anderes gelehrtes Arschloch aussiehst, das muß dir der Neid lassen. Herr Professor, mit dieser Nummer werden wir weltberühmt.

PIONTEK Mit dieser Nummer kommen wir ins Gefängnis. Was soll ich denn sagen in dieser Nummer? Was bin ich denn für ein Professor? Nichts werde ich sagen. Gar nichts werde ich sagen, die Wahrheit werde ich sagen!

SAMBALE Das ist gut. Wahrheit ist immer gut. Das wird ein feiner wissenschaftlicher Schachzug sein. – So, jetzt verbrennen wir noch ein bissel Hühnermist, daß es gelehrt riecht, verstehst du, und dann kann die Sache...

PIONTEK Sie kommt! – Lieber Gott – *vor Angst schlotternd* – O Bräutigam der Hilflosen, der du verwandeltest Wasser in Wein und Finsternis ins Licht, verwandle auch mich in ein Licht oder das Licht in Finsternis –. *Er will fliehen.*

SAMBALE *hält Piontek fest, überlaut*: Herr Professor! So ein Glücksfall, Herr Professor!

PIONTEK *flüstert*: Laß mich los! Ich habe doch keine Ahnung!

Er hat sich losgemacht, ist weggelaufen und wird von Sambale aus dem Hinterraum an seinen Platz zurückgebracht.

SAMBALE *flüstert*: Nimm dich zusammen, Mensch! *Überlaut:* Die Konglemerationsexpansionsdiversion, Herr Professor!

PIONTEK *flüstert*: Was für eine Diversion?

SAMBALE *überlaut*: Das ist eine begnadete Entdeckung! Herr Professor!

PIONTEK *flüstert*: Entdeckung? Ich werde eingesperrt, wenn sie mich entdeckt.

SAMBALE Das ist eine frohe Botschaft! Global! Global!

PIONTEK *flüstert*: Aber was soll ich denn machen bei dieser globalen Botschaft?

SAMBALE *flüstert*: Nimm die Luftpumpe. Pumpe! *Laut:* Das ist ein Glückstag heute, Herr Professor! *Flüstert:* Schrei sie an, wenn sie hereinkommt! *Laut, im Abgehen:* So eine Himmelsgabe! *Ab. Piontek will Sambale folgen, als sich die Tür öffnet. Er verharrt und pumpt verzweifelt Luft in eine große, offenbar mit verdorbenem Pflaumensaft gefüllte Flasche. Die Eintretende nähert sich dem angstbebenden Gelehrten warmherzig.*

KASSANDRA Kassandra von Kulande.

PIONTEK *tonlos vor Angst*: Alois Piontek.

KASSANDRA Verehrter Meister, verehrter Herr Professor, erlauben Sie mir, die ich unerwartet Zeuge eines globalen Ereignisses wurde...

PIONTEK *versucht zu schreien, obwohl ihm die Angst die Kehle zuschnürt*: Was wollen Sie! *Pumpt.* Wer sind Sie? Wie kommen Sie dazu, so ohne weiteres in mein... in mein... in mein Dingsda einzudringen! Ich brauche keinen Zeugen! Ich bin kein Angeklagter! Ich bin... ich bin... ich bin absolut...

KASSANDRA Absolut, o wie begreife ich die Erregung des Gelehrten über den Einbruch der Neugier in die reine Zelle, geschwängert von Geheimnis und Schöpferkraft!

PIONTEK Einbruch? Zelle?

KASSANDRA O wie empfinde ich den Zorn, der Sie packt, der Sie packen muß...

PIONTEK *unterbricht*: Sie haben kein Recht, mich zu packen. Ich weiß von keinem Einbruch, ich will in keine Zelle... Sie verwechseln mich... ich bin nicht wer ich bin... ich bin...

KASSANDRA O ich verstehe Sie, verehrter Herr Professor, wenn ich Sie recht verstehe, so fürchten Sie...

PIONTEK Ich fürchte nichts, gar nichts fürchte ich... ich habe nichts getan... ich bin ein einfacher, unwissender Mensch, der nie das geringste getan hat, der nie eine Chance gehabt hat, der schuldlos in einen Hühnerstall geraten ist – *pumpt* –, ich bin ein freier Mensch, ich werde doch noch in einem Hühnerstall pumpen dürfen, ich werde mich doch noch verkleiden dürfen, ich werde mich doch noch aufhängen dürfen! Ich habe ein reines Gewissen. Ich habe niemanden betrogen, ich habe niemanden bestohlen, so daß ich überhaupt nichts habe.

KASSANDRA O Herr Professor, wie wunderbar, wie souverän ist der Humor der großen Männer, der Himmelsfunke der Weltironie, der sie umfunkelt und mein Herz entzündet. O fürchten Sie nicht, daß materielle Interessen mich leiten, nein, es ist die Wissenschaft, die in mir lodert, der Natur ihre Geheimnisse abzutrotzen, die Wissenschaft, von der mein verstorbener Gatte sagte: die Wissenschaft, Kassandra, die Wissenschaft, das ist die Zukunft. – Was entdecken Sie? Was machen Sie?

PIONTEK Ich? Was soll ich machen? Ich mache Luft in eine Flasche, einfache Luft... Luft... gewöhnliche Luft in Pflaumensaft.

KASSANDRA Und warum?

PIONTEK Warum? – Einfach so zum Vergnügen, zum Zeitvertreib... es macht Spaß, wissen Sie... – *pumpt* –. Die Blasen, die vielen, schönen, runden, allerliebsten Blasen... die einen so an die Kindheit erinnern, wie man so gefischt hat... am Wasser... Forellen... Wasserratten... wie zieht das Leben vorüber, dahin, dahin.

KASSANDRA Wie tief Sie sind, wie tief, wie abgrundtief. Selbst Ihr Humor macht mich nicht lachen, sondern schaudern.

PIONTEK *erleichtert*: Mich auch, muß ich sagen.

KASSANDRA *ist Piontek nahe gekommen*: Wie unbedeutend bin ich neben Ihnen und doch wie wahlverwandt. – O wüßten Sie, wie ich mich nächtlich in den Betten wälze...

PIONTEK Betten?

KASSANDRA ...der Trieb, der unstillbare Trieb der Wissenschaft, die ganze Welt, die ganze Menschheit mir zu unterwerfen. Natur, Natur! O wie es stürmt und drängt!

PIONTEK Und können Sie nichts dagegen unternehmen?

KASSANDRA Entdecken Sie mir Ihre Entdeckung!

PIONTEK Entdeckung? Ich? Ach, die Entdeckung! Diese Entdekkung meinen Sie. Pardon! Diese kuriose, ach, die Entdeckung! – An was haben Sie denn gedacht?

KASSANDRA O wenn es nach mir ginge. Das Meer würde ich sagen, das Meer. Mein Gatte sagte stets: Das Meer, Kassandra, das Meer, das ist die Zukunft!

PIONTEK Ein kluger Mensch.

KASSANDRA Warum, so frage ich, soll nicht genialer Geist das weiße Salz dem dunklen Schoß des Meeres abgewinnen?

PIONTEK Natürlich. Warum nicht? – Aber was wollen Sie mit all dem Salz?

KASSANDRA Warum soll Salz nicht die Motoren speisen?
Warum nicht Weltengeist in Salzturbinen kreisen?
Warum soll nicht der Tränen bittres Salz
die Räder treiben zu der Lust des Alls?

PIONTEK Warum nicht? – und wie! Aber wie?

KASSANDRA Kennen Sie diese kleine Membran?

PIONTEK Die was?

KASSANDRA O Meister, o der Bescheidenheit Meister. Verspottend mein spärliches Wissen von der Wissenschaft des Salzes, die diese unscheinbare, kleine, semipermeable Membran auf ungekannte beflügelnde Höhen trieb. Osmose, sagte mein Gatte, die Zukunft liegt auf der Osmose.

PIONTEK Sehr fein beobachtet. Ich muß zugeben, daß die sogenannte Osnomose Zukunft hat.

KASSANDRA So haben Sie die Osmose zur Osnomose gebracht?

PIONTEK Soeben. Nebenbei sozusagen. – Ja. Und an was haben Sie sonst noch so gedacht?

KASSANDRA An Pflaumenkerne. Niemand ermißt den Blausäurereichtum der Pflaumenkerne. Cyan, Cyan! Zehn Kerne töten ein Kind. Man müßte Pflaumen züchten, die nur Kerne sind.

PIONTEK Blausäurekerne mittels Osnomosemetamorphose im Quadrat.

KASSANDRA Cyan! O sagen Sie mehr!

PIONTEK Semipermeabel.

KASSANDRA Mehr.

PIONTEK Mehr? – Noch mehr!

Als Pionteks Auskünfte stocken, hat Sambale im Hinterraum eine Schweinsblase zerknallt und einige Flaschen auf den Boden geworfen. Kassandra hat sich erschrocken geduckt. Rußbedeckt tritt Franz in den Raum und tut, als bemerke er Kassandra von Kulande nicht.

SAMBALE Die Kristallisationsparamontblanckristalle, Herr Professor! *Zeigt zwei nußgroße Stücke Kandiszucker.* Die Kristalli. – Was wollen Sie denn hier! Habe ich Ihnen nicht gesagt, daß wir keinen Kredit nehmen! Glauben Sie, daß wir uns hier verstecken, damit Sie uns mit Ihren stinkigen Kröten nachkriechen! Raus! Raus!

Kassandra ist erschrocken aufgestanden.

PIONTEK *souverän*: Lassen Sie uns allein, Herr Sambale.

SAMBALE Sehr wohl, Herr Professor. Ich dachte nur die Kristalli –

PIONTEK Danke. Es ist gut. Danke.

SAMBALE Sehr wohl, Herr Professor. *Leise:* Kandiszucker. *Ab.*

KASSANDRA Diamanten!

PIONTEK *leckt*: Wieso Diamanten?

KASSANDRA O Traum der Menschheit, Traum der Industrie, da Sie den blinden Kohlenstoff ins Strahlenlicht des Diamanten zwangen.

PIONTEK Der Diamant ist aus Kandiszucker. Glänzt das wie ein Diamant?

KASSANDRA Ein jedes Kind weiß, daß rohe Diamanten nicht glänzen. Beteiligen Sie eine arme Witwe mit Fünftausend!

PIONTEK An was?

KASSANDRA An der Zertrümmerung des Diamantensyndikats durch Gründung einer Kunststeingesellschaft.

PIONTEK Mit Kandiszucker. Das ist gut.

KASSANDRA *plötzlich kalt*: Sparen Sie Ihre Mätzchen, Professor. Sie scheinen zu übersehen, daß Sie mich zur Mitwisserin Ihrer Entdeckung gemacht haben. Ich wünsche nicht mit fünf-, sondern mit zehntausend im Geschäft zu sein. Sie brauchen mich, Professor.

PIONTEK Ich brauche gar nichts, verstehen Sie. Ich brauche einen Menschen, der mich vor verrückten Belästigungen beschützt!

KASSANDRA Fünfzehntausend in bar!

PIONTEK Ich weiß nicht, was ein Diamant und nicht, was ein Diamantensyndikat ist!

KASSANDRA Zwanzigtausend!

PIONTEK Ich heiße Alois Piontek, sitze in einem Hühnerstall, lutsche Kandiszucker und brauche einen Menschen, der mir glaubt, daß Diamanten nicht süß sind …

KASSANDRA Fünfundzwanzigtausend!

PIONTEK … daß Diamanten beim Lutschen nicht kleiner werden!

KASSANDRA Dreißigtausend!

PIONTEK Ich nehme kein Geld! Ich lasse mich nicht ruinieren!

KASSANDRA Vierzigtausend!

PIONTEK Ich lasse mich nicht unglücklich machen! Ich will meine Ruhe haben! Franz!

KASSANDRA Was sind vierzigtausend für Sie! Ein Tropfen im Meer des Profits! Oder wenigstens dreißigtausend. Bei kleiner Beteiligung.

SAMBALE *auftretend*: Es wundert mich, daß Sie sich nicht mit Hosenknöpfe oder Blattläuse beteiligen wollen.

KASSANDRA Bei kleinster Beteiligung. Zwanzigtausend, verehrter Herr!

SAMBALE Nicht zwanzigtausend, nicht zehntausend, nicht fünftausend. Nicht bei allerkleinster Beteiligung, nicht bei mikrometermillionstel Beteiligung! Warum? Weil wir eine Geschäftsmoral haben. Raus!

KASSANDRA Verehrter Herr! Verehrter Herr Professor!

PIONTEK Bitte verstehen Sie, daß meine Gedanken im Augenblick nicht bei Geschäften sind und daß wir uns zur Zeit außerstande sehen, irgendwelche Beteiligungen rechtsverbindlichen Charakters zu gewähren. Auf Wiedersehen.

Er öffnet die Tür und sieht neue Interessenten kommen.

Da kommen noch mehr, Mensch! *Ab.*

KASSANDRA *hält Samable erneut ihr Geld hin*: Verehrter Herr! Gibt es keine Ausnahme? Es muß doch nicht rechtsverbindlich sein, es kann doch auf der Basis des Vertrauens …

SAMBALE *unterbricht*: Hören Sie auf zu winseln, denn ich will Ihnen eine Gefälligkeit erweisen, weil Sie ein verständiger Mensch sind und weil ich ein Herz für Begeisterungsfähigkeit habe.

KASSANDRA Ja, Herr. Was darf ich tun, Herr?

SAMBALE Sie wickeln die paar Vierzig-Fünfzigtausend, die Sie haben, in Packpapier, schreiben Ihren Namen drauf, schön groß, verstehen Sie, und legen das Päckchen auf den Gartentisch. Das wird ihn rühren, wissen Sie, da möchte ich fast garantieren, daß er Ihnen die Vergünstigung zukommen läßt und die fünfzigtausend nimmt.

KASSANDRA O ich danke Ihnen! Ich danke Ihnen von ganzer, ganzer Seele!

SAMBALE Keine Ursache.

KASSANDRA O ich bin glücklich, Herr Professor! Diamanten! Glücklich! Diamanten!

Während sie abgeht, drängen sich eine Anzahl Menschen, die darauf brennen, an einem Unternehmen beteiligt zu sein, das Kredite ablehnt, ungeduldig und ehrfurchtsvoll zugleich zur Tür herein, unter ihnen ein Vertreter der örtlichen Unternehmerschaft, der Vermögensverwalter der Rentenkassen der Kriegsblinden, der Vermögensverwalter der Christlichen Mission und ein Vertreter der notleidenden Gutsbesitzer. Piontek ist frischgescheitelt zurückgekehrt, er trägt eine randlose Brille und ist auch sonst dem Habitus eines jungen Wissenschaftlers um einige Grade näher gekommen.

SAMBALE Was wollt ihr denn?
DIE HERREN Wir wollen... wir hoffen... wir bitten...
PIONTEK Sie wurden gefragt, was Sie wollen und woher Sie die unverfrorene Taktlosigkeit nehmen, ohne Anfrage und ohne ersichtliche Ursache meine Arbeit zu stören.
Piontek macht sich, von Sambale unterstützt, an der Apparatur zu schaffen, während die anderen auf sie einreden.
VERTRETER DER ÖRTLICHEN UNTERNEHMERSCHAFT Verzeihen Sie, Herr Professor, besondere Umstände...
VERMÖGENSVERWALTER DER KRIEGSBLINDENVEREINIGUNG Gemeinnützige Zwecke, Herr Professor...
VERMÖGENSVERWALTER DER CHRISTLICHEN MISSION *liest lispelnd ab*: Der Auftrag, das Licht des Herrn, Herr Professor...
VERTRETER DER ÖRTLICHEN UNTERNEHMERSCHAFT ...unglückliche Spekulationen mit DDT-Wanzenvernichtungsmittel im Interesse des Vaterlandes lassen mich hoffen...
VERTRETER DER NOTLEIDENDEN GUTSBESITZER *mit tränenseliger Baßstimme*: Die Leiden der Ärmsten der Armen, Herr Professor... der Lazarusse der Neuzeit, der entschädigungslos enteigneten Großgrundbesitzer lassen mich hoffen...
VERMÖGENSVERWALTER DER KRIEGSBLINDENVEREINIGUNG ...die Rentenkassen der Kriegsblinden, der opferbereiten, vereinigt im Frontkämpferbund, lassen mich, ihren uneigennützigen Vertreter, hoffen...
VERMÖGENSVERWALTER DER CHRISTILICHEN MISSION Der Auftrag, das Licht des Herrn zu tragen in die Finsternisse der Vernunft hinter den eisernen Vorhängen, lassen mich, den un eigennützigen Fackelträger der christlichen Armenkassen, hoffen...
VERTRETER DER ÖRTLICHEN UNTERNEHMERSCHAFT Wir bitten um die Vergünstigung...
VERMÖGENSVERWALTER DER CHRISTLICHEN MISSION Wir bitten um die Gnade...
DIE VIER Erhören Sie unser Flehen um eine Aktie!
MEHRERE Verschmähen Sie nicht unser Geld!
ALLE Verschmähen Sie nicht unser Scherflein!
Sie dringen mit Geldbündeln und Scheckbüchern auf Piontek ein, der sich bis an die Tür zurückzieht, wo er sich zu Beginn der Szene aufhängen wollte.
VERTRETER DER NOTLEIDENDEN GUTSBESITZER Wir rufen an die Macht der christlichen Tugend!

VERTRETER DER ÖRTLICHEN UNTERNEHMERSCHAFT Den Glauben.

VERMÖGENSVERWALTER DER KRIEGSBLINDENVEREINIGUNG Die Hoffnung.

VERMÖGENSVERWALTER DER CHRISTLICHEN MISSION Die Liebe.

VERTRETER DER ÖRTLICHEN UNTERNEHMERSCHAFT Wir rufen an die Macht der Bürgertugenden!

VERTRETER DER NOTLEIDENDEN GUTSBESITZER Die Freiheit.

VERMÖGENSVERWALTER DER KRIEGSBLINDENVEREINIGUNG Die Gleichheit.

VERMÖGENSVERWALTER DER CHRISTLICHEN MISSION Die Brüderlichkeit.

ALLE Im Kampf um den höchsten Profit.

VERTRETER DER ÖRTLICHEN UNTERNEHMERSCHAFT O heilige Effektivität, die du so selten erscheinst den Sterblichen mit hoher Profitrate...

VERMÖGENSVERWALTER DER CHRISTLICHEN MISSION ...versage uns nicht deine Güte.

VERTRETER DER NOTLEIDENDEN GUTSBESITZER Verschließe uns nicht deine Tasche!

ALLE Verschmähen Sie nicht unser Geld!

PIONTEK *auf der Kiste stehend, die Papierkordel in der Hand*: Ich bin weder willens noch berechtigt, die Stunden meiner Sammlung mit Überlegungen hinzuschleppen, die Krämern zukommen mögen. Mein Kopf ist keine Börse und kein Ort für Bagatellen. Reinigen Sie den Ort meiner Muße, Franz.

SAMBALE Zurück! Zurück mit eurem Drecksgeld! Der stinkenden Unreinlichkeit, die den Tempel der Forschung besudelt und stinken macht! Zurück!

VERMÖGENSVERWALTER DER KRIEGSBLINDENVEREINIGUNG Fünfundzwanzigtausend bei einem Prozentchen im Namen der Blinden, verehrter Herr!

VERTRETER DER NOTLEIDENDEN GUTSBESITZER Fünfundzwanzigtausend bei einem Prozentchen im Namen der Lazarusse, die um Gerechtigkeit weinen, verehrter Herr!

MEHRERE Zehntausend... Fünftausend... Zweitausend!...

SAMBALE Das könnte euch so passen in euerm krassen Materialismus, den Geist zu bescheißen mit Kredit wie mit Fliegenschissen! Zurück! Zurück! Wir werden euch schon zeigen, daß ein richtiger Geist für lumpige zehntausend noch lange nicht zu haben ist!

Vermögensverwalter der Christlichen Mission Gibt es denn keine Hoffnung, Herr Professor?

Vertreter der notleidenden Gutsbesitzer Gibt es denn kein Erbarmen, Herr Professor?

Mehrere Erbarmen! Erbarmen! Erbarmen!

Piontek In Anbetracht der besonderen uneigennützigen Umstände mögen Sie die gewünschten Beträge in Tüten stecken, mit einem formlosen Antrag versehen und in gebündelter Form auf den Gartentisch legen. In diesem Fall will ich mich der Mühe unterziehen, zu gegebener Zeit zu prüfen, ob ich das Geld nehme oder nicht.

Vertreter der örtlichen Unternehmerschaft Unsern ergebensten Dank, Herr Professor!

Vermögensverwalter der Kriegsblindenvereinigung Unsere ergebenste Hochachtung, Herr Professor!

Vermögensverwalter der Christlichen Mission Der Himmel wird es Ihnen danken, Herr Professor!

Sie drängen sich hinaus, Sambale übernimmt die Organisation.

Sambale Nicht unter zehntausend, bitt ich mir aus! *Geht mit hinaus.* Los! Hintereinander antreten zur Geldabgabe in Tüten!

Alois Piontek entledigt sich seines Kittels, seiner Brille, seiner Autorität und unternimmt während des anhaltenden Kampfes um möglichst hohe Geldzuwendungen im Schrebergarten nachfolgenden Versuch, sich zu rechtfertigen:

Piontek Professor, Professor, Professor! O Wunder der Zeit des Betrugs, da Ehrlichkeit für Bluff gehalten wird. O Wunder der Zeit des Betrugs, da mit Ehrlichkeit ein Geschäft zu machen ist. – Unsere ergebenste Hochachtung, Herr Professor! Unsere ergebenste Verehrung, Herr Professor!

Sambale *von außen*: Ordnung halten! Ruhe! Leserlich schreiben! Nicht unter zehntausend, sag ich!

Piontek Nicht unter zehntausend, nicht unter zwanzigtausend, nicht unter dreißigtausend! Kretins und Ziegen und Affen! Betrug? – Betrug! Wer hat gewünscht den Betrug? Wessen Natur ist Betrug?! Die meine? – Wie hab ich gebettelt, gefleht, mir eine Chance zu geben, mich etwas lernen zu lassen – ihr habt des Bastards gelacht, des krumm-rachitischen Magdsohns, zu schwach, um die Ochsen zu treiben, verspottet, geschmäht seinen Ehrgeiz. «Zeig, was du kannst, und hol dir den Taler heraus aus dem Jaucheloch.» Gewälzt euch beim Bier, als ich stank, die Haare verklebt und die Augen und hatte den Taler doch nicht, den einen, den Taler, um etwas zu lernen, und hörte euch reden, daß niemals um Geld sich erniedrigt die Rasse, und stank und vermißte den Taler. Und war doch gemacht wie ihr und hatte doch Hände wie ihr und Augen, zu sehn eine Frau, und Ohren, zu hören Musik. Und stank und vermißte den Taler. Zehntausend Taler! Zehn Millionen Taler! Und lernte: «Du sollst nicht lügen, nicht stehlen, nicht rauben, nicht morden.» Und wollte gut sein. Gut! In dieser Welt des Betrugs! In dieser Welt des Mords! Und hackte Rüben für anderthalb Pfennig die Quadratrute. Und konnte den Sarg nicht bezahlen der Mutter, die mich gebar, und ward gejagt ins Asyl, da ihr den Taler vermißtet. Und lernte noch im Asyl, nachts, ohne Schlaf, ohne Hoffnung, und ward gejagt auf die Straße, da ich das Licht euch raubte des Nachts gegen die Hausordnung rückfälligerweise. Und ward gejagt fortan, gejagt, gejagt ohne Schuhe, gejagt und gejagt ohne Arbeit und schippte den Schnee in der Nacht und schippte den Dreck über Tag und war bereit, die Hornhaut eines Auges zu verkaufen für jenen Taler, und war bereit, die Muschel eines Ohres zu verkaufen für jenen Taler. Und stahl nicht und raubte nicht und mordete nicht und ward bestohlen indessen und ward beraubt indessen und ward ermordet indessen. Betrug? Ihr Diebe des Lebens! – Betrug? Ihr Räuber der Hoffnung! – Betrug? Ihr Mörder des Lichts! Geschäft! Geschäft! – Ich weigere euch nicht das Geschäft.

SAMBALES STIMME Schluß der Spendenliste! Schluß der Sondervergünstigung! Einsammeln jetzt.

STIMMEN Es lebe die Effektivität des vaterländischen Wirtschaftswunders! Vivat! Vivat! Vivat!

SAMBALE *mit zwei Viertelkörben voll Geld, das er bündelweise in die Luft wirft:*
Vivat! Vivat! Vivat!

Was ist das Wunder der Brote,
was ist das Wunder der Fische
gegen das Wunder des Geldes?
Fünf Brote speisten fünftausend,
und korbweise übrigblieb Brot.
Fünf Fische speisten fünftausend,
und korbweise übrig blieb Fisch.
Wer wird das Wunder verzeichnen,
da korbweise übrigblieb das Geld?

Vorhang

Zweiter Akt

In einem weißlackierten Empfangsraum, der mit seinem ochsenblutfarbenen Steinquaderboden, den schwarzen Arbeitspulten und den vernickelten Aschständern vor jedem Platz die angenehme Sterilität eines Hygienemuseums verbreitet, ist der Wirtschaftsrat der Regierung zu nächtlicher Stunde versammelt, um in bezug auf die Erfindung des Industriediamanten nachfolgende erregte Beratung zu pflegen. Dem Wirtschaftsrat gehören neben dem Präsidenten und einigen Fachministern der Armeeminister von Mahlstein, der Leiter des Amtes für Freiheit Kater mit seinen jungen Assistenten Sonnenschein und Mondenglanz und der Industrielle Hengstenberg an.

KATER *erregt*: Ein Luftzug reißt die Türen auf der Weltwirtschaft. Des Diamantenmarktes Wellen schlagen an die Sterne. Da schlägt der Herr Armeeminister dem Wirtschaftsrat im Ernst in nächtiger, letzter Stunde vor, zu schlafen wie bisher, zu prüfen wirtschaftsreifes Kunststeinmonopol im Fachausschuß! Zu prüfen und zu schlafen, und so die letzte Chance zu verpassen, das neue, rüstungswichtige Monopol den Händen jener Mächte zu entreißen, die sich des Herrn Armeeministers Sympathie seit langem rühmen können.

DER VERMUTENDE MINISTER *leise*: Was ich die ganze Zeit mit recht vermutet habe. *Laut:* Untersuchung!

DER NICKENDE MINISTER Was prä-zi-seste Untersuchung erfordert.

DER GEISTIGE MINISTER Im Geiste des reinen Geistes.

ARMEEMINISTER Erfindung des AFF, des Amts für Freiheit – von Vernunft.

MONDENGLANZ Erfindungen auf Band, Herr Armeeminister.

ARMEEMINISTER Lügen auf Band. Inquisitionsmethoden im Ministerrat.

DER GEISTIGE MINISTER Wider den Geist des Geistes!

DER VERMUTENDE MINISTER *leise*: Was ich die ganze Zeit mit recht vermutet habe. *Laut:* Immunitätsbruch.

DER NICKENDE MINISTER Immuni-tätsbruch. Immuni-
Bricht ab, als ihn Mondenglanz ansieht.

MONDENGLANZ Vermutlich hat die Inquisition eine so ungünstige geschichtliche Darstellung erfahren, weil sie keine Radiotechnik hatte und den Ministerrat schonte. Fortschritt und Gleichheit, meine Herren.

ARMEEMINISTER Das ist die Stimme des Terrors!

MONDENGLANZ Und das ist das Geschrei, das ich von einer Menge Roter auf Band habe, Herr Armeeminister. Terror! Terror! Wenn ich nicht irre, sind es die Roten, die die freie Welt bedrohen.

ARMEEMINISTER Sie bedrohen die freie Welt! Die Angst, der Terror bedroht die freie Welt!

MONDENGLANZ Im zwanzigsten Jahrhundert ist die Angst der Torhüter der Freiheit und der Terror der effektivste Ideologieersatz. Darf ich mir die ganz und gar terroristische Frage erlauben – Shinie –

SONNENSCHEIN – ob der Herr Armeeminister gegen die Landung des Industriediamantenerfinders vor unseren Rat so heftig opponiert, weil der Herr Armeeminister geruht hat, am 1. Mai von neun Uhr zwanzig bis neun Uhr zweiunddreißig ein gewisses Telefongespräch mit gewissen ausländischen Mächten zu führen? Das ist –

ARMEEMINISTER – Provokatorischer Unsinn!

MONDENGLANZ Haben Sie telefoniert oder nicht?

SONNENSCHEIN Das ist eine Frage.

ARMEEMINISTER Und Sie sind ein militärpflichtvergessener Flegel, dem ich in der Armee die Hammelbeine langziehen lasse!

MONDENGLANZ Nachdem Sie die Fragen des AFF beantwortet haben.

SONNENSCHEIN Antworten Sie mit ja oder nein.

ARMEEMINISTER Ich werde weder mit ja noch mit nein, ich werde weder hier noch jetzt, noch irgendwann irgendwelche Fragen des AFF beantworten! Weil ich die Kompetenz dieses Amtes bestreite! Weil ich nicht willens bin, die Prinzipien unserer Politik im höchsten Beratungsorgan von unwissenden Ratten zu einer Farce degradieren zu lassen! Deshalb frage ich den Präsidenten, ob er es mit der Würde dieses Rates für vereinbar hält, daß seinen Ministern diskriminierende, provokatorische, von dem Gegenstand der Beratung ablenkende Fragen gestellt werden! Deshalb frage ich den Präsidenten, ob er die Einladung des sogenannten Gelehrten gebilligt hat. Herr Präsident!

DER FROMME MINISTER *leise*: Exzellenz.

PRÄSIDENT *ein alter Mann, der einer jugendlich hergerichteten Leiche gleicht, ist von dem Anruf aus seiner permanenten Abwesen-*

heit gerissen worden, blickt verstört auf Hengstenberg und beginnt auf dessen zustimmendes Zeichen einen offenbar für diese Beratung vorbereiteten Vortrag: Ich habe Sie, meine Herren, die Sie mit mir den Wesenswillen zur Gemeinschaft teilen, in einem Augenblick zu mir gebeten, da einerseits die Harmonie der Interessen in Freiheit und der ganzheitlichen Wirtschaft ohne Eigennutz aufs äußerste bedroht scheint durch Streiks und Lohnforderungen, geboren aus niederem Materialismus, und andererseits mit der Erfindung des Industriediamanten dem denkenden Subjekt, von weiser Schöpferhand gelenkt, ein neues Monopol als jähe Möglichkeit erscheint, zu stützen die Gliedlichkeit bestehender Rangordnung, zu stärken den Staat als Daseinsbedingung der jeweils sich hervorbringenden Freiheit, zu festigen die existentielle Situation des Menschen, die nicht gegründet ist auf satter Vernünftigkeit, sondern auf Wagnis und Unternehmersinn. Es lebe das schaffende Kapital! Es sterbe das raffende Kapital!

Während der Reden des Präsidenten nehmen die Minister jeweils stereotype Aufmerksamkeit vortäuschende Schlafhaltungen ein.

DER GEISTIGE MINISTER Im Geiste des reinen Geistes!

DER FROMME MINISTER Bravo! Sehr richtig!

DER NICKENDE MINISTER Bravo!

DER VERMUTENDE MINISTER Bravo!

ARMEEMINISTER Herr Präsident, ich habe gefragt, ob Sie die Einladung des fragwürdigen Gelehrten...

HENGSTENBERG Wir haben Ihre Frage verstanden, und der Präsident hat geantwortet, Herr von Mahlstein! Wir sind hier nicht in einer Versammlung gekränkter Gardeoffiziere, sondern in einer modernen Industrieberatung, die sich mit Realitäten befaßt und endlich zu demokratischen Entschlüssen kommen muß. Der Diamantenprofessor soll reinkommen, Mondenglanz.

Mondenglanz ab.

Sie sehen sich inzwischen in seinem Laboratorium um, Sonnenschein.

SONNENSCHEIN Verstanden, Herr Hengstenberg. *Ab.*

HENGSTENBERG Ich darf die Konsultation unseres Gelehrten in die erfahrenen Hände Seiner Exzellenz des Präsidenten legen.

Abermals aus seiner Abwesenheit gerissen, ist der Präsident aufgestanden und beginnt seinen zweiten Vortrag.

PRÄSIDENT Verehrter Herr Professor von Richthausen, verehrte Anwesende, hoher Rat!...

Ταράσσει τοὺς Ἀνδρώπους οὐ
τά Πράγματα, άλλὰ τὰ περὶ τῷν
Πραγμάτων Αόγματα.*

‹Nicht die Dinge bringen die Menschen in Verwirrung, sondern die Ansichten über die Dinge.› Das, lieber Professor...

HENGSTENBERG Der Professor ist noch nicht da.

PRÄSIDENT – sagte der weise Epiktet – Wie?

KATER Der Professor ist noch nicht da, Exzellenz.

PRÄSIDENT *überzeugt sich davon, daß der Hinweis nicht ganz unrichtig ist, und flüchtet sich in einen greisenhaften Zornesausbruch*: Ich sehe doch, daß er nicht da ist! Ich habe doch Augen im Kopf! Bessere Augen als Sie, Herr Kater, dem eine Ergänzung seines philosophischen Weltbildes durchaus frommt und dem ich in meiner Eigenschaft als Präsident, der niemandem, niemandem als sich selbst verantwortlich ist – *er blickt auf Hengstenberg* –, zu allerallerletzt gestatten werde, mich wegen irgendeines Professors zu unterbrechen! Das ist ungehörig! Ungehörig! – Entschuldigen Sie, Herr Hengstenberg.

Er setzt sich wieder hin.

EIN SEKRETÄR *an der Tür*: Herr Professor Alf von Richthausen und Herr Direktor Sambale.

Piontek und Sambale treten auf, gefolgt von Mondenglanz. Die Aufmerksamkeit, die Piontek in den vergangenen Tagen entgegengebracht wurde, hat aus ihm einen selbstsicheren, sich seiner Wirkung und Bedeutung bewußten jungen Mann gemacht. Sein Verhältnis zur Umwelt ist ironisch, seine Sicherheit um einen Grad zu bewußt, sein Anzug erlesen nachlässig.

Sambale ist ein kalkulierender, etwas protzig gekleideter Geschäftsmann geworden. Er hat herausgefunden, daß die Unhöflichkeit eines der zuverlässigsten Mittel ist, mit Achtung und Aufmerksamkeit behandelt zu werden, und benimmt sich entsprechend ungeniert.

Dem Beispiel Katers folgend, hat sich der Ministerrat außer dem Armeeminister erhoben.

MONDENGLANZ Ich gestatte mir, Ihnen, Herr Professor, den hohen

* *Phonetisch:*
Tarassei tús Anthrópus u
Ta Prágmata alla ta perí ton
Pragmáton Dógmata.

Wirtschaftsrat vorzustellen, der sich in dieser bedeutenden Stunde Ihnen zu Ehren erhoben hat.

PIONTEK Ich danke Ihnen, meine Herren. Es ist das erste Mal in meinem Leben, daß ein Rat vor mir steht, bisher habe immer ich vor Räten gestanden. Vor Gerichtsräten meistens.

MONDENGLANZ *lacht*: Sehr gut. Sehr, sehr gut.

MINISTER Hahaha – Hehehe – Hihihi.

MODENGLANZ *bemerkt den an der Tür stehengebliebenen Sambale*: O Herr Sambale, darf ich bitten –

SAMBALE Danke, junger Mensch, danke. Ich werde ein bissel in der Nähe der Tür bleiben, denke ich.

MONDENGLANZ Warum diese Bescheidenheit?

SAMBALE Es ist weniger Bescheidenheit als Gewohnheit. Schon weil ich bei diesen Beratungen ein bissel was zu mir zu nehmen gezwungen bin aus Langeweile. *Nimmt eine lederne Reiseflasche aus der Seitentasche und trinkt.* Ein Tropfen, den ich Ihnen empfehlen kann. Wenn es genehm ist, so könnten Sie mir meinen Stuhl an die Tür rücken und dafür sorgen, daß sich die Leute endlich hinsetzen, damit die Chose anfangen kann. An die Geschäfte, meine Herren Präsidenten und Minister, denn Zeit ist Geld!

DER FROMME MINISTER *leise*: Exzellenz!

PRÄSIDENT Verehrter Herr Professor von Richthausen, verehrte Anwesende, hoher Rat!...

Ταράσσει τοῦς 'Ανδρώπους οὐ
τά Πράγματα, άλλὰ τὰ περὶ τῷν
Πραγμάτων Αόγματα.*

‹Nicht die Dinge bringen die Menschen in Verwirrung, sondern die Ansichten über die Dinge.› Das, lieber Professor, sagte der weise Epiktet, mein geliebter Lehrer – vor vielen tausend Jahren. – Er sagte es leicht dahin, unbelastet von der heroischen Wesensschau, daß die Dinge nicht sind, wie der gute Epiktet noch annehmen konnte, sondern daß vielmehr das Sein jedes Seienden nur je meines ist. Daß einzig existiert das Bild, der Strom der wechselnden Bilder, uns in die Hand gegeben, auf daß durch uns Gott

* *Phonetisch:*
Tarassei tús Anthrópus u
Ta Prágmata alla ta perí ton
Pragmáton Dógmata.

unmittelbar spreche im übervölkischen Aufbruch der Integration unseres Kontinents. Auf daß er zerstöre die Verführungen des Antichrist, des gleisnerisch vernünftigen gemeinen Massensinns, auf daß er rette durch Sie, verehrter Professor, durch die Tat des jäh erscheinenden Genies, bestehende Rangordnung von Irrnis und Wirrnis vernunftbesessener Fellachen. Auf daß sich vereinige Geist und Tat, Genie und Industrie und Geisttat werde, Welt schaffend, um Welt zu verachten, Macht schaffend, um Macht zu verachten im Terrain der Irre, das wir Geschichte nennen, im ontologischen Inkognito, das unsere Wirtschaftsführer uneigennützig und mutig zu allgemeiner Wohlfahrt durchfurchen, obwohl sie wissen, daß sich das Sein immer von neuem entzieht, immer von neuem entbirgt ins Seiende – *Hengstenberg schaut in seine Brieftasche* –, das Sein beirrend, es lichtend, das Seiende mit der Irre, um sich in die Irre zu ereignen, in der das Sein umirrt und so den Irrtum stiftet, bis das Sein in seinem irrenden Geschick an sich hält und sich jäh und unversehens Welt ereignet und strahlend sich erhebt aus kühn durchdachter Kohlenstoffsynthese der Diamant, die ganzheitliche Fülle neuen Wirtschaftslebens im Wesen offenbarend. Es lebe – es lebe der Geist!

DER GEISTIGE MINISTER Es lebe die geistige Kohlenstoffsynthese!

PIONTEK Es lebe die heroische Wesensschau der Dinge, die nicht sind, wie der weise Epiktet noch annehmen konnte.

SAMBALE Also ich muß sagen, daß Sie diese Wesensschau wunderbar getroffen haben, Herr Präsident. Das war die beste und unverständlichste Rede, die ich in meinem ganzen Leben gehört habe. Ein Philosoph kann Ihnen das nicht besser treffen. Also Sie, wenn Sie das in einem Varieté aufsagen, da werden Sie weltberühmt.

KATER Sie werden die Ausführungen des Präsidenten dahingehend verstanden haben, Herr Professor, daß die Regierung ihrem Projekt eine ungewöhnliche Beachtung widmet und einige Fragen an Sie zu richten gedenkt.

WIRTSCHAFTSMINISTER Die Fragen würden die physikalischen Phänomene nur berühren, insofern die industrielle Nutzung davon betroffen wird.

DER GEISTIGE MINISTER Die voraussichtliche Rentabilitätsrate.

DER VERMUTENDE MINISTER Die mutmaßliche Effektivität.

DER NICKENDE MINISTER Die präzi-seste Effektivität des Projektes!

ARMEEMINISTER An Hand von seriösen Unterlagen!

PIONTEK Ich glaube, wir haben uns mißverstanden, meine Herren. Sie erwarteten einen Krämer, dem man die Waage nachprüft. Ich aber habe weder Prüfung noch Beratung irgendeines Projektes gewünscht.

KATER Darf ich daraus schließen, daß Ihnen als Staatsbürger unseres Landes die Beratungen mit anderen, beispielsweise ausländischen Partnern, wünschenswerter sind?

PIONTEK Ich würde Ihnen nicht dazu raten. Ich darf die Herren darauf aufmerksam machen, daß die Regierung etwas von mir will und nicht ich von ihr.

KATER Und ich darf Sie darauf aufmerksam machen, daß die Regierung ein Gesetzbuch hat, in dem sehr genau beschrieben ist, was sie unter Landesverrat in Wirtschaftsdingen versteht, und daß das AFF darüber zu wachen gedenkt, unter anderem mit Fragen, die Sie wahrheitsgemäß zu beantworten haben!

SAMBALE Ich kann mir nicht denken, daß man Ihnen raten sollte, auf der Wahrheit zu bestehen, werter Herr. Warum? Weil Sie Ihre Galle unnütz strapazieren möchten und weil Sie ein Geschäft machen wollen. – Wozu man erstens manierlich reden und zweitens lügen muß.

Hengstenberg lacht.

Sehen Sie, der Dicke, der hat mich verstanden. Warum? Weil er ein Geschäftsmann ist, und weil er nach einem Rechtsanwalt oder nach einem Revolver greifen würde, wenn Sie verrückterweise von ihm die Wahrheit wissen wollten. Stimmt's?

HENGSTENBERG Passen Sie auf, Professor. Warum sollen wir uns gegenseitig das Leben schwermachen, wenn wir uns im Herzen einig sind. Glauben Sie einem alten Fleischfresser, es ist idiotisch, die Sache allein machen zu wollen. Eine große Sache braucht eine große Finanzierung, sonst geht sie baden, auch wenn ein paar Parlamentsimbecile von Monopolentflechtung und gesundem Einzelunternehmertum in Freiheit schwafeln. Glauben Sie mir, sie schreien in den Versammlungen nach Freiheit und beten im geheimen um einen guten Wirtschaftsboss. Ein Gedanke ist Dreck, solange er keinen Boss hat. Wir brauchen Ihre Forschungsergebnisse, und Sie brauchen unser Geld. Das Wohl der Menschheit fordert eine Kunststeinindustrie. –

PIONTEK Natürlich. Ich will Sie nicht hindern.

KATER Es ist uns ernst, Herr Professor! Christlicher Ernst!

PIONTEK Ich weiß, meine Herren, ich weiß, ich bemühe mich infolgedessen ununterbrochen, so ernst wie möglich zu sein. Unglücklicherweise bin ich weder ernst noch unernst imstande, Ihnen irgendein Forschungsergebnis mitzuteilen. Auch aus Barmherzigkeit nicht, da mich die Ehrlichkeit hindert.

SAMBALE *durch einen gelegentlichen Trunk in bessere Stimmung gekommen*: Aber: Soll Gott seinen Laden schließen müssen, weil wir einer christlichen Regierung Aktien verweigern aus lumpiger Ehrlichkeit? Soll ich vor Gottes Gericht einst stehen und mir sagen lassen: Sambale, Sambale, wo sind deine Aktien geblieben? O Ehrlichkeit, o Mörderin der Barmherzigkeit, willst du in deiner Gier Gott verzehren? Das ist die Frage, die mein Herz bewegt, Herr Professor.

ARMEEMINISTER Und mich bewegt die Frage, wie lange sich der Wirtschaftsrat von einem Komikerpaar verhöhnen lassen will!

KATER Herr von Mahlstein! –

PIONTEK Noch anderthalb Minuten, meine Herren.

KATER Herr Präsident, ich verlange –

HENGSTENBERG Ich bitte Sie, Professor –

PIONTEK Verlangen Sie nichts, Herr Kater, und bitten Sie nichts, Herr Hengstenberg. Es ist zu spät. Denn ich sehe, daß ich es mit ehrenwerten und verantwortungsbewußten Politikern zu tun habe. Zu ehrenwert, um Wirtschaftsunternehmungen mit den Gefährdungen eines Risikos zu koppeln. Zu verantwortungsbewußt, um Wirtschaftswunder von Spekulationen zu erhoffen, die eine ganze Stadt von Hochstaplern ernähren könnten. Phantastisch sind alle Spekulationen und anrüchig ist jede Entdeckung, riskant und verabscheuungswürdig, gefährdend das ABC, gefährdend das Einmaleins allwissender Unwissenheit, wie uns die Weltgeschichte beweist. Wer sollte die Männer nicht rühmen, die ehrenwerten Portugiesen, die verantwortungsbewußten, die ihr Geld dem Columbus weigerten, dem italienischen Juden, dem spekulierenden, der Indien zu erreichen versprach und Amerika entdeckte schäbigerweise. Gepriesen sei ihr Mißtrauen, gepriesen sei ihre Nüchternheit! Amerika wurde spanisch.

ARMEEMINISTER Wenn ich Sie recht verstehe, so sind Sie dabei, statt Diamanten Kohlen zu entdecken.

PIONTEK Nicht Kohlen – sondern die Dummheit. Ich danke Ihnen für Ihren Forschungsbeitrag und empfehle Ihnen, auf der Grundlage der Expertise des Herrn Armeeministers eine Käsehandlung zu eröffnen.

Piontek geht zur Tür.

KATER Aber Herr Professor, bitte bedenken Sie –

PIONTEK Habe ich mich Ihnen aufgedrängt oder Sie sich mir!
SAMBALE *zu Kater*: Sie! *Piontek und Sambale ab, von den Ministern verfolgt.*
MINISTER Im Interesse Ihres Landes, Herr Professor!
Im Interesse des Geistes –
Der Wirtschaft –
Wir sind doch überzeugt –
Jede Hilfe –
Jeder gewünschte Betrag –
Herr Professor! Herr Professor!
MONDENGLANZ *abseits, während die Minister Piontek nachlaufen*: Was meinen Sie dazu?
HENGSTENBERG Schließen Sie mit ihm ab und sorgen Sie dafür, daß Sonnenschein mit Diamanten kommt.
MONDENGLANZ Genie oder Schwindel?
HENGSTENBERG Geschäft. Kennen Sie ein Geschäft, das schlecht wurde, weil es Schwindel war? Wir werden Aktien des britischen Diamanten-Syndikats kaufen, wenn Sie auf dreißig gefallen sind.
MONDENGLANZ Und das Geschäft entscheiden lassen, ob ein Genie oder ein Schwindler mehr Dividende bringt.
HENGSTENBERG Sie haben die gefährliche Anlage, ein Philosoph zu werden, junger Mann.
Mondenglanz ab. Die Minister kommen zurück.
DER NICKENDE MINISTER Er ist weg. Furchtbar.
DER VERMUTENDE MINISTER Wie ich die ganze Zeit vermutet habe. Furchtbar.
WIRTSCHAFTSMINISTER Was sollen wir jetzt machen, Herr Hengstenberg?
HENGSTENBERG Ich bin ratlos.
DER GEISTIGE MINISTER *bringt Sambale*: Können Sie nicht ein Wort für uns einlegen, geistig gesehen?
WIRTSCHAFTSMINISTER Können Sie uns nicht helfen, Herr Direktor?
SAMBALE Bemühen Sie sich nicht, meine Herren Wirtschaftswunderräte, denn ich sehe, daß Sie bei uns verschissen haben und von der Liste unserer Sympathiestaaten so gut wie ganz gestrichen sind. Sie waren wunderbar! Wunderbar, wie Sie das gemacht haben. Besonders Sie, Herr Armeedings, lassen Sie sich umarmen – und der alte Präsidialvorstand nicht zu vergessen. *Zitiert Epiktet in launiger Besoffenheit:* Tarassei tus ad locus trallala... großartig, nicht einmal der Papst möchte Ihnen das aushalten. Dabei

muß ich sagen, daß ich eine Hundeangst hatte, daß er seine Prinzipien vergißt und Geld annimmt aus Vaterlandsliebe und Gottesfurcht. Aber Sie haben es verhindert. Es lebe die Redlichkeit. *Ab.*

WIRTSCHAFTSMINISTER Wir sind verloren!

DER NICKENDE MINISTER Verloren!

WIRTSCHAFTSMINISTER Der Traum vom Kunststeinmonopol ist ausgeträumt.

DER VERMUTENDE MINISTER Ruin.

DER NICKENDE MINISTER Katastrophe.

DER GEISTIGE MINISTER Bankrott.

DER VERMUTENDE MINISTER Fünfhundert Millionen Dollar Jahresproduktion, wie man vermutet –

KATER ... in ausländischer Hand.

DER VERMUTENDE MINISTER In Würfelzuckergröße, wie man vermutet ...

KATER ... in ausländischer Hand.

WIRTSCHAFTSMINISTER Bei dreihundertprozentiger Dividende.

HENGSTENBERG Furchtbar, ganz furchtbar. Ich kann keinen Arbeitslosen mehr ansehen, ohne mich vor ihm zu schämen.

KATER *zum Armeeminister*: Was Sie zu verantworten haben! Da Sie ihn bewußt und provokatorisch brüskiert haben!

ARMEEMINISTER Weil der Mann in die Hand eines Staatsanwalts oder eines Psychiaters gehört!

KATER Sie gehören in die Hand eines Staatsanwalts! Sie gehören in die Hand eines Psychiaters!

WIRTSCHAFTSMINISTER Wegen notorischer Wirtschaftssabotage!

KATER Wegen notorischer Wirtschaftsidiotie!

ARMEEMINISTER Das werden Sie vor dem Ehrengericht zu beweisen haben!

KATER Das werde ich jetzt beweisen, weil ich nachweisen kann, daß Sie schon im Jahre 1930 kommunistische Wahlversammlungen besucht haben.

ARMEEMINISTER Im Auftrage der Armee! Seit dreißig Jahren gehöre ich der Antibolschewistischen Liga an und kenne von den Kommunisten mehr als Ihr ganzes Amt!

KATER Das ist uns hinreichend bekannt. Deswegen provozierten Sie ihn ja. Oder glauben Sie wirklich, daß die Aktien des britischen Diamanten-Syndikats wegen eines Schwindlers fallen?

WIRTSCHAFTSMINISTER Und ausländische Mächte um Einlagekapitalien bei einem Schwindler kämpfen?

Armeeminister Ein Hochstapler bleibt ein Hochstapler, auch wenn Aktien fallen! Ein Scharlatan bleibt ein Scharlatan, auch wenn ausländische Mächte auf ihn hereinfallen!

Kater Und ein Hochstapler wendet Ihrer Meinung nach alle Kunst daran, seine Unternehmungen als phantastische, fragwürdige und falsche Spekulationen hinzustellen.

Wirtschaftsminister Ein Hochstapler ist weder mit Güte noch mit Zwang noch mit Überredung dazu zu bringen, Geld anzunehmen.

Kater Ein Hochstapler hält sich ein besoffenes Original, um Mißtrauen zu erwecken, und ein Hochstapler erfindet phantastische Geschichten, um die technischen Aussichten seiner Entdeckung zu bagatellisieren. So lassen Sie doch gleich die Bäume in die Erde wachsen und Gott ein Hirngespinst und Herrn Hengstenberg einen Verbrecher sein!

Armeeminister Soll ein Minister wissen oder an Wunder glauben?

Präsident Glauben, Herr von Mahlstein, ja, glauben an Wunder, die täglich sich ereignen dem Lauschenden nach innen, dem Wunderbereiten, der nicht verhurt ist in Vernunft und nicht vergafft in geile Erfahrung. Was aber soll uns retten vor den Trieben der vielen, der Macht der Finsternis im sorgebegriffenen Dasein, uns wenige? Was, wenn nicht tägliche Wunder, Mythos schaffend prall aus Menschenseelenurgrund, Weltmarkt und Gotteswort. Soll aber Gott zu uns sprechen klar wie ein Rechenlehrer und vernünftig wie ein Tischler? Doch nicht wohl. Wohl doch nicht. Wer gibt das Recht, uns zu knausern, zu hadern mit Gott wie ein Jude, auf daß er uns hinschenke Wunder ganz ohne Risiko? Haben nicht Grund wir genug, dem Strohhalm zu traun, den er herreicht, wie mehr doch dem Diamanten, gefährdet vom Auslandskapital!

Sekretär Die Herren Sonnenschein und Mondenglanz! *Ab. Sonnenschein tritt auf.*

Kater Haben Sie Unterlagen gefunden?

Der vermutende Minister Versuchsanordnungen?

Der nickende Minister Korrespondenzen?

Der geistige Minister Auslandsverbindungen?

Sonnenschein Nein.

Der vermutende Minister Wie ich vermutet habe. Nein?

Wirtschaftsminister Nichts?

Sonnenschein Ich habe Diamanten gefunden.

Der vermutende Minister *erstaunt*: Diamanten?

Der nickende Minister *ergriffen*: Diamanten!
Der geistige Minister *glücklich*: Diamanten.
Wirtschaftsminister Und wir ohne Aktien.
Der geistige Minister O sternloser Himmel.
Der nickende Minister – O Unglück.
Der vermutende Minister O schwarze Verzweiflung!
Wirtschaftsminister Da wir der Aktien entraten.
Mondenglanz *tritt auf*: Da wir die Aktien haben! Da ich das Herz des Gelehrten rührte mit hunderttausend …
Sonnenschein … unserem Konto zu überweisen.
Mondenglanz … zu denken der Freiheit in Freiheit, zu denken des Glücks der Nation.
Sonnenschein Zu gründen die Natioanle Kunststein-Korporation.
Mondenglanz Mit unbegrenztem Einlagekapital –
Sonnenschein Aus staatlichen und staatsmännischen Geldern.
Mondenglanz Gestattet aus charitativer Erwägung und ohne Sicherheit.
Sonnenschein Bei dreitägiger Einzahlungsfrist.
Der geistige Minister O strahlender Himmel!
Der nickende Minister O Jubel!
Der vermutende Minister O herrliches Weltmonopol!
Wirtschaftsminister Da wir die Aktien haben.
Armeeminister Ich wünsche Ihnen Glück, meine Herren. *Ab.*
Präsident O ihr Kleingläubigen, die ihr Gott versuchtet mit eurem Mißtrauen, die ihr Bestätigung fordertet des Wunders wie Buchhalter und Lohntütenempfänger, Einmaleinse kritzelnd und ahnend nicht, daß schon verändert ist der Lauf der Welt und der Bericht der Börse durch Gottes Odem und nicht begriffet, daß das Risiko die Vorbedingung ist der Freiheit und nicht begriffet, daß das Wunder wird dem Gottgefälligen zur rechten Zeit, der Wunder braucht. Denn Gott ist wichtiger als Geld und Gut.
Hengstenberg Wir wollen eine Messe lesen lassen.

Vorhang

Dritter Akt

Saal im Glaspalast der neugegründeten Nationalen Kunststein-Korporation. Alois Piontek probt die Wirkung verschiedener Anreden für die Gründungssitzung der NKK. Den Raum beherrscht eine imponierende Apparatur. Es ist offenbar vorgesehen, die Gründungssitzung mit einem glücklich vorbereiteten Experiment zu krönen.

PIONTEK *sanft und souverän*: Eure Exzellenz, verehrter Herr Präsident, verehrte Herren Minister, meine auserwählten Damen und Herren. – Zu alltäglich.
Schüttelt den Kopf, räuspert sich, strengerer Blick, festere Stimme:
Exzellenz, verehrte Minister, verehrte – zu devot.
Schüttelt den Kopf, räuspert sich bestimmt; seine Stimme, seine Bewegungen sind jetzt fast schneidig:
Ex'lenz! Minister! Damen und – Damen und Herrn, Damen und Herrn, Damen und – Männer! Das ist es.
Räuspert sich kommentgemäß und spricht mit schneidender, kaum noch verständlicher Stimme, dämonischem Blick wie ein Massenredner:
– Männer! Frauen! Diamanten in übervölkischem Aufbruch!
Winkt mit großer Pose den vorgestellten Applaus ab.
Geist! Freiheit! Abendland! Integration Europas! Marschmusik! Messer ins Maul!
Er bricht ab.
Erlauchter Geist, o Torheit der Epoche, die du mich über Nacht wider den eigenen Willen entwandest den Ketten der Armut, den Verführungen der Rechtschaffenheit und den Anwandlungen der Güte, um lieblich zu führen den Magdsohn, die Reiche der Freiheit zu schauen, das Geld und die Macht und den Ruhm – was gabst du mir?
Sambale tritt auf und weist Telegramm- und Briefbündel vor.

SAMBALE Geld. Geld. Geld. Sogar der Papst schickt Geld.

PIONTEK Den Leichnam des Herrn zu erwecken, den Leichnam des höchsten Profits.

SAMBALE Durch Gründung der NKK, der Nationalen Kunststein-Korporation, Notierung 311. Wir werden eine zweite Zeichnungsliste auflegen müssen. Warum? Weil ich ein Gefühl für Gerechtigkeit habe und mir nicht vorwerfen lasse, daß ich einen Menschen bevorzugt bescheiße.

PIONTEK Aber am Morgen des Tags, des wundergesättigten, der ersten Aufsichtsratssitzung, kamen zum Grab der Vernunft Einlaß erheischend die Briefträger und Telegrammboten mit schwarzen Hüten, Kreditbriefe tragend der Könige der Börsen und Banken, die diese bereitet hatten aus landesüblichem Betrug an anderen. Doch siehe, das Grab war versiegelt, geschlossen die Zeichnungsliste der NKK mit fünfundzwanzig Millionen. Da sie bekümmert standen und das Haupt bedeckten und riefen und wehklagten: ‹Mein Gott, mein Gott, warum hast du uns verlassen? Denn faul geworden sind die Aktien des Diamanten-Syndikats, und wir können sie nicht verkaufen für dreißig, was ein Lumpengeld ist!› Da trat zu ihnen ein Mann im schlichten Gewand eines Maklers und fühlte die Trauer und sprach:

SAMBALE ‹Ihr Kleingläubigen, was sind das für Reden, und warum kommen solche Gedanken in euer Herz, mißdeutend die Botschaft des Kapitalienmarktes, mißdeutend die Kraft des Wunders. Denn Gottes Gnade ist grenzenlos. Siehe, ich will euch zeichnen lassen in eine zweite Liste unserer NKK und kaufen die faulen Aktien des Diamanten-Syndikats aus charitativen Erwägungen, und weil es heißt, daß man auf einem Bein nicht stehen kann.›

PIONTEK Da schämten sie sich ihrer Reden und schämten sich ihrer Trauer und warfen die Hüte empor und riefen in nützlicher Blödigkeit:

SAMBALE ‹Gelobt sei das Wirtschaftswunder, gelobt sei die NKK, die Nationale Kunststein-Korporation!› ‹NKK sichert Rüstungsmonopol!› ‹NKK zertrümmert Diamanten-Syndikat!›

PIONTEK Dessen Aktion du kauftest.

SAMBALE Zu fünfundzwanzig, was nicht ohne Genialität ist, weil sie steigen werden, wenn die unseren fallen. Und was nicht ohne historische Größe ist, weil wir zu Geschäftsleuten avanciert sind. Warum? Weil der Betrug gesichert ist, was den Geschäftsmann von einem ungewöhnlichen Schwindler unterscheidet notorischerweise.

PIONTEK Mir ist nicht wohl. – Mir träumte, ich müßte verdursten.

SAMBALE Das träume ich jedesmal, wenn ich besoffen bin. Du mußt die Diamanten noch einlegen.

PIONTEK Welche Diamanten?

SAMBALE *seiner Westentasche ein Säckchen entnehmend*: Die ich erwarb beim Juwelier um die Ecke.

PIONTEK Hier hast du sie gekauft?

SAMBALE So daß du ein Musterexemplar erzeugen kannst nach glücklicher Antrittsrede in glorreichem Experiment, Schauder und Rührung im Busen.

PIONTEK Bist du ganz von Gott verlassen?

SAMBALE So dumm wie nach dieser Besichtigung treffen wir den Wirtschaftsrat nicht wieder. – Wir werden ihn auf den Namen des Präsidenten taufen.

PIONTEK Wir werden im Gefängnis sitzen, wenn sie den Schwindel entdecken.

SAMBALE Irrtum. Im Aufsichtsrat. Da in diesem Falle die Aktien des Diamanten-Syndikats früher als vorgesehen steigen.

Man hört das wütende Gebell eines Wachhundes.

PIONTEK Was ist das? – Die Diamanten weg! –

Der Wächter Makuschke tritt ein.

Was wollen Sie? Wer sind Sie?

MAKUSCHKE Wer sind Sie, z'Befehl! Wächter Makuschke. Ich bin zu Ihre Bewachung sozusagen.

PIONTEK Bewachung?

MAKUSCHKE Bewachung, z'Befehl! Sozusagen. Mit Hund, aber ohne Dienstvorschrift, mecht ich sagen. Scharf.

PIONTEK Und wer hat Sie zu meiner Bewachung bestellt?

MAKUSCHKE Bewachung bestellt, z'Befehl! Herr Mondenglanz, Ihro Gnaden, damit Sie nicht wegkommen, infolge Befürchtung von Anschläge, was Ihnen ergebenst bestätigen kann der Herr Direktor, infolge Begleitung zu Juweliergeschäft.

PIONTEK Psst.

MKUSCHKE Pst, z'Befehl! Als Wächter sozusagen.

PIONTEK Bestellt von Herrn Mondenglanz, mit Hund, jedoch ohne Dienstvorschrift.

MAKUSCHKE Dienstvorschrift, z'Bfehl! Scharf. So daß ich fragen mechte, ob der Herr, der zu Sie will, zu Sie kann sozusagen.

PIONTEK Welcher Herr?

MAKUSCHKE Welcher Herr, z'Befehl! *Sieht in sein Meldebuch.* Ein gewisser Herr Mondenglanz, nach Aussage.

PIONTEK Ich denke, Herr Mondenglanz hat sie beauftragt?

MAKUSCHKE Beauftragt, z'Befehl!

PIONTEK Also kennen Sie Herrn Mondenglanz doch.

MAKUSCHKE Kennen Herrn Mondenglanz, z'Befehl! Seit drei Jahre, sozusagen.

PIONTEK Und warum lassen Sie ihn nicht ein?

MAKUSCHKE Nicht ein, z'Befehl! Weil ein Wächter unterscheiden muß zwischen privater und dienstlicher Bekanntschaft, infolge weil er ein Wächter ist und weil einem Wächter jeder verdächtig ist!

PIONTEK Mutter, Frau, Kind sowie eigene Person eingeschlossen. Interessiert es Sie, was Sie bewachen?

MAKUSCHKE Bewachen, z'Befehl! Nein!

PIONTEK So daß sich im Wächter präsentiert der Mensch auf höchster Brauchbarkeitsstufe. Den Hund übertreffend insofern, als er sich selbst in die Hose beißt. Scharf.

MAKUSCHKE Scharf, z'Befehl!

SAMBALE Maul halten! Wächter kehrt!

Makuschke führt die Befehle aus.

Wächter Front! Wächter kehrt! Wächter Front! Mondenglanz einlassen!

MAKUSCHKE Einlassen, z'Befehl! *Ab.*

SAMBALE Du siehst, daß ein Wächter ein verläßlicher Mensch ist und daß keine Ursache besteht, sich vor Angst in die Hosen zu scheißen.

PIONTEK Es ist nicht Angst. Mir ekelt. Ich stell mir das Magnetophon ein. *Ab in den Nebenraum.*

Mondenglanz tritt auf.

SAMBALE Sieh da, der Herr Mondenglanz, sieh da, der Wächter der Freiheit. Allein? Ohne Sonnenschein?

MONDENGLANZ Sonnenschein liegt im Krankenhaus.

SAMBALE Was Sie sagen. Sehen Sie, gestern denke ich mir noch, wer so gesund aussieht wie der, liegt bald im Krankenhaus. Ernstlich?

MONDENGLANZ Einberufungsbefehl des Armeeministers. Aus Rache.

SAMBALE Da sehen Sie, wohin Gesundheit führt: ins Krankenhaus.

MONDENGLANZ Aus Staatsinteresse.

SAMBALE So ist es. Man kann in diesem Punkt nicht verantwortungsbewußt genug sein.

MONDENGLANZ Wissen Sie, daß der Armeeminister Aktien des Diamanten-Syndikats kaufen läßt?

SAMBALE Was Sie sagen. Der Armeeminister. Sehen Sie, so dumm kann Ihnen nur ein Armeeminister sein.

MONDENGLANZ Und ein Mann, der etwas von Geschäften versteht. – Ich wollte die Aktien kaufen.

SAMBALE Sie?

MONDENGLANZ Hengstenberg.

SAMBALE Hengstenberg? – Also Sie, da fällt mir ein Stein vom Her-

zen. Warum? Weil Sie in einer Stunde ruiniert wären, zerhackt, gefressen, verdaut. Hier.
Weist auf die Apparatur.
Würfelzuckergröße.

MONDENGLANZ Und?

SAMBALE Und?

MONDENGLANZ Sie müssen versuchen zu begreifen, daß es einen ernst zu nehmenden Geschäftsmann nicht interessiert, was in einer Sache produziert wird, sondern wie sie sich managen, wie sie sich bossen läßt.

SAMBALE Was Sie sagen.

MONDENGLANZ Ein Mann steht auf zwei Beinen, und eine Waage hat zwei Waagschalen. Kapital in NKK-bums. Kapital in Diamanten-Syndikat-bums. Rauf die eine, runter die andere. Rauf die andere, runter die eine. Verlust immer Staatsgelder. Gewinn immer Eigenkapital. Kapiert?

SAMBALE Rauf die eine, runter die andere. Rauf die andere, runter die eine. Ein Mensch lernt nicht aus. Sind Sie sicher, daß es der Armeeminister ist?

MONDENGLANZ Wer sollte es sonst sein?

SAMBALE Ich. Zum Beispiel.

MONDENGLANZ Sie? *Lacht.* Das wäre ein Witz! *Lacht stärker.* Sie! Das wäre ein kapitaler, pyramidaler –

SAMBALE *trocken*: Witz! *Lacht.* Das wäre ein Witz, wenn ich die Aktien hätte! *Beide lachen.*

MONDENGLANZ Hören Sie zu, Diamanten-Syndikat muß fallen! Auf zwanzig.

SAMBALE Auf zehn!

MONDENGLANZ Und wenn wir Diamanten kaufen müßten für Ihre Apparate.

SAMBALE Beim Juwelier um die Ecke, was?

MONDENGLANZ *lacht*: Das wäre ein Witz! – Verschärfte Sicherung des Erfinders Ihre Aufgabe. Entführungsversuch möglich. Armeeminister. Verdächtige Frauensperson wünscht Professor zu sprechen.

SAMBALE Ich werde ein wachsames Auge haben.

MONDENGLANZ Gründungssitzung sofort. Hole Wirtschaftsrat. Rede vorbereitet?

SAMBALE Bestens.

MONDENGLANZ Gut. Experiment wichtiger. *Will gehen.*

SAMBALE Ungut. Experiment kostet.

MONDENGLANZ Was?
SAMBALE Provision.
MONDENGLANZ Hengstenberg.
SAMBALE Scheck.
MONDENGLANZ Mißtrauen?
SAMBALE Geschäftsgepflogenheit.
MONDENGLANZ Also gut. *Schreibt einen Scheck aus.*
SAMBALE *sieht zu*: Empfehle zwei Nullchen dazu. Warum? Weil Sie mich sonst für unseriös halten möchten.
Mondenglanz macht es.
Bestens. *Steckt Scheck ein.* Ich habe immer gewußt, daß an Ihnen ein Denker verlorengegangen ist.
MONDENGLANZ Teures Denken. Verlasse mich auf Sie.
Ab.
SAMBALE Das können Sie. Das können Sie.
Piontek kommt herein.
Hast du gehört? Hengstenberg.
PIONTEK Mißtraut uns.
SAMBALE Was eine Basis ergeben wird für die Geschäftsverbindung: Sambale und Hengstenberg. Wir sind in die Beletage gezogen.
PIONTEK Und merken erst beim Einzug, daß zum Bau der Stadt, der schönsten aller Welten, statt Stein und Kalk verwandt wird Katzendreck und Unrat und Gestank. Gestank! Wie ertrage ich den Gestank der Welt?
SAMBALE Mit Geld und Geld und Geld. Das willst du doch, das ist doch angenehm.
PIONTEK Ich wollte ein Mensch sein. –
SAMBALE Ein Mensch, der wird zertreten!
PIONTEK Ich wollte Freundlichkeit, Vertrauen, Liebe –
SAMBALE Beim Sommerschlußverkauf der Illusionen zu kaufen mit Rabatt für wenig Geld.
PIONTEK Ich wollte Wärme. Glück. Den Taler. Glück. Nicht den Betrug, den du von mir erzwangst! Nicht den Betrüger, den sie aus mir machten! Ich wollte gut sein, gut!
SAMBALE Ich sehe, daß du ein schwacher Mensch bist, dem es an Größe gebricht und der infolgedessen einen Anspruch auf Rechtschaffenheit hat: sag selbst, wer könnte sich unterstehen zu sagen, daß du ein Betrüger bist? Hast du gelogen jemals, jemals Falsches behauptet? Dich hat man betrogen, dich. Man machte dich zum Betrüger, weil man gebrauchte das Wunder, weil man gebrauchte Betrug. Hast du das geringste versprochen? Ich sehe

schon, daß i c h die Diamanten einlegen muß – *er macht es* –, denn ehrlich währt am längsten.

PIONTEK Hör auf, ich kann dich nicht ertragen. Ich fühle mich von Fallen rings umstellt –

SAMBALE Sich selbst muß man die Lüge dreimal sagen, beim drittenmal klingt sie wie bares Geld.

PIONTEK Nur Geld und immer wieder Geld! Ist denn die Welt aus Geld, aus dreckigem Papier, das wie die Seuche kriecht von Hand zu Hand und grindig macht und gräulich? Sind Bäume Geld? Sind Brüste, Küsse Geld? Ist Liebe Geld?

SAMBALE Sie ist um Geld zu kaufen.

PIONTEK Nicht die eine! Einzige. Die ich ansah mit meiner Seele und erblickte mit meinem Herzen.

SAMBALE Die?
Drückt auf einen Knopf. Auf ein Summerzeichen tritt ein junges Mädchen ein, das, mit dem Talent der Hilflosigkeit wuchernd, scheu in der Tür stehenbleibt. Die einzige.

PIONTEK *leise*: Wie kommt sie her?

SAMBALE *leise*: Dein Geld führt sie hierher. Dein Ruhm hat sie erstanden.

PIONTEK *leise*: Du lügst! Du Vieh!

SAMBALE *leise*: Nicht lange dauert's wohl, da stößt sie das Genie. *Ab.*

MAGDALENA Verzeihen Sie, daß ich auch hierhin folgte –

PIONTEK Wer wollte wagen, Ihnen, Ihnen zu verzeihn.

MAGDALENA – ich weiß nicht wie, mir war wie einer Wolke, die eines fremden Windes Willen treibt, ich weiß nicht was, mein Fuß, mein Sinn, verzeiht, daß ich in Ihrer Nähe bin. Und möchte jetzt in Ihrer Nähe bleiben, kann hundertachtzig Silben schreiben und bin auch sonst anstellig, aufgeweckt – *hat sich Piontek nicht ohne Verlockung genähert* –, verehre Sie und fühle voll Respekt –

PIONTEK Und kennst mich nicht? Weißt nichts von Geld, Genie?

MAGDALENA Gott hat es mir bestimmt. Ich liebe Sie.

PIONTEK Mich? Wirklich mich? Ohne Nebensinn nur mich?

MAGDALENA Fürchterlich.

PIONTEK Wenn ich ein Bettler, ein Betrüger wär?

MAGDALENA Noch viel mehr.

PIONTEK Und wenn ich zweifelte, und wenn ich prüfen wollte –
Von Zweifeln hin und her gerissen umfaßt Piontek plötzlich das Mädchen und folgt der mit gespieltem Entsetzen auf eine Liege-

statt Zurückweichenden. Bei dieser Prüfung wird folgendes gesprochen:
War's Gott? Nicht Ruhm? Nicht die Millionen! Wie!?

MAGDALENA Nein, nein! Um alles in der Welt, was machen Sie?

PIONTEK Nein? Nein?

MAGDALENA O Schrecklicher, o Liebesdämon – nein.

PIONTEK Nein?

MAGDALENA Nein!

PIONTEK Nein?

MAGDALENA Nein.

PIONTEK Ha!

MAGDALENA *schmachtend*: Ja.

PIONTEK *tritt verzückt von der Liegestatt zurück*: O reines Bild, ich fühl dich ganz und gar. So klar, so gut, so rein, wie nur die Mutter war. Du mein? Du mein?

MAGDALENA *während sie die Bluse auszieht*: Verschließ die Tür. Wann soll die Trauung sein?

PIONTEK Sogleich. Sofort. – Wenn du erst alles weißt – verstehst, verzeihst. – O Engel rein, verzeih. Ich war von Mißtraun toll. *Zu ihren Füßen.* Du liebst mich. Mich.

MAGDALENA Mein Traumbild, mein Idol!

PIONTEK Ich höre die Stimme der Unschuld, ich höre die Stimme von dir, und deine Worte sind schön.

MAGDALENA *mechanisch*: Ich bin dein, und du bist mein. Ich habe dich immer erwartet.

PIONTEK Ich habe dich immer gehört. Die Stimme war allüberall. In allen Schritten, die kamen, in allen Schritten, die gingen. Ich habe dich immer gehört.

MAGDALENA *zieht ihren Rock aus*: Ich habe dich immer erwartet. Sei das Panier über mir, du herrlichster unter den Männern, denn krank ist mein Körper vor Liebe.

PIONTEK Steh auf, meine Schöne, du Schöne. Steh auf, meine Reine, du Reine. Denn siehe, der Winter ist vergangen und der Regen dahin. Ich bin meiner Liebe begegnet.

MAGDALENA Nach dir nur steht mein Verlangen.

PIONTEK Sage mir an, meine Liebe, wo du liegest um Mitternacht?

MAGDALENA Um Mitternacht erst? Bei dir?

PIONTEK Nicht hier. Denn für uns grünt die Wiese, für uns scheint der Mond. Und die Sterne hüpfen und springen mit uns unter der Decke des Himmels, unserem Baldachin.

MAGDALENA Um diese Jahreszeit?

PIONTEK Uns singt der Sturm seine Lieder, und mächtig umarmt uns der Wald.

MAGDALENA O Liebe voller Wonne. *Geht, um ihre Kleider wieder anzuziehen.*

PIONTEK O gehe noch einmal, kehr wieder!
Sie geht an ihm vorbei wie ein Mannequin.
Wir schön ist dein Gang in den Hüften, den wonniglich wiegenden. Wie schön ist der Wuchs deiner Glieder, vergleichbar dem Apfelbaum, mit köstlichen Früchten behangen.

MAGDALENA So stehe denn auf, du Sturmwind, und wehe durch meinen Garten, denn wild und schön bist auch du, voll rasender Leidenschaft.

PIONTEK Du bist ein verschlossener Lustgarten, erquickend sind deine Gewächse und duftend wie Thymian.

MAGDALENA Ich harre des Freunds, der die Pforte um Mitternacht heimlich öffnet. Mein Innerstes zittert davor. Denn Feuer geht von dir aus. *Sie umarmt und küßt ihn leidenschaftlich.*

PIONTEK Das Feuer, es ward mir durch dich. In dir wurde neu ich geboren. Du riefst zu mir mich zurück.

MAGDALENA Um immer dir zu gehören.

PIONTEK *mit großer Gebärde*: Was wollt ihr, Schakale der Hoffnung, Makler und Händler der Lüge, Verkäufer der Aufrichtigkeit? – Ein Niemand, ein Mann und ein Mädchen trotzen der Hure Betrug, trotzen der Kupplerin Geld und werfen den Ruhm ihr zu Füßen, um nichts als zwei Menschen zu sein.

MAGDALENA Die auch der Tod nicht kann trennen, solange die Nachtigall singt.

PIONTEK Der Tod nicht und nicht das Gefängnis. Die Not nicht und nicht die Verleumdung. – Was ist eine Aktie gegen einen Menschen!

MAGDALENA Gegen das Feuer der Liebe, das Wasser nicht auslöschen kann.

PIONTEK Nicht Ströme von Wasser und Tränen. Nicht Hunger, nicht Kälte, nicht Obdachlosigkeit. Groß ist der Mensch, der sich wegschleicht, weil er sein Herz nicht verkauft.

MAGDALENA Wegschleicht?

PIONTEK Ja, Magdalena, wir fliehen.

MAGDALENA Fliehen? Warum sollen wir denn fliehen?

PIONTEK Weil ich nicht bin, wer ich bin.

MAGDALENA Nicht bin, wer ich bin?

PIONTEK Nicht der berühmte Gelehrte, sondern Piontek, der

Magdsohn, aus dem sich, vergleichbar dem Phönix, die Macht der Liebe erhebt.

MAGDALENA Und die Diamanten?

PIONTEK Sind auch nicht, was sie sind.

MAGDALENA Falsch?

PIONTEK Nein, nein, echt. Hier. *Nimmt die Diamanten aus dem Apparat, die Sambale eingelegt hat.* Nur vom Juwelier. – Seit ich dich sah, seit ich liebe, gilt mir das alles nichts mehr. Ich habe das alles vergessen. *Wirft die Diamanten zurück.*

MAGDALENA Und was wird mit dem vielen Geld?

PIONTEK Ich habe das Geld schon vergessen. Dein Herz ist für mich alles Geld. – Ich gehe voraus, ich warte. *Schreibt etwas auf.* Ich warte in diesem Dorfe. Ich warte am Waldrand auf dich. Ich werde dich immer erwarten. *Piontek ab.*

MAGDALENA Solange die Nachtigall singt. *Da sie allein ist:* O blitzblaue Blödsinnigkeit. *Während sie sich anzieht:* Ich bin einem Filou auf den Leim gekrochen, einem Ganoven, einem Halunken, einem Universalgenie an Narrheit. Mir muß das passieren. Ausgerechnet ich muß ihn zur Ehrlichkeit animieren. Ich hätte mir sofort denken müssen, daß einem der liebe Gott in seiner Güte einen so herrlichen Idioten nicht ohne einen Haken beschert. *Schreit:* Hallo! Hallo! – Moment. *Nimmt die Diamanten aus dem Apparat an sich.* Eine kleine Aufwandsentschädigung möchte ja wenigstens herausspringen. *Sie legt sich auf die Couch und ruft röchelnd:* Hilfe! Polizei! Hilfe!

Sambale kommt herein.

SAMBALE Sieh da, die einzige, sieh da, allein. Hat der Gnädige die Frage nach dem Kontostand ungnädig aufgenommen?

MAGDALENA Betrug! Betrug!

SAMBALE Natürlich, natürlich. Aber deswegen brauchen Sie sich ja jetzt nicht mehr herumzuwälzen auf diese neue Couch, nicht wahr? Das ist ja nun vorbei und läßt sich ja beheben mit hundert oder sagen wir hundertfünfzig, weil Sie noch jung sind, ohne daß Sie mir röcheln wie ein Pferd mit Kolik und Fehlgeburt gleichzeitig.

MAGDALENA Er hat mich zu vergewaltigen gedroht, er hat mich zu töten gedroht. Er ist ein Verbrecher, ein Gauner, ein Betrüger –

SAMBALE Mit diese Sachen, wissen Sie, sollten Sie nicht kommen bei einem alten Hasen, um den Preis zu treiben. Warum? Weil ich dann an meine Geschäftsehre gepackt werde und Sie natürlicherweise auch leer ausgehen könnten, wo Sie gekommen sind zu unserem Herrn Professor am hellen Tag, polizeiwidrig, nicht wahr, als Amateuse.

MAGDALENA Zu einem Professor, jawohl! Zu einem Erfinder, jawohl! Der seine Diamanten beim Juwelier erfindet!

SAMBALE Schnauze!

MAGDALENA Zu einem lausigen Ganoven, jawohl! Der Piontek heißt, jawohl!

SAMBALE Halt die Schnauze, jawohl! Weil ich dich sonst einsperren lasse, jawohl! Wegen Erpressung, jawohl! Von einem Nuttchen, von einer dreckigen Mistbiene, jawohl!

MAGDALENA Loslassen, Hilfe!

SAMBALE Mach das Maul zu und die Tasche auf!
Steckt ihr gewaltsam Geldscheine zu und bugsiert sie an die Tür.
Und Absätze, verstehst du!

MAGDALENA *wirft das Geld auf den Boden*: Hilfe! Hilfe!
Mondenglanz kommt herein, Sambale sammelt das Geld auf und ändert sofort seine Taktik.

SAMBALE Das könnte dir so passen. Bestechen mit lumpige paar Tausend. Das habt ihr euch schön ausgedacht. Erst bestechen und dann verleumden den Herrn Professor. Das habt ihr euch dümmer ausgedacht, als die Polizei erlaubt. Wer hat dich geschickt?! Wer hat dir das Geld gegeben?!

MAGDALENA Sie! Sie! *Zu Mondenglanz:* Helfen Sie mir! Schwindel! Betrug! Ich kann es beweisen! Die Diamanten –

MONDENGLANZ Reden Sie, wenn sie gefragt sind! – Was ist los, Direktor?

SAMBALE Wie Sie gesagt haben, Herr Mondenglanz – Armeeminister – wie Sie gesagt haben. Ach was, denke ich mir noch in meiner Gutmütigkeit, wo ein erfahrener Mensch wie Sie natürlicherweise schon gesehen hat, was los ist –

MONDENGLANZ Angeborenes Mißtrauen, Direktor, Blick für Tatsachen.

SAMBALE So ist es. Darauf kommt es an. Blick. Aber ich natürlich, ich lasse sie noch herein. Ein armes Ding, denke ich mir nichts, ein Mensch, will eine Stellung haben –

MAGDALENA Wollte ich auch bloß, ich wollte –

MONDENGLANZ Halt deine Schleuderschnauze!

SAMBALE – und höre noch, wie der Herr Professor mit ihr spricht ein paar Minuten in seiner feinen Art und höre ihn hinausgehen, so daß sie allein war hier drin – da höre ich Ihnen plötzlich ein Geschrei –

MAGDALENA Weil er getürmt ist, weil er gar kein Professor ist, weil die Diamanten echt sind, weil die Diamanten falsch sind infolgedessen, weil alles Schwindel ist, Schwindel! Schwindel! Schwindel!

SAMBALE So ist es. Sehen Sie, so ein Geschrei höre ich und daß er sie vergewaltigen wollte und daß er sie ermorden wollte, ein kleines Nuttchen bezahltes –

MAGDALENA Jawohl, jawohl!

MONDENGLANZ Und woher kommt dir die Wissenschaft, mein Blümchen?

MAGDALENA Er hat es mir selbst eingestanden!

MONDENGLANZ Vermutlich als er dich vergewaltigen und ermorden wollte. Was?

MAGDALENA Er liebte mich, er wollte mit mir weg –

MONDENGLANZ Was du sagst.

SAMBALE – da merke nun natürlich sogar ich, woher der Wind weht, nicht wahr, und denke mir, schau in der Apparatur nach, da wird sie etwas hineingelegt haben aus Störungsgründen, Diamanten oder so – *hantiert an der Apparatur* – und suche so überall herum und finde doch plötzlich –

Er will die selbst eingelegten Diamanten herausnehmen und stockt, da sie nicht mehr da sind.

MAGDALENA Nichts findest du! Gar nichts findest du! Da bist du reingefallen, was?

SAMBALE *schnell*: Und finde Diamanten, die sie zu sich steckt, ehe ich mich umsehen kann, so schnelle Finger.

MAGDALENA Lüge! Lüge!

SAMBALE Raus damit! *Hält sie fest, durchsucht sie.*

MAGDALENA Loslassen! Loslassen! Ich habe keine Diamanten!

SAMBALE *findet die in ihr Taschentuch gewickelten Steine*: Sie hat keine Diamanten, die Unschuldige. Sie hat keine Diamanten, die unrechtverfolgende, ehrfurchtgebietende Jungfrau der Aufrichtigkeit. Woraus man den Schluß ziehen kann, daß wir an Halluzinationen leiden. Wächter!

MAGDALENA Er hat sie mir gegeben, er hat sie mir aufgedrängt –

MAKUSCHKE *eintretend*: Wächter, z'Befehl!

MONDENGLANZ *liebenswürdig*: Woraus sich für mich, meine Gnädigste, das Geständnis einer mißbrauchten edlen Seele ergibt, deren vollkommene Unschuld ich in persönlichen Kontakten baldigst zu eruieren hoffen kann. Ich darf Sie darum bitten, meine Dame?

MAGDALENA Jederzeit promptestens, wenn sich ein verständiger Mensch mit mir verständigen will.

MONDENGLANZ *zu Makuschke*: Lassen Sie die Dame im Dienstwagen in meine Wohnung geleiten, Makuschke.

MAKUSCHKE Z'Befehl!

MONDENGLANZ *Magdalena zur Tür geleitend*: Darf ich Sie ein wenig zu warten bitten?

MAGDALENA Danke gern, wenn Sie es reell meinen.

Ab.

MONDENGLANZ Reell. *Zu Makuschke:* Verschärfte Sicherheitsmaßnahmen. Abführen.

MAKUSCHKE Abführung, z'Befehl! – Wen?

MONDENGLANZ Das Stück Weiberfleisch. Arretieren.

Makuschke meldet sich zu Wort.

Noch was?

MAKUSCHKE Z'Befehl! Erlaube mir, Bemerkung zu bemerken, daß demzufolge zutreffende Unschuld nach Aussage nicht zutrifft, infolge weil ein Arrestant nicht unschuldig sein kann, infolge weil er ein Arrestant ist nach Vorschrift.

SAMBALE Logischerweise. Abführen!

MAKUSCHKE Logische Abführung, z'Befehl! *Ab.*

MONDENGLANZ Ich hoffe, Direktor, Sie sahen den Vorzug der Freundlichkeit.

SAMBALE Ich hoffe, Mondenglanz, Sie sehen den Vorzug von Unwissenheit.

Legt erneut die Diamanten in den Apparat.

MAGDALENAS STIMME ‹Hilfe! Gewalt!›

MAKUSCHKES STIMME ‹Maul halten!›

SAMBALE Warum? Erstens, weil das AFF für die Übernahme des Armeeministeriums wie geschaffen ist von Natur, nicht wahr, und zweitens, weil wir die Aktien des britischen Diamanten-Syndikats jetzt um so notwendiger brauchen, nicht wahr?

MAGDALENAS STIMME *sich entfernend*: Hilfe! Gewalt!

MAKUSCHKES STIMME Maul halten!

Kater kommt, kurz danach der Präsident, Minister und andere Teilnehmer der Gründungssitzung.

KATER Was ist? Der Präsident kommt. Was ist das für ein Geschrei?

PRÄSIDENT Wo ist der Genius? Wo ist er? Wo ist er? *Zu Sambale:* Lassen Sie sich umarmen! Ich habe die Zukunft gesehen bis an das Weltmonopol!

SAMBALE Das freut mich. Und wir haben uns in der Zwischenzeit ein bissel erlaubt, eine Wirtschaftsspionin zu verhaften, der Herr Mondenglanz und ich.

MONDENGLANZ Unseres Armeeministeriums.

DER VERMUTENDE MINISTER Was ich die ganze Zeit mit Recht vermutet habe.

MONDENGLANZ Versuch der Bestechung, Entführung, Erpressung, Verleumdung. Wirtschaftssabotage. –

KATER *beglückt*: Mondenglanz! Das Armeeministerium sind wir!

SAMBALE *zu Kater*: Im Auftrag ausländischer Mächte, wie Sie mit Recht im vorhinein vermutet haben.

PRÄSIDENT *auf Armeeminister bezogen*: – O Neid, o Blindheit der Rechner, vergafft in den Götzen Erfahrung, könnt ihr die Sonne nicht sehen. Doch nichts hält die Sonne mehr auf.

SAMBALE Natürlich nicht.

PRÄSIDENT So rufen Sie denn den Gelehrten, auf daß wir ihn würdig empfangen.

SAMBALE Historischer Stunde gemäß. *Ab.*

PRÄSIDENT Mein Herz ist bewegt wie ein Meer. Welträume atmen in mir, Weltbilder strömen in mir – ich höre den Schritt, den festen, den Schritt des großen Gelehrten – der Augenblick ist nah – er naht –. Es lebe der Genius der Nation. Er lebe –

Makuschke tritt ein, läßt die Tür offen und sieht verlegen strammstehend auf die Versammlung.

ALLE Hoch!

MAKUSCHKE Lebe, z'Befehl!

ALLE Hoch!

MAKUSCHKE Hoch, z'Befehl!

MONDENGLANZ *zu Makuschke*: Wo ist der Professor?

MAKUSCHKE Professor, z'Befehl! Nicht.

MONDENGLANZ Nicht? Wieso nicht?

MAKUSCHKE Wieso nicht, z'Befehl! Infolge Abwesenheit ohne Ermächtigung infolge- – weg – weg.

MONDENGLANZ Weg? Sind Sie verrückt?

MAKUSCHKE Z'Befehl.

KATER Wer ist weg? Der Professor?

MAKUSCHKE *militärische Wendung zu Kater*: Z'Befehl, jawohl.

MONDENGLANZ Wohin?

MAKUSCHKE *militärische Wendung zu Mondenglanz*: Z'Befehl, nein!

KATER Was heißt jawohl?

MONDENGLANZ Was heißt nein?
KATER / MONDENGLANZ Ja oder Nein? Nein oder ja?
MAKUSCHKE *Wendung zu Kater*: Z'Befehl, ja, infolge betreffend Abwesenheit nach Verabschiedung mittels Handschlag, zivil. *Wendung zu Mondenglanz:* Z'Befehl, nein, infolge betreffend «Wohin», infolge betreffend Abwesenheit ohne Ortsangabe nach Durchführung verdächtiger Umstände, was genaueste Verzeichnisse gefunden in meinem Meldebuch präzisionstens. Jawohl! *Er präsentiert stolz sein Meldebuch.*
KATER Das heißt Entführung!
MAKUSCHKE *Wendung zu Kater*: Entführung, z'Befehl!
MONDENGLANZ In einer schwarzen Limousine?
MAKUSCHKE *Wendung zu Mondenglanz*: Limuisine, z'Befehl!
KATER Das heißt Menschenraub!
MAKUSCHKE *Wendung zu Kater*: Menschenraub, z'Befehl!
MONDENGLANZ Offiziere in Zivil. Gefälschte Papiere. Gefälschter Staatsauftrag. Betäubung durch Chloraethyl. Befehl?
MAKUSCHKE *Wendung zu Mondenglanz*: Z'Befehl!
KATER Das heißt Bestätigung der verbrecherischen Verschwörung des Armeeministers mit den Roten!
MAKUSCHKE *Wendung zu Kater*: Z'Befehl!
DER GEISTIGE MINISTER Geraubt ward die Blüte der Jugend.
DER VERMUTENDE MINISTER Verlöscht ward der Stern unserer Märkte.
DER GEISTIGE MINISTER O schwarzer Himmel!
DER VERMUTENDE MINISTER O Trauer!
DER NICKENDE MINISTER O düsteres Weltmonopol!
MAKUSCHKE Weltmonopol, z'Befehl!
MONDENGLANZ *drohend*: Und warum haben Sie nicht Alarm gegeben?!
MAKUSCHKE Alarm, z'Befehl!
MONDENGLANZ *reißt ihn zu sich*: Warum nicht?
KATER *reißt ihn zu sich*: Warum nicht?
MAKUSCHKE Warum nicht, z'Befehl! Infolge von Nichtbemerkung, z'Befehl!
MONDENGLANZ *reißt ihn zu sich*: Die Limousine nicht?
KATER *reißt ihn zu sich*: Die Offiziere nicht?
MAKUSCHKE Z'Befehl! Infolge zwecks Notierung verdächtiger unmenschlicher Umständnisse wie Neigung des Herrn Professors zu Freundlichkeit, Freigebigkeit und Scherzen in Blockschrift mit Kopierstift nach Vorschrift! Scharf!

MONDENGLANZ Infolge weil Sie uns seit heute morgen einen Idioten vorspielen!

KATER Infolge weil Sie im Bunde sind!

MONDENGLANZ Geben Sie zu, daß Sie Geld bekommen haben!

MAKUSCHKE Geld bekommen haben, z'Befehl! Von Professor. *Präsentiert abermals sein Wachbuch mit einem eingelegten Geldscheinbündel.*
Zwecks Ablieferung, was Zählung und Notierung gefunden hat spezifiziziert unter genannte verdächtige Momente betreffend Freigebigkeit des Herrn Professors nebst Scherzensfreiheit selbigens, daß Professor nicht sei Professor, was unzutreffend ist betreffend infolge Zeugnis nicht Zeugnis in rörum propriredum, was heißt «in eigener Sache» nach Vorschrift. Scharf!

KATER Verhaften!

MAKUSCHKE Z'Befehl. *Schreit:* Verhaften. *Auf Minister zu.*

MINISTER Verhaften! Verhaften!

MAKUSCHKE *steht vor Ministern stramm*: Verhaften, z'Befehl! Wen?

PRÄSIDENT *aus seiner Lähmung erwachend, schlägt sich in einem greisenhaften Tobsuchtsanfall durch die Gruppe zu Makuschke und schreit*: Sie sind verhaftet! Sie! Sie! Sie! *Reißt ihm nacheinander Schulterklappen, Dienstmedaillen und Knöpfe ab.* Sie! Sie! Sie! Sie! Sie! Sie! Verhaften! Verhaften!
Makuschke legt sich Handschellen an und wird von Mondenglanz hinausgeführt.

DER PRÄSIDENT *wendet sich wild um und schreit in die Gruppe der erschreckten Minister*: Feinde – Feinde überall! Feinde! Feinde! Feinde!
Reißt einem Minister ebenfalls alle Orden ab. Sofort alle Roten verhaften! Sofort alle Armeeminister verhaften! Sofort alle Limousinen verhaften! Alles, alles verhaften! Suchen! Alles suchen! Zu Wasser, zu Lande, Luft. Suchen! Suchen! Suchen! *Sinkt röchelnd zu Boden.*

Vorhang

Vierter Akt

Der Hühnerstall des ersten Aktes, verstaubter, feuchter, trostloser. Man hört die Stimme Pionteks, der sich der Außentür nähert, angetrunken und regendurchnäßt nach dreitägiger Wanderschaft.

PIONTEK Heda, he, Wirtschaft, he, Weltall, he, hühnerverdrecktes Bordell –

Es ist ihm nach einigen Versuchen gelungen, die Tür aufzubrechen, und er erscheint.

Erlesene Heimstätte. Grüßend vom Mist deiner Bretter Proteus, den regendurchnäßten, besoffenen Verwandlungskünstler, auf daß er sich wälze im Unrat, Odysseus, Schwein unter Schweinen, was Mensch unter Menschen heißt. – Heda, he, Vettel, ich zahle – für Liebe zahlt ein Genie – mit seinem Zylinderhut.

Er stülpt den Hut der Ankleidepuppe auf.

«Ich warte, ich warte, ich warte. Ich werde dich immer erwarten. Solange die Nachtigall singt.» Sie singt nicht, sie singt nicht mehr. Heda, ich rotze darauf!

Spuckt auf den Tisch, verbeugt sich entschuldigend. Zu dem Tisch und Geräten gewandt:

Verzeihung, ihr dürft mir mein Verhalten nicht übelnehmen. *Zu dem beschädigten Gartenstuhl:* Auch du nicht, gerade du nicht, denn ich habe auf dir gesessen trotz deiner Altersschwäche, was ich für einen dankenswerten Dienst halte. Ich habe mich etwas beschmutzt, verstehst du, da man mich auf die Straße geworfen hat. An Kragen und Arsch auf die Straße. *Hat dabei den Gartenstuhl angefaßt und wirft ihn hin.* Platsch. *Schreit:* Wer wagt es, mich auf die Straße zu werfen? Wer wagt es, den Professor Alf von Richthausen auf die Straße zu werfen? – Ich. Ich werfe ihn auf die Straße und entnehme eurem vielsagenden Schweigen, daß ihr einverstanden seid und daß ihr Spaß versteht, da ihr euch nicht wehrt, wenn ich euch wie Menschen behandle. – Mit Recht. Da ihr nicht toter als Menschen sein könnt. – Der Mensch, er wurde erdrosselt. *Läßt Papiergeld auf den Boden fallen.* Hier ist sein getrocknetes Herz. Um Namen für Tote zu kaufen. Um Kleider für Tote zu kaufen. Heda, um Liebe zu kaufen! – *Hebt den Stuhl auf.* Doch ein Stuhl, der hat ein Gesicht.

An die Flasche gewendet, die von früher auf dem Tisch steht: Du leere Flasche. Wie neide ich dir deine Nützlichkeit. Sogar dein Etikett wär falsch, wenn ich dein Etikett wäre. *Zeigt an sich herunter:* Professor Alf von Richthausen. *Beginnt sich auszukleiden und wirft die Kleidungsstücke auf die Kleiderpuppe.* Professor, der Rock und der Kragen. – Die Hose von Geist und von Adel. – Richthausen, der glorreiche Rest. *Zu der Puppe:* Professor, man sucht dich, man braucht dich. Zehntausend für einen Kopf aus fauligem Sägemehl, daß er die Tierheit errettet, daß er begräbt die Vernunft. – Der Rest, der Rest ist Piontek, das menschliche Meisterwerk mit dem unschätzbaren Vorteil, vollkommen nutzlos zu sein. – Hörst du den Wind, Professor? Es diskutieren die Bäume, an welchem ich hängen soll. Doch mir, mir ist nach Gelächter, nach einem farcehaften Schluß. Mich dürstet nach einem Gelächter. Mich – *Es nähern sich Schritte, Sambale kommt, steht Piontek gegenüber:*

SAMBALE Du? – Was machst du hier?

PIONTEK Ich sammle mich für die Farce, in der ich zu spielen habe: Genie der Ratten und Affen! – Wie geht es der Affenwelt?

SAMBALE Sieh da, der Herr Professor als Zirkusclown der Empörung. Die Schwachbrust als Moralist. – War es das Hürchen nicht nur, enttäuschter männlicher Aufstand, der kopfscheu machte den Jüngling, den vielsprechend nichtssagenden?

PIONTEK Die Dummheit war es, die Dummheit, auf der die Gemeinheit sich wälzt wie auf der Fleischbank die Fliegen. Ich, des Betruges Professor, Richthausen, der Messerzureicher, stieß plötzlich das Messer nach mir.

SAMBALE O Trauer, o Tragik des Meeres. Ich weine, ich weine, ich weine. Aus welchem Rührstück ist das?

PIONTEK Aus jener nichtsnutzigen Farce, da Tote bekämpfen die Uhr, da Tote die Uhren zerschlagen, damit die Zeit nicht vergeht. Während sie unten lachen. Unten, da lachen sie schon.

SAMBALE Und doch hat das putzige Köpfchen den Ehrgeiz, hoch oben zu sein. *Macht Geste des Aufhängens.* Die Zelle, sie ist gewienert, der Kübel wird täglich geleert – und plötzlich hängt einer am Fenster, und eine Zunge erscheint. Das einzige, was du je bewegt. Ein Arsch, das merkt man sehr spät erst, hängt zentnerschwer an einem Kopf. Ein einziger Arsch wiegt schwerer als die Gedanken der Welt.

PIONTEK Der Ladendieb wurde zum Räuber, die Ratte wurde zum Wolf. Du bist ihr gelehriger Schüler. – Doch du wirst mein Nachbar dort sein.

SAMBALE Ungern, Freundchen, nur ungern. Ich hab mich aufs Reden verlegt. Wer sollte die Grabrede halten am Trauertag der Nation, da ihr die Blüte der Menschheit so tragisch, so tragisch verblich?

– Im Ernste, Freundchen, im Ernste, du hast mehr Glück als Verstand. Kein Anlaß zu Seelenmassage, zu Waghalsigkeit des Gehirns, was die Gesundheit zerrüttet: Du wardst auf der Höhe des Ruhms, im Lichte der besten Reklame, geraubt von den Mächten der Nacht. Prometheus ist Dreck gegen dich. – Was ich ein bedeutendes Ansehen und eine solide Geschäftsgrundlage nenne. – Hör zu, damit du erfährst, was mit dir passiert ist in Wirklichkeit. –

PIONTEK Hör zu, Professor, hör zu, daß du das Stichwort erschnappst, um wiehernd zu Grabe zu reiten das hölzerne Pferd der Trojaner in jener Groschenbumsbude, die sich das Abendland nennt. *Sitzt rittlings dem Gartenstuhl auf und reitet auf Sambale zu.* Heda, he, hoppla, es reitet Piontek, der große Piontek auf einem Gartenstuhl vor, zu retten die Affenwelt.

SAMBEL *indem er den Stuhl mit Piontek umtritt*: Bist du als Affe zu Ende?

PIONTEK *auf dem Boden sitzend*: Zu Ende. Ich bin zu Ende.

SAMBALE Weshalb sich Zuhörn empfiehlt. Da ich dir soeben erörtert habe einerseits, daß deine Figur in kalt eine größere Geschäftssicherheit bietet und selbige zu haben ist heutzutage für einen Taler von jedem halbwegs phantasiebegabten Jugendlichen, und da wir andererseits unseren Wirtschaftsrat erwarten können jeden Moment, um zu verwandeln diesen Hühnerstall in eine Gedenkstätte von nationaler Bedeutung.

PIONTEK *zum Gartenstuhl*: Mach Reverenz, du Mietgaul! Mach Reverenz dem Taler, dem Taler der Sicherheit!

SAMBALE Auf die ich verzichte, da ich ein unternehmungslustiger Mensch bin und einen Sinn für freundschaftliche Gefühle habe, wie du gleich bemerken wirst. Hör zu –

PIONTEK Mach Reverenz dem Freunde, der freundlich dir bricht das Genick.

SAMBALE Halt deine Fresse jetzt!

PIONTEK Mach Reverenz vor dem Hunde!

Sambale schlägt Piontek nieder.

PIONTEK *nach einer Pause, indem er sich das Blut von den Lippen wischt*: Mach Reverenz vor der Faust. – Du siehst mich auf übliche Weise zu handfester Wahrheit bekehrt.

SAMBALE Was ich einen Sinn für reelles Denken in letzter Minute nenne.
PIONTEK Nicht wahr, ich wurde entführt?
SAMBALE So ist es. Von Offizieren in einer schwarzen Limousine.
PIONTEK Geschlagen, gefoltert, erpreßt –
SAMBALE – in wüste Gebiete verschleppt –
PIONTEK – traktiert mit Spritzen und Drogen –
SAMBALE – um unser Geheimnis zu lüften. Du brauchst nicht kleinlich zu sein.
PIONTEK Doch Blut nur entfloß meinem Mund.
SAMBALE Was die Beweiskraft erhöht in angetrunkenem Zustand.
PIONTEK Ich floh aus Vaterlandsliebe –
SAMBALE – in Lumpen, vom Fieber geschüttelt, zerrüttet an Seele und Leib –
PIONTEK – drei Tage, drei furchtbare Nächte –
SAMBALE – mit Hilfe der Geistlichkeit, was sympathieerregend ist.
PIONTEK Floh durch die Zonen des Grauens, gejagt von Steppenlemuren, hin zu der heiligen Stätte – unserem Hühnerstall.
SAMBALE – wo ich erschüttert dich fand in sinnesverwirrtem Zustand –
PIONTEK – doch tief durchglüht von der Sendung, zu gründen das nationale, zu gründen das epochale Monstreweltluftgeschäft –
SAMBALE – was sich –
Entferntes Autohupen einer Wagenkolonne.
Sie kommen – was sich anlassen wird wie ein Dankgottesdienst ohne Pfarrer –
PIONTEK – zu gründen das große Gelächter –
SAMBALE *im folgenden aufgeräumt geschäftig an dem Selbstgespräch Pionteks vorbeiredend*: – während ich die Aktien des Diamanten-Syndikats verkaufe zu hundertdreißig und kaufe unsere Aktien zu zwanzig, ehe man weiß von deine glorreiche Rückkehr, so daß ich morgen kann kaufen – die Vogelscheuche, Mensch, muß heraus – *Während er die Puppe hinausschleppt* –, so daß ich morgen kann kaufen – *Ab.*
PIONTEK Kaufe, verkaufe, kaufe. – Kaufe die Schiffe der Wolken, kaufe die Lieder des Meeres – die ich nie hörte, nie höre –
SAMBALE *kommt sprechend zurück*: – so daß ich morgen kann kaufen, zurückkaufen, verstehst du, Diamanten-Syndikat für zwanzig und verkaufen umgekehrt unsere zu hundertdreißig mindestens nachdem man weiß von deine Rückkehr, erfreuliche, aber

noch nicht weiß von deinem nächsten Verschwinden, übermorgen, endgültig, da du bestimmt bist für Höheres, ganz offenkundig –

PIONTEK – kaufe den Frühling der Erde, den Duft des Brots und des Baums –

SAMBALE – was ich dir einrichten könnte in einem fremden Land, einem schönen, mit einer Beteiligung von dreißig Prozent unter Brüdern – *Macht Piontek für den Auftritt zurecht* – ein bissel Blut auf den Anzug – oder von zwanzig Prozent, besser gesagt, ohne Abzüge, aus Großzügigkeit, nich wahr, da du ja ohnehin – ein bissel Hühnerdreck fehlt, wie bei unserem ersten Fischzug, aus Gründen der Genialität – da du ja doch ohnehin verschwinden wolltest, so daß sich die kleine Verzögerung hier als ein zusätzlicher schöner Verdienst ergibt, von zehn Prozent aus Freundschaft, sagen wir zwölf –

PIONTEK – kaufe das Licht, kaufe das Lächeln, bequem im Koffer zu tragen, verramsch es als Dummheit und Grab. Die Liebe-Matratzengerappel. Die Freundlichkeit-Zuhälterei. Streu Licht als Futter den Wölfen mit zwölf Prozent Rabatt –

SAMBALE Exakt. Du sprichst in deiner naturgegebenen erbaulichen Verrücktheit, und sie müssen es dir logischerweise als eine Mischung von Genialität und Heroismus auslegen, worin sich das Übernatürliche offenbart und womit sich die besten Geschäfte machen lassen natürlicherweise. – Indessen ich einweihe meinen Freund Hengstenberg telefonisch und zurück bin zu Ende der Vorstellung –

PIONTEK Hengstenberg?

SAMBALE Natürlich Hengstenberg, weil er ja doch ist mein Kompagnon inzwischen. *Herzlich:* Schade, mein Junge, schade, daß ich dich nicht halten kann, in dir steckt viel Geld. – Ist alles klar, Professor?

PIONTEK Klar. So klar wie das Grab.

SAMBALE *an der Tür*: Addio, mein Junge.

PIONTEK Addio.

SAMBALE Gedenke der Zunge, nich wahr. *Ab.*

PIONTEK – Das einzige, das je ich bewegt.

SAMBALES STIMME Hierher, Herr Präsident, hierher! Gerettet. Gerettet. Gerettet!

PIONTEK Die Zunge – gedenke der Zunge, die noch der Tod bewegt. Und doch auch beweglich befähigt, zu bilden das erste Erstaunen, zu bilden das erste Verstehen. «Hallo, eihee» und zu singen

– und «Schwein und Ratte» zu schrein! Doch erstlich befähigt zu lachen!

Von draußen nähert sich freudiges Hallo.

Zu lachen! – Und lachen zu machen. Wiehern zu machen die Welt! Heda, he hoppla, Piontek, Prometheus der Bürgerwelt! Heda, he hoppla, Piontek, Erlöser auf Golgatha.

Wirft sich mit ausgebreiteten Armen in theatralischer Gebärde über den Gartentisch und bleibt regungslos liegen. Präsident, Minister drängen freudig herein, treten bestürzt zurück, nehmen die Hüte ab.

MINISTER O Gott, o Gott, o Gott, o Gottogottogott.

PRÄSIDENT *flüsternd*: Da ist er.

DER NICKENDE MINISTER Da ist er.

PRÄSIDENT Da liegt er in Lumpen. Der edle, geschändete Leib.

DER NICKENDE MINISTER Da liegt er –

PRÄSIDENT O schreckliches Bild –

DER NICKENDE MINISTER O schrecklich –

PRÄSIDENT O schrecklich, für immer zu spät.

Mondenglanz, Sonnenschein treten auf, machen sich an Piontek zu schaffen. Kater tritt mit ihnen in der Uniform des Armeeministers auf.

Holt Priester! Holt Ärzte!

DER FROMME MINISTER Priester!

DER NICKENDE MINISTER Ärzte!

MONDENGLANZ Die das AFF für entbehrlich hält, da es sich nach Indizien und Augenschein – Shinie –

SONNENSCHEIN – um einen klaren Fall der narkotischen Aethylbromin-Erpressung des Weltfeinds nebst Tiefschlafhypnose handelt –

DER GEISTIGE MINISTER Im Ungeist des unreinsten Ungeists.

MONDENGLANZ – deren Behandlung Fachleuten zu überlassen ist. *Reißt Piontek hoch und schreit in dessen Gesicht:* Professor! – *Zu einem der Minister:* Holen Sie mir einen Eimer Wasser und eine genügend lange Nadel.

PRÄSIDENT *zu dem reglosen Piontek*: O Meister, Meister, Meister! O Meister, verlasse uns nicht! *Er hebt die Hand Pionteks auf, die schlaff herunterfällt.*

MINISTER O reglos. Reglos. Reglos.

DER FROMME MINISTER / DER NICKENDE MINISTER *knien nieder, durchwühlen ihre Papiere, um die Verluste zu prüfen*: O heilige Mutter Gottes, heilige Jungfrau, heilige Gottesgebärerin, die du in Ehren zuließt, du Hilfreiche, daß wir unser Geld investierten, nach unergründlichem Ratschluß, hebe gnädig dein Haupt, das liebreizend schmerzensgeprüfte, zu retten unsere Einlagen – o heilige Fürsprecherin der Beladenen –

DER GEISTIGE MINISTER Professor!

DER VERMUTENDE MINISTER Professor! *Sie horchen von beiden Seiten nach seinem Atem.* Ruhe! Psst! Ruhe! *Der nickende, der fromme Minister und der Präsident horchen ebenfalls seine Brust ab.*

PRÄSIDENT Mein Sohn!

DER NICKENDE MINISTER Mein Sohn!

PRÄSIDENT Ein Haar! Ein Härchen!

DER NICKENDE MINISTER Ein Haar!

Mehrere Minister reißen sich Haare aus und reichen sie dem Präsidenten, der sie unter Pionteks Nase hält.

PRÄSIDENT Er atmet! Er atmet! Er atmet! Sein Odem bewegt unser Haar.

Während der fromme und der nickende Minister erneut auf die Knie gefallen sind und in hastiger Inbrunst ihre Papiere einstekken und ein neues Gebet murmeln, während zwei Minister mit einem Eimer Wasser und einer langen Nadel hereingelaufen kommen, reißen der geistige und der vermutende Minister schreiend an Pionteks Armen.

DER FROMME MINISTER / DER NICKENDE MINISTER O heiliger Geist, der du bist überall, geheiligt sei deine Güte, der du mit deinem Atem belebtest vor Zeiten den Lehmkloß, geheiligt sei deine Allmacht, belebe mit seinem Atem in dieser Stunde der Prüfung unsere Ratlosigkeit –

DER GEISTIGE MINISTER / DER VERMUTENDE MINISTER Professor! Aufstehn! Professor!

EIN MINISTER Das Wasser!

EIN ANDERER MINISTER Die Nadel!

SONNENSCHEIN *den Eimer in der Hand*: Rettung, Professor!

MONDENGLANZ *die Nadel in der Hand*: Rettung!

Von Wassereimer und Nadel bedroht, hebt Piontek den Kopf und grinst.

MINISTER *verzückt*: Er regt sich! Er regt sich! Er lächelt!

PRÄSIDENT *erschüttert*: Gott der Erhalter ist nah.

PIONTEK *springt auf die Füße*: Gott der Betrüger ist da! In Lumpen gehüllt unter Lumpen. Piontek, der Gott der Diebe, Piontek, der Gott des Betrugs, mit Vornamen Alois, wie er Verzeichnis fand in jenem heiligen Schriftlein mit Lichtbild und Fingerabdruck, das Menschen zu Menschen erst macht – Schiffsschaukelbremser von Stand. *Weist seinen Paß vor.* Bitte, die Herrschaften, bitte! Ich harre des Wehgeschreis.

PRÄSIDENT Fasse dich, faß dich, mein Sohn. Niemand verhört dich, niemand. Blick um dich, erwache, mein Sohn! Du bist unter Brüdern, Freunden!

PIONTEK So recht, du Vater der Falschheit, du Exzellenz des Betrugs, Perücke und falsches Gebiß!

Er reißt des Präsidenten Perücke ab, wirft sie dem nickenden Minister zu, der, die Perücke in der Hand, verwirrt «Ex-Ex-Exzellenz» stammelt. Mondenglanz und Sonnenschein fassen Piontek.

MINISTER Im Wahnsinn, O Gott! O Gott! O Gott!

PIONTEK *zu den Ministern*: So recht, ihr Brüder der Lüge! Schaben und Wanzen der Gottheit! Ressortleiter ihr des Betrugs!

MONDENGLANZ *scharf*: Schluß mit dem Unsinn! Schluß!

PIONTEK *zu Mondenglanz und Sonnenschein*: So recht, ihr freundlichen Wölfe, Auspfunder der Menschlichkeit!

KATER Festhalten! Wagen! Abtransportieren!

PIONTEK *aus dem Knäuel, das ihn nunmehr hält*: So recht, seid umschlungen, Millionen, o Glück, ein Rauchpilz zu sein!

MONDENGLANZ Nehmen Sie Vernunft an, Professor.

SONNENSCHEIN Vernunft!

PIONTEK Vernunft! – – Vernunft.

KATER Professor, erkennen Sie mich nicht?

PIONTEK Vernunft – erkennen – Professor – So recht, ich besinne mich. Herr Kater – Seine Exzellenz, die Herren Minister, die Ritter des AFF – und Männer ringsumher solvent und ehrenwert –

PRÄSIDENT Gekommen, um Sie zu ehren, Professor. Zu ehren den tapferen Gelehrten, den Schöpfer der NKK, entronnen der Furchtbarkeit.

PIONTEK Den tapferen Gelehrten – natürlich, so recht, ich besinne. Sie wollen den Gelehrten sehen. Professor Alf von Richthausen – was geht sie Piontek an. Piontek, das ist ein Phantom. Verzeihen Sie mir, meine Herren. Verzeihung, eine Sekunde – Sie werden zufrieden sein – *Geht in den Hinterraum ab.*

SONNENSCHEIN Was habe ich gesagt?

KATER Blödsinn. *Zu Mondenglanz:* Was will er? Was vermuten Sie?

MONDENGLANZ Ich vermute nie etwas – ich weiß gelegentlich.

PRÄSIDENT Jedenfalls hat er uns erst mal erkannt. Obwohl natürlich mögliche Nachwirkungen – furchtbar, furchtbar. Ich darf an Ihre parlamentserfahrene Ehrfurcht, ich darf, oder glauben Sie, Herr Mondenglanz –

MONDENGLANZ Ich glaube nie etwas. Sieh nach, Shinie.

SONNENSCHEIN *an der Tür*: Hallo, Professor, kann ich Ihnen helfen. Professor?

PIONTEK *noch draußen*: Natürlich, helfen Sie ihm. Den Tisch und den Stuhl zur Seite.

PRÄSIDENT Professor, ich bitte – Professor! Ich bitte, was machen Sie!

PIONTEK *ganz dem Transport der nach seinem Muster bekleideten Puppe hingegeben, zu Mondenglanz*: Bitte die Kiste hierher, damit Sie etwas verrichten, entgegen Ihrer Natur. *Stellt die Puppe sorgfältig auf die Kiste, korrigiert Details der Bekleidung.*

PRÄSIDENT Professor, Sie haben uns doch erkannt – als ehrenwerte Männer – Sie haben doch selbst gesagt –

PIONTEK Erkannt, ganz recht, wohl, erkannt. Ich habe Sie alle erkannt. – Die ehrbaren, schwärzlich berockten Füllfederhalter des Talers, die kleinen Gefängniszuschließer des – *Geste des Geldzählens* – Erzpriesters Hengstenberg, den ich vermisse, vermisse – ich habe euch alle erkannt –

KATER Professor, was soll dieser Wahnwitz? Die Puppe, was soll dieser Popanz?

PIONTEK Was soll er – ganz recht, was soll er? – Mir war: Sie wollten ihn sehen. Professor Alf von Richthausen, Erzeugnis der zweiten Hälfte des glorreichen, großen Jahrhunderts zu Ende der Talerwelt! Erzeugnis aus Roßhaar und Watte. Erwerbssinn und Wunderbedarf. Entsprungen den findigsten Köpfen und vorgestellt von Piontek, der den Gestank der Dummheit, der den Gestank der Gemeinheit nicht aushält törichterweise, nicht aushält den Aasgeruch. – – Sie haben zu schreien: ‹Betrug.›

DER VERMUTENDE MINISTER Persönlichkeitsspaltung durch die Roten, wie ich die ganze Zeit mit Recht vermutet habe.

DER GEISTIGE MINISTER Aber wieso denn Betrug, lieber Professor?

DER FROMME MINISTER Wir schätzen uns glücklich, Herr Professor.

DER NICKENDE MINISTER Glücklich, Herr Professor.

PIONTEK Professor, Professor, Professor. Du herrliches Bild der

Synthese von Macht und Innerlichkeit. Du Mythos aus Seegras mit Hut. *Indem er die leeren Ärmel anhebt:* Erhebe die Flügel du Weltgeist mit dem perfekten Gehirn, fliege, du Adlergeist, fliege – *Indem er die Puppe kopfüber von der Kiste stößt:* des Talers Weltpleitegeier sielt sich im Hühnermist. – Zurück, zurück bleibt Piontek, Piontek, die Tatsache. Der staunenswerte Aufstieg und Fall des Alois Piontek, des Hochstaplers wider Willen. Sie haben zu schreien ‹Betrug›.

MINISTER Betrug? – Betrug! – Betrug!

KATER Wegschaffen jetzt! Wegschaffen das gekaufte Subjekt!

MINISTER *indem sie auf Piontek eindringen*: Unser Geld! Unser Geld! Unser Geld! Landesverrat! Hochverrat! Polizei! Militär! Polizei!

PIONTEK Recht gut, das Gebrüll der Schakale. Recht gut, das Gebrüll des Bankrotts.

DER VERMUTENDE MINISTER Einsperren, den Betrüger!

DER GEISTIGE MINISTER Ersäufen, den Gauner!

DER FROMME MINISTER Erhängen, den Söldling des Satans!

MONDENGLANZ Los, Shinie! *Geht mit Sonnenschein auf Piontek zu.*

PIONTEK Geduld, geliebte Hyänen. Geduld, edles Rattengeschlecht. Sie haben jetzt ruhig zu sein.

MINISTER Ruhig? Ruhig! Ruhig?

PIONTEK *schnell und scharf*: Da Ihnen an einer Veröffentlichung der Dokumente durch meinen Kompagnon Sambale nicht gelegen sein wird! Nehmen Sie Platz, meine Herren.

PRÄSIDENT *nötigt sie zum Sitzen auf Kisten, Eimern, Ofen usw.*: Die Würde des Staats, meine Herren! Die Dokumente! Das öffentliche Wohl!

MINISTER Gauner! Betrüger! Betrüger!

PIONTEK – Ganz recht, ich bin ein Gauner. Ganz recht, ich bin ein Betrüger. – Doch glauben Sie nicht, meine Herren, daß ich ein Anfänger bin, gemessen an jenem vertrauten, gesetzlich geschützten Betrug der großen Geschäfte im Frieden, der großen Geschäfte im Krieg, des Handels mit Schweiß und mit Blut? Des Handels mit Armut und Arbeit, des Handels mit Hunger und Mord, des Handels mit Dummheit und Angst. Mit Hilfe der Gesetzbücher und mit Hilfe der Schulen, mit Hilfe der Gefängnisse und mit Hilfe der Zeitungen, mit Hilfe der Staatsmänner und mit Hilfe des lieben Gottes. Glauben Sie nicht, meine Herren, daß ich, gemessen an Ihnen, ein kläglicher Anfänger bin? – Ein Parodist mit einer schlechten Nummer, ein Stimmenimitator der Großen, ein Bauchredner des Betrugs in einem Vorstadttheater, der plötzlich natürlich spricht und einfach ‹Piontek› sagt, zu allgemeiner Bestürzung. Er war für Betrug engagiert. Was ist Besonderes an ihm? Nichts. Nichts Besonderes. Doch, etwas Besonderes ist: Er sprach auch vorher natürlich, er sagte auch vorher ‹Piontek›. In Zeiten der Lüge wird Wahrheit zum feinen Ganoventrick. In Zeiten des großen Gestanks wird Wahrheit stinkend gemacht. – Ich grüße das stinkende Schlachthaus, das seines Einsturzes harrt, begrabend, so hofft man, die Schlächter. Addio, ihr Knüttelaufstecker, Rebellen im Kampf mit der Uhr. – Ein Baum, ein Baum, meine Herren, ein Baum, der hat einen Zweck. *Ab.*

PRÄSIDENT *nach einer Pause des Entsetzens*: – Das war das Maul des Aufruhrs, das war das Krächzen der Straße, das Hundsmaul gemeiner Vernunft, die keine Rangordnung kennt, nicht Recht, nicht Ehre, nicht Sitte, das war die Hundsstirn des Irrnis, das war die Fratze der Gasse, die Zähne fletschend nach Gott, doch Gott! – Gott! – O Gott.

DER VERMUTENDE MINISTER Das ist das Ende. Das Ende, wie ich vermutet habe.

DER GEISTIGE MINISTER Öffentlicher geistiger Skandal! Öffentliche geistige Lächerlichkeit!

DER FROMME MINISTER Die Dokumente in den Händen von Verbrechern!

DER NICKENDE MINISTER Das Staatswohl in den Händen der Gasse!

MONDENGLANZ Durch Konspiration des Weltfeindes bis in die Spitzen des Staates!

SONNENSCHEIN Was wir bei Übernahme des Armeeministeriums durch das AFF vermuteten und jetzt als erwiesen ansehen!

MONDENGLANZ Wovor wir warnten, als einige der Herren hier von Inquisition und Immunitätsbruch faselten!

SONNENSCHEIN Wovor wir warnten, als es einigen Ministern bei uns nicht tolerant genug zugehen konnte!

DER VERMUTENDE MINISTER Sie haben gewarnt?

DER GEISTIGE MINISTER Sie haben uns hineingehetzt! Das AFF hat uns hineingehetzt!

DER NICKENDE MINISTER Hineingehetzt!

KATER Sie wollen den Skandal, wie ich sehe. Sie wollen die Ehre des Staates in den Dreck treten, wie ich sehe.

DER VERMUTENDE MINISTER Wir wollen unser Geld!

DER NICKENDE MINISTER Unser Geld!

DER GEISTIGE MINISTER Wir wollen Entschädigung!

KATER Und wenn die Ideale des Staates dabei auf den Schindanger kämen! – Das wird nicht geschehen, meine Herren, solange ich mit meiner Verantwortung die Demokratie zu schützen habe!

DER VERMUTENDE MINISTER Das wird das Oberste Gericht entscheiden!

DER NICKENDE MINISTER Das Oberste Gericht!

KATER Das werde ich hier und jetzt entscheiden, indem ich im Interesse des Staates dafür sorge, daß kein einziges Wort über das Vorgefallene in die Öffentlichkeit dringt! Indem ich kraft außerordentlicher Befugnisse in außerordentlicher Situation anordne, daß niemand den Raum verläßt, ehe nicht das AFF durch rücksichtslose Fahndung und Verhaftung aller Staatsfeinde im Besitz der belastenden Dokumente des Komplicen Sambale ist!

SAMBALE *ist unbemerkt aufgetreten*: Da brauchen Sie sich, wie Sie sehen, nicht so besondere Mühe zu geben, was mich betrifft, nicht wahr.

MINISTER Da ist er! Verhaften!

SONNENSCHEIN Die Dokumente her!

MONDENGLANZ Wo sind die Dokumente?

SAMBALE An einem schönen, sicheren Platz, zur Vorsicht, damit Sie mir kein Unheil anrichten mit Ihrem geschäftlichen Eifer von aufgescheuchte Hühner, nich wahr.

MONDENGLANZ Ihr Spiel war zu raffiniert, Sambale!

SONNENSCHEIN Ihr Komplice ist Ihnen zuvorgekommen, Sambale.

KATER Für diesen Betrug werden Sie hängen! Hängen!

SAMBALE Da sehen Sie wieder, wie voreilig Sie sind mit Sachen, für die ich mich nicht hab erwärmen können mein ganzes Leben lang.

KATER Dann werden Sie es in Kürze erlernen! Da wir das Geständnis Ihres Komplicen haben.

SONNENSCHEIN Das Geständnis des Betrugs!

MONDENGLANZ Das Geständnis der Hochstapelei!

SAMBALE Das Sie mir nicht so laut ins Ohr schreien müssen, da ich es ja doch von Anfang an weiß, nicht wahr, im Gegensatz zu Ihnen, weil ich ja doch damit gearbeitet habe mit meinem Freund Hengstenberg.

KATER Hengstenberg?

MONDENGLANZ Hengstenberg weiß davon?

SAMBALE Natürlich nu doch, junger Mann, natürlich, was Sie erschmecken konnten bei größere Gescheitheit bißchen, als Sie sollten kaufen für ihn Aktien des Diamanten-Syndikats und wo doch nun ich schon gekauft hatte für mich und Hengstenberg.

MONDENGLANZ Sie? Am Tage der Gründung der NKK, als wir zusammen die Diamanten –?

SAMBALE Freilich, das war ja doch ein sehr günstiger Zeitpunkt, nicht wahr, für eine Geschäftspartnerschaft Sambale und Hengstenberg, wie Sie aus dieser Vollmacht ersehen können.

PRÄSIDENT Ja, aber dann wäre das Ganze ja gar kein Betrug? Dann wäre das Ganze ja eine nationalökonomisch durchdachte Wirtschaftsoperation.

SAMBALE Sehen Sie den alten Mann, wie er wieder begriffen hat die Feinheiten, philosophische, nicht wahr, was ein Geschäft von einen Betrug unterscheidet. Daß man beteiligt ist nämlich. Wie Sie.

MINISTER Beteiligt? Wir sind beteiligt?

MINISTER Beteiligt! Beteiligt! Beteiligt!

SAMBALE Was davon abhängen wird einerseits, daß Sie Ihr Maul halten ausnahmsweise, wofür mir Herr Kater verantwortlich ist, nicht wahr –

PRÄSIDENT Durch Quarantäneverfügung aus nationalem Notstand!

SAMBALE Inklusive Präsidenten, bis wir die Aktien von unsere geschätzte Nationale Kunststein-Korporation noch einmal hochgetrieben haben, die Sie ja besitzen in Fülle und folglich dann verkaufen können, nicht wahr, worauf sich zutragen wird tragischerweise ein Attentat auf unseren verehrten Gelehrten, ein nationales Unglück mit Vernichtung der Unterlagen und anschließend Staatsbegräbnis, nicht wahr, wofür mir verantwortlich ist Herr Mondenglanz.

MONDENGLANZ Ich erlasse sofort Fahndungsbefehl nach Piontek!

SAMBALE Fahndungsbefehl? – Ihr habt die Sau laufenlassen?

MONDENGLANZ Entschuldigung. Wir dachten – die Dokumente. Wir dachten – der öffentliche Skandal, Shinie –

SONNENSCHEIN Wir dachten –

KATER Wir konnten nicht vermuten, Herr Direktor –

PRÄSIDENT Wir konnten nicht ahnen –

SAMBALE Nicht ahnen! Nicht vermuten! Nicht denken! Weil ihr Dilettanten seid! Weil ihr Vollidioten seid!

PRÄSIDENT Aber bitte erlauben Sie –

SAMBALE Ich erlaube gar nichts! Ich erlaube, daß ihr eure Aktien in den Rauchfang hängt! Ich erlaube, daß ihr eure Posten los seid. Daß man euch wegjagen wird!

KATER Aber wir konnten doch nicht informiert sein, daß Hengstenberg, daß Sie –

SAMBALE Informiert! Informiert! Bezahlen wir einen Staat, um ihn zu informieren oder unsere Geschäfte zu besorgen! Wie lange ist er weg?

MONDENGLANZ Zehn Minuten, Direktor, ich hoffe aber –

SAMBALE Zehn Minuten, und Sie suchen ihn noch nicht! Mitkommen! Mitkommen!

Mit Mondenglanz und Sonnenschein ab.

KATER Wir sind verloren, wenn sie ihn nicht finden.

DER FROMME MINISTER Wir sind Bettler, wenn sie ihn nicht finden.

DER GEISTIGE MINISTER Wir müssen abtreten, wenn sie ihn nicht finden.

PRÄSIDENT Gott kann es nicht dulden. Gott kann es nicht zulassen.

KATER Und Hengstenberg! Hengstenberg! Wie konnte uns das passieren?

PRÄSIDENT Gott wird ihnen weisen den Weg. Gott wird ihnen leuchten in der Finsternis.

DER FROMME MINISTER Vielleicht sollten wir doch vorsorglich bekanntgeben, daß er verrückt war – oder atheistisch –

DER GEISTIGE MINISTER – oder daß durch Fernhypnose der Roten, Radar oder so – kosmisch oder irgendwie –

KATER Sie kommen zurück. Ruhe – bitte. Bitte.

Sambale, Mondenglanz und Sonnenschein.

SAMBALE Ich komme, um Ihnen zu sagen, daß Sie noch einmal Glück gehabt haben: Piontek hat sich erhängt.

MINISTER *erlöst, glücklich, jubelnd*: Erhängt? Erhängt? Erhängt? Wunderbar! Piontek hat sich erhängt! Erhängt! Gerettet! Erhängt!

PRÄSIDENT *feierlich*: Gott richtete den Verbrecher, den Wolf, der die Hürde durchbrach. Gott hat sein Bild uns gezeigt, daß offenbar werde uns, wie leicht sich das Sein entzieht in seienden Schein, um sich in Wesensschau zu ereignen und jäh zu weisen uns den Retter, wo schien der Betrüger. Gewinn, wo schien uns Bankrott. Zu weisen in schlichtem Gewande das herzerquickende Sinnbild von Macht und Innerlichkeit.

SAMBALE Ende, mein Lieber, Ende, da Sie einerseits ein Staatsbegräbnis zu richten haben für unseren Gelehrten, nicht wahr, und da es andererseits ja nicht so sehr der liebe Gott ist wie die Dummheit, die euch Bewährungsfrist gibt bißchen, nicht wahr, Ehre, wem Ehre gebührt.

Ende

Die Stühle des Herrn Szmil

Komödie

Es wird das Hauptmotiv
des Romans *Zwölf Stühle* von Ilf und Petrow
frei benutzt.

Personen

Szmil
Kasch
Lucie Fukatsch
Blum
Hausmeister
Jawohl
Quallacz
Helena Schnaap
Olly, ihre Tochter
Lu Schönfleisch
Schlattka
Frau Schlattka
Laberdan
Irma Goll
Onkel
Arzt

I

An einem klaren Wintertag betritt der Standesbeamte Szmil frühmorgens sein Büro. Er ist etwas altmodisch gekleidet, dunkler Mantel mit kleinem Pelzkragen, Hut, schwarze Ohrenschützer, dunkler Anzug, alte Reisetasche und sieht eher verdrossen aus. Das Standesamt befindet sich in einem älteren dunklen Amtsgebäude. Das Büro ist mit Registratur, Aktenschränken, Schreibtisch und Stühlen für den Parteienverkehr ausgestattet. Ein verblichenes Transparent: Für eine friedliche Zukunft. Szmil hängt seine Sachen in einen Schrank und richtet seine Gerätschaften zum Amtsbeginn. Eine junge Bürohilfe, die immerzu mit einem unbegründeten Lachreiz kämpft, bringt eine Mappe mit Papieren, die Szmil steinern durchsieht, was die Bürohilfe so komisch findet, daß sie mit zuckenden Schultern wieder hinausläuft. Nach kurzem Klopfen tritt der Sarghändler Blum ein, berufsgemäß schwarz gekleidet, aber sehr schäbig, schwarzes Lederköfferchen. Er wird von Szmil zunächst nicht beachtet.

BLUM Erlauben Sie mir als Mensch und Sarghändler zu fragen, wie sich die leidende Frau Tante befindet:

SZMIL *bitter*: Gut. Sie hat von Fischen geträumt.

BLUM Von Fischen. Hm. Nicht von Särgen?

SZMIL Von Fischen.

BLUM Gott gebe ihr Gesundheit. Und sonst? Ich fühle heute etwas Hoffnungsvolles von Ihrer Mappe ausgehen, Herr Szmil. Es war Glatteis die Nacht.

SZMIL *die Meldungen durchsehend, schadenfroh*: Aufgebot – Heirat – Geburt. Heirat – Geburt – Aufgebot.

BLUM Kein Unfall? Kein Todesfall?

SZMIL Nichts.

BLUM Die Sargkunst stirbt aus.

Lange Pause, in der Szmil ans Fenster tritt.

Aus einem Lautsprecher ertönt ein Hochzeitsmarsch. Dazu die Stimme der Bürohilfe:

Zur feierlichen Vermählung wird das Brautpaar Hagemann und Hahn sowie die Trauzeugen in den Trauungssaal gebeten.

BLUM Was halten Sie von kupfernen Füßen für Ihre Frau Tante?

SZMIL Sie stirbt nicht mehr.

BLUM Sezessionsstil. Der Sarg Eiche mit Ebenholz. Vorkriegsmaterial.

SZMIL Hoffnungslos – Die Pflicht.

Er legt seine Amtskleidung an.

BLUM Sagen Sie das nicht. Sagen Sie mir einen bedeutenden Menschen, der nicht gestorben ist. Alexander der Große, Goethe, Mussolini, alle gestorben. – Was halten Sie von Brokat als Innenausstattung? Aufbahrung leicht erhöht, Maßpolsterung auf Seide.

SZMIL Hoffnungslos. Zwölf Jahre auf dem Sterbelager und sie ißt und ißt.

BLUM Nehmen Sie Newton. Auch gestorben. – Was halten Sie von meiner anteilnehmenden Erkundigung bei Ihrer Frau Tante?

SZMIL Hoffnungslos.

BLUM Unverbindlich. – Es wirkt schon manchmal, wenn ich nur erscheine.

Szmil seufzt. Die feierliche Hochzeitsmusik ist aus dem Lautsprecher neuerlich zu hören. Dazu die Stimme der Bürohilfe: Herr Szmil – Herr Szmil – Herr Szmil –

SZMIL Ich muß mit den Trauungen beginnen.

BLUM Sie werden jedenfalls sehr schnell ein Angebot von mir in Händen halten. Vollkommen unverbindlich und sehr preiswert.

Blum eilt hinaus, Szmil begibt sich in den Trauungsraum. Es klopft. Es läutet das Telefon. Die Bürohilfe kommt herein, nimmt den Hörer auf, hört eine Zeitlang dem Anrufer zu und legt den Hörer schweigend auf, um sich wieder zu entfernen. Nach einem neuerlichen Klopfen tritt Lucie Fukatsch in Tränen auf. Sie unterbricht ihre Trauer, als sie bemerkt, daß niemand im Raum ist, inspiziert den Schreibtisch, den Wandschrank, betätigt einen Mechanismus, der über Lautsprecher Szmils Trauungsrede und die hochzeitliche Schlußmusik einspielt.

SZMILS STIMME Begleite Sie auf allen Lebenswegen das Dichterwort:

Schläft ein Lied in allen Dingen,
Die da träumen fort und fort,
Und die Welt hebt an zu singen,
Triffst du nur das Zauberwort.
In Musik gesetzt von Robert Schumann.

Ich darf mich von Ihnen mit den herzlichsten Glück- und Segenswünschen verabschieden und überreiche Ihnen das Geschenk der Stadt.

Es erklingt das soeben zitierte Lied, das Szmil die Gelegenheit gibt, in sein Büro zurückzukehren. Lucie Fukatsch tritt ihm voll Anteilnahme entgegen.

LUCIE Ich habe es geahnt, Herr Szmil. Ich habe davon geträumt.

SZMIL Von was? – Wovon geträumt.

LUCIE *ihr Schluchzen zurückhaltend*: Ich sah unseren Hausmeister – auf einem – schwarz verdeckten Pferd durch den Hausflur reiten – und rufen – «Staub ist dein Teil». Da wußte ich, daß es Ihrer Tante galt. Ich sah sie ganz – verlassen und allein – auf einem weiten Platz. – Da ahnte ich noch nicht – der Traum sprach wahr. –

SZMIL Was wahr? – die Tante? –

Lucie nickt unter Schluchzen.

Tot? – Unvermittelt tot? – Sie finden mich erschüttert, Fräulein Fukatsch.

LUCIE Sie hat soeben gebeichtet.

SZMIL Wieso gebeichtet?

LUCIE Ein schwerer Herzanfall. Ich kam dazu, ich wollte mir die Fleischmaschine borgen zu Gehacktem, da winkte sie mich an ihr Sterbebett und sagte: «Mein liebes Kind, verlassen Sie ihn nicht.»

SZMIL Und?

LUCIE Und gab mir diesen Brief.

Sie entfaltet den schon geöffneten Brief und liest.

Mein lieber Neffe! Obwohl Sie ein entarteter Mensch und Geizhals sind, der seit nunmehr zwölf Jahren auf meinen Tod wartet, um das Essen für mich zu sparen, teile ich Ihnen im Angesicht des Todes mit, daß sich unser Familienschmuck im Sitz eines der englischen Stühle meines Musiksalons in Kielcow befindet. Ich nähte ihn ein, damit für mich von dem Erlös täglich Messen gelesen werden können, und informierte auch den Pfarrer und den Arzt.

SZMIL *nimmt den Brief, prüft ihn und sagt ergriffen*: Der Familienschmuck lebt! Ich nehme Urlaub wegen Todesfalls. Fahrt nach Kielcow mit dem nächsten Zug.

Er geht zum Schrank, um Sachen in seine Reisetasche zu packen.

Woher nahmen Sie das Recht, diesen Brief, dieses Familienvermächtnis zu öffnen?

LUCIE Aus Neigung und aus Sorge, Herr von Szmilicz?

SZMIL Szmilicz? – Sie wissen?

LUCIE Alles. Ich wurde von Ihrer Frau Tante ins vollste Vertrauen gezogen.

SZMIL *düster entschlossen*: So ist der Bund der Ehe unverzüglich anzustreben.

Er bedient einen Klingelknopf für die Bürohilfe, geht auf Lucie zu.

Fräulein Fukatsch – Fräulein Lucie – Lucie –

LUCIE Karl!

SZMIL Herzensneigung vorhanden, Aufgebot fristgemäß.

Die Bürohilfe tritt ein.

SZMIL *diktiert ihr*: Die Ehe miteinander einzugehen meldeten sich heute zum ersten Aufgebot Herr Szmil und Fräulein Fukatsch –

Es ist wiederum die Hochzeitsmusik aus dem Trauungsraum zu hören, die Szmil zur nächsten Amtshandlung ruft.

Ich bin noch nicht so weit! Ich bitte die Musik abzustellen!

Die Bürohilfe geht hinaus. Es klopft. Der Sarghändler Blum tritt im Gehrock ein, den Zylinder in der Hand.

BLUM Erlauben Sie mir als Mensch und Sarghändler, Ihnen mein tief empfundenes Beileid zum unvermeidlichen Ableben der unvergeßlichen Frau Tante auszusprechen. Ich habe vielen Sterbestunden beigewohnt, ergriffener war ich nie. Ich kam kurz nach dem Priester und dem Arzt. Sie gab den Geist fast ganz in meinen Armen auf, kaum daß ich mit ihr sprach. Ich sagte mir erschüttert: «Welch ein Mensch!» und ließ vorsorglich meine feinste Totenwäsche zustellen, holländische Spitzen, sehr distinguiert wirkend und preiswert. Sie werden mit mir zufrieden sein.

Er drückt dem bewegten Szmil die Hand.

SZMIL Sie finden uns als aufgebotenes Brautpaar, lieber Blum, das diese Trauerbotschaft unerwartet trifft. Sie sind als Aufgebotszeuge vorgesehen. Bestattungsfragen an meine Braut.

BLUM Sie starb, ehe sie das Glück ihrer Kinder genießen konnte.

Aus dem Lautsprecher dringt neuerlich die fröhliche Hochzeitsmusik.

2

Kielcow. Hausmeisterwohnung des staatlichen Erholungsheims. Der essende Hausmeister spricht mit Karl Kasch, der ein Essen und ein Nachtquartier ergattern will, und den Zeitungsmenschen spielt.

KASCH Sie halten also hier die ganze Ordnung zusammen?

HAUSMEISTER Richtig. Und die Bewachung. Und zwar schon vor dem historischen Materialismus. – Aber ich frage Sie als Journalist der freien Weltpresse, was gibt es noch zu bewachen, seit sie hier ein Erholungsheim für Gewöhnliche gemacht haben?

KASCH Was für Gewöhnliche?

HAUSMEISTER Gewöhnliche eben. Gesindel. – Du gehst über die Treppe oder durch den Park, und du kannst sie einfach nicht unterscheiden. Sie sind angezogen wie ich oder irgendwer, und du verstehst jedes Wort, das sie sprechen. Ich bitte zu notieren, daß man mir auch meine Livree genommen hat. Sie sind dreckig wie die Teufel, besonders um die Augen, und sie sagen, weil sie im Bergwerk arbeiten. Wenn du einen Ofen heizt, so bleiben sie einfach im Zimmer und fangen mit mir, einem Untergebenen, zu reden an. «Kollege.» Du mußt aufpassen, daß sie dir nicht an den Kohlenkasten anfassen. Was kannst du dir von Gewöhnlichen für ein Trinkgeld erwarten. Du kannst ihnen zu Neujahr, Ostern, Pfingsten oder zu Weihnachten gratulieren, sie geben nichts. Ich bitte zu notieren, daß mir die Arbeitermacht die Gratulationsgelder geraubt hat.

KASCH Erstaunlich. Ich werde meine Erhebungen morgen früh fortsetzen müssen und hoffe, daß ich bei Ihnen übernachten und Abendessen kann.

Er nimmt sich einen Teller und füllt ihn aus einer Schüssel.

HAUSMEISTER Das ist ohne weiteres möglich, da Sie ein ungewöhnlicher Mensch sind. – Ich hatte bis zu 20 Flaschen reinen Kornbranntwein jährlich. Allerdings gratulierte ich damals auch zum Namenstag und Geburtstag bei ganz ungewöhnlichen Menschen. – Der gnädige Herr versprach mir eines Tages einen Orden. «Ich wünsche», sagte er direkt, «daß mein Hausmeister einen Verdienstorden besitzt.» Aber der Staat wollte nicht. Er starb an einer ungewöhnlichen Krankheit. Para –

KASCH Paralyse?

Hausmeister Viel ungewöhnlicher.

Kasch schüttet sich ein Bier ein und ißt weiter.

Hausmeister Ein anderer ungewöhnlicher Mensch war der Neffe, ein Angeheirateter, der sich direkt auf den Staatsdienst vorbereitete und viel französisch sprach. In einem einzigen Jahr hat der ein ganzes Vermögen durchgebracht, und zwar an der französischen Riviera. Ein andermal verkaufte er heimlich eine ganze Ernte. «Messieurs, faites vos Jeux.» Von Szmilicz war sein Name.

Kasch Und schließlich hat man Ihre Herrschaft eingesperrt, wie?

Hausmeister Selbst eingesperrt. Sie sind weggefahren, mit allen Pferdegespannen. Nachdem der Neffe das Milchvieh vergiftet hatte. Sie wollten sich nicht mit den Gewöhnlichen einlassen.

Kasch Und wohin?

Hausmeister Ins Ausland. Wahrscheinlich nach Amerika. Ein ungewöhnlich lustiger Mensch, der gnädige Herr Neffe. Er konnte meinen Namen einfach nicht behalten und so nannte er mich französisch «Filou». Als seine Frau starb, gab er mir ein Extra zum Trinken, außerhalb der Gratulationsgelder.

Es klingelt an der Wohnungstür.

Einer von diesen Schornsteinfegern.

Er ißt weiter. Es klopft noch einmal. Als wieder nicht geöffnet wird, erscheint Szmil in der Tür in Hut und Pelzmantel mit seiner altmodischen Reisetasche. Szmil ist verwirrt, außer dem Hausmeister noch Kasch anzutreffen, und möchte sich unter Entschuldigungen zurückziehen, doch der Hausmeister erkennt ihn, begrüßt ihn strahlend und tief gerührt.

Hausmeister Der gnädige Herr Neffe! Zurück aus Amerika!

Szmil Was reden Sie da für Unsinn?

Kasch Perfekter Unsinn. – *Zu dem ergriffenen Hausmeister:* Ich sehe, Vater, daß Sie jetzt zur Feier des Tages etwas trinken müssen. – *Zu Szmil:* Haben Sie vielleicht etwas Kleingeld?

Szmil sucht einige Geldstücke, die ihm Kasch aus der Hand nimmt, dem Hausmeister gibt und ihn hinausbugsiert.

Alles in bester Ordnung, Baron. Mein Name ist Karl Kasch. Auf mich können Sie Kirchen bauen.

Szmil Es liegt ein Irrtum vor. Ich komme nicht aus Amerika.

Kasch Ich kann es bezeugen. Sie haben weder Ihr Vermögen an der Riviera durchgebracht noch eine Ernte verkauft. Wie darf ich Sie nennen, Herr von Szmilicz?

Szmil Ich weiß nicht, was Sie meinen. – Ich verstehe Sie nicht.

KASCH Die Miliz wird Sie sofort verstehen. Welche Grenze haben Sie überschritten?

SZMIL Gar keine. Ich bin Standesbeamter. Hier ist mein Ausweis. Bitte.

Er zeigt Kasch den Ausweis, den dieser fachmännisch betrachtet.

KASCH Interessante Arbeit, dieser Ausweis, Baron. Ein Bekannter von mir hat sogar Dollars hergestellt, was natürlich noch ein ganz anderes Fachwissen erfordert.

Er steckt den Ausweis ein.

SZMIL Sie haben meinen Ausweis eingesteckt.

KASCH Das ist wahr, und Sie können ihn ganz leicht wiederbekommen, wenn Sie die Miliz anrufen.

SZMIL Das geht nicht.

KASCH Rührend. – Wozu sind Sie hierher gekommen?

SZMIL In einer privaten Angelegenheit.

KASCH Ein Bekannter von mir ist auch einmal in einer privaten Angelegenheit gekommen, Baron. Die hat ihn zwanzig Jahre gekostet. In welcher Angelegenheit?

Szmil schweigt.

Soll ich für Sie telefonieren?

SZMIL Nicht bitte.

KASCH Was haben Sie gegen die Miliz? – Sollte Ihre Abneigung mit dem Milchvieh dieses Gutes zusammenhängen?

Szmil schweigt.

Ich würde Ihnen für die Arbeit des Schweigens tausend in bar berechnen, da ich in einer momentanen Verlegenheit bin.

SZMIL Woher soll ich so viel Geld nehmen?

KASCH Sie werden es doch beschaffen können. Oder?

SZMIL Ja.

KASCH Wann?

SZMIL In vierzehn Tagen.

KASCH Warum nicht nächstes Jahr? Warum wollen Sie die Bezahlung einer Arbeit verzögern, die Sie vor dem Zuchthaus bewahrt.

SZMIL Weil ich das Geld nicht habe! Weil ich die Werte erst beschaffen muß.

KASCH Welche Werte?

SZMIL Das kann ich Ihnen nicht sagen.

KASCH Dann müssen wir unser Geschäft lassen.

Er nimmt den Telefonhörer ab und beginnt zu wählen.

SZMIL Aber ich will doch bezahlen.

KASCH Welche Werte, wo und wieviel? *Er telefoniert.* Hallo –

Szmil drückt die Telefongabel herunter.

SZMIL Ich werde Ihnen alles erzählen, Herr Kasch. Ich bin Szmilicz.

KASCH Ich werde Ihr Vertrauen nicht enttäuschen, Baron.

SZMIL Es geht um das Vermächtnis einer Toten.

KASCH Verstehe. Was wurde vermacht?

SZMIL Es geht um den Familienschmuck, den viele Generationen getragen haben und den zu retten mir aufgegeben wurde.

KASCH Was ist der Schmuck wert und wo befindet er sich?

SZMIL *flüsternd*: Er ist in einem der englischen Stühle des Musiksalons verborgen. Er wurde vor dem Kriege auf siebzig- bis fünfundsiebzigtausend taxiert.

KASCH Das wären heute 300000! Wieviel Stühle waren es?

SZMIL Eine Garnitur. Zwölf. Geblümter Atlas –

KASCH Wir müßten einen kleinen Vertrag miteinander machen. Sind Sie einverstanden? Als technischer Leiter, Kopf und Kombinator des Unternehmens würde ich mit sechzig Prozent zufrieden sein. Das sind 180000.

SZMIL Sie haben eintausend verlangt!

KASCH Richtig. Und jetzt verlange ich 180000.

SZMIL Niemals!

KASCH Warum wollen Sie 120000 ausschlagen, Baron? – Wieviel wollen Sie mir denn anbieten?

SZMIL Ich könnte an einen Anteil von fünf, schließlich auch von 10 Prozent denken, das sind 30000!

KASCH Vielleicht darf ich auch noch für Sie in den Kahn gehen, wenn ich den Familienschmuck abgeliefert habe?

SZMIL Wenn Ihnen mein Angebot nicht paßt, verzeihen Sie, ich kann mit meiner Angelegenheit selber fertig werden.

KASCH Wenn Ihnen mein Angebot nicht paßt, verzeihen Sie, ich kann mit Ihrer Angelegenheit ebenfalls allein fertig werden.

SZMIL Ich biete Ihnen zwanzig Prozent.

KASCH Mit freier Kost und Wohnung?

SZMIL Dreißig Prozent.

KASCH Sie sind ein ziemlich banaler Geldmensch, Baron. Sie lieben das Geld mehr, als einem Manne von Welt zukommt. Ich bin mit fünfzig Prozent Anteil einverstanden. Halbe, Halbe, abgemacht?

SZMIL *vernichtet*: Abgemacht.

Die Stimme des betrunkenen Hausmeisters ist zu hören, der sich vom Park her mit dem Soldatenlied «So ist es recht, so muß es sein: Der Infanterist steht für dich ein ...» nähert.

KASCH Meine Herren Geschworenen! Die Verträge sind geschlossen, die Jagd beginnt! In wenigen Minuten wird Kalle Kasch wissen, wo sich die Stühle Ihres Musiksalons befinden.

SZMIL Befinden? Ich denke, Sie sind auf der Spur! Ich habe mit Ihnen einen Vertrag gemacht, daß Sie auf der Spur sind! Daß Sie wissen –!

KASCH Piano, Baron, piano. Ich weiß, daß es unser historischer Bewacher weiß. Sie werden es aus ihm herausholen müssen.

Der Hausmeister stolpert zur Tür herein, eine abgerissene Fahne wie ein Gewehr geschultert. Er marschiert in volltrunkenem Fanatismus in den Raum und führt seine eigenen Kommandos aus.

HAUSMEISTER Links, links, links, zwei, drei, vier, links! Abteilung – halt! Gewehr – ab! Ein Lied! – *singt* –
«Um alles gehts, die Welt zerbricht
Es ist des Infanteristen Pflicht.
Nun sollen sie uns aber sehn
Wie eine eherne Mauer stehn.»
Er fällt vornüber und bleibt liegen. Szmil versucht ihn aufzurichten.

SZMIL Hör zu, mein Freund, es handelt sich um etwas Entscheidendes, hörst du, du kannst dich vielleicht noch an die englischen Stühle erinnern, die wir damals im Musiksalon hatten –

HAUSMEISTER *sich aufrichtend*: Jawohl!
Er kriecht in einem Marschrhythmus auf allen vieren durch den Raum und grölt:
«Um alles gehts, die Welt zerbricht
Es ist des Infanteristen Pflicht.»
Er fällt wieder hin und schnarcht augenblicklich.

KASCH Ihr Hausmeister scheint ein ziemlich schwächliches Individuum zu sein, Baron. Wie bringt es ein Mensch fertig, sich für so wenig Geld derartig sinnlos zu betrinken?
Er übergießt ihn mit einem Eimer Wasser, packt ihn am Kragen und zerrt ihn in einen Stuhl.
Wo ist der englische Polsterstuhl hingekommen? Aus dem Musiksalon, den man Ihnen hier weggenommen hat?

HAUSMEISTER Er ist – in die Rote Ecke der Nationalen Front gekommen. Man hat die Nationale Front für würdiger befunden als mich.

KASCH Und wo sind die anderen Stühle? – Antwort!

HAUSMEISTER Sie sind infolge Unkultur des Heimleiters weggekommen.

KASCH Wohin? Antwort! Antwort!

SZMIL Bitte Vorsicht. Sie brechen ihm ja das Genick.

HAUSMEISTER Weg – weg. Vor vierzehn Tagen.

SZMIL *zum Hausmeister*: Du mußt dich täuschen, mein Lieber, es handelt sich um die Stühle, die damals eigens von der Firma O'Madden für uns angefertigt wurden, wenn du dich erinnerst. Mit den Löwenköpfen.

HAUSMEISTER Jawohl. Man hat mir die Löwenköpfe unter dem Hintern weggezogen und die Livree und die Gratulationsgelder! Jawohl!

Er richtet sich auf, fällt aber sogleich wieder um und kriecht singend in seine Schlafkammer.

KASCH Aller Anfang ist schwer, sagte der Dieb und stahl einen Amboß. Konnte Ihre Tante nicht vierzehn Tage früher sterben? Immerhin, wir haben eine Chance von eins zu zwölf, das ist mehr als in Monte Carlo. Haben Sie schon einmal Zero gesetzt? Nicht? Dann inspizieren Sie den Stuhl in der Nationalen Front.

SZMIL Warum ich, warum wollen Sie nicht gehen?

KASCH Weil ich inzwischen die übrigen elf Stühle aus dem Heimleiter herausholen will. Wir können auch tauschen.

SZMIL Nein, nein.

Kasch wählt nach dem Verzeichnis des Hausmeisters eine Telefonnummer.

Was machen Sie?

KASCH *telefoniert*: Hallo, Genosse Heimleiter, hier spricht Karl Kasch von der Kontrollkommission. Ich bin bei Ihrem Hausmeister. Er liegt besoffen im Bett, was vom Standpunkt der Wachsamkeit natürlich sehr beunruhigend ist. Kommen Sie runter, Genosse? – Bringen Sie Ihre Inventarlisten mit, ja? Ende.

SZMIL Das ist doch Amtsanmaßung.

KASCH Sicher.

Er steckt sich ein Parteiabzeichen an und versucht, auch sein Aussehen dem eines Parteifunktionärs anzugleichen.

Hier ist Ihr Ausweis. Wollen Sie endlich loszittern?

SZMIL Können Sie mir einen Dietrich leihen?

KASCH Warum wollen Sie nicht gleich das Haus in die Luft sprengen?

SZMIL Aber wie soll ich den Stuhl kriegen?

KASCH Legal. Als Bürger, den am Abend ein ideologisches Anliegen quält. Sie schellen, Sie setzen sich in die Rote Ecke, Sie studieren, Sie öffnen das Polster mit Ihrer Nagelschere und passen auf, daß Sie nicht in die Zeitung kommen.

SZMIL Wieso in die Zeitung?
KASCH Da Sie der einzige Mensch sein werden, der jemals in einer Roten Ecke gesessen hat.
SZMIL Ich möchte nicht ohne Waffe gehen.
KASCH Abfahrt.
Er schiebt Szmil in die Schlafkammer, setzt sich an den Schreibtisch des Hausmeisters, sieht Papiere durch und schreibt konzentriert in ein amtlich aussehendes Buch. Es klopft, es klopft abermals.
Ja doch, ja!
Der Heimleiter Jawohl tritt ein. Kasch schreibt weiter.
JAWOHL *sich vorstellend*: Jawohl.
KASCH Was, jawohl?
JAWOHL Jawohl, mein Name, Heimleiter Jawohl. Sie haben mich rufen lassen, Genosse. Sie wollten mich sprechen.
KASCH Von wollen ist keine Rede, Genosse Jawohl. Wie lange sind Sie hier Heimleiter?
JAWOHL Drei Monate.
KASCH Sehr gut. Ihr Dienstausweis? – Gut. Wo waren Sie vorher?
JAWOHL Vorher war ich Leiter des zentralen Fachausschusses.
KASCH Sehr gut. Und davor?
JAWOHL Davor war ich Reiseleiter, davor Einsatzleiter – davor Aufbauleiter, davor Kaderleiter – davor Kreisausschußleiter für Leiter.
KASCH Und sonst?
JAWOHL Immer Leiter.
KASCH Sehr gut. Eine interessante Karriere. Und immer nur drei Monate, wie?
JAWOHL Wieso? Wie meinen Sie das, Genosse?
KASCH Sie wissen sehr gut, wie ich das meine. – Haben Sie wirklich geglaubt, daß uns diese Sache unbekannt bleiben kann?
JAWOHL Ich habe es nicht gewollt, Genosse. Ich habe zu meiner Frau gesagt: «Laß diese ganze Erbschaft fahren, was sollen uns die dreihundert Dollar, gib sie bei der Bank ab, verkauf sie nicht.» Ich bin unschuldig, Genosse.
KASCH Einerseits sind Sie unschuldig, und andererseits haben Sie ein Devisenvergehen zugelassen. Das nenne ich Selbstkritik.
JAWOHL Natürlich nicht, Genosse. Ich gebe selbstkritisch zu –
KASCH Was?
JAWOHL Ungenügende familiäre Schulungsarbeit.
KASCH Dafür ist Ihr Hausmeister ganz ausgezeichnet geschult.

Er öffnet die Tür zur Schlafkammer.

JAWOHL Was wollen Sie mit einem alten Säufer machen?

KASCH Sie haben eine originelle Weltanschauung, was die Erziehung von Menschen betrifft. Leiten Sie Ihr Heim nach diesen Prinzipien?

JAWOHL Im Gegenteil, Genosse, ich lege den größten Wert gerade auf die Erziehungsarbeit. Meine Generallinie ist: Ein Erholungsheim ist auch ein Erziehungsheim. Ich studiere täglich die Presse, täglich die neueste Linie – für die Mittagspause entwikkelte ich eigene Agitationsprogramme.

KASCH Sehr gut. Ich hoffe, Sie weichen nicht von den Leitlinien ab.

JAWOHL Niemals, Genosse, ich habe ein Feingefühl für Linien.

KASCH Und für den Verkauf von Kunstgegenständen, wie?

JAWOHL Kunstgegenstände? Wieso?

KASCH Was haben Sie vor vierzehn Tagen verkauft?

JAWOHL Verkauft? – Vor vierzehn Tagen? – Nur alte Stühle, Genosse. Die Erholungssuchenden haben sich an ihnen die Hosen zerrissen. Ich habe lediglich ein Dutzend alte Stühle verkauft.

KASCH Alt! Alt! Auch die Venus von Milo ist alt! Die Stühle stammen von dem Künstler O'Madden und stellen ein unersetzliches Kulturerbe dar!

JAWOHL Aber man konnte kaum auf ihnen sitzen.

KASCH Seit wann soll man auf Kunst sitzen? Ist das unsere Linie?

JAWOHL Bestimmt nicht, Genosse.

KASCH Wohin und zu welchem Preis wurden die Stühle verkauft?

JAWOHL Für vierhundert an einen Altwarenhändler, ganz in der Nähe – ich habe nicht geahnt, ich gebe selbstkritisch zu, daß ich die Linie Kulturerbe nicht geahnt habe. Geben Sie mir eine Gelegenheit wiedergutzumachen, Genosse, ich schaffe den Altwarenhändler sofort hierher, ich organisiere eine Kampagne im Kreismaßstab –

Man hört ein Fenster klirren aus der anliegenden Schlafkammer. Der Heimleiter stürzt sofort hinein. Polternde Geräusche. Aus der Kammer die Stimme Jawohls:

Halt! Stehenbleiben! Hände hoch! Gehen Sie voraus! Voraus!

Es erscheint Szmil, das Fragment eines Stuhls mit heraushängenden Federn in den erhobenen Händen. Hinter ihm der Heimleiter.

Ein Dieb mit einem Stuhl von O'Madden. Wer gab Ihnen den Auftrag?

SZMIL Ich bitte um Verzeihung, es handelt sich um ein Versehen. Ich verwechselte den Eingang. –

JAWOHL Das Fenster meinen Sie!

SZMIL Jawohl. Ich wollte einen harmlosen Besuch machen –

JAWOHL Und dabei ist Ihnen ganz harmlos ein Stuhl des Künstlers O'Madden in die Hände gefallen, der ein Kulturerbe darstellt. Wo?

SZMIL Auf der Straße. Jemand wollte ihn wegtragen. Ich verhinderte einen Diebstahl.

JAWOHL Lobenswert. Treten Sie an die Wand.

Szmil tut es.

Es ist nur gerecht, wenn ich die Miliz von Ihrer edlen Verhinderung unterrichte. Treten Sie an die Wand.

Er geht zum Telefon und nimmt den Hörer ab.

KASCH *zu Jawohl*: Sie scheinen an einem ziemlich humorlosen Charakter zu leiden, Genosse Jawohl. Spaß ist nicht Ihre starke Seite, wie? Ich darf Ihnen den Genossen Sachverständigen vorstellen, der mit mir zusammenarbeitet.

JAWOHL Das ist ein Spaß?

Szmil lacht aus Verzweiflung. Jawohl versucht ebenfalls zu lachen.

KASCH Der Anblick zeigt Ihnen wohl, in welchen Zustand nationale Kunstgegenstände durch Sie geraten sind. – Sie werden jetzt zu dem Altwarenhändler gehen und die übrigen Stühle hierher bringen.

JAWOHL Jawohl. Ich bitte Sie, daß alles unter uns bleibt.

KASCH Versuchen Sie es zu verdienen.

JAWOHL Jawohl.

Er geht hinaus.

KASCH Der Schaden ist beträchtlich, aber nicht unersetzlich, Genosse Sachverständiger. Wenn er die Stühle wieder herbeischafft, können wir ihn schonen. Sorge um den Menschen. Er tut mir leid.

SZMIL Leid? Diese Kanaille?

Kasch ist sprechend an die Tür gelangt, die er schnell öffnet. Er steht vor dem horchenden Heimleiter.

KASCH Ich wollte mich nur überzeugen, daß ich mich nicht in Ihrem Charakter getäuscht habe. Sie sind von einer sozialistischen Moral noch ziemlich entfernt.

JAWOHL Verzeihung, Genosse, ich wollte nicht horchen.

KASCH Ihre Art, ständig zu tun, was Sie nicht wollen, wird Sie eines

Tages entweder ins Gefängnis oder auf einen hohen Posten bringen.

JAWOHL Ich wollte mir nur erlauben, Sie in unser Gästezimmer zu bitten.

KASCH Wir bleiben lieber hier und ohne Privilegien.

JAWOHL Jawohl.

KASCH Wenn Sie sich mit Ihren Stühlen nicht beeilen, könnte es sein, daß Sie uns nicht mehr antreffen. Unsere Geduld erschöpft sich.

Er macht die Tür zu und wendet sich jetzt an Szmil.

Nun zu Ihnen, Generaldirektor: Sie sind der unbegabteste Alfons, dem ich jemals in meiner Geschäftspraxis die Knochen einzeln gebrochen habe!

SZMIL Verzeihung – ich –

KASCH Sie sind das bornierteste Gespenst, dem ich jemals die Seele aus dem Mastdarm geprügelt habe!

SZMIL Verzeihung, ich –

KASCH *knufft ihn*: Wer hat Ihnen gesagt, daß Sie den Stuhl stehlen sollen? Antwort!

SZMIL Niemand. Ich –

KASCH Antwort! Antwort!

SZMIL Ich bringe es nicht heraus, wenn Sie mich bedrohen. Ich –

KASCH *schlägt ihm den Hut vom Kopf*: Ich, ich, ich, ich, ich! Die Bedrohung ist vorüber.

SZMIL *gekränkt*: Ich habe den Stuhl nicht gestohlen, und auch die Miliz ist nicht aufmerksam geworden. Ich habe mich durchaus im Sinne unserer Geschäftsinteressen geschlagen. Ich habe Verletzungen davongetragen. Hier.

KASCH Sie scheinen in der Nationalen Front ideologische Fehler begangen zu haben?

SZMIL Ich war gar nicht in der Nationalen Front.

KASCH Was?

SZMIL Ich kam nicht bis hin. Als ich mich nämlich auftragsgemäß dem Hause der Nationalen Front genähert hatte, von Hauseingang zu Hauseingang, hörte ich in der Dunkelheit plötzlich entgegenkommende Schritte und beobachte einen vorübergehenden vollbärtigen Mann, der einen Stuhl wie ein Cello vor sich herträgt.

KASCH Diesen?

SZMIL Diesen. Mich befällt ein Schlucken, ich verliere die Beherrschung, springe vor, reiße den Stuhl in den Torweg und sage:

«Verzeihung, ich glaube, daß es sich hier um mein Eigentum handelt.» – «Aber erlauben Sie», schreit er, «ich habe den Stuhl soeben gekauft!» und klammert sich an ein Stuhlbein. «Aber nicht von seinem rechtmäßigen Eigentümer!» sage ich, und es gelingt mir, sein linkes Schienbein zu treffen, so daß er hinstürzt und ich im Augenblick den Arzt erkenne, der meine Tante behandelt hat.

KASCH Erfreulich. Sie haben es somit zu einem weiteren Teilhaber gebracht. Sie erlauben, daß der Partner von Ihrem Konto abgezogen wird.

SZMIL Wieso? Wieso soll ich dafür einstehen, wenn ein skrupelloser Geselle nicht davor zurückschreckt, die ihm anvertrauten Berufsgeheimnisse zu mißbrauchen? Ist das der Eid des Hippokrates? Ich schleuderte es ihm entgegen, während wir den Stuhl auseinanderbrachen. Ich spuckte ihm ins Gesicht, als die geblümte Atlasseide des Sitzes zerriß. Ich ließ mich von ihm mit dem Stuhlbein bearbeiten, als ich die Füllung des Polsters durchwühlte und den Fußboden abtastete. Ich rettete mich unter Einsatz meines Lebens.

KASCH Sie versuchten Ihre Schuld wenigstens gutzumachen. Allerdings effektlos.

SZMIL Schuld?

KASCH Sollten Sie wirklich nicht wissen, daß es als Kunstfehler gewertet wird, Erbschaftskandidaten ärztlich versorgen zu lassen? Unser Stuhlverhältnis scheint sich 1 : 11 zu gestalten. Wie ist Ihr Vorname?

SZMIL Karl. Als ich jung war, nannte man mich Charly.

KASCH Sehr passend. Sie werden mir zugeben, Charly, daß unser altes Vertrauensverhältnis so nicht mehr korrekt ist. Ich biete Ihnen aber nicht ein Zwölftel, sondern ein Drittel. Um Ihren guten Willen zu bewerten.

SZMIL Nie! Niemals!

Man hört von der Außentür Geräusche.

KASCH Ruhe! Der Familienschmuck scheint im Vormarsch. Ziehen Sie die Augenbrauen hoch und blasen Sie die Backen auf, wenn Sie etwas gefragt werden. Das ist Ihre Stärke. Und glotzen Sie nicht so gierig auf die Sitze. Sie vertreten die Arbeitermacht.

Es klopft. Szmil macht ein bedeutendes Gesicht. Kasch arbeitet in Papieren. Es tritt der Heimleiter mit dem Altwarenhändler Quallacz ein. Längere Pause.

JAWOHL Guten Abend.

QUALLACZ Guten Abend.

Jawohl *lächelnd*: Ich habe Herrn Quallacz gleich mitgebracht – *stellt vor* – Herr Quallacz –

Szmil macht ein bedeutendes Gesicht.

Quallacz *verbeugt sich*: Möbel-Quallacz. Antiquitäten en gros et en detail. Ältestes Haus am Platze und Mitglied des Kulturbundes.

Kasch Ohne Einzelhändlerformalitäten bitte und mit Stühlen.

Jawohl Jawohl. Das heißt, der Einzelhändler Quallacz wird Ihnen sogleich erklären, daß – daß es sehr, sehr günstig steht.

Kasch Was?

Jawohl Mit den Stühlen. Er kann Ihnen lückenlos belegen, wohin er sie verkauft hat.

Szmil *springt auf*: Verkauft? Sie haben es gewagt –!

Auf einen Blick von Kasch setzt er sich und macht ein bedeutendes Gesicht.

Jawohl *gequält lächelnd*: Allein mehr als die Hälfte von ihnen werden morgen verauktioniert. Staatlich.

Szmil *springt abermals auf*: Verauktioniert? Stühle von O'Madden –!

Quallacz sieht Szmil fassungslos an, da er ihn zu erkennen glaubt.

Quallacz Verzeihung, sind Sie nicht –?

Szmil Ich denke nicht daran. Nein!

Quallacz Natürlich. Ich dachte nur. Eine frappierende Ähnlichkeit. Verzeihung.

Kasch Ich nehme an, daß Sie berechtigt sind, mit volkseigenen Kunstgegenständen zu handeln. Ist es so?

Quallacz Ja.

Kasch In Ordnung. Darf ich die betreffende Konzession sehen?

Quallacz Nein.

Kasch Nein?

Quallacz Ich habe nicht gewußt, daß man dazu eine besondere Konzession braucht –

Kasch Bedauerlich. Sie bereichern sich an volkseigenen Kunstgegenständen und Sie belügen die Staatsmacht. Doppelt bedauerlich.

Quallacz Verzeihung, ich habe nicht gewußt, daß es sich um Volkseigentum handelt.

Kasch Sie haben Herrn Jawohl für einen privaten Hotelbesitzer gehalten, logisch.

Quallacz Das nicht. Aber es handelte sich bei den Stühlen doch um vollkommen wertlose, das heißt vollkommen kunstwertlose alte Stühle, Möbel.

Szmil hat einen Impuls, den Händler erneut zurechtzuweisen, beherrscht sich aber.

KASCH Nun gut. Dieses Urteil ehrt Sie zwar als Fachmann nicht besonders, aber es erhöht auch nicht das Strafmaß. Wo sind die übrigen Stühle hingekommen?

QUALLACZ Zwei verkaufte ich einer Bekannten, Frau Helena Schnaap – wissenschaftliche Graphologin, Chiromantik, Biomechanik und Fußpflege, Lomonossowstraße 1.

Kasch schaut in das Auftragsbuch des Händlers und notiert die Adresse.

JAWOHL Ehemalige Staatsanwaltswitwe, reaktionäre Grundeinstellung.

QUALLACZ Ich konnte für jeden Stuhl 64 erzielen, da angenehme Erinnerungen mitspielten.

Szmil macht ein bedeutendes Gesicht und streicht seinen Schnurrbart.

Wie übrigens auch bei Fräulein Schönfleisch, privater Tanzunterricht, jedoch nur 52.

Er zeigt Kasch das Auftragsbuch.

Am Platz des Sieges 3.

KASCH In Ordnung. Ich betrachte die Erhebungen als abgeschlossen. – *Zu Jawohl:* Sie hören von der Sache durch Ihre vorgesetzte Behörde. – *Zu Quallacz:* Und Sie durch die Gewerbepolizei. Gehen wir!

Er packt seine Sachen zusammen und steht auf. Auch Szmil will weg.

JAWOHL Geben Sie mir 24 Stunden, Genossen. Ich schaffe die Stühle her.

KASCH *zu Szmil*: Können wir so lange warten?

SZMIL – Immerhin.

Er zieht die Augenbrauen hoch.

JAWOHL Ich werde weder Sie noch das Kulturerbe enttäuschen.

KASCH Sie haben wenig Zeit, Genosse. Und uns sind die Hände gebunden.

Der Heimleiter verabschiedet sich stumm und verläßt den Raum.

– *Zu Quallacz:* Obwohl es nicht ganz korrekt ist, beschränken wir uns bei Ihnen vorerst darauf, die unrechtmäßigen Einnahmen einzuziehen. Zwei Stühle zu 64 macht 128, plus zweimal 52 macht 232. Ich quittiere Ihnen das natürlich.

Quallacz *sieht Szmil drohend an und sagt zu allem entschlossen:* Ich zahle nicht.

Kasch Sie zahlen lieber der Gewerbepolizei. In Ordnung. Gehen Sie.

Quallacz Ich zahle überhaupt nicht!

Kasch Ich sehe, daß Sie kaufmännische Prinzipien haben, Sie brauchen aber, scheint mir, Gründe.

Quallacz Ich werde meine Gründe vorerst nur diesem Herrn sagen.

Er zeigt auf Szmil, der ein bedeutendes Gesicht macht und sich wie unbeteiligt abwendet.

Kasch Wir sind Kampfgefährten und haben keine Geheimnisse voreinander.

Quallacz Ja? – Ist das so?

Er betrachtet Szmil, indem er um ihn herumgeht.

Ja?

Szmil Sie müssen einem Irrtum unterliegen, ich kann mir nicht vorstellen –

Quallacz Daß ich Sie wiedererkannt habe, Herr von Szmilicz!

Szmil Den Namen nie gehört.

Quallacz Aber die Staatsmacht wird ihn gehört haben.

Er will weggehen, steht an der Tür vor Kasch.

Kasch Sollten Sie wirklich so naiv sein zu glauben, daß Sie in dieser Dunkelheit den Weg zur Miliz finden?

Quallacz Was wollen Sie von mir?

Kasch Warum verachten Sie das Leben, daß Sie es wegwerfen wollen wie einen alten Handschuh? Kennen Sie die Bewegung des Pfeiles und des Schwertes?

Quallacz Nein.

Kasch Aber die Bewegung kennt Sie. Ist es möglich, daß Sie sich gewisser Korrespondenzen mit früheren Freunden nicht mehr erinnern? Oder haben Sie sich nur aus Doppelzünglerei über den roten Terror beklagt?

Quallacz Ich? Korrespondenzen? Beklagt? – Ich habe lediglich einmal –

Kasch Zweimal.

Quallacz – Zweimal, ja.

Kasch Ich sehe, daß unser Nachrichtendienst nicht leichtfertig war, Sie in die Liste der Zuverlässigkeit aufzunehmen. Sie wollen überleben und geschäftlich florieren, der Arm der Bewegung reicht weit. Ich ernenne Sie auftragsgemäß zu unserem hiesigen Verbindungsmann.

QUALLACZ Sie sind hier in konspirativer Mission?

Szmil betrachtet ihn mit einem undurchdringlichen Gesicht.

KASCH Sie sehen sich einem Mann gegenüber, der mit Alan Dulles und anderen persönlich befreundet ist, und die Organisation des Widerstands nahezu abgeschlossen hat. Ich glaube, das genügt.

QUALLACZ Vollkommen. Obwohl –

KASCH Was die Stühle betrifft, so handelt es sich um einen Sonderauftrag, der strengstens geheimzuhalten ist. Codematerial. Der Tag der Befreiung ist nah. Scheuen Sie dabei keine Opfer.

QUALLACZ Als Geschäftsmann werde ich mich der Bewegung jederzeit ideell verbunden wissen. Darf ich mich jetzt empfehlen?

KASCH Sie sind der Gruppe Cäsar zugeteilt und werden für Mitternacht ein erstes Treffen der bemittelten Sympathisierenden organisieren.

QUALLACZ Als Geschäftsmann?

KASCH Ich halte Ihre Wohnung für einen unauffälligen Treffpunkt und denke, daß man die Zusammenkunft mit einem unauffälligen Nachtessen verbinden kann.

QUALLACZ In diesem Falle würde ich es für richtiger halten, wenn wir die Zusammenkunft in die Wohnung der Staatsanwaltswitwe verlegen. Das ist noch unauffälliger.

KASCH Ein Antrag, der sowohl Initiative als auch Vorsicht verrät. – *Zu Szmil:* Können Sie dem Antrag zustimmen, Chef?

Szmil bringt vor Aufregung und Angst nur eine Art von Grunzen hervor.

Sehr gut. Der Antrag ist angenommen. – *Zu Quallacz:* Sie haften mir persönlich für die Zuverlässigkeit der Eingeladenen und erwarten uns um Mitternacht.

Er verabschiedet sich von Quallacz mit Handschlag und bringt den Mann, der seine Angst kaum verbergen kann, zur Tür.

SZMIL *findet die Sprache wieder*: Warum? – Warum haben Sie uns dieser Gefahr ausgesetzt?

KASCH Weil er uns sonst angezeigt hätte und weil wir für die Auktion Geld brauchen.

SZMIL Staatsverrat! Schließlich konnten wir auch anders und wesentlich ungefährlicher zu Geld kommen.

KASCH Durch Betteln und Hausieren, wie ich Ihren Gedankenflug kenne.

SZMIL Nein, durch Heirat! Sowohl der Staatsanwaltswitwe als auch der Tanzlehrerin, was bereits vier Stühle und auch kleinere Kapitalien beinhaltet hätte. Warum Politik, wenn man auch heiraten kann?

KASCH Sie machen sich. Es ist wahr, daß die Möglichkeiten der Bigamie fachlich zu Unrecht mißachtet werden. Wie sind die Bräute beschaffen?

SZMIL Außerordentlich. Damals nannte man sie nur «die schöne Helena». Sie hatte kleine schwarze Flaumenhärchen auf der Oberlippe und ein entzückendes Muttermal anderswo.

KASCH Und die andere?

SZMIL Statuarisch. Eine statuarische Erscheinung. Sie brachte mir den Foxtrott bei. Privat. – *Trällert* – «Amalia geht mit dem Gummikavalier ins Bad.»

KASCH Ein angenehmes Liedchen. Ich hoffe, es gibt auch Töchter. Die Jugend darf nicht benachteiligt werden.

Das Telefon läutet.

SZMIL *flüstert*: Was ich befürchtet habe! Man hat uns angezeigt!

Das Telefon läutet abermals. Kasch hebt den Hörer ab.

KASCH Ja? – Am Apparat. – Sehr erfreut. – Sammelaktion im Kreismaßstab, sehr gut. Genosse Jawohl. Sprechen Sie dem verantwortlichen Genossen meine Anerkennung aus und denken Sie daran, daß die Stühle des Künstlers O'Madden bevorzugt zu sammeln sind.

Legt den Hörer auf.

Die Politiker begeben sich zum Abendbrot. Haben Sie ein Rasiermesser?

Er entnimmt es Szmils Reisetasche.

SZMIL *zurückweichend*: Was wollen Sie?

KASCH Es ist nötig, Ihre originelle Physiognomie grundlegend zu ändern, die Haare sowie den Schnurrbart zu entfernen.

SZMIL Ich kann meinen Schnurrbart nicht entbehren. Ich trage ihn seit 30 Jahren.

KASCH Ich hatte auch einmal einen Bekannten, der etwas nicht entbehren konnte. Heute entbehrt er den Kopf. – Haben Sie ein Stückchen Rasierseife?

Indem er mit dem Rasiermesser auf Szmil zugeht.

Sie müssen zugeben, daß Sie dank Kalle Kasch einem angenehmen Abend entgegensehen.

3

Wohnung der Witwe Helena Schnaap. Salon. Festliche Tafel. In der Mitte Szmil, glatzköpfig, schnurrbartlos, essend und trinkend. Zu seiner Rechten, glänzend ausstaffiert, die mächtige Helena Schnaap auf einem Stuhl von O'Madden. Daneben, ebenfalls auf einem O'Madden-Stuhl, die Tochter Olly, eine mehr innerliche Schönheit und noch unverheiratet. Links, vollkommen unbeteiligt, der senile Onkel, Militärtheoretiker und ehemals Damenschneider. Er benutzt die Zeit des Essens, um alte Schlachten durchzurechnen. Gelegentlich gibt er anerkennende Laute von sich. Daneben die Tanzlehrerin Lu Schönfleisch, rosig, vollbusig, wie aus Marzipan. Sie liest ihrem Tischherrn Kasch alle leiblichen und seelischen Bedürfnisse von den Augen ab. Kasch ißt und trinkt mit großem Behagen. Dieses Behagen ist den übrigen Gästen nicht gegeben. Sie überlegen, warum das Schicksal gerade sie in diese Situation gebracht hat und was ihrer harren kann. Ihr Geschmack tendiert mehr zu einer risikolosen Opposition. Es sitzen an der Tafel: Der Apotheker Laberdan, ein verkannter Melancholiker, die ehemalige Hauptlehrerin Irma Goll, der Spediteur Albert Schlattka und seine Frau Emmi. Olly steht zu Szmils Linken und reicht ihm Lachsbrötchen.

SZMIL *zu Helena Schnaap*: Ihre Lachsbrötchen, nobel. Delikat und nobel. – *Zu Olly Schnaap:* Nobel und delikat. *Küßt Ollys Hand. Zu Helena:* Es wäre mir angenehmer, auf diesem Stuhl zu sitzen. *Er tauscht die Stühle, zieht Olly neben sich.*

OLLY Sie scherzen, Baron.

SZMIL *auf dem O'Madden-Stuhl zwischen den beiden Frauen*: Im Gegenteil. – *Trinkt* – Das Vaterland verleiht die besten Gaben. *Er untersucht unauffällig das Stuhlpolster.*

HELENA *zu Szmil*: Sie sind noch immer derselbe charmante, großherzige Mensch. – Ich frage nicht, woher und zu welchem Zweck Sie gekommen sind.

SZMIL Wesentliche Aufgaben.
Er macht ein bedeutendes Gesicht und zieht die Brauen hoch.
– *Zu Olly:* Sollte Ihnen New York oder Florida etwas sagen, mein Fräulein?

OLLY New York? Nein.

SZMIL Eine einzigartige Stadt, dieses New York. Es ist dort stets sechs Stunden später als hier, so daß man oft schon beim Mittagessen gezwungen ist, das Licht einzuschalten.

Er schaut sich in der Runde um, die Hauptlehrerin Goll wagt ein kleines Lachen, das von anderen aufgenommen wird.

KASCH Sechs Stunden. Sie verstehen.

SZMIL Symbolisch gesprochen.

Die an der Tafel Sitzenden werfen sich bedeutungsvolle Blicke zu.

KASCH Eine Aktion, die gegenwärtig in allen Städten des Landes durchgeführt wird.

Er macht sich über das kalte Rindfleisch her, das ihm Lucie Schönfleisch vorlegt.

SCHLATTKA *leise*: Was kann das heißen?

FRAU SCHLATTKA Alles.

KASCH Ich entnehme Ihrer Zuversicht, daß Sie uns verstanden haben und daß wir mit Ihrer Sympathie rechnen können.

LABERDAN *ängstlich*: Seitens der Apothekerschaft riesig.

SCHÖNFLEISCH *zu Kasch*: Nehmen Sie Meerrettich. Boeuf froid verlangt Sahnemeerrettich.

HELENA *erhebt ihr Glas*: Das Vaterland vergißt die Besten nicht.

KASCH Das Beste ist und bleibt die tugendhafte Frau.

Er lehnt sein Bein an die Wade von Lucie Schönfleisch.

SZMIL *zu Helena*: Sehr wahr. – *Zu Olly, den Arm um ihren Stuhl legend:* Sehr, sehr wahr. Ich kann Ihnen mitteilen, daß Sitte und Moral sowie die rechtlichen Eigentumsverhältnisse wiederhergestellt werden.

FRAU SCHLATTKA Auch bei Speditionsgeschäften?

SZMIL Jawohl.

OLLY Ich möchte Ihnen danken.

Es entsteht eine Pause der Verlegenheit, in der schweigend gegessen wird, und die Kasch zu einer Rede benutzt.

KASCH Meine Damen und Herren! Freunde! Das Leben diktiert sein Gesetz, sein unerbittliches, ewiges, heiliges Gesetz. Sie wissen, was Sie wissen. Ein großes, ein heiliges, ein nahes Ziel. Sie kennen es.

LABERDAN *leise*: Fünf Jahre Zuchthaus.

KASCH Die Geschichte hat Sie an diesen bevorzugten Platz gestellt, Sie, die Besten, Opferbereitesten, an die Seite des Vorkämpfers der Demokratie, unser aller Hoffnung.

SCHLATTKA *leise*: Quallacz ist selber nicht gekommen!

FRAU SCHLATTKA Psst.

KASCH Rings umher vernehmen wir die stumme Klage der Enteigneten und Beleidigten, fühlen wir auf uns gerichtet den hilflosen Blick der Kinder. Wir müssen, wir werden ihnen helfen! Vergessen wir niemals, daß die Kinder die Blüten des Lebens und die Zukunft sind. Sie können sich nicht taub stellen, wenn die Kinder seelisch leiden. Ich lade Sie ein, soviel wie möglich in bar für die Kinder zu zeichnen, damit ihnen zuerst geholfen wird.

Er holt eine Liste aus seiner Tasche.

Der Gastgeberin gebührt der Vorrang.

Er legt die Liste Helena Schnaap vor.

Ich bitte die Spenden auch zu quittieren.

Helena macht eine schnelle Eintragung und gibt die Liste an Kasch zurück.

HELENA Das Regime hat mich um Pension und Kapital gebracht. In besseren Zeiten werde ich mehr geben.

KASCH Nur zehn für das Elend der Kinder?

HELENA Aber wenn ich doch nicht mehr habe! Ich lebe von meiner Hände Arbeit, Chiromantik, Fußpflege! Die Tochter unverheiratet –

OLLY *hysterisch*: Nehmen Sie meine Ersparnisse! So wenig, so wenig es ist.

KASCH Sehr mutig, sehr uneigennützig, junge Vorkämpferin.

Er zählt das Geld, das sie ihm mit ihrer ganzen Geldbörse übergeben hat.

85, das sind die Taten, die sich das Vaterland wünscht! Wer gibt mehr für die Knospen des Lebens, deren Zukunft gesichert werden muß.

SCHÖNFLEISCH Ich gebe alles, was ich bei mir habe. Auch diesen Ring.

Kasch nimmt Geldtasche und Ring, trägt beides in die Liste ein.

KASCH Erlauben Sie mir, daß ich Sie im Namen der Kinder auf den Mund küsse. Auch die Ohrringe könnten den Kindern nützlich sein.

SCHÖNFLEISCH Für die Bewegung und die, die in ihr kämpfen.

Sie gibt die Ohrringe Kasch und umarmt ihn patriotisch.

KASCH Die Führung hat Sie richtig eingeschätzt, als sie anordnete, daß ich für die nächste Zeit bei Ihnen Quartier nehme, da Sie alleinstehend und opferbereit sind.

SZMIL Haben Sie Stühle?

SCHÖNFLEISCH Stühle?

SZMIL Die Stühle meines Musiksalons, die konspirativ gebraucht werden.

SCHÖNFLEISCH Gebraucht? Wozu?

Szmil macht sein bedeutendes Gesicht und schweigt.

KASCH Strengstes Geheimnis! Es handelt sich um deponiertes Codematerial, das für uns unentbehrlich ist.

SZMIL *zu Helena*: Der Bewegung ist bekannt, daß auch Sie Stühle gerettet haben.

HELENA Diese beiden. Codematerial?

SZMIL Fabelhaft. Es ist deshalb nötig, daß dieselben sofort dienstlich besichtigt werden.

Er greift die beiden O'Madden-Stühle und verschwindet mit ihnen im anliegenden Schlafzimmer. Als Helena folgen will, sagt er:

Geheim! Leider geheim!

KASCH Wer gibt mehr für die Kinder, deren Leiden unvorstellbar sind.

Er legt die Liste Laberdan vor.

Wieviel?

LABERDAN Ein – einhundertzwanzig. Obwohl ich als privater Apotheker vom Sozialismus ruiniert wurde. Wird der Apothekerschaft geholfen werden?

KASCH Die Bewegung wird sich besonders der Apotheker und der Spediteure annehmen.

Er legt die Liste Schlattka vor.

Wieviel?

SCHLATTKA *nachdem er sich mit seiner Frau beraten hat, unsicher*: Zwanzig!

KASCH Wenig für eine Speditionsfirma, die Hunderttausende zu gewinnen hat. Einhundertzwanzig. Wenig.

FRAU SCHLATTKA Zwanzig! Wir haben nicht einmal Zwanzig! Wir haben gar nichts! Einen Omnibus und einen Lastwagen, den wir mit eigenen Händen fahren! Wir sind Opfer, denen nicht genommen, sondern gegeben werden muß! Opfer, die die Freiheit des Handels fordern! Fordern!

Sie wirft sich stöhnend auf den Tisch.

KASCH *kühl*: Sehr gut. Gehen Sie nach Hause.

SCHLATTKA Ich bitte um Entschuldigung.

KASCH Bedaure. Die Bewegung kennt Ihre Vermögensverhältnisse und kann nicht dulden, daß um geringe Beträge gefeilscht wird. Die Folgen werden Sie zu tragen haben, wenn Speditionsaufträge ausbleiben.

Mit einer Handbewegung zur Tür: Bitte.

SCHLATTKA Ich gebe einhundertfünfzig.
Frau Schlattka schluchzt.
KASCH Bitte zu unterschreiben, daß alles seine Ordnung hat.
Er legt die Liste danach der ehemaligen Hauptlehrerin Goll vor.
IRMA GOLL Auch ich einhundertfünfzig. Für unsere nach Sinn durstende Kinderschaft.
KASCH Akzeptabel. Fräulein Lucie wird die restliche Kassierung übernehmen. – Meine Herrschaften, ich gebe Ihnen bekannt, daß die Sammlung den Nennwert von fünfhundertneunundzwanzig erbracht hat und daß die Unterschriften vollständig sind. Ich danke Ihnen im Namen des Komitees. *Er steckt das gesamte Geld ein.* Und bitte, mir ein Taxi zu bestellen.
Helena geht in den Flur hinaus, wo sich das Telefon befindet. Der die ganze Zeit mit sich beschäftigte Onkel erhebt sich.
ONKEL Meine Herren Generalstabsoffiziere, ich bitte zur Lage, ich bitte an den Sandkasten.
Er packt seine Unterlagen zusammen.
KASCH In welcher Division haben Sie gestanden?
ONKEL In gar keiner. Obwohl ich Damenschneider bin und an progressiver Paralyse leide, einer Krankheit, die bekanntlich entweder zur Verblödung oder zur Genialität führt. Bei mir ist das letztere der Fall, wie Ihnen Herr Apotheker Laberdan bestätigen kann. Ich danke Ihnen.
Er verläßt mit einer stummen Verbeugung den Raum.
Aus dem Schlafzimmer hört man Geräusche, die wie das Stöhnen eines Kranken klingen.
OLLY *zur Tür*: Baron!
Szmil tritt aus der Tür. Er ist von Polsterzeug bedeckt, hat die Jackentaschen vollgestopft.
KASCH Alles in Ordnung, Chef?
SZMIL Enorm. Ganz enorm.
KASCH In diesem Fall muß ich Sie bitten, uns allein zu lassen, da außerordentliche Maßnahmen vorzubereiten sind.
Während die anderen abgehen, kommt Helena herein, die nach einem Taxi telefoniert hat.
HELENA Meine Stühle!
KASCH Denken Sie daran, daß die Bewegung überraschend handelt und alles korrekt vergütet wird.
Er komplimentiert sie ebenfalls hinaus und schließt ab.
– *Zu Szmil:* Warum stopfen Sie den Schmuck in die Jackentaschen? Haben Sie keine Schulbildung.

SZMIL Den Schmuck? Es war kein Schmuck da.
KASCH Schade.
Er zieht ein Browningfeuerzeug aus seiner Jackeninnentasche.
Piano, Baron.
SZMIL *mit erhobenen Händen*: Was wollen Sie?
KASCH *indem er ihn durchsucht*: Ich unterrichte mich, ob Sie ein schlechter Menschenkenner oder ein Vollidiot sind.
Er zieht Stuhlbezüge aus Szmils Jackentaschen.
Ein Vollidiot. Stuhlbezüge. Können Sie mir sagen, wieso Sie mit diesem Gehirn noch immer am Leben sind?
Er steckt sich eine Zigarre mit dem Browningfeuerzeug an.
SZMIL Ich konnte nicht anders, es kam über mich. Die Stühle, der Wein, die Erinnerung –
KASCH Und warum antworten Sie «enorm», wenn ich Sie nach dem Schmuck frage?
SZMIL Es ist mir nichts anderes eingefallen.
Es schellt.
Wer kann das sein?
KASCH Der Milchmann.
SZMIL Die Miliz! Quallacz hat uns verraten. Deshalb ist er nicht gekommen. Was soll jetzt werden?
KASCH Nichts Besonderes. Sie haben eine gewandte Zunge, die sich für das Kleben von Tüten hervorragend eignen wird. Fahren Sie gerne Auto?
Es schellt abermals.
SZMIL Warum?
KASCH Weil mein Taxi wartet, um mich zu den Stühlen von Fräulein Lucie zu entführen. Ein feuriges Weib, der Traum eines schwachen Poeten.
Die Ausgesperrten klopfen an der Tür. Kasch öffnet, die verängstigten Vorkämpfer quellen herein und reden durcheinander.
LABERDAN Wir können nur noch über den Boden entkommen.
FRAU SCHLATTKA Das Haus ist umstellt, aussichtslos!
HELENA *zu Szmil*: Raten Sie. Was soll ich tun!
SZMIL Sie sollen ruhig sein und Würde bewahren, da es sich um das Taxi meines Mitarbeiters handelt.
HELENA Nein.
KASCH Wieso nein?
FRAU SCHLATTKA Um diese Zeit kommt nur die Miliz.
HELENA *zu Kasch*: Weil ich noch gar kein Taxi bekommen habe.
OLLY *kommt aus einem anderen Zimmer, wo sie aus dem Fenster*

geschaut hat, hinter ihr die Hauptlehrerin Goll: Kein Taxi zu sehen.

IRMA GOLL Männer!

LABERDAN Dann müssen Sie sagen, daß Sie meine Hilfe als Apotheker benötigt haben.

SCHLATTKA Oder daß das eine Verlobungsfeier ist! Verlobungsfeier! – *zeigt auf Szmil und Olly* –

KASCH Sehr vernünftig. Die Anweisung ist, daß Fräulein Olly die Haustür öffnet. Seien Sie furchtlos und verhalten Sie sich ganz kaltblütig.

Olly ab. Kasch geht mit Szmil auf das Schlafzimmer zu.

SCHÖNFLEISCH *zu Kasch*: Ich kann Sie nicht allein lassen.

KASCH Es ist die Anweisung. Wie ist Ihr Vorname?

SCHÖNFLEISCH Lu.

KASCH Adieu, Lu.

Kasch und Szmil verschwinden im Schlafzimmer. Die übrigen Gäste versuchen, den Eindruck einer Verlobungsfeier herzustellen, arrangieren die Tafel, machen Musik. Irma Goll springt auf.

IRMA GOLL Ich habe fundamentalkritische Manuskripte bei mir!

Sie reißt einen Packen Blätter aus ihrer Handtasche und stopft sie unter ihre Kleider. Ein Blatt fällt zu Boden, Laberdan rafft es auf.

LABERDAN Die Spendenliste!

Er ißt das Papier auf.

IRMA GOLL Mein Manuskript!

FRAU SCHLATTKA Unser Auslandsguthaben!

SCHLATTKA Gib her!

FRAU SCHLATTKA Nein!

HELENA Wo ist die Liste? Mit unseren Unterschriften!

Alle suchen. Olly kommt herein, hinter ihr Herr Quallacz.

QUALLACZ *strahlend*: Meine Herrschaften, verehrte gnädige Frau, ich bitte um Entschuldigung, dringende Geschäfte hielten mich ab. Es wird ein Kreismöbelmuseum gegründet, dessen Grundstock zu legen ich beauftragt bin. Ich habe mein ganzes Lager räumen können und zahle solide Preise für alles irgendwie Alte und Unbrauchbare. Wo sind die verehrungswürdigen Gäste?

Helena klopft an die Schlafzimmertür, geht hinein, kommt zurück.

HELENA Baron! – Baron! – Sie sind weg. Aus dem Fenster.

OLLY Wegen Ihnen! – *Zu Laberdan:* Mit Ihrer Milizpanik! Ihrer unwürdigen Angst!

LABERDAN Entschuldigen Sie, Gnädigste, wer hat Angst gehabt? Ich?

QUALLACZ Sehr unangenehm, die Flucht kommt geschäftlich verfrüht.

SCHLATTKA Wieso? Ich liefere Ihnen so viel alte Möbel, wie Sie haben wollen.

QUALLACZ Weil man der Kreiskultur wegen des Möbelmuseums noch bürokratische Schwierigkeiten macht. Sie rechnen mit der Hilfe der Kontrollkommission.

HELENA Kontrollkommission?

Es schellt stürmisch. Was jetzt?

LABERDAN Die Kontrollkommission!

SCHLATTKA Was ich voraus gesagt habe!

FRAU SCHLATTKA Du? Du hast gespendet und jetzt hat man sie gefaßt! Mit deiner Unterschrift!

SCHÖNFLEISCH Wir sind zu einem volksnahen Tanzzirkel zusammengekommen. – *Zu Irma Goll:* Spielen Sie. Aufstellung.

Irma Goll eilt ans Klavier.

SCHLATTKA Oder Fußpflege!

QUALLACZ Unsinn, meine Herrschaften. Ich bitte um Ruhe, es kann sich nur um den Heimleiter und das Möbelmuseum handeln. – *Zu Helena:* Haben Sie etwas Fahnentuch?

HELENA Wozu?

QUALLACZ Weil hier eine fortschrittliche Versammlung über Fragen des nationalen Möbelerbes tagt. – *Zu Laberdan:* Öffnen Sie!

LABERDAN Ich? Warum gerade ich als unsicherer Intellektueller?

QUALLACZ Weil Ihre Anpassungsfähigkeit bereits entwickelt ist.

Laberdan geht hinaus.

Den Tisch zur Seite. Stühle versammlungsgemäß.

In einem großen Durcheinander richten die Anwesenden den Raum wie zu einer Versammlung her. Olly kommt mit rotem Inlett und breitet es über den Tisch. Laberdan kommt mit der Nachricht zurück:

LABERDAN Sie sind schon im Haus, sie kommen die Treppe herauf!

FRAU SCHLATTKA Dann ist es die Miliz!

QUALLACZ Unsinn! An die Plätze! – *Zu Schönfleisch:* Sie können doch unmöglich so zu einer Versammlung gekommen sein.

LABERDAN Sie sind an der Korridortür!

Frau Schlattka läuft an den Schalter und löscht das Licht.

QUALLACZ *leise*: Licht an! – *Laut:* Kolleginnen und Kollegen!

LABERDAN *leise*: Sie sind im Flur!

QUALLACZ *leise*: Licht an! – *Laut:* Großes, Unwiederbringliches ist zu retten, Sie sind bereit. Das kulturelle Erbe liegt in Ihren Händen. Das Gute, Wahre, Schöne kann nicht untergehen. Es macht uns nur noch stärker, stärker und stärker.

Die Tür zum Salon wird geöffnet, absolute Stille. Es treten zwei Männer ein, die sich an den Lichtschalter tasten und Licht machen. Die Männer sind Kasch und Szmil. Szmil hat sich bei seiner Flucht am Kopf verletzt. Am roten Versammlungstisch sitzen die Versammlungsteilnehmer in ängstlicher Erwartung. Einige haben rote Nelken, andere Abzeichen von Organisationen angesteckt. Sie haben sich nach ihren jeweiligen Vorstellungen für eine Versammlung zurechtgemacht. Laberdan ist unter eine viel zu kurze Couch gekrochen und Quallacz unter den Tisch.

KASCH Ausgezeichnet. Meine Damen und Herren, ich darf Ihnen sagen, daß Sie die Prüfung bestanden haben. Sie haben bewiesen, daß Sie zu konspirativer Arbeit befähigt sind. Ich trinke auf den Menschheitsgedanken.

OLLY *um Szmil bemüht*: Sind Sie verletzt?

Szmil stöhnt. Olly legt ihm eine Kompresse auf den Kopf. Helena flößt ihm etwas Champagner ein. Die beiden Frauen setzen ihn zwischen sich auf die Couch.

SZMIL Ich danke Ihnen.

Unter dem Druck der Spiralen schreit der Apotheker furchtbar auf und schiebt sich unter der Couch heraus.

KASCH Sehr erfreut. Ich sehe, daß auch der Apotheker gerettet und dienstbereit ist.

Er zieht Laberdan ganz hervor.

LABERDAN Danke.

Quallacz kommt unter dem Tisch hervor.

KASCH Möbel-Quallacz. Wann ist die Stuhlauktion angesetzt?

QUALLACZ Morgen früh um neun. Auch ein Möbelmuseum wird gegründet.

KASCH Lobenswert. Was geben Sie für die Kinder, die Blüten des Lebens, die nicht verwelken dürfen.

Er nimmt die Liste hervor und reicht sie Fräulein Schönfleisch.

Es fehlen vierhunderteinundsiebzig an einer runden Summe.

QUALLACZ 471? Ich habe nur einundzwanzig bei mir.

Er zeigt seine Geldbörse.

KASCH Nun gut, dann geben Sie vorerst einundzwanzig. Die Bewegung wird Ihnen Gelegenheit geben, sich auf kommenden Sitzungen stärker hervorzutun.

Er steckt das Geld ein. Schönfleisch trägt den Betrag in die Liste ein.

SCHÖNFLEISCH Bitte zu unterschreiben.

SCHLATTKA Kommende Sitzungen?

KASCH Die Bewegung hat Sie dazu ausersehen, die Stühle zu erwerben, die morgen versteigert werden.

SZMIL Brüder und Schwestern! Sie haben sich als großherzige Menschen und treue Freunde erwiesen. Ich habe mich deshalb entschlossen, stellvertretend für alle Fräulein Olly das schwarze Band der Bewegung zu verleihen für Großmütigkeit und Treue.

Irma Goll geht ans Klavier, um einen Tusch auszubringen.

SCHLATTKA *singt*: Hoch soll sie leben, hoch soll sie leben –

ALLE Dreimal hoch –

Es wird stark getrunken, gesungen und orgiastisch getanzt. Von Ängsten erlöst, geben sich die Gäste den Vergnügungen des heiteren Teiles hin. Dieser spielt sich in der ganzen Wohnung ab. Schlager und Stimmungslieder. Dieser Teil kann in Sequenzen zerlegt werden.

KASCH *mit Lu tanzend*: Pardon, entre nous, tête à tête, meine Liebe – können Sie Französisch?

SCHÖNFLEISCH Hoho, Französisch. Sie sind ein frecher Junge, vor Ihnen muß sich eine Frau in acht nehmen. Waren Sie schon einmal verheiratet?

KASCH Ich bin auch dazu fähig, sobald andere Zeiten kommen. Meinen Sie nicht, daß es für uns bedeutend angenehmer wäre, zu Ihnen zu fahren?

SCHÖNFLEISCH Wenn ernsthafte Absichten vorliegen?

KASCH Die ernsthaftesten. Da Sie sich durch den Ankauf der Stühle als eine vorbildliche Patriotin erwiesen haben. –

SCHÖNFLEISCH Übrigens, ich glaube, es ist drin!

KASCH Was?

SCHÖNFLEISCH Das Codematerial. Es ist mir aufgefallen, daß der eine Stuhl auffällig unregelmäßig und hart gepolstert ist.

KASCH Die Liebe quält den Menschen. Der Stier brüllt vor Leidenschaft, der Hahn wird unruhig.

SCHÖNFLEISCH Sie interessanter Mensch, Sie!

KASCH Ich brenne, Lu.

Er tanzt mit ihr in den Flur.

Quallacz kommt mit Helena zu Szmil, der sich beim Tanzen mit Olly ausgegeben hat, ihr Champagner einschenkt und mit ihr anstößt. Quallacz verbeugt sich und singt ihnen ein Stimmungslied. Er geht danach stark schwankend in das Schlafzimmer hinaus.

HELENA *zu Szmil*: Sie haben uns die lieben Zeiten zurückgebracht, mein Freund, die guten, unbeschwerten Zeiten, wo einfach alles stimmte – und wo man wunderbar und überall feiern konnte.

Sie wird von dem offensichtlich betrunkenen Schlattka zu einem Tanz entführt.

SZMIL *betrunken*: Goldig. Einfach ein goldiges Weinchen. Ich sage es auch immer zu meinen Untergebenen, wenn sie Entscheidungen von mir verlangen, oder die anderen, dann sage ich einfach – *er widmet sich Olly* – Nur zu, meine Herren, die Rätsel dieser Welt sind Taten, ich habe heute 300000 und werde bald mehr haben. Ich sage das natürlich in einer fremden Sprache.

OLLY 300000?

SZMIL Doch frage ich nicht nach Geld und Gut, wenn ich mich lustig und jugendlich fühle. Sie haben ein entzückendes Medaillon, das Ihren Hals wunderbar zur Geltung bringt.

OLLY Ich möchte es spenden.

SZMIL Danke.

Er küßt das Medaillon und steckt es ein.

Sie haben ein goldiges Herz, wie alle die entzückenden Menschen hier. Prosit!

Er hat sich dabei erhoben und vergießt Wein auf den Kopf des melancholisch vor sich hinweinenden, volltrunkenen Laberdan und küßt nacheinander Frau Schlattka, Irma Goll und schließlich Olly, die ihn auf die Couch zurückholt. Frau Schlattka tröstet Laberdan.

FRAU SCHLATTKA Warum wollen Sie traurig sein, Apothekerchen, wenn die Geschäfte florieren.

Schlattka hat sich neben Irma Goll ans Klavier gesetzt und macht sich an diesem zu schaffen.

SCHLATTKA Warum habe ich nicht Musik studiert?

Er entlockt dem Klavier und seiner Kehle ungeahnte Scheußlichkeiten. Von den Leistungen des Instruments schließlich unbefriedigt, gießt er Bier hinein.

Quallacz kommt mit einer Vase aus dem Schlafzimmer und singt ein weiteres Stimmungslied.

LABERDAN Silentium! Da ich Ihnen mitteilen muß, daß sich unter Ihnen ein Genie befindet, das systematisch und unsystematisch und von allen kaputtgemacht und verkannt wird. Und ganz besonders von den Frauen und den Krankenkassen. Als Vollakademiker.

Er gießt ein großes Glas voll Schnaps und trinkt es aus.

SCHLATTKA Aber ich, Apotheker, der ich nicht Musik studiert habe, ich achte dich nicht, weil dich die Musen nicht geküßt haben.

Er rennt ihm den Kopf in die Magengrube. Laberdan fällt um.

Ein Auto hupt zweimal, die Anwesenden erstarren, ein zweites Auto fährt vor, hupt ebenfalls zweimal.

KASCH *kommt vom Flur herein, er trägt Szmils Pelzmantel*: Verehrte Damen und Herren, es ist notwendig, das Fest zu beenden, wenn es am schönsten ist. Die Bewegung hat Ihnen Taxen bestellt, da große Aufgaben vor Ihnen liegen. Ich bitte Sie, leise die Treppe hinunterzugehen.

SCHLATTKA *singt*: Nach Hause, nach Hause, nach Hause gehn wir nicht!

Er wird von Kasch in den Flur gestoßen. Kasch läßt die übrigen Gäste an sich vorbei hinausgehen und sagt zu Olly:

KASCH Es war ein ergiebiger Abend, ich bitte den Chef nicht zu wecken, da er der unbedingten Schonung bedarf. Adieu.

Er küßt Olly die Hand, verbeugt sich vor der in einem Sessel schlafenden Helena und geht hinaus.

Man hört die Gäste die Treppe hinuntergehen, einer fällt. Großes Gelächter. Olly rüttelt den tief und friedlich schlafenden Szmil. In einiger Entfernung die ebenso tief schlafende Mutter in einem Sessel. Da Szmil nicht aufwacht, rüttelt ihn Olly stärker.

SZMIL Geburt? Heirat? Tod?

Unter Ollys weiteren Bemühungen erwacht Szmil mit einem schnappenden Laut, sieht erstaunt auf Olly und die fremde Umgebung.

OLLY Weißt du, was du soeben im Schlaf gesagt hast, Lieber?

SZMIL Ich?

OLLY *lacht*: Geburt? Heirat? Tod? Erzählst du mir, was du geträumt hast?

SZMIL War von Schmuck die Rede?

OLLY Nein.

SZMIL Weil ich nämlich sonst auch viel von Schmuck träume. Vor Überanstrengung.

OLLY *schmiegt sich an ihn*: Es scheint mir noch immer unglaublich, daß wir uns verlobt haben.

SZMIL Warum soll es unglaublich sein, da ich mich frisch fühle und schon immer ein Faible für deine Familie hatte.

Er will Olly küssen, was aber nicht ganz gelingt, so daß beide auf dem Boden zu sitzen kommen und lachen.

OLLY *richtet sich auf*: Du mußt deinen Geist ausruhen.

SZMIL Ausruhen – wunderbar. Ich werde wunder – wunderbar ausruhen. *Er trällert einen alten Schlager und verschwindet mit Olly in das Schlafzimmer.*

4

Kleines Zimmer in der Wohnung der Witwe Schnaap. Am frühen Nachmittag des nächsten Tages. Helena arrangiert den gedeckten Tisch. Blumen und Kerzen.

HELENA Olly! Charly! Aufstehen, es ist schon Nachmittag! Olly!

OLLY *kommt im Negligé aus dem Schlafzimmer*: Ja doch!

HELENA *umarmt sie*: Ich freue mich, wie sich nur eine Mutter freuen kann, wenn sie ihre Tochter glücklich weiß. Ich habe es euch so nett wie möglich gemacht.
Sie küßt sie. Olly macht sich frei, blättert in einem Modejournal.
Habt ihr überlegt, wo ihr heiraten wollt? Ihr müßt einen romantischen Ort auswählen, an den man sein ganzes Leben denken kann. Wir haben in San Remo geheiratet, in einer entzückenden, berühmten Kapelle, 1928, nein 1927, 1928 starb dein Vater, ich kann diese beiden Daten nicht auseinanderhalten, das eine war im Frühling, die Beerdigung, das andere im Herbst, ihr müßt im Frühling heiraten, vielleicht Ostern –

OLLY Vielleicht Pfingsten, vielleicht Weihnachten, vielleicht Neujahr, wenn er bis dahin aufgewacht ist? Er hat bis jetzt nur geschlafen! Er ist eine Heuschrecke! Eine dauerschlafende Gliederpuppe!

HELENA Aber deshalb brauchst du nicht zu weinen, mein Kind. Der Altersunterschied ist einmal da. Er ist kein junger Mensch mehr. Und wenn es dem fortgeschrittenen Alter an Ungestüm fehlt, so ist es doch auch wieder ausdauernder, beständiger, sicherer. Man kann nicht alles zusammen haben. –

OLLY Jajajajaja. Ich machs ja.
Szmil hustet lange.

HELENA Na also. Du darfst ihn aber jetzt nicht länger allein lassen. Er könnte es dir als Lieblosigkeit auslegen.
Sie zündet die Kerzen an. Szmil tritt auf.

SZMIL Entzückend. Ein entzückender, göttlicher Morgen, meine Verehrteste. Blumen, Kerzen, Musik –
Er küßt Helena die Hand. Olly läuft ihm entgegen, um ihn zu küssen. Szmil hält ihr die Backe hin, tätschelt sie väterlich.
Ich habe wunderbar geschlafen, besinnungslos.
Er sieht auf die Uhr.

14 Uhr 30, eine leichtsinnige Zeit, ich habe seit zehn Jahren nicht bis 14 Uhr 30 geschlafen. – *Auf den gedeckten Tisch bezogen:* Sie sind noch immer die alte Zauberin der Behaglichkeit. Trüffelpastete.

HELENA Ich wünsch euch Glück, ich wünsch euch so viel Glück, wie es auf Erden gibt.

SZMIL Ich kann die Zeichen dieses Tages nur in höchstem Maße günstig und glückverheißend nennen. War mein Mitarbeiter schon da?

HELENA Nein. Zeichen? Erzählen Sie.

SZMIL Was denken Sie? Zunächst, Sie können es nicht denken: – ich träumte. – Obwohl ich doch nach dem gestrigen, übrigens ganz reizenden Abend, unmöglich frisch sein konnte, träumte ich.

HELENA Was?

SZMIL Ich saß auf einem Stuhl.

Helena schüttelt ungläubig den Kopf.

Einem wunderbaren, großen, weichen, üppigen Stuhl.

HELENA Sonderbar.

SZMIL Es kommt noch viel sonderbarer. Nun, Sie wissen, Träume in Gegenwart von Damen – nur soviel: Ich saß nicht allein auf diesem Stuhl und erlebte Überweltliches. So anhaltend, so intensiv, das ging so weit, daß ich, verzeihen Sie, immerhin intime, wenn auch entzückende Wäschestücke, nicht nur zu sehen, sondern auch in den Händen zu halten glaubte. Wie erklären Sie sich das? Ausgesprochene Glückszeichen.

Er steckt sein Taschentuch ein und findet in der Tasche Ollys Medaillon. Bitte. Weiß der Teufel, wie ein Medaillon in diese Tasche kommt.

Olly stürzt hinaus.

Glück. Ich erwarte, daß mein Mitarbeiter in Kürze die günstigsten Nachrichten über die Stühle bringt. Warum ist das Kind weggelaufen?

HELENA Sie sind wirklich zu weit gegangen, Baron. Am Verlobungstag.

SZMIL Verlobungstag – hm – natürlich Verlobungstag, das erklärt die Sache. Den Traum, die Wäschestücke, das Medaillon, alles auf die natürlichste Weise.

Er ißt von der Trüffelpastete.

HELENA Sie ist so scheu, daß ich sie niemandem anders als Ihnen anvertraut hätte.

Szmil nickt und ißt weiter.

In singendem Tonfall: Olly, wir warten auf dich! *Olly kommt. Helena gibt ihr ein Zeichen.*

OLLY *zu Szmil*: Verzeih mir.

SZMIL Keine Ursache, da sich alles in bester Weise aufgeklärt hat.

Er legt ihr das Medaillon um.

Sie umarmen sich und bilden mit der gerührten Helena eine schöne Gruppe.

HELENA Ein Traum, der sich verwirklicht.

Es klopft und herein kommt Lu Schönfleisch und umarmt Olly.

SCHÖNFLEISCH Meinen Glückwunsch, Olly, als ob ich es geahnt hätte; und Sie passen so gut zueinander, so gut. – Er ist mein Mann geworden.

SZMIL Wer?

SCHÖNFLEISCH *zu Helena*: Haben Sie gewußt, daß er eigentlich ein Türke ist? Väterlicherseits. Ich werde Lu Habukir heißen. Wir haben sofort geheiratet. Natürlich geheim. Ich konnte ihn nicht davon abhalten, er war wie von Sinnen. «Lulu», «Lulu», er nennt mich immer «Lulu», «Lulu» –

SZMIL Und die Stühle?

SCHÖNFLEISCH Die Sache mit den Stühlen erledigt er ganz allein. Er war den ganzen Tag unterwegs. Es kann sein, daß er mit dem Codematerial schon jetzt auf dem Wege nach London ist.

SZMIL London?

SCHÖNFLEISCH Auf diplomatischen Wegen. Er hat mir geradezu verboten, Ihnen etwas davon zu sagen. Er will nicht, daß Sie mit Kleinigkeiten behelligt werden.

SZMIL Zum Bahnhof!

SCHÖNFLEISCH Er wollte mit dem Auto fahren. Mit Schlattka. Er sollte ihn abholen.

SZMIL Wo und wann?

SCHÖNFLEISCH Um vier bei mir.

SZMIL Schlüssel! Ihre Schlüssel! Eine Katastrophe zu verhindern!

Schönfleisch gibt ihm die Wohnungsschlüssel.

Gift! Ich brauche Gift!

OLLY Um Christi willen!

SZMIL Für den Fall der Fälle! Gegenspionage!

Helena eilt mit einem vorbereiteten Papier herbei, das sie Szmil vorlegt.

HELENA Die Vermögensvollmacht. Deine Unterschrift, Charly.

Er unterschreibt. Olly bringt einige Pullover, die ihr Szmil entreißt.

SZMIL Weg!

Er stürmt hinaus.

Weg!

Die zurückgebliebenen Damen sehen sich ratlos an.

HELENA *zu Olly*: Was hast du ihm gegeben?

OLLY Na, deine Schlafpulver.

5

Der Tanzstundensaal von Lucie Schönfleisch. Alles ist leicht heruntergekommen, an den Wänden große Fotos mit eleganten Tanzpaaren. An den Wänden Holzstühle, ein Klavier, Schränke. Eine Tür führt in das Schlafzimmer, eine andere Tür in den Flur. Auf der freien Fläche liegen zwei ausgeschlachtete O'Madden-Stühle, die Stühle Nr. 4 und 5, aus dem Besitz der Schönfleisch. Fünf weitere O'Madden-Stühle stehen in einer Reihe. Drei von ihnen haben geöffnete Polstersitze. Auf einem Tischchen steht Wermut, Gebäck, Obst. An der Wand ein Telefon. Kasch, offenbar neu eingekleidet, öffnet fachkundig den Stuhl Nr. 9 mit einem ärztlich anmutenden Instrumentarium, dem Einbruchsbesteck der Hoteldiebe. Er hat eine Platte auf das Grammophon gelegt. «Und zum Schluß einen Kuß, weil ich weiter fahren muß, kleines Mädel...» singt ein Tenor. Es ist ein ästhetisches Vergnügen zu sehen, wie gefühlvoll Kasch die Leisten löst, mit feinen Hebeln die Polsternägel lockert, um sie endlich schnell und elegant herausfliegen zu lassen.

KASCH Nr. 9.
Er klappt den Überzug auf, sondiert, zieht die Polstermasse mit Tamponzangen heraus, fühlt mit Handschuhen in den Sitz hinein und stopft die Polstermasse zurück. Er stellt den Stuhl zu den schon untersuchten, trinkt einen Schluck Wermut und widmet sich Nr. 10.
Eine Chance mehr für Nr. 10. Ein gut erhaltenes Stühlchen.
Er probiert den Stuhl, begutachtet ihn von oben und unten, durchzieht das Polster prüfend mit einer langen Nadel. Da er auf einen kompakten Widerstand stößt, wird er aufmerksam und beginnt zu arbeiten.
Die Tür wird aufgeschlossen, und der vor Wut bebende Szmil tritt herein.

SZMIL Verräter!

KASCH Beten Sie mich an, Baron. Da Sie durch mich den 10. Stuhl vor sich sehen, der den Schatz so gut wie sicher enthält.

SZMIL Ich spucke Sie an! Da Sie ein gemeiner Betrüger sind! Ein Dieb, ein niedriger, heimtückischer Dieb!
Er spuckt emphatisch auf den Boden.

KASCH Sie sind ein sympathisches Männchen. Obwohl Sie es nicht verdient haben, werde ich Ihnen doch zehn Prozent geben.

SZMIL Sie werden mir alles geben.

KASCH *setzt sich auf den Stuhl Nr. 10*: Was wollen Sie mit dem vielen Geld, Baron? Ernstlich, was wollen Sie kaufen. Sie haben doch keine Phantasie. Sie werden ohnehin bald sterben. –

SZMIL Oder Sie.

KASCH Wissen Sie, Charly, ich werde Ihnen überhaupt nichts geben. Ich werde Sie als Sekretär und Kammerdiener anstellen, da Sie ein lustiger Pojaz sind.

Szmil sieht ihn furchtbar an.

Ich möchte, daß Sie als Sportsmann und Seeoffizier auftreten. In diesem Aufzug werden die Frauen Ihnen Rabatt geben und wenig fordern.

SZMIL Ich werde alles bekommen! Ich gehe bis zum Ende! Bis zum Ende!

Er steht drohend mit dem Rasiermesser vor Kasch.

KASCH Mut, Großvater. Sie sollen Ihre Chance haben. Diesen Stuhl. Den zehnten von zwölf. Wenn Sie ihn in fünfzehn Sekunden auseinanderreißen und den Schatz finden, dann bleibt unser Vertragsverhältnis beim alten. Achtung – *Er sieht auf seine neue Armbanduhr:* Los!

Szmil zögert einen Augenblick, als finde er es unter seiner Würde, dann übermannt ihn die Gier und er wirft sich ächzend auf den Stuhl.

Sie haben eine Chance von eins zu drei – feste! Vorwärts!

Szmil bricht den Stuhl auseinander, schlitzt das Polster mit dem Rasiermesser auf und durchwühlt es.

– Und diese Chance war nicht die Ihre.

Szmil hat in der Polstermasse einen Kasten gefunden und reißt ihn an sich.

SZMIL Da!

KASCH Gib her!

SZMIL Nein!

KASCH Ja.

Er nimmt ihm den Kasten weg und öffnet ihn. In dem Kasten befinden sich einige Orden.

SZMIL Die Orden des Onkels.

KASCH Es ist recht und billig, die ideellen Werte in Ihre Hände zu legen.

Er gibt ihm den Kasten.

SZMIL Wo sind die anderen Stühle? Warum haben Sie von der Auktion nicht alle Stühle hierhergebracht?

KASCH Weil nicht alle angeboten wurden. Nicht sieben, sondern nur sechs.

SZMIL Lüge! Es mußten alle angeboten werden! Lüge!

KASCH Sie sind ein ziemlich vergeßlicher Mensch, oder Sie haben ein Faible für harte Massagen. – Wissen Sie, was auf der Auktion los war? Wissen Sie, daß man sich um diese Mißgeburten von Stühlen geschlagen hat?

SZMIL Wer?

KASCH Der vollbärtige Doktor und die Kreiskultur, die beide auf das Konto Ihrer Begabung gehen.

SZMIL Verbrecher!

KASCH Sechshundert bietet der Doktor, siebenhundert die Kreiskultur, siebenhundertfünfzig der Doktor, tausend die Kreiskultur, tausendeinhundert der Doktor. «Eintausendeinhundert zum ersten, zum zweiten. Eintausendeinhundert in der vierten Reihe rechts – gibt niemand mehr? – zum –»

SZMIL Entsetzlich!

KASCH Was hätten Sie in dieser Lage ohne nennenswerte Geldbeträge gemacht, Genosse Baron? – Was hätte Napoleon gemacht, und was hat Kalle Kasch gemacht? – Er hat dreitausend geboten, ehe der Hammer fiel.

SZMIL Aber Sie hatten das Geld doch nicht!

KASCH Eben. Deshalb brach der Tumult aus. Es kam zu Tätlichkeiten, in deren Verlauf erst Ihr habgieriger Doktor, dann die Kreiskultur und schließlich ich selber des Saales verwiesen wurden.

SZMIL Und dann?

KASCH Da weitere Interessenten fehlten, wurden die Stühle einzeln versteigert und konnten von den alarmierten Mitgliedern der Bewegung zu angemessenen Preisen laufend erworben werden. Sie geben zu, daß zehn Prozent für Sie ein franziskanisches Angebot ist.

Szmil sieht ihn steif an, man hört ein Auto vorfahren, Kasch schnell ans Fenster.

Das Geschäft blüht. Möbel-Quallacz mit Nr. 11.

Er trinkt einen Schluck Wermut.

Was haben Sie?

Er macht die Tür auf. Quallacz kommt mit einem Stuhl herein.

QUALLACZ Er hat mich einhundertfünfzig gekostet, ich bitte um Erstattung.

KASCH Selbstverständlich.

Er nimmt den Stuhl und verschwindet mit ihm in das Schlafzimmer, ehe Szmil reagieren kann. Pause.

QUALLACZ *zu Szmil*: Es ist nur, daß ich die Summe nicht auslegen kann, ich bin Geschäftsmann.

SZMIL Ja.

QUALLACZ – Bei aller ideellen Sympathie, Sie verstehen.

SZMIL Ich bitte mich einen Augenblick allein zu lassen, da wichtige Entscheidungen zu treffen sind.

Er weist Quallacz in den Flur, geht zu dem Tisch mit dem Wermut und schüttet entschlossen die Pulver in das halbvolle Glas und füllt es mit etwas Wermut auf. Dann geht er auf seinen alten Platz und wartet, bis Kasch herauskommt.

Nun? Nun?

KASCH Es ist zum Davonlaufen, sagte der Kassierer, da brannte er mit der Kasse durch. Nichts. Wo ist Quallacz?

QUALLACZ *tritt sofort durch die Tür*: Hier. Sie wollten mir die Auslagen erstatten.

KASCH So ist es.

Er schließt die Tür ab.

Wo ist der zwölfte Stuhl?

Quallacz schweigt.

Wie kommt es, daß nicht sieben, sondern nur sechs Stühle zur Versteigerung kamen?

QUALLACZ Vermutlich, weil sechs eine Garnitur sind.

SZMIL Reden Sie kein Blech, Quallacz. Sie haben nur sechs geliefert.

KASCH Wo ist der letzte Stuhl?

QUALLACZ Ich weiß es nicht.

KASCH Sie wissen es nicht. Aber daß sich Ihre Unterschrift auf einer staatsverräterischen Liste befindet, das wissen Sie doch?

Er zieht die Liste hervor.

QUALLACZ Ich weiß wirklich nicht, wo der Stuhl ist. Ich kann mich nicht an alle Kunden erinnern.

KASCH Ein Bekannter von mir, der konnte sich auch immer so schlecht erinnern. Eines Tages fiel er in einen Lichtschacht. Sollten Sie den Stuhl aus Versehen geöffnet haben?

QUALLACZ Nein. Aber –

KASCH Aber?

QUALLACZ Ich habe ihn nicht reell verkauft.

KASCH Das ist schlimm, aber nicht lebensgefährlich. Wem?

SZMIL Wem?

QUALLACZ Ich habe ihn gewissermaßen zu überhöhten Preisen als einen historischen Stuhl verkauft.

KASCH Wem?

QUALLACZ Das kann ich nur sagen, wenn ich von Ihnen die Liste bekomme.

SZMIL Sie bekommen sie, mein Lieber. Wo ist der Stuhl?

QUALLACZ Erst die Liste.

KASCH Ich schlage vor, die Anschrift auf einen Zettel zu schreiben. Sie übernehmen die Liste, wenn Sie mir den Zettel übergeben. Bon?

Sie machen es.

QUALLACZ Betrug! Sie haben mir ein leeres Blatt gegeben!

KASCH So ist es. Die Bewegung kann nicht zulassen, daß ihre Mitglieder gefährdet werden. Adieu.

Er lacht und trinkt kräftig von dem Wermut. Szmil gibt einen komischen Laut von sich.

Wollen Sie eine Ansprache halten?

SZMIL Ich schlucke. – Ich habe den Schlucken.

KASCH Dagegen hilft Trinken.

Er reicht Szmil den restlichen Wermut.

SZMIL Nein! Hrüm.

KASCH Dann nicht.

Er trinkt das Glas aus.

Allons! – *Zu Quallacz:* Worauf warten Sie?

QUALLACZ Da unsere Mißverständnisse beseitigt sind, habe ich noch eine Bitte, Herr.

KASCH Was?

QUALLACZ Die Stühle. Kann ich die sozusagen schon untersuchten Stühle hier abholen? Da ein Kreismöbelmuseum gegründet wird, wie Sie wissen.

KASCH Es ist möglich, Ihnen die Stühle zu schenken. – *Er gähnt* – Adieu.

QUALLACZ Ich danke Ihnen.

Quallacz geht hinaus. Kasch geht zum Telefon, um Schlattka anzurufen. Er kämpft mit dem Schlaf.

SZMIL *hindert ihn zu telefonieren*: Nicht. Kein Mitwisser. Wo ist der Stuhl?

KASCH Wie kann ein ehemaliger Adliger so neugierig sein?

SZMIL Sie wollen es mir nicht sagen?

KASCH Nein, Großvater. Ich mache Ihnen einen anderen Vorschlag: – *mit schwerer Zunge* – Ich kaufe Ihnen zum Abschluß einen echten Browning und gebe Ihnen Urlaub. Dann rauben Sie die Stadt aus und amüsieren sich. Einverstanden?

Szmil sieht ihn starr und überlegen an.

Hallo – Hallo Schlattka – Hören Sie – Schlattka – Haaach!

Er fällt gähnend zu Boden.

SZMIL *führt das unterbrochene Telefongespräch weiter*: Schlattka? – Nichts Besonderes, nein. Übermüdet. Holen Sie mich ab. Es ist soweit. – Sofort. Ende.

Er schließt die Tür ab, dreht Kasch mit der Fußspitze um und setzt sich in einen Stuhl. Er nimmt den Zettel mit der Anschrift an sich und liest:

Im Kulturpalast der Eisenbahnarbeiter in Czernitz. Zu Hause in Czernitz. Geschafft!

Er durchsucht Kasch, behält das Geld, einen Paß und das Browningfeuerzeug. Er schleift ihn zu einem Wandschrank, Kasch erwacht für einen Moment gähnend, geht dann im Schlaf selbst in den Schrank, Szmil schließt die Schranktür. Dann packt er seine Sachen, richtet sein Äußeres vor dem Spiegel und zieht den Pelzmantel an. Er trällert den Schlager «Und zum Schluß, einen Kuß», öffnet den Wandschrank noch einmal, nimmt eine Zigarrentasche von Kasch an sich. Als er das Auto Schlattkas hört, steckt er das Einbruchswerkzeug von Kasch ein und geht hinaus.

Wenig später kommt Lucie Schönfleisch, erstaunt ihre Wohnung offen und in Unordnung zu finden.

SCHÖNFLEISCH Hallo?

Sie geht durch den Tanzsaal, öffnet die Schlafzimmertür.

Hallo?

Sie hört einen merkwürdigen Laut, der wie Schnarchen klingt, sucht nach der Ursache, hört den Laut noch einmal und geht auf den Wandschrank zu, den sie schließlich öffnet. Kasch fällt vornüber heraus und bleibt auf dem Boden liegen.

Mord! Mord.

Sie geht an das Telefon und wählt eine Nummer.

Hallo! Apotheker Laberdan? Hier Schönfleisch, Tanzunterricht. Sie müssen sofort herkommen. Ärztlich. Sofort!

Sie hängt ein und wählt eine neue Nummer.

Helena? Bitte kommen Sie sofort, es ist etwas Schreckliches passiert.

Sie hängt ein.

Ein schlafähnlicher Laut von Kasch. Sie läuft zu ihm hin und rüttelt ihn.

Was ist passiert? Was ist passiert?

Sie versucht, ihn günstiger zu lagern, knöpft seine Sachen auf, rüttelt neuerlich an ihm.

KASCH *schlägt kurz die Augen auf*: Hallo, Lulu –

SCHÖNFLEISCH Liebster! Liebster! Habukir!

Sie setzt sich auf ihn, ihre weiteren Rettungsmaßnahmen bleiben aber erfolglos. Es klopft, Laberdan tritt mit einem Medikamentenköfferchen herein.

LABERDAN Meine Dame?

Er bemerkt Kasch und will sich an die Untersuchung machen.

SCHÖNFLEISCH Helfen Sie! Ein Verbrechen! Er ist vergiftet worden.

Laberdan untersucht den schnarchenden Kasch.

Helena und Olly kommen schnell herein.

SCHÖNFLEISCH *zu Helena*: Er ist vergiftet worden.

HELENA Unsinn! Wo ist der Baron?

Sie stürmt in das Schlafzimmer, kommt zurück.

Wo ist der Baron, meine Liebe?

LABERDAN *richtet sich von dem schnarchenden Kasch auf*: Die Diagnose des medizinisch Gebildeten lautet: Schlaf, tiefer Schlaf.

OLLY Kann es sein, daß er einfach zu viel Schlafpulver genommen hat?

SCHÖNFLEISCH Unsinn.

HELENA Aufstehen, los aufstehen, Sie Faulpelz!

Sie zerren an Kasch herum, schleppen ihn in einen Stuhl. Kasch erwacht mit einem wohligen Gähnen.

KASCH Die Mitglieder der Bewegung, sehr erfreut. – Ich habe wonnevoll geschlafen und kann Ihnen mitteilen, daß das Codematerial schon so gut wie gesichert ist.

HELENA Wo ist der Baron?

KASCH Ein Führer der Bewegung ist immer dort, wo er gebraucht wird.

Er sucht nach dem Zettel, erblaßt.

LABERDAN Warum nehmen Sie um diese Zeit eine so große Dosis Schlafmittel zu sich? – Was ist Ihnen?

KASCH Nichts. Es ist alles in Ordnung.

SCHÖNFLEISCH Du mußt uns alles sagen. Du hast dich doch nicht selber in den Schrank geschlossen! Wer war es? Wer?

KASCH Es tut mir leid, Sie beunruhigen zu müssen: Es ist ein Verräter unter uns.

LABERDAN Ein Verräter!

KASCH Die konspirative Aufgabe ist, Sofortmaßnahmen zu treffen. Warten Sie.

Er will in das Schlafzimmer, wird von Helena aufgehalten.

HELENA Sagen Sie einer Mutter, wo sie ihren Schwiegersohn findet.

KASCH Er ist in seinem illegalen Unterschlupf, und ich verspreche Ihnen, daß ich mich seiner umgehend annehme. Sie gestatten.

Er geht in das Schlafzimmer. Pause.

LABERDAN Wir müssen sofort untertauchen! Verreisen!

SCHÖNFLEISCH Man kann uns nichts beweisen.

LABERDAN Und die Liste? Wir sind in die Liste eingetragen. – Die Stühle.

Er türmt die Stühle aufeinander und wirft Decken darüber. Man hört einen Wagen vorfahren.

Bitte!

HELENA *am Fenster*: Quallacz. Mit seinem Lieferwagen.

QUALLACZ *klopft und kommt herein*: Lassen Sie sich nicht stören, ich komme nur die historischen Stühle abholen.

LABERDAN Sie müssen uns wegbringen! Alle. Wir sind verraten worden. Der Baron ist weg. Die Liste!

QUALLACZ Aber Mumpitz!

Man hört einen Wagen abfahren. Quallacz ans Fenster.

Mein Lieferwagen ist gestohlen worden. Polizei!

Er will telefonieren.

LABERDAN Nicht! Auf keinen Fall die Polizei.

QUALLACZ Aber mein Lieferwagen.

Sie ringen um den Telefonhörer.

SCHÖNFLEISCH *an der Schlafzimmertür*: Karl! Habukir?

Es klopft energisch. Alle Anwesenden blicken zur Tür. Es erscheint ein vollbärtiger, düster entschlossener Mann. Er sieht mit fiebrigen, kurzsichtigen Augen auf die fremden Leute, die vor ihm zurückweichen, da sie ihn für einen Kriminalbeamten halten. Der Mann ist der Arzt, der wie Szmil dem Familienschmuck nachjagt.

DER MANN Verzeihung, die Herrschaften, mir ist bekannt, daß Sie Stühle erwarben, an denen mir mehr als an meinem Leben liegt. Kann ich sie sehen?

HELENA Stühle? Wie kommen Sie auf Stühle?

Der Mann geht durch den ganzen Raum auf den unter Decken verborgenen Stuhlhaufen zu. Er hebt die Decken hoch.

DER MANN Sieben O'Madden-Stühle!

Er kriecht unter die Decken in den Stuhlhaufen, inspiziert hastig und wild die einzelnen Exemplare. Dann kommt er zu allem entschlossen vor. Wer von Ihnen hat es gewagt, diese Stühle zu erbrechen?

LABERDAN Ich fühle mich verpflichtet, Ihnen eine Mitteilung zu machen, Herr Kriminalrat: Ich bin einer Verschwörung auf die Spur gekommen.

QUALLACZ Wir sind ihr beigetreten, um sie aufzudecken. Soeben telefonierte ich mit der Polizei.

LABERDAN Pro forma haben wir auch Geld gespendet, auf eine Liste, die vielleicht gefunden worden ist. Um nicht vorzeitig aufzufallen.

QUALLACZ Auch um geheimes Codematerial sicherzustellen.

Der Mann, der noch einmal in den Stuhlhaufen gekrochen ist, kommt heraus und schreit.

DER MANN Ruhe!

Er entnimmt der Innentasche seines Mantels einen Trommelrevolver.

Ich bitte, mir die Sachen auszuhändigen, die irrtümlich in Ihre Hand geraten sind.

Die Anwesenden weichen zurück, Laberdan und Quallacz nehmen die Hände hoch.

Legen Sie den Inhalt Ihrer Taschen auf den Tisch und dic Hände in den Nacken. Ich hoffe, Sie ersparen mir Leibesvisitation. Ich habe in meinem Leben Tausende von Körpern untersucht und sie als widerlich befunden.

Die Anwesenden haben nacheinander ihre Taschen auf den Tisch entleert und stellen sich in eine Reihe. Der Mann inspiziert die banalen Tascheninhalte.

Ich glaube, Sie machen Spaß.

Er nimmt einen künstlichen Phallus in die Hand.

Wem gehört das?

LABERDAN Mir. Aber ich schwöre, daß ich keine anderen Sachen habe.

DER MANN Wer hat sie?

LABERDAN Niemand von uns.

DER MANN Wer dann?

QUALLACZ Wir haben ihn in das Schlafzimmer gesperrt.

HELENA Nachdem wir ihn mit Schlafmittel betäubten!

Der Mann geht auf das Schlafzimmer zu.

QUALLACZ Vorsicht, es handelt sich um einen gewalttätigen Menschen.

DER MANN *zu Laberdan*: Holen Sie ihn her.
LABERDAN Ich?
DER MANN Ich bitte darum.
Laberdan nähert sich kriechend der Schlafzimmertür, horcht, klopft, sieht durch den Türspalt, ehe er hineingeht.
LABERDAN *dreht sich um*: Er ist weg. Aus dem Fenster.
QUALLACZ Mit meinem Lieferwagen.
DER MANN Und natürlich mit dem Codematerial. Das ist für einen Schlafmittelbetäubten ziemlich sportlich.
Er geht auf Quallacz zu.
Ich glaube, Sie nehmen an, daß ich kein Blut sehen kann.
QUALLACZ Ich konnte verhindern, daß etwas gefunden wurde, da ich den Aufenthalt des zwölften Stuhls verheimlichte. Er ist in Czernitz.
DER MANN *packt Quallacz*: Wo?
QUALLACZ Im Kulturpalast der Eisenbahnarbeiter. Ich will tot umfallen – *da der Trommelrevolver auf ihn gerichtet ist* – Vorsicht!
Der Mann drückt den Trommelrevolver ab, Laberdan fällt auf die Knie.
DER MANN Es ist keine Vorsicht nötig, da es sich um ein älteres Modell handelt, für das keine Munition mehr aufzutreiben ist. – *Zu Laberdan:* Ich kaufte es auf einem Wohltätigkeitsbasar und möchte es Ihnen schenken.
Er gibt Laberdan den Revolver.
LABERDAN Jawohl.
DER MANN Ich danke Ihnen für die Auskunft, die geeignet ist, mein Leben zu ändern.
Er läuft zur Tür hinaus, kommt aber noch einmal zurück.
DER MANN Ich glaube, ich sollte Ihnen noch sagen, daß ich nicht der Miliz, sondern dem menschheitsdienenden Ärztestande angehöre.
Er läuft hinaus.

6

Museumsraum im Kulturpalast der Eisenbahnarbeiter. Nacht. Plüschdrapierungen, Museumsstücke aus der Geschichte der Eisenbahn, Bildtafeln etc. Es steigt ein Mann in Eisenbahneruniform ein. Es ist Szmil. Er entledigt sich gleich am Fenster seiner Schuhe und leuchtet den Raum mit seiner Lampe ab. In der Nähe des Modells einer alten Güterlok mit Tenderwurfbremse, deren Funktion auf einem Schild beschrieben ist, findet er auf einem bevorzugten Platz wahrhaftig den Stuhl Nummer zwölf. Er steht, mit roten Kordeln abgeteilt, auf einem Podest. Ein Schild weist aus, daß auf ihm Heberlein, der Erfinder der Tenderwurfbremse, gesessen habe.

SZMIL Der Stuhl. Er ist's. Willkommen. – Heberlein?
Er nimmt aus seiner Reisetasche das Einbruchswerkzeug.
Ich reiße das Glück aus dem Polster des letzten Stuhls von O'Madden!
Auf ein Geräusch vom Fenster her setzt sich Szmil als Heberlein auf den Stuhl. Es erscheint im Fenster ein zweiter Eisenbahner und steigt ein. Er hat sich über den unteren Teil des Gesichts ein Tuch gebunden. Er bemerkt Szmils Schuhe, als er sich ebenfalls die Schuhe auszieht. Er betrachtet sie kurzsichtig und stellt die seinen daneben. Er sucht den Raum nach dem Stuhl ab. Als er in die Nähe des Stuhls gerät, liest er kurzsichtig das Schild, tastet den Stuhl mit der vermeintlichen Heberleinpuppe darauf ab, wird von Szmil plötzlich gepackt.
Was machen Sie hier? Was haben Sie hier zu suchen?

DER EISENBAHNER Ich bin dienstlich hier. Ich habe den dienstlichen Auftrag, diesen historischen Stuhl zur Reparatur abzuholen.

SZMIL Und das fällt Ihnen nachts ein, wie? Dazu müssen Sie ohne Schuhe hereinschleichen? Ihren Ausweis!

DER EISENBAHNER Ich habe keine Veranlassung, Ihnen meinen Ausweis zu zeigen. Ich bin rangälter.

SZMIL Aber zu einer Einbrechermaske haben Sie Veranlassung!
Er reißt ihm das Tuch herunter und sieht sich dem Doktor gegenüber.
Sie, Herr Doktor?

DOKTOR Sie, Herr Szmil? – Ein unerwartetes Zusammentreffen. Rauchen Sie?

Er bietet Zigaretten an.

SZMIL Sowohl unerwartet als zum zweiten Male. Liebenswürdig.

Er nimmt das brennende Streichholz aus des Doktors Hand und reicht diesem zeremoniell Feuer.

Hüten Sie auf diese Weise die Ihnen ärztlich anvertrauten Geheimnisse, Herr Doktor? Schützen Sie so das Eigentum Ihrer Patienten?

DOKTOR *das Streichholz ebenso zeremoniell zurückreichend*: Ich glaube, ich sollte Ihnen sagen, Herr Szmil, daß leider ich in diesem Falle der Eigentümer bin. Ihre Frau Tante scheint nicht verstanden zu haben, warum Sie ihr nie genug zu essen gaben. Ich brachte ihr regelmäßig Nahrungsmittel mit, neben den kostenlosen Medikamenten. Ich rede nicht von Honoraren, Herr Szmil.

SZMIL Sie war ja sehr eigenwillig, die alte Dame. Sie nannte Sie nur die habgierige Stinkmorchel. Oder die morphiumsüchtige Sau. Die Honorare werden bezahlt und auch die Medikamente. Erledigt.

DOKTOR Es ist nicht der Rede wert, da sich Ihre Frau Tante veranlaßt sah, das Erbe mir anzuvertrauen. Unerwartet, Herr Szmil.

SZMIL Sie irren sich, Herr Doktor. Mir! Ich gehe vom Rechtsstandpunkt aus. Es liegt ein Brief darüber vor.

Er reicht ihm den Brief.

DOKTOR Sie werden als Standesbeamter wissen, daß Briefe keine Testamentsgültigkeit haben. Das bei mir hinterlegte Testament nennt mich und läßt Sie leider unerwähnt, Herr Szmil.

Er reicht ihm das Testament.

SZMIL Es gibt auch Testamentsfälschungen, Herr Doktor!

DOKTOR Das sagen Sie im Scherz, Herr Szmil. – Es gibt Wege, sich zu arrangieren.

SZMIL Nicht wenn es um die Familienehre geht.

DOKTOR Dann werden Sie dem Recht nicht im Wege stehen wollen.

Er zieht den Stuhl zu sich.

Szmil reißt den Stuhl zurück.

SZMIL Leichenfledderer!

DOKTOR Aktenratte!

Sie haben sich über den Stuhl geworfen. Es wird von beiden Seiten verbissen und rücksichtslos gekämpft.

DOKTOR Auu!

SZMIL Aah!

DOKTOR Loslassen!

SZMIL Loslassen!

Sie reißen den Stuhl auseinander, machen sich über die Polsterung her. Ein flacher Kasten fällt zu Boden. Sie kämpfen um ihn.

SZMIL Der Familienschmuck!

DOKTOR Mir!

SZMIL Mir!

In ihrem Rücken erscheint lautlos Kasch.

KASCH Ruhe, die verehrten Herrschaften. Polizei. Keine Bewegung!

Szmil und der Doktor lassen den Kasten fallen und stehen wie versteinert. Kasch nimmt den Kasten und öffnet ihn. – Szmil rafft plötzlich ein Stuhlbein auf, geht auf Kasch los, erkennt ihn.

SZMIL Sie? – Sie?! – Wieso denn Sie?

Er läßt das Stuhlbein sinken.

KASCH Bedienen Sie sich, sagte die Hure.

Er wirft ihm den Kasten vor die Füße.

Lesen Sie!

SZMIL *entnimmt dem Kasten eine große Metallplatte und liest*: Diese Stuhlserie –

Seine Stimme versagt.

KASCH Lesen Sie lauter, lesen Sie mit mehr Gefühl!

SZMIL Diese Stuhlserie wurde gefertigt im Jahre des 75. Geschäftsjubiläums der Firma O'Madden –

KASCH Mehr Ausdruck!

SZMIL – der Firma O'Madden und auf der Brüsseler Weltausstellung mit einer Goldmedaille ausgezeichnet.

KASCH Ausgezeichnet! Wie gedenken Sie Ihre vertraglichen Verpflichtungen jetzt zu erfüllen, Baron? Oder sollten Sie den Vertrag in betrügerischer Absicht geschlossen haben?

SZMIL *geht schreiend mit dem Stuhlbein auf Kasch los*: Du hast den Schmuck beiseite geschafft! Kanaille!

Kasch schlägt ihn zusammen.

Szmil hockt auf allen vieren und gibt einen gurgelnden Laut von sich.

KASCH Sie sollten bellen, Baron. Ich kann mir vorstellen, daß Sie als bellender Eisenbahner die Chance hätten, sowohl Mitleid als auch Ekel zu erregen. Versuchen Sie es!

DOKTOR Ich glaube, ich werde hier nicht mehr benötigt, meine Herren. Der Dienst an der leidenden Menschheit –

SZMIL Bitte bleiben Sie!

DOKTOR Die Pflicht, Herr Szmil.

Er rafft seine Schuhe auf.

Sie werden mich im Bedarfsfall zu finden wissen.
Er verschwindet.

KASCH Also, Baron! Ich möchte Sie in der Rolle eines bellenden Stationsvorstehers genießen.
Er zieht einen als Schlagwerkzeug präparierten Gummischlauch hervor.
Das ist für Mordversuch eine billige Sühne. Vorwärts!
Szmil, auf dem Boden hockend, schweigt.
Sie vergessen, daß ich durch Sie mein Vermögen verloren habe, Baron. Warum sind Sie so ungefällig. Allons! – Ich annulliere meine Forderungen, verzichte auf Spesenersatz und verschwinde, wenn Sie nur einmal fröhlich Laut geben. Allons! Allons!
Szmil gibt ein undefinierbares Geräusch von sich.
Lauter!
Szmil knurrt.
Das ist nicht fröhlich, Baron. Sie müssen sich dabei bewegen! Sie werden sehen, daß es sich in der Bewegung leichter und fröhlicher bellt. Allez faß! Vorwärts! Allez faß!
Szmil kriecht über den Boden und bellt mit heller Stimme. Kasch schlägt dazu mit dem Gummischlauch auf den Boden und lacht.
Sie sind eine wunderbare loyale Natur, Szmil, ein förderungswürdiger Beamter und Untertan. Ich verstehe nicht, daß Sie ohne Karriere geblieben sind.

SZMIL *auf dem Boden sitzend*: Warum macht es Ihnen Spaß, mich zu erniedrigen?

KASCH Das ist eine allgemeine und fast philosophische Frage, Szmil. Ich mache die Reflektion: Weil es einträglich ist. Indem ich einen Menschen erniedrige, erniedrige ich seinen Preis. Zum Exempel: Sie haben eine gut erhaltene, schneidige Uniform, um die Sie noch vor drei Minuten sinnlos gefeilscht hätten. Darf ich darum bitten?

SZMIL *zieht die Jacke aus*: Nehmen Sie. Rauben Sie mich aus, plündern Sie mich aus.

KASCH Ich brauche nur noch die Hose.
Szmil zieht die Hose aus. Kasch reicht ihm eine samtene Draperie, die sich Szmil umlegt.
Ich frage mich, Szmil, wie ich bei meinem Fachwissen auf Ihre Dummheiten hereinfallen konnte. Der Mensch verblödet mit dreißig. Befindet sich in diesem Hause eine Kasse?
Szmil zuckt die Achseln. Kasch nimmt die Uniform, sein Einbruchsbesteck und Szmils Reisetasche.

Ich hoffe, Sie haben gespürt, daß Sie mir im Grunde sympathisch sind. Es waren die Umstände, die mich hinderten, freundlich zu sein.

Er schwingt sich auf das Fenster.

Addio!

Er verschwindet.

Szmil sitzt apathisch auf dem Boden. Man hört im Vorraum Frauenstimmen.

DIE STIMME VON LUCIE FUKATSCH Hier muß es sein. – Karl?

Olly kommt herein, ohne Szmil zu bemerken. Kurz danach kommt Lucie Fukatsch.

OLLY Charly? Wo bist du, Charly?

SZMIL Hier.

OLLY *stürzt zu ihm hin und umarmt ihn*: Liebster, wie siehst du aus, was hat man dir getan? Ich bin so froh. Sage dieser Frau, mit wem du seit heute morgen verlobt und glücklich bist.

SZMIL Mit dir.

LUCIE Und mit wem bist du aufgeboten worden, standesamtlich? Vor Zeugen, vor Herrn Blum!

SZMIL Mit dir. Erst mit dir und dann mit ihr. Jedoch ist dies unerheblich geworden, meine Damen.

Olly sinkt ohnmächtig auf Szmil.

LUCIE Unerheblich? Ich will mit dem Familienschmuck entschädigt werden!

OLLY *springt auf*: Ich! Ich habe die unterschriebene Vermögensvollmacht! Wo ist der Schmuck?

SZMIL Er ist nicht vorhanden, meine Damen.

OLLY Und die Vermögenswerte?

SZMIL Es ist kein Schmuck und es sind keine Vermögenswerte vorhanden.

Er reicht Lucie Fukatsch die Tafel, die in dem letzten Stuhl gefunden wurde. Im Fenster erscheint Herr Blum.

BLUM Herr Szmil! Ich brauche Ihre Hilfe. Die Tante. Der Sarg.

Er klettert herein.

SZMIL Welche Tante?

BLUM Ihre Tante. Sie ist gesund und trinkt Krimsekt. Als ich den bestellten Sarg brachte, hat sie mir die Tür aufgemacht. Singend. Ich muß die Schuld dem Arzt geben. Weil er die Kranke vorzeitig sich selber überlassen hat.

SZMIL Warum öffnet sich nicht die Erde?

BLUM Schlimmer, es steht schlimmer. Sie will den Sarg nicht bezahlen und auch die Totenwäsche nicht zurückgeben. Ich muß mich an Sie halten. Es ist mir mit dem Sarg, furniert, ein Gedicht gelungen.

SZMIL Dieses Ungeheuer. – *Er schreit:* Ungeheuer!

Er faßt nach seinem Herzen.

BLUM Mehr, Herr Szmil, mehr. Sie behauptet, daß wir sie hätten umbringen wollen. Sie, ich, der Doktor, Fräulein Fukatsch. Um sie zu beerben. Deshalb hat sie den Brief geschrieben. Aus Rache.

LUCIE Die Lügnerin! Das soll sie mir ins Gesicht sagen, die dreckige Lügnerin! Pack! Pack!

Sie verschwindet.

BLUM *zu Olly*: Wenn ich mir den Hinweis erlauben darf, es handelt sich um eine tragische Familienangelegenheit, mein Fräulein.

OLLY Es handelt sich um die Familie eines Idioten, der von mir nur noch durch meinen Anwalt hören wird.

Sie versetzt ihm im Vorbeigehen einen Tritt und ist weg.

BLUM Aus Rache, wie gesagt und auch, um zu erfahren, daß sie, falls sie stirbt, nur Dreck und Unrat hierläßt. Letzteres ging auf Sie, Herr Szmil. Ich hörte, daß sie Ihr Gehalt abgeholt hat. Sie werden von ihr erwartet.

SZMIL Ich möchte nicht mehr leben, Herr Blum.

BLUM Ich kann Ihnen so unrecht nicht geben, Herr Szmil. Was ist das Leben außer Abnutzung? Sie haben eine leistungsstarke Sterbeversicherung durch mich abgeschlossen, das wird Ihnen ein Trost sein. Mögen Sie eine Zigarre?

Er bietet Szmil eine Zigarre an.

SZMIL *die Zigarre nehmend*: Mir ist, als ob in meiner Brust etwas zerrissen wäre, Herr Blum. Leer, wie ausgestopft und leer. – *Er pafft* – Ich möchte, daß mein Sarg vierspännig gefahren wird. Ist das inklusive?

BLUM Aus Freundschaft, ja. Ich empfehle Rappen mit weißem Seidenbehang. Mit weißem, nicht mit schwarzem, Herr Szmil. Am Wagen Blattgoldkrone.

SZMIL Ich wünsche mir, direkt zu sterben, Herr Blum. – *Er pafft* – Es belebt.

BLUM Sie können sich nichts Besseres und Preisgünstigeres wünschen, Herr Szmil. Sie haben in mir einen Mann, der schlichte Ausdruckskraft mit Stil verbindet. Ich sage das ohne Eigenlob.

SZMIL Sie müssen denken, daß mit mir nicht ein Mensch, sondern ein Geschlecht stirbt, Herr Blum.

BLUM Ich weiß es zu schätzen, Herr Szmil.

SZMIL Ich fühle mich besser, seit ich ein Ziel habe.
BLUM Es ist schön, ein Ziel zu haben, Herr Szmil. Als Sarghändler darf ich den Auftrag als einen festen betrachten.
SZMIL Ich muß Sie für den Weg um Ihren Mantel ersuchen.
BLUM Aber bitte.
Szmil zieht Blums Mantel an.
SZMIL Und um die Schuhe.
BLUM Aber bitte.
Szmil zieht Blums Schuhe an.
SZMIL Ich kann wohl heute auch bei Ihnen schlafen?
BLUM Selbstverständlich.
SZMIL Und würden Sie auch bellen, wenn ich es verlange, Blum? Ich frage aus Wissensdurst.
BLUM Wenn Sie es als Kunde verlangen, dann würde ich natürlich auch bellen, Herr Szmil.
SZMIL Das erleichtert mich, Herr Blum. – Ist da wer? – *Er lauscht* – Wir nehmen wohl besser das Fenster.
Sie steigen auf das Fensterbrett.
BLUM Nach Ihnen, Herr Szmil.
SZMIL Nach Ihnen, Herr Blum.
BLUM Ich bitte, Sie sind der Kunde.

Vorhang

Der Hund des Generals

Personen

Hill, Oberstaatsanwalt
Dr. Fillisch, Erster Staatsanwalt
Professor Schweigeis, Historiker
Rampf, General a. D., ehemals Divisionskommandeur
Anwalt
Schlievland, ehemals Divisionspfarrer
Vorderwühlbecke, ehemals Erster Adjutant
Pfeiffer
Czymek
Schindler
Partisanenfranz
} Soldaten einer Aufklärungsabteilung
Waffenunteroffizier
Paschke
Babuschka
Faber, Leutnant
Fahlzogen, Oberst
Soldaten, Offiziere, ein Mädchen, Inspizient, Protokollant

Die Bühne ist offen und leer. Arbeitslicht.
Aus Podesten, Treppen und Schrägen sind mehrere Spielflächen hergestellt. Vorn rechts – vom Zuschauer aus gesehen – ist ein Platz für die Untersuchungskommission freigelassen.
Die linke Spielfläche ist niedriger gelegen als die große mittlere Spielfläche. Die rechte Spielfläche ist am kleinsten. Sie liegt erhöht hinter dem Platz der Untersuchungskommission. Sie kann benutzt werden, die eine oder andere Aussage aus der Vorermittlung zu rekonstruieren. Jede der drei Spielflächen wird später von einer aufrollbaren Leinwand nach hinten begrenzt sein. Darauf werden die jeweiligen Schauplätze und die in der Verhandlung verwendeten Fotos und Dokumente projiziert.
Die Requisiten für die einzelnen Szenen werden von den Bühnenhelfern sichtbar hereingebracht und sichtbar weggeschafft.
Es wird nicht verheimlicht, daß die Beleuchtung, auf Illusionen nicht bedacht, von einer Apparatur hergestellt wird.
Die Schauspieler werden gelegentlich auf der Bühne für die Szenen hergerichtet. Wenn sie als Zeugen einen vergangenen Vorgang darzustellen haben, begnügen sie sich in Kostüm und Maske mit notwendigen charakteristischen Details. Die Arbeit des Schauspielers, die der übrigen Theaterarbeiter und die exakt arbeitende Theatermaschinerie wird in ihrer sachlichen Schönheit gezeigt. Die Bühnenhelfer können hellblauen Arbeitsdress und halbe Gesichtsmasken aus gleichem Stoff tragen. Ihre Arbeit soll Tempo, Präzision und Grazie haben. Der Inspizient hat sein Arbeitspult, seine Gongs, seine Tonanlage links vorn. Wenn er an seinen Arbeitsplatz tritt und den großen Gong schlägt, wird die Bühne hell und setzt sich der Theatermechanismus in Bewegung. Die Stangen mit den Projektionsflächen kommen aus dem Schnürboden, Leinwände rollen herunter, Bühnenhelfer bringen einen schmalen Verhandlungstisch, drei Stühle und ein Protokollantenpult auf den freigelassenen Platz rechts vorn.

Der Oberstaatsanwalt geht mit den beiden Kommissionsmitgliedern über die Bühne an den Verhandlungstisch, von dem Protokollanten gefolgt. Er legt seine Papiere dort ab und geht an die Rampe.

Oberstaatsanwalt Mein Name ist Hill, mein Rang Oberstaatsanwalt. Ich leite eine der Untersuchungskommissionen, die von der Justizministerkonferenz der Länder eingesetzt wurden, bislang ungeahndete Verbrechen deutscher Staatsbürger aufzuklären, die im Kriege begangen wurden. Die Kommission ist keine zentrale Staatsanwaltschaft. Sie erhebt keine Anklagen, und ihre Ermittlungen dürfen in etwa folgenden Prozessen nicht verwendet werden. Sie gibt Empfehlungen, ob in diesem Fall – und folglich in anderen ähnlichen Fällen – Anklage durch die Staatsanwaltschaft erhoben werden soll, in deren Bereich die Hauptschuldigen gegenwärtig leben. Die Empfehlung hat das öffentliche Interesse zu bedenken. Der Empfehlung muß nicht entsprochen werden. Es ist eine undankbare Arbeit. Ich glaube, das genügt. *Er geht an seinen Platz.* Ich möchte Ihnen die anderen Mitglieder der Kommission vorstellen: Die Vorermittlungen wurden von Dr. Fillisch, Erster Staatsanwalt, angestellt. Professor Schweigeis ist Historiker. Sein Fach ist die neuere Geschichte. *Sie setzen sich.* Der Beschuldigte ist Herr Rampf. *Rampf, ein schlanker, straffer Mann, Mitte Sechzig, kommt in Begleitung seines Anwalts die mittlere Spielhälfte herunter vor den Verhandlungstisch.* General außer Diensten, Kommandeur der 327. Infanteriedivision zum Zeitpunkt der ungeklärten Vorfälle. Sein Begleiter ist sein Anwalt. Der Fall ist durchschnittlich. *Ein Bühnenhelfer bringt Stühle. Der General bleibt neben seinem Stuhl stehen.*

Wie ist Ihr vollständiger Name?

Rampf Wilhelm Albrecht Rampf.

Oberstaatsanwalt Wollen Sie vor der Kommission aussagen? Sie sind nicht dazu verpflichtet.

Rampf Ich glaube, es ist das beste.

Oberstaatsanwalt In diesem Fall muß ich darauf hinweisen, daß Sie der Kommission nach Ihrer besten Erinnerung die Wahrheit sagen müssen. Was ist Ihre Tätigkeit?

Rampf Heute?

Oberstaatsanwalt Ja.

Rampf Schriftsteller.

Oberstaatsanwalt Was haben Sie veröffentlicht?

Rampf Meine Memoiren und militärwissenschaftliche Aufsätze. Ich arbeite an einer Geschichte des deutschen Generalstabs, der in den Nürnberger Prozessen als eine verbrecherische Organisation klassifiziert wurde.

SCHWEIGEIS Sie widerlegen diese Ansicht?

RAMPF Ja.

ANWALT Ist das eine Frage für das Protokoll, Herr Vorsitzender?

OBERSTAATSANWALT Wir wollen auf sie verzichten.

Der Protokollant streicht sie.

SCHWEIGEIS Sie war in keiner unfairen Absicht gestellt.

OBERSTAATSANWALT Wenn Sie einverstanden sind, möchte ich so verfahren, daß uns Herr Fillisch den Fall nach seinen Vorermittlungen zusammenhängend darstellt.

ANWALT Was für Vorermittlungen bitte?

STAATSANWALT Ich habe die Materialien und Dokumente eingesehen, Zeugen gehört, ihre Aussagen auf Tonband genommen oder protokollieren lassen, und ich bin vorbereitet, das daraus gewonnene Bild vorzutragen.

OBERSTAATSANWALT Wir alle werden dazu fragen, ergänzen, korrigieren, wie es uns bequem und vernünftig erscheint. Ohne Formfragen. Ist das ein brauchbarer Vorschlag?

ANWALT Ich glaube, Herr Rampf würde es vorziehen, die ihn betreffenden Dinge selbst darzulegen.

STAATSANWALT Das wollte ich anregen. Es bringt ein vollständigeres Bild.

OBERSTAATSANWALT Einverstanden.

ANWALT Mein Mandant möchte zu Beginn eine Erklärung abgeben.

OBERSTAATSANWALT Bitte.

RAMPF Ich möchte feststellen, daß die gegen mich erhobenen Beschuldigungen ehrenrührig sind. – Ich habe diesem Staat zweiunddreißig Jahre meines Lebens als Offizier gedient, davon zwölf Jahre als Generalstabsoffizier, und ich bedaure, daß ich ernsthaft zu der Beschuldigung gehört werde, den Tod von sechzig Soldaten meiner Division verursacht zu haben, weil ich diese aus persönlichen Motiven in eine sinnlose Operation befohlen hätte! Das ist eine ehrenrührige und kränkende und, wie sich zeigen wird, absurde Beschuldigung!

OBERSTAATSANWALT Es ist keine Beschuldigung der Kommission, Herr Rampf, sondern die eines Soldaten Ihrer Division. Der Grundsatz der Gleichheit vor dem Gesetz –

RAMPF Ich habe den deutlichen Eindruck, daß die deutschen Generale vor dem Gesetz derzeitig gleicher als alle übrigen sind! *Er nimmt ein Medikament ein.*

OBERSTAATSANWALT Ich glaube, wir sollten nicht so fortfahren.

RAMPF Ich bitte um Entschuldigung.

ANWALT Herr Rampf befindet sich in ärztlicher Behandlung, seit er den Brief der Kommission erhielt. Ich nehme die Beratung meines Mandanten als eine persönliche Ehrenpflicht und ohne Honorar wahr.

SCHWEIGEIS Was war Ihre Tätigkeit im Kriege?

ANWALT Kriegsgerichtsrat in der Division des Generals.

OBERSTAATSANWALT Wir wollen anfangen.

Der Staatsanwalt steht auf.

STAATSANWALT Ich möchte mit einigen Bilddokumenten beginnen, die ein Bild von der allgemeinen Kriegslage im Oktober 1943 geben. Sie wurden aus deutschen, russischen und englischen Kriegsberichten zusammengestellt. Bitte.

Der Inspizient gibt dem Filmvorführer ein Zeichen. Nach dem Wochenschausignal erscheinen auf der mittleren Projektionsfläche die folgenden Filmdokumente.

Rückzug der deutschen Armeen durch die Ukraine. Eine Panzerkolonne, die durch ein brennendes Dorf fährt. Ein Soldat, auf einem Sturmgeschütz sitzend, ißt eine Rindfleischkonserve und lacht in die Kamera. Pioniere, die mit Flammenwerfern ein Sonnenblumenfeld in Brand setzen. Ein Zug blökenden Viehs. Ein Kraftwerk. Ein Soldat, der mit einem Schaltkasten eine	*Sprecher*: Im Zuge planmäßiger, erfolgreicher Frontverkürzungen im Mittelabschnitt der Ostfront lassen sich unsere tapferen Soldaten auch von den größten Strapazen nicht entmutigen. Es schmeckt. Kein Haus, kein Pfund Mehl und kein Stück Vieh, das den nachrückenden feindlichen Horden in die Hände fällt.
Sprengung auslöst. Das Kraftwerk fliegt in die Luft.	Wird die Ladung reichen?
Der Soldat wischt sich den Schweiß von der Stirn.	Geschafft!
Der Titel einer englischen Wochenschau.	*Musiksignal* *Verschiedene Sprecher in englischer Sprache. Deutsche Übersetzung unter dem zurückgenommenen englischen Text:*
Englische und amerikanische Soldaten auf Panzern und Jeeps fahren die Hauptstra-	

ße einer italienischen Stadt entlang. Dichtgedrängte Menschenmassen schwenken Fähnchen und werfen Blumen. Soldaten werden aus den Jeeps gerissen und umarmt. Ein schönes italienisches Mädchen küßt einen englischen Soldaten. Der Soldat lacht in die Kamera.

Das ist der Einzug der alliierten Truppen in die italienische Stadt Salerno, sechzig Kilometer südlich Neapel.

Er findet das nicht übel.

Jubelnde Menschen. Sie rufen:

‹Es lebe England! Es lebe Amerika!›

Große Bomberverbände bei Taglicht. Große Bomberverbände bei Nachtlicht.

Die Royal Air Force und die 8. US Air Fleet flogen am 22. einen Rekordeinsatz mit insgesamt 3546 viermotorigen Bombern über Hitler-Deutschland.

Die Nachtaufnahme einer brennenden Stadt, aus der Luft gefilmt. Straßenzüge. Industrieanlagen. Brennende Hallen.

Das ist Essen, Rüstungsmetropole der Nazis, nach einem 1000-Bomber-Angriff. Hier liegen die Panzer und Ausrüstungen, die Hitlers Armeen auf ihren eiligen Rückzügen in Rußland vermissen werden.

Der Titel einer sowjetischen Wochenschau.

Musiksignal

Sprecher in russischer Sprache. Deutsche Übersetzung unter den zurückgenommenen russischen Text:

Lagebesprechung im sowjetischen Oberkommando. Stalin, von hohen sowjetischen Generalstabsoffizieren flankiert, schiebt einen Plan beiseite und tippt energisch auf verschiedene Stellen einer Karte. Großaufnahme der

Der weisen Strategie unseres Generalissimus Stalin folgend, sind die Truppen der ruhmreichen Roten Armee an der gesamten West- und Südwestfront zum Generalangriff angetreten.

Karte. Sie zeigt die russische West- und Südwestfront von Wjasma bis zum Schwarzen Meer. Breite Pfeile dringen gegen den Dnjepr und das Schwarze Meer vor. Von Orel gegen Smolensk und Gomel. Von Kursk über Konotop nach Kiew. Vom Donez und vom Fluß Mius gegen Krementschug, Kriwoj-Rog und die Dnjepr-Mündung.

Die geschlagenen Armeen der deutschen Okkupanten wurden überall aus ihren Stellungen geworfen und befinden sich gegenwärtig auf einer panikartigen Flucht von der nördlichen Ukraine bis zum Kuban. Der faschistischen Bestie ist damit das Genick gebrochen.

Eine russische Panzerkolonne auf dem Vormarsch. Deutsche Soldaten, im Zustand der Erschöpfung, ergeben sich mit erhobenen Händen. Große Mengen deutschen Kriegsgeräts an Straßenrändern aufgeschichtet. Daran entlang ziehen Kolonnen deutscher Soldaten in die Gefangenschaft.

Durchbruch zum unteren Dnjepr.

‹Hitler kaputt!›

Wagnermusik

Das Ende.

Ein deutscher Unteroffizier, den Kopf in beide Hände vergraben, das Haar wirr, sitzt teilnahmslos und verstört auf der Lafette eines zerstörten Geschützes. Neben ihm liegt ein toter deutscher Soldat mit gespreizten Beinen auf dem Bauch. Das Bild bleibt einen Augenblick stehen.

Er wurde in dieser Stellung von unseren Truppen auf dem Schlachtfeld von Orel angetroffen und fotografiert. Er ist geistesgestört.

Russische Truppen ziehen in Smolensk ein.

Befreiung von Smolensk, das Hitler zu einem festen Platz erklärte.

Alte Frauen kochen Töpfe mit Brei in den Erdhöhlen neben ihren zerstörten Häu-

Wieder zu Hause.

sern. Eine alte Frau lächelt in die Kamera. Die rauchenden Trümmer eines Dorfes. Kinder stochern darin herum. Ein gesprengter Getreidesilo. Nördlich von Kiew setzen russische Truppen mit Panzern und schweren Waffen über den Dnjepr.

Eine Karte zeigt die fünf russischen Brückenköpfe bzw. Durchbrüche bei Nevel, von der Pripjet-Mündung bis Gomel, bei Kiew, zwischen Dnjepropetrowsk und Krementschug, und ferner bei Nikopol den Durchstoß zum Schwarzen Meer.

–

Brennend, plündernd und mordend versuchen die Hitleristen die Dnjepr-Ssosh-Linie zu erreichen, um dort in ausgebauten Auffangstellungen unsere Offensive zum Stehen zu bringen. Übergang unserer Truppen über den Dnjepr nördlich Kiew. Gegenwärtig ist die Dnjepr-Ssosh-Linie bereits an fünf Punkten durchbrochen.

Der Titel der deutschen Wochenschau.
Stimmungsvolles Bild des breiten Dnjepr. Auf der Burg in Kiew weht die deutsche Kriegsflagge. Russische Zivilisten schachten die Sohle eines breiten Panzergrabens aus.

Schwere Panzer vom Typ ‹Panther›, ‹Tiger› und ‹Ferdinand› in ausgebauten, gut getarnten Stellungen. Gutausgerüstete Infanterieverbände rücken mit zuversichtlichen Gesichtern in feste Stellungen ein, die in kurzen Abständen von Betonbunkern mit eingebauten Geschützen gesichert sind.

Musiksignal
Sprecher:
In kühnen Operationen ist es den deutschen Heeresgruppen gelungen, die deutschen Armeen vom Feind zu lösen und auf die kräftesparende Front der Dnjepr-Ssosh-Linie zurückzuführen. Hier ist von langer Hand ein tiefgestaffeltes Verteidigungssystem errichtet, an dem sich die rote Flut verbluten wird. Panzerverbände mit den neuen, überlegenen Typen ‹Tiger› und ‹Ferdinand› stehen neben schweren Waffen und frischen Infanterieverbänden bereit, die Festung Europa entschlossen zu verteidigen.

Eine Kette von Heinkel-Schlachtfliegern braust über die Stellung der anderen Flußseite zu. Die Infanteristen winken.

Die ausgewählten Filmdokumente sollen eine Gesamtzeit von vier Minuten nicht überschreiten.

STAATSANWALT Danke schön. – Wie war die damalige Lage wirklich?

RAMPF Schlimmer. Was wir in jenen Wochen erlebten, das war der endgültige Zusammenbruch des deutschen Ostheeres als eine direkte Folge der Hitlerschen Korporalstrategie.

SCHWEIGEIS Was verstehen Sie unter Korporalstrategie?

RAMPF Das gleiche, was die Propagandisten von Hitlers Kriegskunst seine «friderizianische Strategie» nannten: das Denken in festen Fronten, festen Plätzen, Geländegewinn und seine Neigung zu symbolischen Effekten auf dem Kriegstheater.

SCHWEIGEIS Haben Sie ein Beispiel?

RAMPF Nehmen Sie unseren Fall, nehmen Sie seinen verblödeten Plan der deutschen Sommeroffensive aus dem Kursker Bogen. Nur weil er nach Stalingrad, Nordafrika, einen lauten Theatereffekt für seine Verbündeten braucht, setzt er sechshunderttausend Mann an, einen belanglosen Frontbogen zu begradigen. Obwohl ihn die gesamte Heeresführung warnt, obwohl die Luftaufklärung gerade dort ein tiefgegliedertes Verteidigungssystem erbracht hat.

SCHWEIGEIS Andererseits wurden die Pläne zum Unternehmen Citadelle von Zeitzler, dem damaligen Generalstabschef, ausgearbeitet und von Keitel, dem Chef des Oberkommandos, unterstützt, glaube ich.

RAMPF Es gibt nichts, was Keitel nicht unterstützt hätte! Zeitzler wollte die Kursker Offensive im April, nicht im Juli! – Als der deutsche Angriff nach zehn Tagen ausgeblutet liegenbleibt und die russische Gegenoffensive den Kehricht von zwei Heeresgruppen über den Dnjepr fegt, waren wir nicht einmal mehr zahlenmäßig in der Lage, die bloß auf dem Papier existierende Winterlinie zu besetzen.

Mit dem Rest meiner Division am russischen Dnjepr-Brückenkopf nördlich Kiew eingesetzt, verfügte ich für jeden Kilometer

Frontlinie über achtzig Mann, und die gingen aus den Löchern, wenn auch nur drei Iwans mit dem Löffel klapperten. – Gegen Citadelle opponierten alle Heeresgruppenführer in teilweise dramatischen Auseinandersetzungen.

SCHWEIGEIS Das lese ich in vielen Memoiren. Die Protokolle der Lagebesprechungen bei Hitler verzeichnen eine eher feine Dramatik.

RAMPF Weil diese Protokolle von Hitlers Speichelleckern redigiert und gefälscht wurden! Sein Genie ertrug ja nur Speichellecker. Deshalb bekam ich ein Truppenkommando, als Halder 1942 ausscheiden mußte!

SCHWEIGEIS Ich habe manchmal den Eindruck, daß Hitler ein guter Dolch ist für eine neue Dolchstoßlegende. Als Universalschuldiger eignet er sich als ein universales Weißwaschmittel. Ist das ganz falsch?

RAMPF Er eignet sich auch, die Nation im Zustand eines national würdelosen Masochismus zu halten, Herr Professor Schweigeis!

OBERSTAATSANWALT Wir wollen auf unseren Fall kommen, Herr Fillisch.

STAATSANWALT Ich habe den Unterlagen entnommen, Herr Rampf, daß Sie am 18. Oktober 1943 Ihren fünfzigsten Geburtstag hatten.

RAMPF Einen der traurigsten meines Lebens, ja.

STAATSANWALT Es wurde berichtet, daß Sie an diesem Tag drei Panzerwagen zu Ihrem Divisionsstab zurückbeorderten.

RAMPF Ich beorderte alle schweren Waffen zurück.

STAATSANWALT Es wurde berichtet, daß Sie am gleichen Tag einen Musikzug an die Front schickten.

RAMPF Ich schickte alle greifbaren infantristischen Reserven nach vorn.

STAATSANWALT Wie Sie wissen, geht es um das Schicksal der Soldaten dieser drei Panzerwagen und des Musikzuges.

RAMPF Das habe ich gelesen.

STAATSANWALT Erinnern Sie sich der Umstände zu dieser Anordnung? Können Sie uns die schildern?

RAMPF Ich schildere Ihnen am besten diesen ganzen Tag. Ich habe mein Gedächtnis mittels meiner persönlichen Tagebücher und der täglichen Divisionsberichte aufgefrischt. Immerhin, es sind siebzehn Jahre vergangen.

Er geht auf die mittlere Spielfläche, die beleuchtet wird. Bühnenhelfer tragen einen Tisch und vier Stühle herein, die Kaffeetafel im Divisionsgefechtsstand zu markieren. Eine Ordonnanz deckt den Tisch. Rampf bleibt im unteren Teil der Spielfläche stehen, das Gesicht zum Publikum gekehrt.

Es war ein grauer, regnerischer Herbsttag. Ich verbrachte ihn im Divisionsgefechtsstand in Pliskoje, antriebslos und niedergeschlagen.

STAATSANWALT Wie weit war es von Pliskoje zur Front?

RAMPF Zwanzig Kilometer. Die Division, als eine der Nachhutdivisionen der zweiten Armee in schwere Abwehrkämpfe verwickelt, war am 15. Oktober über den Dnjepr gegangen und hatte noch in der gleichen Nacht am russischen Brückenkopf Stellung bezogen. Die Truppe war seit Juli nicht aus den Kleidern gekommen. Befehlsverweigerung, Selbstverstümmelung, Feigheit vor dem Feind, es gab drei oder vier Standrechtsfälle wegen dieser oder anderer krisenhafter Symptome in einem ganz kurzen Zeitraum. Soldatisches Pflichtgefühl schien einfach aufgebraucht wie ein Fleisch oder wie eine Tabakration. Ich fuhr tagelang herum, um irgendwelche Reserven an den Brückenkopf zu kriegen, in dem die Russen schwere Angriffswaffen massierten. Ich bekam nicht einen Mann und einen Haufen dummer Ratschläge.

Ich verbat mir unter diesen Umständen jedwede Feierlichkeiten, aß allein zu Mittag und nahm auch den Kaffee im allerengsten Kreise. Weder das Führerhauptquartier noch das OKH, noch der Generalstab nahmen von meinem Geburtstag Notiz. Es wurde eine melancholische Kaffeetafel, und ich inhibierte jeden Gratulationsversuch.

Er setzt sich an die Stirnseite des Tisches. Von rechts treten seine beiden Adjutanten, von links der Divisionspfarrer auf. Sie setzen sich ebenfalls an den Tisch.

Rechts saß mein Erster Adjutant, ein Hauptmann Vorderwühlbecke, ehemaliger Mittelschullehrer, links der Divisionspfarrer in einer selbstgewählten Distanz, da er an einem chronischen Nasenleiden laborierte, das mit einem gewissen Foeter verbunden war. Dazu der Zweite Adjutant, ein junger, wenig veranlagter Berufsoffizier. Kein glorreicher Rahmen. Wir sahen in den grauen Regenhimmel und schwiegen.

Als die Ordonnanz den Cognac servierte und ein Toast von mir erwartet wurde, stand ich auf und sagte –

Rumpf steht auf:

Der Krieg, meine Herren, ist in sein finales Stadium getreten. Es geht nicht mehr darum, ihn zu gewinnen, es geht jetzt um mehr, es geht um die Ehre.

Er trinkt, die Herren stehen auf und trinken ebenfalls.

RAMPF Ich erinnere mich des Wortlauts, weil der Hund, von meinem jüngsten Sohn auf das Wort «Ehre» dressiert, zur allgemeinen Verblüffung die Ordonnanz anfiel.

Meine Worte wirkten wie ein Tiefschlag. Niemand sagte ein Wort, bis ich draußen Musik höre.

Es ist von draußen ein Marsch zu hören.

Was ist das?

ZWEITER ADJUTANT Der Musikzug, Herr General. Er spielt den Marsch Ihres Traditionsregiments. Eine Geburtstagsüberraschung.

RAMPF Mumpitz! Lassen Sie die Leute Waffen fassen und in den bedrohten Abschnitt des nördlichen Brückenkopfes werfen! Ferner die Magenkompanie, die Mannschaften des Hauptverpflegungsamtes, der Entlausungsanstalt, der Feldbäckerei und alle Kriegsberichterstatter. Traditionsmärsche! Es gibt wichtigere Dinge, die jetzt zu tun sind.

Der Zweite Adjutant geht hinaus, die Marschmusik bricht ab. Rampf zum Staatsanwalt:

Das war Ihr Musikzug.

DIVISIONSPFARRER *nach einigem Schweigen*: Der Regen reißt das Laub von den Bäumen. – Der Herbst ist die Zeit der Besinnung, er läßt uns an den Tod denken. – Glauben Sie, daß die Dnjeprlinie zu halten ist?

GENERAL RAMPF Wenn Hitler Panzer gebaut hätte, wie ich ihm geraten habe, statt Unterseeboote, dann ja. Der Mann ist kein Militär.

ERSTER ADJUTANT Und er versteht nichts von Antibolschewismus. Wir hätten die Russen geistig gewinnen müssen. Ich habe vor Jahren eine entsprechende Eingabe gemacht, aber man hat sie nicht beachtet. Wozu gibt es Fachleute, wenn ihre Eingaben nicht beachtet werden?

DIVISIONSPFARRER Wie übrigens ist Ihre äußerst treffende Bemerkung zu interpretieren, daß es nunmehr um die Ehre gehe, Herr General?

GENERAL RAMPF Teufel, ich habe vergessen durchzugeben, daß alle Panzerwaffen als Divisionsreserve hier bei uns zu konzentrieren sind! Die Russen stoßen mit ihren Panzerkeilen glatt bis Schitomir durch.

Rampf ist aufgestanden und kommt schnellen Schritts die mittlere Spielfläche herunter vor den Verhandlungstisch. Das Licht über der mittleren Spielfläche und die Projektion des Fotos werden weggenommen. Die Bühnenhelfer räumen Tisch und Stühle weg.

RAMPF *zum Staatsanwalt*: Das waren Ihre Panzerwagen.
Eine beiläufige Wendung von mir, das Gespräch zu beenden.

STAATSANWALT Warum?

RAMPF Ich wollte meine Gedanken in der Sache nicht interpretieren.

STAATSANWALT In welcher Sache?

RAMPF Was zu tun sei, einen ehrenvollen Frieden zu erreichen. Ich fühlte die drückende Verantwortung und gleichzeitig eine furchtbare Einsamkeit.

STAATSANWALT Und Sie beorderten die verbliebenen schweren Waffen zum Divisionsstab.

RAMPF Es war die einzige Möglichkeit, kleine Einbrüche abzuriegeln.

SCHWEIGEIS Sie nannten auch ausdrücklich die drei Panzerwagen der Aufklärungskompanie, die in Demidowo lag?

RAMPF Ja. Wenn ich zu schwach bin, eine Front aufzubauen, muß ich bewegliche Reserven konzentrieren. Das lernt ein Fahnenjunker in der ersten Taktikstunde.
Eine halbe Stunde später wurde ich durch Fernschreiben zum Armeeoberkommando befohlen. Ich fuhr sofort los.

STAATSANWALT Wußten Sie warum?

RAMPF Ich dachte, es könne sich um meine Rekommandierung zu strategischen Aufgaben handeln. In Wahrheit fand eine Lagebesprechung statt.

STAATSANWALT Vielen Dank, Herr Rampf. Ich möchte jetzt eine Schilderung des Soldaten Harry Pfeiffer wiedergeben. Er gehörte zu der Besatzung eines der drei Panzerwagen in Demidowo. Er ist heute siebenunddreißig Jahre alt, unbescholten, Inhaber einer Leihbuchhandlung.

Es werden zwei Fotos projiziert. Das eine zeigt Harry Pfeiffer heute, einen vergrämten Intellektuellen in zerbeultem Anzug. Seine Haltung ist schlecht, eine starke Brille gibt dem häßlichen Gesicht mit den großen Ohren etwas Eulenhaftes. Das andere zeigt den jungen Soldaten Pfeiffer, aufgeschossen, linkisch, neben dem untersetzten Obergefreiten Czymek in phantastischem Aufzug. Czymek, in Damenpelzjacke unter dem Koppel, lacht breit und listig.

STAATSANWALT Das Foto links zeigt den Zeugen in einer kürzlich gemachten Aufnahme, das andere als jungen Soldaten mit einem Kameraden namens Czymek. Vielleicht, daß Sie sich einer der beiden Physiognomien erinnern.

RAMPF Das ist ein bißchen viel verlangt, wie?

STAATSANWALT Das ist richtig. Ich fragte den Zeugen, ob er sich des Ortes Demidowo erinnere. Er sagte: «O ja». Ich fragte, ob er bestimmte Kampfhandlungen im Gedächtnis habe. Er sagte: «O ja. Genau.» Ich fragte, wie sich das nach so langer Zeit erkläre, und er sagte nach dem Tonbandprotokoll –

Auf der mittleren Spielfläche ist Pfeiffer erschienen.

PFEIFFER Aus einer Art von Schuldgefühl. Ich war an einem Einsatz schuld, von dem ich allein übriggeblieben bin. Ich habe viel darüber grübeln müssen, und jeder ist schon weggelaufen, wenn ich von Demidowo angefangen habe. Das war aber später.

STAATSANWALT Können Sie sich an den Tag erinnern, als Ihre Einheit von Demidowo zur Division verlegt wurde?

PFEIFFER Jawohl. Es war am 18. Oktober. Wir waren noch zweiundzwanzig Mann von der Kompanie. Wir konnten die Infanterie überschießen, zweihundert Meter weiter vorn, wenigstens solange die Landser in Stellung blieben, was selten der Fall war, wenn der Russe nachts mit Stoßtrupps kam. Wir sind zweimal nachts aus Demidowo raus und morgens wieder rein. Es war eine ruhige Stellung tagsüber, weil ein Sumpfgürtel zwischen uns und dem Brückenkopf lag, ziemlich drei Kilometer, aber in der Nacht hörte man die Panzer und die motorisierte Artillerie, die sie in den Brückenkopf reinbrachten, und wir dachten: wie kommen wir hier weg?

STAATSANWALT Wer ist «wir»?

PFEIFFER Der Obergefreite Czymek und ich in diesem Fall. Wir hatten den Posten von vier bis sechs nachmittags, es genügte ein Doppelposten tagsüber, und wir saßen auf dem Rand einer Kartoffelluke, wie sie an russischen Häusern sind, eine Art Keller. Es hatte zu regnen aufgehört, und Czymek schnitt Machorka in seine Gasmaskenbüchse.

Die linke Spielfläche wird beleuchtet. Projektion eines eingegrabenen Panzerwagens. Man sieht den Obergefreiten Czymek, eine Mischung zwischen einem Igel und dem dänischen Stummfilmkomiker Patachon, auf dem Rand der Kartoffelluke sitzen und Machorka schneiden. Sein massiger Körper ist in eine russische Damenpelzjacke gezwängt, von einem Offizierskoppel um-

gürtet. Kleine, blaue Schweinsaugen in einem stacheligen, roten Bart.

Ich hatte mir die Jacke und das Hemd ausgezogen, obwohl es schon kalt war, und rieb mich mit dem Krätzemittel Mitigal ein, das gut gegen Läuse sein sollte, wohl seines Gestanks wegen. Ich war ganz wundgekratzt von Läusen.

Pfeiffer hat sich Jacke und Hemd ausgezogen. Er gibt die Sachen einem Bühnenhelfer und tauscht seine Brille mit einer Soldatenbrille.

Ich war eine etwas unglückliche Figur als Soldat, schon äußerlich natürlich und schon von der Kaserne her, obwohl ich mir Mühe gab. Ich traf es nicht. Ob ein Bett zu bauen war, ein Maschinengewehr auseinanderzunehmen, ein Palisadenzaun zu überklettern oder ein Gesundheitsappell. Meine Stube kriegte wegen mir den Ausgang gesperrt, aus Erziehungsgründen. Sie beschmierten mir das Gesäß mit Stiefelwichse, und sie verprügelten mich. Es heißt ja, daß es Vorgesetzten nicht gestattet ist, Soldaten zu prügeln, weil es dazu die Kameradschaft gibt. Später wurde ich krank.

STAATSANWALT Als eine hysterische Reaktion darauf?

PFEIFFER Ich glaube. Ich begann nachts das Bett zu nässen und mußte mich während der Nachtruhe alle zwei Stunden beim Unteroffizier vom Dienst melden. «Bettnässer Pfeiffer meldet sich ab zur Latrine. Bisher keine besonderen Vorkommnisse!», bis ich einen wohl ebenfalls hysterischen Krampfanfall bekam und als Simulant vorzeitig zur Feldtruppe abgestellt wurde. Der Unteroffizier sagte: «In vierzehn Tagen Rußland hast du dich vor Angst totgeschissen!» Und ich sagte: «Jawohl.» Das war zwei Jahre früher, zwei Jahre Rußland und drei Rückzüge.

STAATSANWALT Und hatten Sie sich als Soldat geändert?

PFEIFFER Ja. Ich hatte zwei erfrorene Zehen, einen Oberschenkeldurchschuß, einen Gefrierfleischorden und ein eisernes Kreuz zweiter Klasse. Wie alle, die durchgekommen waren. Wie es ging. Wir waren alle kaputt und hin eben, außer vielleicht noch Czymek, der irgendwie unverwüstlich war. Aber wir dachten alle dasselbe.

Pfeiffer geht auf die linke Spielfläche und setzt sich auf den Rand der Kartoffelluke, Czymek gegenüber. Er reibt sich den Oberkörper mit Mitigal ein.

STAATSANWALT Was?

PFEIFFER *zu Czymek*: Wenn der Iwan aus seinem Brückenkopf raushaut, sind wir Lungenhaschee mit den drei Spritzen und hundert

Kadavern. «Gefallen bei Demidowo.» Ich habe das Gefühl, daß sie uns hier verheizen, Czymek.

CZYMEK *mit oberschlesischem Akzent*: Ein Gefühl ist mehr für Zivil geeignet. Das habe ich dir vor zwei Jahren gesagt, als ich dir die beiden Vorderzähne ausgeschlagen habe aus beginnender Freundschaft. Du wolltest aus der Luke heraushopsen bei MG-Beschuß im Angriff, aus Heroismus oder versagender Nervenkraft. «Die Sache ist hier so», habe ich dir gesagt danach, «ein feiger Mensch fällt am ersten Tag fürs Vaterland. Warum? Er geht als erster aus seinem Loch, wenn seine Stellung angegriffen wird. – Ein tapferer Mensch fällt am zweiten Tag fürs Vaterland. Warum? Er geht als erster aus seinem Loch, wenn wir eine Stellung angreifen. – Alle beide sind sich insofern ähnlich, als sie sich von Gefühlen hinreißen lassen. Ein Soldat mit einem Gefühl aber ist ein toter Soldat, wie ein Soldat mit einem Gedanken notwendigerweise zu einem verrückten Soldaten wird.» Ich habe einen Menschen gekannt, der sich einen Bindfaden unter dem Brustmuskel durchgezogen hat mit einer Stopfnadel, was eine schöne Phlegmone ergibt. Hast du noch Zigaretten?

Pfeiffer schüttelt den Kopf.

Dann hör mit der Mitigalstinkerei auf, ich schneide Machorka!

Czymek dreht sich ein Tütchen aus Zeitungspapier, schüttelt Machorka hinein und raucht.

PFEIFFER *zum Staatsanwalt*: Er war ein ausgesprochener Genußmensch in allen Sachen. Ich war Nichtraucher und es war die Abmachung, daß er meine Tabakration bekam. Ich hatte eine Packung zurückgehalten. «Nil». Es war eine blaue Geschenkpackung, ich wollte sie zu Weihnachten nach Hause schicken. Ich erinnere mich daran, weil er sie zuletzt doch gekriegt hat. Wir hatten den Posten nicht fertig, da kam Ersatz an. Ein Zug von älteren Männern in Ausgehanzug und wie zu einer Manöverübung behängt.

Ein paar Soldaten mit übergroßen alten Infanteriegewehren gehen unsicher an der Kartoffelluke vorbei über die Spielfläche. Sie tragen taillierte Offiziersmäntel, Ausgehhosen, Halbschuhe und sind mit Schanzzeug, Gepäck, Panzerfäusten und Gasmasken behängt. In die Tarnnetze ihrer Stahlhelme haben sie nach Vorschrift Gras oder Zweige gesteckt.

Ein älterer Unteroffizier kam zu uns hin und sagte –

ÄLTERER UNTEROFFIZIER Entschuldigen Sie, wo ist hier die Infanteriestellung?

CZYMEK Immer vorn. Ich sehe, daß ihr uns hier den Krieg gewinnen kommt in eurer Nahkampfausrüstung.

ÄLTERER UNTEROFFIZIER Wir sind bloß der Musikzug von der Division, wir sollen hier in die Quartiere eingewiesen werden.

CZYMEK Da seid ihr richtig. Ich bin ein Freund der Musen als ehemaliger Schaubudenbesitzer. Die Quartiere sind die Schlammlöcher, zweihundert Meter am Sumpfrand.

PFEIFFER Sie gingen blöde in die Richtung, als Ari reinhaute, aber noch entfernt, und der kleine Schindler ankam von unseren.

SCHINDLER Ablösung! Wir werden abgelöst! Wir verlegen heute abend zum Divisionsstab! Als Divisionsreserve.

PFEIFFER Tatsache?

SCHINDLER Wenn ich es sage! Um sieben Stellungswechsel.

Er läuft weiter.

PFEIFFER Mensch, Czymek!

CZYMEK Diese Nachricht, Komiker, scheint unseren Namen für die nächsten vierzehn Tage die Möglichkeit zu nehmen, auf einem ehrlichen Kriegerdenkmal oder auf einem anständigen Heldenfriedhof zu stehen. Ich begreife nicht, wie du dich bei diesem Gedanken befriedigt zeigen kannst und dich, wie ich spüre, sogar der Überlegung hingibst, daß du als Feuerwehr bei der Division die Möglichkeit haben wirst, in einem Bett zu schlafen, zu baden, läusefreie Wäsche anzuziehen, einen Brief an deine Mutter zu schreiben und die Gelegenheit zu einem ordentlichen Beischlaf zu peilen. – Was aber wird dein Vater, der Buchhalter, am Stammtisch sagen, wenn der Krieg vorübergegangen ist, ohne daß dein Name im Radio genannt wurde? – Wie wird deine Mutter im Luftschutzkeller der Nachbarin ins Auge sehen können, deren vier Söhne bereits unsterblich gefallen sind? Was kannst du hierauf entgegnen? Nichts. Du kannst den Schnaps herausrücken, mit dem du dir heute nacht Mut ansaufen wolltest, um dir durch ein Kommißbrot in den Arm zu schießen, was eine überzeugende Verwundung nur einem Volltrottel vortäuscht.

Er entnimmt Pfeiffers Packtasche eine Sanitätsfeldflasche.

Der Schnaps verdient einem höheren Zweck zugeführt zu werden, denn es geht zurück. Der General Rampf, der uns einhundertundelfmal angeschissen hat, hat eine Idee gehabt.

Er schüttet den frisch geschnittenen Machorka in die Kartoffelluke und läßt den Schnaps der Feldflasche in sich hineinlaufen.

Denn jeder hat seine schwache Stunde, wie es in Poesie beschrieben ist, weithin unbekannt.

Er singt:
«Die sich den Hintern nicht selber wischen können,
entwerfen Weltordnungen wie nichts.
Die, die auf drei nicht zählen können,
denken in Äonen.
Die eine Frau nicht beschlafen können,
wecken die Toten auf.
Wir, die wir dabei nicht mitkommen,
müssen uns aus ihren Äonen heraushalten,
müssen die Langsamsten sein.
Wenn der Fluß nicht anders durchschritten werden kann als über Leichen,
mußt du der Letzte sein.»
Ich habe in uns eine Eignung zu ständigen Stabsschützern entdeckt, Harry, und ich möchte ihr menschlich nähertreten.

Das Licht über der linken Spielfläche erlischt. Lediglich ein Scheinwerfer bleibt auf Pfeiffer, der ein paar Schritte nach vorn gekommen ist.

PFEIFFER *zum Staatsanwalt*: Tatsächlich, bei Anbruch der Dunkelheit, während die Magenkranken und die Feldbäcker in die Sumpfstellung einrückten, fuhren wir mit unseren drei Panzerwagen und zweiundzwanzig Mann zurück zum Divisionsstab des General Rampf nach Pliskoje.

Es erlischt der Scheinwerfer auf Pfeiffer, und es erlischt das projizierte Foto Pfeiffers.

Czymek und Pfeiffer nehmen auf der hinteren Bank Platz.

STAATSANWALT Ist das ein realistisches Bild für die damalige Dnjeprfront?

RAMPF Durchaus. Soldatentum auf der Stufe der Verhunzung.

STAATSANWALT Hatte die von Ihnen erwähnte Lagebesprechung einen Einfluß auf unsere Ereignisse, Herr Rampf?

RAMPF Direkt und indirekt. Mir wurde an diesem Abend schrecklich klar, daß die oberste Heeresführung aus allen Katastrophen nichts, gar nichts gelernt hatte. Der Vortrag, von dem Operationschef des Korps routinemäßig gehalten, enthielt keine Kritik und keinen konstruktiven Gedanken. Er beschwor monoton, daß die Dnjeprlinie überall und unter allen Umständen zu halten sei. «Womit?» fragte ich. «Mit unseren verfügbaren Kräften», sagte er. «Der Führer hält die russischen Angriffskräfte für erschöpft und weitere Geländeverluste für untragbar. Die Ostfront ist stillzulegen.»

Jeder der Anwesenden wußte, daß die Russen spätestens Anfang November angreifen würden und daß dies das Ende der gesamten Ostfront wäre, aber niemand widersprach. Ich machte den Versuch, eine Umgruppierung der Kräfte zu Schwerpunkten durchzusetzen, um wenigstens örtlich in die Initiative zu kommen. Man hörte mich müde an und verwies auf den Führerbefehl. Ich verließ die Besprechung, ohne mich zu verabschieden. Gegen zwei Uhr nachts in Pliskoje angekommen, schleppte ich mich in meinen Arbeitsraum, physisch und psychisch am Ende.

Rampf geht auf die mittlere Spielfläche. Es wird ein Foto des Zeugen Rampf projiziert. Ein Bühnenhelfer zieht ihm einen Generalsmantel an. Er stützt sich auf seinen Fahrer und betritt seinen Arbeitsraum, der durch eine Projektion markiert ist. Die Projektion zeigt ein englisches Feldbett an der Wand stehend, darüber die Bilder der großen Generalstäbler Moltke, Schlieffen, Ludendorff. Ein Damenschreibtisch aus dem Rokoko und ein zierlicher Sessel werden in den Raum gestellt.

GENERAL RAMPF *seine Stimme ist heiser*: Schlafen gehen, Schubert. Sagen, daß ich von niemandem gestört werden will, von niemandem!

SCHUBERT Jawohl, Herr General! – Kann ich für Herrn General –?

GENERAL RAMPF Nein!

Schubert salutiert und geht. Rampf durchquert mehrfach den Raum, ehe er ausbricht.

Die militärische Katastrophe ist gekommen, wie sie kommen mußte! Alles ist gekommen, wie ich vorausgesagt habe! Aber man erwähnt mich nicht einmal! Sie haben nichts gelernt. Nichts! *Er bleibt vor den Bildern der großen Generalstäbler stehen. Die Projektion zeigt die Bilder jetzt stark vergrößert. Er schreit:* Halten, halten, halten! Die Dnjeprlinie halten! Mit was? Kleckern, kleckern, kleckern. Gefreitenstrategie! Erste Weltkriegsstrategie! – Nicht kleckern, sondern klotzen! *Er spielt die nachfolgende taktische Lektion mit den Requisiten seines Schreibtisches durch.* Panzerkorps aus Frankreich her! Am linken Flügel zusammenballen! Über den Dnjepr vorkeilen! Alle Kraft in diesen einen linken Haken, klotzen, Schwenk nach Süden, die Brückenköpfe liquidieren! So wäre die Dnjeprfront zu stabilisieren! So wäre die Initiative zurückzugewinnen! Sie haben nichts gelernt! Kreaturen! Jawohl, mein Führer! Sieg Heil, mein Führer! Hypnotisierte Kaninchen! – *Er setzt sich an den Schreibtisch.* Ich ging an meinen

Schreibtisch, um eine Denkschrift an den Chef des Generalstabs zu skizzieren. Ich fand ein Feldpostpäckchen meiner Frau vor. Obenauf lag ein Foto. Es zeigte meine Frau auf der Treppe unseres Gutshauses südlich Preußisch-Eylau. Ich dachte: «in vier, fünf Monaten ist das ein gutes russisches Stabsquartier.» Der Hund leckte mir die Hand und fiepte. Ich dachte: ein steifbeiniger Hund und die Fotos großer Vorbilder, das ist mir geblieben. – Ich begann die Denkschrift mit einer historischen Betrachtung der Traditionen des deutschen Generalstabs in Krisenlagen.

Der General schreibt. An der Tür erscheint der Erste Adjutant. Er klopft.

Wer ist das?

STIMME DES ERSTEN ADJUTANTEN Hauptmann Vorderwühlbecke, Herr General.

Der Erste Adjutant tritt ein.

GENERAL RAMPF Ich habe bestellen lassen, daß ich nicht gestört werden will!

ERSTER ADJUTANT Jawohl, Herr General. Aber der Chef der Operationsabteilung beim Korps besteht darauf, Sie persönlich an den Apparat zu bekommen.

GENERAL RAMPF Und warum?

ERSTER ADJUTANT Wegen Demidowo, Herr General, der schwachen Sumpfstellung am nördlichen Brückenkopf, wo wir den Ersatz hingeschickt haben. Es sind dort in der Nacht wieder russische Stoßtrupps durch, in Kompaniestärke.

GENERAL RAMPF Und?

ERSTER ADJUTANT Er fragt deshalb an, ob Sie es nicht für ratsamer halten, unsere vorderen Linien bei Demidowo über den Sumpffluß an den Dnjepr-Brückenkopf heranzuziehen, oder wenigstens die Holzbrücke zu besetzen.

GENERAL RAMPF Ich halte es nicht nur für nicht ratsam, sondern für schwachsinnig! Die Brücke ist für Panzer und jede Art von Operationen absolut wertlos und außerdem nur von Selbstmordkandidaten einzunehmen, da sie von Höhe 508 und 604 unter Artillerie- und Pakbeschuß genommen werden kann. Ich habe meine motorisierten Truppen nicht zurückgenommen, um sie zu verkleckern, sondern um zu klotzen, wenn ich sehe, wo angegriffen wird. Bestellen Sie das. Bestellen Sie das in voller Verantwortlichkeit!

ERSTER ADJUTANT Jawohl, Herr General.

Er salutiert und geht.

GENERAL RAMPF Kriegsschultheoretiker!

Der General wendet sich erneut der Denkschrift zu. Das Licht über der mittleren Spielfläche und die Projektion erlischt. Der General entledigt sich des Mantels und kommt zu seinem Platz vor dem Verhandlungstisch zurück.

SCHWEIGEIS Entschuldigung, handelte es sich bei dem Gespräch um die Brücke, die Sie später besetzen ließen?

RAMPF Ja, es war ein ungewöhnlich dummer Vorschlag des Chefs der Operationsabteilung beim Korps. Ich war willens, den Vorschlag zu inhibieren.

SCHWEIGEIS Später änderten Sie Ihre Ansicht, nicht wahr?

RAMPF Nein. Ich ändere meine Ansichten selten und nie aus Opportunitätsgründen. Das war übrigens der Grund meines Ausscheidens aus dem Generalstab, Herr Professor.

SCHWEIGEIS Gut, Sie änderten Ihre Ansichten nicht, aber Sie ließen tags darauf tatsächlich die Holzbrücke über den Sumpffluß besetzen. Ist das richtig?

RAMPF Ich ließ sie besetzen, als aus dem Vorschlag des Korps ein verbindlicher Befehl geworden war. Es scheint für Fachwissenschaftler schwierig zu verstehen, daß die militärische Exekutive differierende militärwissenschaftliche Ansichten außer Kurs setzt. Die Führung eines Krieges ist einem akademischen Kolloquium nur bedingt vergleichbar.

SCHWEIGEIS Ich hoffe, daß das für die akademischen Kolloquien so bleibt. – Was wurde aus Ihrer Denkschrift, Herr Rampf?

RAMPF Sie wurde gegenstandslos, weil ich, wenig später, mit Oberst Fahlzogen, einem Vertrauensmann des Generalobersten Beck, zusammentraf. Es war am 20. Oktober, nach meinen Aufzeichnungen. Einige wesentliche Gedanken der Denkschrift wurden, wie mir scheint, in das spätere Programm der Beck-Goerdeler-Gruppe aufgenommen.

STAATSANWALT Das war das Gespräch, das Ihr Divisionspfarrer vermittelte, vermutlich.

RAMPF Vermittelt ist ein zu starkes Wort.

SCHWEIGEIS Der Oberst Fahlzogen wurde im Zusammenhang mit dem 20. Juli 1944 hingerichtet, nicht wahr?

RAMPF Unglücklicherweise ja. Ich habe unser Gespräch später nach dem Gedächtnis aufgezeichnet.

SCHWEIGEIS Später heißt nach dem Kriege?

RAMPF Ja. Wir waren zur Zeit des Putsches in Rumänien eingekesselt. Später wurde ich auf Befehl des OKH ausgeflogen. Ich hatte eine schwere Leberentzündung.

SCHWEIGEIS Wurden Sie hinsichtlich des mißglückten 20. Juli-Putsches vernommen?

RAMPF Nein.

SCHWEIGEIS Nicht.
Das sind im Augenblick meine Fragen.

OBERSTAATSANWALT Wir wollen weitergehen.

STAATSANWALT Ich möchte einen Passus aus der Aussage des Pfarrers Schlievland, des ehemaligen Divisionspfarrers, zitieren. Er schildert das Zusammentreffen mit Fahlzogen.
Es wird das Zeugenfoto Schlievlands projiziert. Schlievland betritt die mittlere Spielfläche und setzt sich auf einen Stuhl, der ihm von einem Bühnenhelfer gebracht wurde. Der Staatsanwalt tritt dazu.
Ich fragte: «War Ihnen der Besuch angekündigt?» Er antwortete –

DIVISIONSPFARRER Von meinem Bruder.

STAATSANWALT Ihr Bruder war Offizier?

DIVISIONSPFARRER Abwehroffizier im Stabe des General Oster, wie Oberst Fahlzogen. Mein Bruder schrieb, daß man den Josephs auf den Zahn fühlen müsse.

STAATSANWALT Den «Josephs»?

DIVISIONSPFARRER Den Truppengeneralen. Er pflegte eine sehr saloppe Ausdrucksweise. Die Anrede seines Briefes an mich war: «Lieber Kommißchristus». Und Hitler nannte er den «malenden Schäferhund».

STAATSANWALT Wußten Sie, daß er einer Widerstandsgruppe angehörte?

DIVISIONSPFARRER Ich ahnte es.

STAATSANWALT Wieso?

DIVISIONSPFARRER Ich hatte ihm in einem Urlaub, als meine Mutter beerdigt wurde, von mich bedrückenden Grausamkeiten erzählt, Gefangenenerschießungen, Greuel in der Partisanenbekämpfung. Ich fragte ihn, ob er einen Weg wisse, die Heeresführung mit diesen Übergriffen bekannt zu machen. Da gab er mir eine Akte, die Abschriften einer Reihe von unfaßbaren Befehlen und Schriftstücken enthielt. Kommissarbefehl, Partisanenbefehl, Nacht- und Nebelerlaß, sämtlich von der deutschen Heeresführung erlassen. – Nicht zu reden von SS-Dokumenten, Krematoriumsarbeit –. Mein Bruder sagte: «Der Schweinerei muß ein Ende gemacht werden.»

STAATSANWALT Wann trafen Sie Fahlzogen?

DIVISIONSPFARRER In der Nacht vom 18. zum 19. Oktober, ziemlich spät.

STAATSANWALT Was war der Zweck seines Besuchs?

DIVISIONSPFARRER Er war formal, wie übrigens auch mein Bruder, als Beauftragter der Heeresinspektion Ost unterwegs, um Erhebungen über Winterbekleidung zu machen. Sein wirklicher Auftrag war, die Haltung der Truppengenerale für den Widerstandsfall zu eruieren. Soweit sie vertrauenswürdig waren.

STAATSANWALT Hielten Sie ein solches Gespräch mit General Rampf für tunlich?

DIVISIONSPFARRER Ich wußte, daß der General die Kriegsführung Hitlers heftig kritisierte, daß er den Krieg für verloren hielt, und ich kannte seine persönlichen Ressentiments, die mit seinem Ausscheiden aus dem Generalstab zusammenhingen. Ich erbot mich, ein Gespräch zu vermitteln, und ich ließ mich am Morgen durch Hauptmann Vorderwühlbecke zum Rapport melden.

STAATSANWALT Soviel.

Die Projektionen erlöschen. Der Pfarrer Schlievland geht zu der Schauspielerbank, der Staatsanwalt an seinen Platz.

OBERSTAATSANWALT Möchten Sie etwas dazu sagen, Herr Rampf?

RAMPF Lediglich: Divisionspfarrer in Ehren, aber der Widerstand gegen Hitler vollzog sich nicht auf dieser Ebene. Ich kannte Beck, Olbricht, von Tresckow, zentrale Figuren des Widerstands der oberen Linie, ich mußte nicht von einem Divisionspfarrer vorgetestet werden.

SCHWEIGEIS Es würde mich am Rande interessieren, Herr Rampf, ob Ihnen die genannten Befehle vertraut waren, der sogenannte Kommissarbefehl und –

RAMPF Sie waren mir bekannt, nicht die SS-Pöbeleien, aber die militärischen Befehle natürlich. Ich lernte den Kommissarbefehl 1941 während der operativen Vorbereitung des Rußlandfeldzugs im Generalstab der Heeresgruppe Mitte kennen. Ich war erschüttert.

SCHWEIGEIS Und was taten Sie?

RAMPF Ich ging zu Feldmarschall von Bock, dem damaligen Oberbefehlshaber Mitte.

SCHWEIGEIS Und Bock?

RAMPF Auch von Bock war erschüttert. Er warnte Hitler brieflich vor den möglichen Folgen, was Hitler aber nicht beachtete.

SCHWEIGEIS Womit der Befehl erlassen war, der im vorhinein jede Gefangenenerschießung deckte, nicht nur die der Kommissare. Er war für alle Truppenführer und folglich später auch für Sie verbindlich, nicht wahr?

RAMPF Wie jeder Befehl, ja. Tatsächlich wurde er von der Truppe großenteils umgangen, von der anständig geführten jedenfalls. Wir taten da das Mögliche.

SCHWEIGEIS Haben Sie eine Zahl, Herr Rampf, wieviel Gefangene etwa erschossen wurden?

RAMPF Bei meiner Division?

SCHWEIGEIS Insgesamt.

RAMPF Nein. Diese sehr allgemeinen Sachen scheinen mir auch nicht unseren Gegenstand zu betreffen!

OBERSTAATSANWALT Gegen wir weiter. Herr Fillisch.

STAATSANWALT Ich möchte aus meinen Vorermittlungen mit einer Schilderung des Pfeiffer fortsetzen.

OBERSTAATSANWALT Bitte.

Pfeiffer kommt für die nächste Szene vorbereitet auf die linke Spielfläche. Zeugenfoto Pfeiffer wird projiziert.

STAATSANWALT Ich fragte auch ihn, wie er als Soldat die allgemeine Kriegslage damals eingeschätzt hätte. Er sagte –

PFEIFFER Gar nicht. Wir waren zurück zum Stab, wo man die Stiefel ausziehen konnte und die Hose zum Schlafen, da war die Kriegslage günstig. Es gab Strohsäcke und wir hatten das Quartier eingeheizt mit einem Gartenzaun, was man uns zugewiesen hatte für zweiundzwanzig Mann, und schliefen wie Tote, ohne Angst eben. Außer Czymek, der die Nacht gleich unterwegs war.

Pfeiffer legt sich auf den Boden der linken Seitenfläche. Es wird ein enges Quartier mit schlafenden Soldaten projiziert. Czymek kommt herein und bekommt Pfeiffer erst nach langem Rütteln wach.

PFEIFFER Was ist? Posten?

CZYMEK Was unterscheidet einen Menschen von einem gewöhnlichen Vieh? Daß er seine Bedürfnisse mit Überlegung befriedigt. Daß er nicht eine stumpfsinnige Rindfleischkonserve in sich hineinschlingt, wenn er Hunger hat, wozu du bereit wärst ohne weiteres, sondern Verfeinerungen anstrebt, wozu ich einen Hammel besorgt habe, bei der Feld-Gendarmerie. Daß er sich ferner nicht auf dem ersten besten Strohsack herumwälzt, wenn er müde ist, sondern einen Sinn hat für Wohnkultur, wozu ich ein Quartier besorgt habe, das unseren Qualitäten entgegenkommt. Bei einer halben Witwe mit heranwachsenden Töchtern, Großvater und Babuschka, die einen Sinn für Kochkunst hat. – Umsteigen, Komiker, denn du wirst für mich den ersten Tagesposten stehen müssen, während ich uns zum Frühstück eine gespickte Hammelkeule brate.

PFEIFFER Mir hat geträumt. –

CZYMEK Von einer Dicken, habe ich recht?

PFEIFFER Mir hat geträumt, ich war Schauspieler.

CZYMEK Ißt du gerne Nieren?

PFEIFFER Schon.

CZYMEK Dann nimm deinen Krempel und komm.

Pfeiffer nimmt seine beiden Packtaschen, und sie verlassen den Raum. Licht und Projektion der linken Spielfläche verlöschen. Pfeiffer und Czymek kommen von hinten links die mittlere Spielfläche herunter. Auf deren Projektionsfläche erscheint eine russische Dorfstraße. Der Erste Adjutant und der Divisionspfarrer betreten die Spielfläche vorn rechts und gehen im Gespräch auf der rechten Seite nach hinten.

PFEIFFER *zum Staatsanwalt*: Wir gingen die breite, regenzerweichte Dorfstraße herunter. Wir paßten auf den Weg, weil es schlammig war, und wurden die beiden Offiziere auf der anderen Seite erst gewahr, als einer herüberrief:

ERSTER ADJUTANT Können Sie nicht grüßen? *Er geht über die schlammige Straße vorsichtig auf Pfeiffer und Czymek zu.* Sind Sie Hottentotten?

CZYMEK *gemütlich*: Das nein, Herr Hauptmann. Gewöhnliche Landser.

ERSTER ADJUTANT Und warum können Sie nicht grüßen?

CZYMEK Es ist weniger das Können als vielmehr die fehlende Übung in Schlammlöchern an der Front seit zwei Jahren, Herr Hauptmann.

ERSTER ADJUTANT Dann werde ich Ihnen die Übung verschaffen. Ich werde Sie einsperren lassen!

CZYMEK Unbedingt, Herr Hauptmann.

ERSTER ADJUTANT Was soll das heißen?

CZYMEK Da dem Soldaten bekannt ist, daß eine Gehorsamsverletzung beginnt mit Unaufmerksamkeit wie Nichtbemerken eines Vorgesetzten und endet mit Erschießung desselben im Fronteinsatz, muß schärfstens durchgegriffen werden. Jawohl! *Er reißt die Hacken zusammen, so daß Dreck auf des Adjutanten hellgraue Reithose spritzt.*

Erster Adjutant Sind Sie besoffen? Sehen Sie nicht, daß Sie im Dreck stehen?

Czymek *abermals die Hacken zusammenreißend*: Jawohl, Herr Hauptmann!

Erster Adjutant *das andere Hosenbein abwischend*: Name? – Name!

Czymek *überlaut*: Obergefreiter Czymek, Divisionsreserve der 6. Aufklärungsabteilung!

Er macht eine stramme Kehrtwendung, furzt und setzt ruhig seinen Weg fort.

Der Erste Adjutant starrt ihm nach, ohne einen Laut herauszubringen.

Erster Adjutant *zu Pfeiffer*: Name? Name!

Pfeiffer Soldat Pfeiffer. Ich habe Herrn Hauptmann nicht gesehen. Ich bin kurzsichtig, Herr Hauptmann.

Erster Adjutant Hinlegen! Auf! Hinlegen! Auf! Hinlegen! Auf!

Pfeiffer führt die Kommandos aus und steht danach in angestrengter Haltung vor dem Adjutanten. Der Adjutant betrachtet den verdreckten Pfeiffer, dessen Ohren rot geworden sind und dessen Lippen zittern. Er sieht die Angst in Pfeiffers Gesicht. Er entnimmt seinem Etui eine Zigarre. Pfeiffer zögert, dann tritt er heran und reicht dem Adjutanten Feuer. Der Adjutant geht, ohne sich die Zigarre angezündet zu haben, über die Straße zurück zu dem Divisionspfarrer.

Divisionspfarrer Ich verstehe nicht, wie ein gebildeter Mensch eine Straße überqueren kann, nur weil er von zwei Dummköpfen nicht gegrüßt wird, Herr Vorderwühlbecke. Christus ließ sich anspeien, ohne seine Würde zu verlieren.

Erster Adjutant Es gibt Menschen, die das nicht Würde, sondern Masochismus nennen und bei einem Offizier Vernachlässigung der Aufsichtspflicht, Herr Schlievland. Wollten Sie den General dienstlich oder privat sprechen?

Divisionspfarrer Dringlich privat, Herr Vorderwühlbecke.

Sie sind in diesem Gespräch nach hinten weggegangen.

Pfeiffer Ich putzte mir die Brillengläser, die mit Dreck bespritzt waren, mit einem Fußlappen, ich kratzte mir den Dreck von Hose und Rock, ich nahm die beiden Segeltuchtaschen und ging in das Quartier.

In der dunklen Küche waren Frauen mit der Zubereitung großer Fleischstücke beschäftigt. Ich überlegte, was «Guten Morgen» auf russisch heißt. Es fiel mir nicht ein. Ich sagte: «Karascho», und eine alte Frau öffnete mir die Tür zu dem geräumigen Zimmer, dessen Dielen mit weißem Sand bestreut waren.

Eine farbige Projektion zeigt das Zimmer auf der linken Spielfläche. Czymek sitzt behaglich auf einem der weißbezogenen Betten und spaltet mit dem Seitengewehr einen Stapel alter Holztafeln, Ikonen Nowgoroder Schule. Pfeiffer kommt mit seinen beiden Packtaschen herein.

CZYMEK Warum läßt du dich von einem Etappenhammel in den Dreck legen, der imponieren will einer Sündenabwehrkanone? Du bist doch ein sehr gelehriger Mensch, warum bleibst du wie ein Schuljunge stehen, wenn ich ihm einen Anschauungsunterricht vollkommener Subordination erteile? Es ist einem Menschen nicht verboten zu furzen, wenn er einen Befehl ausführt. Es zeugt vielmehr von Übereifer.

PFEIFFER Aber das sind doch Ikonen, das sind doch meine Ikonen, die du zerhackst, das sind doch alte Bilder.

CZYMEK Alte Bilder und altes, gut abgelagertes Lindenholz, womit ich uns eine Hammelkeule braten werde am Spieß, was eine feinere Zunge zu schmecken in der Lage ist. Fang mir nicht mit solchen Blödigkeiten an, denn ich habe den Krieg nicht angefangen. – Büstra, babuschka, büstra, mjasso!

Die alte Frau kommt mit den Fleischstücken herein.

Sol, iluk, tschesnok jest?

DIE ALTE FRAU Sol jest, iluk jest, tschesnok jest.

CZYMEK Dann gib her und hol die Nieren.

Die alte Frau geht hinaus. Czymek zerlegt eine Hammelkeule und zieht sie auf einen Bratspieß.

Der Mensch ist ein genußsüchtiges Wesen, besonders wenn ihm eine neue Ordnung eingeführt wird für Volk und Vaterland. Warum? Weil dann zu genießen wenig da ist außer Ordnung und dem Krieg natürlich, der für die Ordnung gebraucht wird wie eine Hochzeitsgesellschaft für ein geschlachtetes Kalb. Ordnung ist, wenn das Kalb gefressen ist. Wo nichts ist, ist schön Ordnung.

Die alte Frau bringt eine Schüssel mit Nieren herein.

Czymek probiert, lyrisch: Nieren mit Gurken und Dill.

Die alte Frau holt aus der Schürzentasche ein kleines Reibeisen und eine Muskatnuß. Sie reicht Czymek beides.

Czymek springt auf. Job vrä matj, Muskat! *Er umarmt die alte Frau.* Job vrä matj, ich habe seit drei Jahren nicht Hammelnieren mit Muskat gegessen. *Er gibt der alten Frau zwei Vorderkeulen und nimmt ihr eine davon wieder weg.* Für dich.

Die alte Frau umarmt das Fleisch und läuft hinaus.
Willst du?

PFEIFFER *das Magazin seiner Armeepistole füllend*: Ich muß den Posten ablösen.
Die alte Frau kommt mit Tellern zurück und füllt auf. Sie reicht einem Pfeiffer, der den Kopf schüttelt und sich den Stahlhelm aufsetzt.
Es ist acht, und der Posten kann reingegangen sein.

CZYMEK *essend*: Was wird aus einem Menschen, der, stehend zwischen einem Nierengericht mit Muskat und einer Pflicht, auswählt die Pflicht? Ein Soldat, der pünktlich kommt zu einem Sturmangriff, wo er erschossen wird, weil er die Nieren hat stehen lassen? Ein Buchhalter mit Magengeschwür, weil er die Nieren hat hart werden lassen und unbekömmlich? Erst kommt das Essen. Iß!

PFEIFFER *eine Zeltplane umlegend*: Es muß ein Posten bei den Panzerwagen stehn, denn sie sind scharf hier.
Pfeiffer kommt ein paar Schritte nach vorn, Czymek ißt mit Behagen. Das Licht über der linken Spielfläche erlischt, nur Pfeiffer bleibt in einem Scheinwerfer.

PFEIFFER *zum Staatsanwalt*: Es wär vielleicht alles anders gekommen, wenn ich die Nieren gegessen hätte auf zehn Minuten. Ich habe darüber oft sinniert, später. Sie waren mir plötzlich zuwider, der Uringeruch, wenn Sie Hammelnieren kennen, die haben so einen eigentümlichen Geruch. Ich glaube nicht, daß es Pflichtgefühl war, eher Angst, wenn das nicht eins ist bei einem Soldaten. Ich war so ein Junge, der sich alles zu Herzen nahm, ich hab mich wie ein Abwisch gefühlt, den man in den Dreck getreten hat, und es kann sein, daß ich auch deshalb bloß geschossen habe.

STAATSANWALT Soweit.
Der Scheinwerfer wird von Pfeiffer weggenommen. Pfeiffer geht nach hinten zu der Schauspielerbank. Er wird für seine nächste Szene zurechtgemacht.
Ich möchte eine Aussage des Pfarrers Schlievland anschließen. Sie gibt das Gespräch wieder, das Sie, Herr Rampf, zur gleichen Zeit mit Herrn Schlievland führten. Er kam wegen Oberst Fahlzogen. Können Sie sich daran erinnern?

RAMPF Ziemlich.

STAATSANWALT Die Unterredung war in Ihrem Arbeitszimmer.
Auf der mittleren Spielfläche wird der Arbeitsraum des Generals

mit Projektion und Requisiten markiert. Bühnenhelfer bringen den Rokokoschreibtisch, den Sessel, das englische Feldbett herein. Der Schreibtisch ist mit einer Serviette zum Frühstück gedeckt.

RAMPF Ja.

Er geht auf die mittlere Spielfläche und wird während seines Berichts für die Szene hergerichtet.

Ich war nach der vergangenen Nacht in einer üblen Verfassung. Die Berichte von der Front waren deprimierend. Ich versuchte, etwas zu mir zu nehmen, ich glaube, ein Stück Rebhuhn, meine Frau hatte ein oder zwei Rebhühner geschickt. Aber mein Magen revoltierte selbst dabei, und ich warf das Gerüst dem Hunde zu, als Schlievland eintrat – er sah wie das Leiden Christi aus. Er hatte nicht das erste Wort herausgebracht, als der Hund schon an ihm saß. Ich sage: «Stehenbleiben!» aber er rennt gleich rückwärts, auf das Feldbett zu: «Pfui! Pfui!», was natürlich den Hund erst recht wütend macht. Ich sage: «Schreien Sie nicht ‹pfui› und haben Sie keine Angst. Ein Hund beißt nur, wenn er Angst riecht», da ist er schon auf das Feldbett gefallen, der Hund über seiner Gurgel, so daß ich das an sich gutartige Tier von ihm herunterziehen und auf die Straße jagen muß. – Es war eine ziemlich komische Introduktion für einen Verschwörer. Hat er das auch erzählt?

General Rampf sitzt jetzt in Uniform hinter dem Schreibtisch.

STAATSANWALT Ähnlich. Ich darf meine Aufzeichnungen zu Hilfe nehmen. Ich fragte ihn: «Schien Ihnen das Gespräch nicht gewagt?» Er sagte: «Erst nicht.» – «Später ja?» – «Später ja. Es ist eine Sache, eine Kriegsführung zu kritisieren, und eine andere, eine Regierung zu stürzen.» Ich fragte: «Wie trafen Sie den General an?» – Und er sagte –

Der Darsteller des Divisionspfarrers ist aufgetreten. Zeugenfoto Schlievland.

DIVISIONSPFARRER Er frühstückte. Er ließ mich warten, wie es seine Gewohnheit war. Er warf seinem Schäferhund die Knochen zu und sagte: «Also, Schlievland, wer hat Ihnen in die Lilien gepinkelt?» Er liebte Gesprächseröffnungen, die ihn überlegen machten. Ich hatte mir ein paar Sätze zurechtgelegt, aber ich kam nicht dazu, sie zu äußern, da plötzlich der Hund auf mich losging, mich umwarf, ich hörte den General schreien und fand mich auf dem Feldbett liegen, die knurrende Bestie über mir. Ich muß für einen Augenblick das Bewußtsein verloren haben. Ich hörte den General sagen: «Garstig, Hassan, garstig. Tob dich draußen aus.» Ich war in Angstschweiß gebadet, und als ich in der Lage war aufzustehen, war mein erstes Wort:

Der Divisionspfarrer ist während des Berichts auf die Spielfläche gegangen. Der Bericht geht in die Spielszene über. Der Divisionspfarrer richtet sich bleich vom Feldbett auf.

Darf ich Sie um ein großes Glas Wasser bitten?

Der General reicht ihm eines, der Divisionspfarrer trinkt es aus.

Ich glaube, ich würde niemals einen Hund in meiner Nähe dulden können.

GENERAL RAMPF Unsinn, kein besserer Freund als ein Hund, der Herrgott ausgenommen. Vom Wolf zum deutschen Schäferhund, zweihunderttausend Jahre menschlicher Kulturgeschichte! Ich wette, Sie bringen mißliche Nachrichten. Ein Hund hat Witterung für Verdrießlichkeiten. Schießen Sie los!

DIVISIONSPFARRER *tastend*: Sie sagten anläßlich unserer letzten, leider abgebrochenen Unterredung, daß der Krieg in sein finales Stadium getreten sei und daß es nunmehr um die Ehre gehe.

GENERAL RAMPF Na und?

DIVISIONSPFARRER Ich hatte gestern abend einen Besuch, der diese Worte in eine unvermutet politische Bedeutung rückte. Es gibt wesentliche Kräfte, die ähnlich empfinden. Ich wurde ersucht, ein privates, natürlich vertrauliches Gespräch mit Ihnen zu vermitteln.

Der General steht auf, dreht dem Pfarrer den Rücken zu und betrachtet die Bilder der großen Generalstabsoffiziere über seinem Feldbett. Pause.

Ich mußte an ein Fichte-Wort denken:
«Und handeln sollst du so, als hinge
von dir und deinem Tun allein
das Schicksal ab der deutschen Dinge
und die Verantwortung sei dein.»

GENERAL RAMPF *sieht Schlievland an*: Es sind reale Kräfte, die dahinterstehen?

DIVISIONSPFARRER Außerordentlich reale. Es kann von einer geistigen und moralischen Elite gesprochen werden. In Heeresführung und Industrie.

GENERAL RAMPF – Wann soll das Gespräch stattfinden?

DIVISIONSPFARRER Morgen früh, Herr General. Oberst Fahlzogen bittet, daß Ort und Zeit von Ihnen bestimmt werden.

GENERAL RAMPF – Ich werde mich morgen früh über die Frontlage am Brückenkopf informieren. Ich kann mit Oberst Fahlzogen um acht Uhr im Ort Demidowo zusammentreffen. Ich nehme an, daß Oberst Fahlzogen mit einem klaren militärischen Auftrag kommt.

DIVISIONSPFARRER Er kommt als Beauftragter der Heeresinspektion Ost, um bei allen Divisionen Erhebungen über die Winterausrüstung zu machen. Ein völlig zufälliges Zusammentreffen. *Er hat sich dem General genähert.* «Sich wappnend gegen eine See von Plagen durch Widerstand sie enden!»

GENERAL RAMPF Was?

DIVISIONSPFARRER Ein Dichterwort.

Der General wendet sich, von Schlievlands Nasenleiden gestört, ab und öffnet das Fenster. In der Stille ist ein entfernter Pistolenschuß und kurz danach ein zweiter zu hören.

GENERAL RAMPF Wer schießt da?

DIVISIONSPFARRER *hebt die Achseln*: Ein Pistolenschuß.

Von der Straße hört man das Jaulen eines Hundes und Lärm.

GENERAL RAMPF Der Hund! Hassan!

Der General läuft hinaus, von dem Divisionspfarrer gefolgt. Wenig später kommt der General langsam in sein Zimmer zurück, den toten Hund auf seinen Armen tragend. Hinter ihm die beiden Adjutanten, die Ordonnanz und der Divisionspfarrer. Er trägt den blutigen Hund auf sein Feldbett, steckt ihm ein Kissen unter den Kopf und legt die Hundepeitsche daneben, das Halsband und den Maulkorb. Dem wie aufgebahrten Hunde gegenüber, läßt er sich steinernen Gesichts in einen Sessel nieder.

GENERAL RAMPF Feststellen! Den Schuldigen feststellen!

Die beiden Adjutanten laufen hinaus, die Ordonnanz steht neben dem Hund wie eine Totenwache.

SCHLIEVLAND *zum Staatsanwalt*: Obwohl ich es nicht billigen mochte, daß von dem Tod eines Hundes soviel Aufhebens gemacht wurde, wo Tausende von Soldaten täglich starben, hatte seine Haltung auch etwas menschlich Rührendes. Sein Gesicht hatte einen an ihm nie bemerkten Zug tiefen Schmerzes. Ich machte mich auf den Weg, Fahlzogen zu treffen, um ihn über unser Gespräch und die Verabredung zu unterrichten.

Das Licht auf der mittleren Spielfläche erlischt, Schlievland kommt nach vorn.

Ich fügte an, daß mir der General in der wortkargen Art seiner sittlichen Entscheidung wie ein Nachfahre der preußischen Erhebungszeit erschienen sei. Fahlzogen winkte ab und sagte: «Es gibt bei unserer Generalität ein merkwürdiges Naturgesetz: Je schlechter die Kriegslage, desto sittlicher werden die Entscheidungen. – Und das ist unsere Chance, Schlievland.» Es klang zynisch. Ich verstand ihn erst Jahre später, als ich die Vernehmungsprotokolle der Gestapo las. Da war Fahlzogen tot und mein Bruder.

STAATSANWALT Haben Sie damals erfahren, wer den Hund des Generals erschossen hatte, Herr Schlievland?

SCHLIEVLAND Nein. Irgendein Posten, hörte ich. Es hat mich nicht interessiert.

STAATSANWALT Hörten Sie etwas von einer Bestrafung oder einem Fronteinsatz?

SCHLIEVLAND Nein.

STAATSANWALT Bis hierhin.

Schlievland verläßt die Szene.

Ich habe jetzt eine Schilderung des Zeugen Pfeiffer. Ich fragte: «Wie war das mit dem Hund, Herr Pfeiffer?»

Er antwortete:

Pfeiffer erscheint in einem Scheinwerfer. Zeugenfoto Pfeiffers.

PFEIFFER Es war vielleicht fünf Minuten, daß ich draußen war. Ich stand unter der Wagenplane, weil so ein scharfer Wind ging, ein kalter, an diesem Morgen, und ich seh den Hund erst, einen Schäferhund, einen grauen, wie er an mir ist, und ich schreie «pfui!» und tret ihn in die Schnauze. Da geht er an mir hoch, und ich ziehe die Pistole. Ich treff ihn nicht beim ersten Male und beim zweiten Male da treff ich ihn, so daß er abgeht und auch Blut gelassen hat.

STAATSANWALT Wußten Sie, daß der Hund dem General gehörte?

PFEIFFER Woher?

STAATSANWALT Nein?

PFEIFFER Nein.

STAATSANWALT Was dachten Sie, wem er gehört?

PFEIFFER Gar nichts. Es war ganz beiläufig für mich, das mit dem Hund, Nebensache, eine kaputte Hose und erledigt, so daß ich nicht einmal gemerkt habe, daß er wegen des Hundes gekommen ist, der Hauptmann, sondern um was zu finden auf Posten, um uns reinzulegen, so daß ich mir die Knöpfe zumache, ehe ich melde –

Auf der Fläche hinter Pfeiffer wird ein Panzerwagen projiziert. Der verdreckte Pfeiffer steht mit zerrissener Hose auf Posten. Der Erste Adjutant kommt auf ihn zu.

PFEIFFER Soldat Pfeiffer auf Posten, keine besonderen Vorkommnisse!

ERSTER ADJUTANT So?

Er greift in Pfeiffers Pistolentasche, stellt fest, daß dem Magazin zwei Patronen fehlen, und schaut durch den frisch durchschossenen Lauf. Er lächelt und steckt die Pistole zu sich.

Sauber.

PFEIFFER *des Glaubens, seine Waffenpflege werde beanstandet*: Ich bitte melden zu dürfen, daß ich erst soeben damit geschossen habe, Herr Hauptmann, auf einen Köter, so daß sich die Waffe in einem ungereinigten Zustand befindet!

ERSTER ADJUTANT Mitkommen! Gehen Sie voraus!

Pfeiffer geht hinkend drei Schritte vor dem Ersten Adjutanten über die Bühne zum Divisionsstab. Die Projektion mit dem Panzerwagen erlischt. Auf der mittleren Spielfläche wird der Arbeitsraum des Generals Rampf beleuchtet. Der General sitzt zusammengesunken in seinem Sessel und betrachtet den strammstehenden Pfeiffer lange Zeit schweigend. Der Erste Adjutant steht halb hinter Pfeiffers Rücken.

GENERAL RAMPF Was haben Sie zu Ihrer Rechtfertigung zu sagen?

PFEIFFER Ich habe den Herrn Hauptmann übersehen, Herr General. Da ich kurzsichtig bin. Ich war übermüdet, ich bin erst heute nacht aus der HKL gekommen, wie auch der Obergefreite Czymek, so daß wir auf Herrn Hauptmann –

ERSTER ADJUTANT *in Pfeiffers Rücken*: Hören Sie mit dem Gesabber auf und antworten Sie, was Sie gefragt sind! Haben Sie den Hund zusammengeschossen oder nicht?

PFEIFFER *abwechselnd dem Hauptmann und dem General zugewendet*: Jawohl, Herr Hauptmann! Das habe ich gerade sagen wollen, Herr Hauptmann! Weil sich daraus erklärt, daß meine Waffe dreckig ist, da ich auf Posten kein Putzzeug bei mir hatte, Herr General!

ERSTER ADJUTANT Sie wollten also vertuschen, daß Sie den Hund erschossen haben, nicht wahr?

PFEIFFER Wieso vertuschen, Herr Hauptmann? Der Hund hat mich ja doch angefallen, er hat mir die Hose aufgerissen, hier, Herr Hauptmann, ich habe «pfui» geschrien, da hat er nicht gehört, so daß ich mir nicht anders helfen konnte, Herr General.

ERSTER ADJUTANT Und warum melden Sie: «Keine besonderen Vorkommnisse»?

PFEIFFER Weil ein Hund kein besonderes Vorkommnis ist auf Posten, Herr Hauptmann. Ich habe nicht dran gedacht, Herr General.

GENERAL RAMPF Sie melden sich in einer halben Stunde mit Ihrem Gruppenführer, gewaschen, rasiert, in vorschriftsmäßigem Anzug, um sich je einundzwanzig Tage verschärften Arrest bei mir abzuholen. Abtreten.

PFEIFFER Jawohl, Herr General!

Pfeiffer macht eine stramme Kehrtwendung und sieht den aufgebahrten Hund auf dem Feldbett. Er begreift erst jetzt, daß er den Hund des Generals erschossen hat, und macht noch einmal kehrt.

Ich habe nicht gewußt, daß der Hund von Herrn General waren, Herr General.

GENERAL RAMPF Treten Sie ab, Sie Miesmuschel! Abtreten!

Pfeiffer salutiert und bleibt einen Moment in der Tür stehen, ehe er den Raum verläßt. Licht und Projektion der mittleren Spielfläche erlöschen. Pfeiffer kommt nach vorn.

STAATSANWALT Sie hätten den Hund nicht getötet, wenn Sie gewußt hätten, daß er dem General gehörte?

PFEIFFER Nein.

STAATSANWALT Tat es Ihnen leid?

PFEIFFER Ja.

STAATSANWALT Fühlten Sie sich schuldig?

PFEIFFER Ich dachte, das muß nun gerade wieder mir passiert sein.

STAATSANWALT Was sagten Ihre Kameraden dazu? Erzählten Sie es?

PFEIFFER Ja, Czymek. Ich ging in das Quartier, und da erzählte ich Czymek, was gewesen war.

Auf der linken Spielfläche erscheint das Quartier mit dem essenden Czymek.

Czymek aß eine frischgebratene Hammelkeule mit mildem, verklärtem Gesicht. Er war dem Verzehr des Fleisches hingegeben wie ein Liebender vielleicht der Liebe. Ich wußte nicht, ob er mir zuhörte, und er brachte ein paar Pfund Fleisch in sich hinein, während ich redete.

Pfeiffer ist auf die linke Spielfläche zu Czymek gekommen.

Ich fragte: «Was mach ich jetzt? Was soll ich jetzt machen?»

CZYMEK *Pfeiffer einen Teller hinschiebend*: Iß, Mensch! Denn es ist eine Sünde wider den Heiligen Geist, ein Hammelfleisch kalt werden zu lassen wegen einem Kacker von General. Das werde ich sein, der mit dir bei ihm antreten wird als dein Gruppenführer, weil ja ein Gruppenführer bei uns nicht mehr vorhanden ist einerseits, und weil ich andererseits eine Inspiration habe von einem alten Divisionsbefehl, herumstreunende Hunde betreffend, die zu erschießen sind aus Gründen der Verhinderung von Seuchen, der Divisionsarzt, gesehen und genehmigt, Rampf. Ich nehme an, daß ich uns diesen durch und durch nützlichen Befehl besorgen kann in einer Schreibstube für deine Frontzulage. Iß, Mensch! Denn ich habe mir schon immer gewünscht einen Gedankenaustausch mit einem General, welcher für einen Soldaten sonst nur im Kino zu sehen ist oder in einer Operette, singend. Iß!

PFEIFFER Ich bin so kaputt wie eine Talerhure.

CZYMEK Ich besorge den Divisionsbefehl.

Czymek hat sich angezogen und geht. Das Licht auf der linken Spielfläche verlöscht. Die mittlere Spielfläche wird beleuchtet. Die Projektion zeigt einen Kartenraum. Der General steht – in Operationen versunken – an einem Sandkasten. Eine Ordonnanz hält einen Behälter mit hübschen Modellen aller Waffengattungen bereit. Er trägt den Behälter wie einen Bauchladen. Der Erste Adjutant hat Czymek und Pfeiffer geholt, betritt mit diesen die Spielfläche, räuspert sich, ohne Beachtung zu finden.

GENERAL RAMPF *zu der Ordonnanz*: Nehmen Sie die beiden Infanterieregimenter raus, Schubert, die sind doch erledigt, auch die Ari hier und die Panzergrenadiere.

Die Ordonnanz nimmt die Figuren und wirft sie in eine Kiste. Der Erste Adjutant räuspert sich erneut.

Was ist, Vorderwühlbecke?

ERSTER ADJUTANT Die beiden Leute, wie befohlen, Herr General.

GENERAL RAMPF *weiterhin in seine Operationen vertieft*: Herkommen.

Pfeiffer und Czymek bauen sich vor dem General auf. Der General winkt ihre Meldungen ab.

Sind Sie der Gruppenführer?

CZYMEK Durch ein Versehen, Herr General, zu Befehl, da alle anderen geeigneten Persönlichkeiten bereits gefallen sind. Obergefreiter Czymek, Herr General, Schaubudenbesitzer in Zivil.

GENERAL RAMPF Bemerkungen zur Sache?

CZYMEK Melde Herrn General gehorsamst, daß uns der Hund menschlich leid tut, da ich mit meinem Kameraden Pfeiffer sehr tierliebend bin und eine Leidenschaft für Hunde habe, besonders für dressierte. Kein schönerer Zeitvertreib. Aber Pflicht ist Pflicht. Ein Soldat handelt nicht nach einem Gefühl, sondern nach einer Pflicht, sonst ist er nichts. Es soll ja ein sehr schönes und auch ein sehr gut dressiertes Tier gewesen sein, allerdings ohne Kennzeichen.

GENERAL RAMPF Stillgestanden! Ich bestrafe den Soldaten Pfeiffer und den Obergefreiten Czymek mit je einundzwanzig Tagen verschärften Arrest wegen unsoldatischen Verhaltens, Wachvergehens und Versäumnis der Aufsichtspflicht. Wegtreten.

CZYMEK Erlaube mir die Bemerkung zu bemerken, Herr General, daß dieses nicht sein kann.

GENERAL RAMPF Was? Haben Sie einen Flatus im Hirn?

CZYMEK Nein, Herr General, einen Divisionsbefehl. Weil ein Soldat ein Gedächtnis haben muß für Befehle, weil sie für ihn gemacht sind. Ich sage immer: Was ist ein Soldat ohne einen Befehl? Ein Mensch, ein unbrauchbares Individuum. – Hier, wenn ich Herrn General bitten dürfte.

Er knöpft sich die Brusttasche auf und reicht dem General die Abschrift des Divisionsbefehls. Der General wirft einen Blick darauf und beherrscht sich.

GENERAL RAMPF Gut. Sie werden an diesen Befehl denken. Sie werden an mich denken.

CZYMEK Jederzeit, Herr General. Ein Soldat denkt jederzeit an seine Vorgesetzten!

GENERAL RAMPF Raus! Raus!

Czymek und Pfeiffer machen kehrt und verlassen schnell den Raum. Das Licht erlischt auf der mittleren Spielfläche. Bühnenhelfer schaffen den Sandkasten hinaus. Pfeiffer und Czymek erscheinen auf einer anderen Spielfläche.

PFEIFFER Du stirbst nicht auf einmal, dir muß man das Maul extra totschlagen.

CZYMEK Ich habe das Gefühl, daß bei dem Kantinenbullen hier französischer Cognac zu bekommen ist mit ausgereiftem Bukett gegen anständige Bezahlung deinerseits. Der Mensch wächst mit seinen wachsenden Bedürfnissen, wobei sein Wachstum ein verborgenes zu sein hat. Komm.

Es wird das Innere einer Kantine projiziert. Eine kleine Theke wird von Bühnenhelfern hineingestellt. Pfeiffer und Czymek stehen an der kleinen Theke und sind angetrunken.

CZYMEK Warum muß sein Wachstum ein verborgenes sein, Harry? Warum? Ich stelle mir den Menschen vor als einen Fisch, als einen kleinen in unserem Falle, einen kleinen, fressenwollenden, netzbedrohten. Das Netz ist die Obrigkeit, die neue Ordnung ein festes mit sehr kleine Maschen. Da kann eins das Maul aufreißen, weil er ein Netz hat wollen mit große Maschen, was besser ist logischerweise, und ist schon gefangen, weil er ihnen bemerkbar geworden ist, statt sich klein zu machen und unbemerkbar, was eine andere Möglichkeit ist, eine schlechte, denn wie klein, denk an Sardellen, muß eins sein, um heut nicht gefressen zu werden? Wie auskommen, wie? Man muß auf die Lücken passen, die gelassen werden müssen für große Fische, die das Netz zerreißen täten, Verordnungen genannt, wodurch wir geschlüpft sind vor einer historischen Minute in einen längeren Stabsaufenthalt. Prosit. – Wie es im Liede heißt, einem unschönen:

«Achte beim Netz auf die Lücke,
auch wenn du ein kleiner Fisch bist.
Geh selbst zum Abort mit 'ner Krücke,
auch wenn du gesundbeinig bist.
Denk an die kleine Sardell',
zu klein nicht, gefangen zu werden.
Wie klein muß eins sein und wie schnell,
im Krieg nicht gefressen zu werden?»

Die Projektion Kantine erlischt.

PFEIFFER Wir waren angetrunken, als wir in die Straße zu unserem Quartier einbogen, und wir sangen –

PFEIFFER UND CZYMEK *kommen die Spielfläche herunter. Sie singen:*

«Denk an die kleine Sardell',
zu klein nicht, gefangen zu werden.
Wie klein muß eins sein und wie schnell,
im Krieg nicht gefressen zu werden?»

Auf der mittleren Spielfläche erscheint die Projektion der Dorfstraße. Ein Munitionsanhänger wird auf die Spielfläche gezogen. Soldaten schleppen ihr Gepäck zu den Panzerwagen.

PFEIFFER Da hörte ich, daß unsere Panzerwagen angelassen wurden und sah Landser ihre Klamotten anschleppen. Der kleine Schindler kam mit einer Lötlampe unter einem Wagen vorgekrochen, und ich fragte:

Pfeiffer und Czymek sind auf die mittlere Spielfläche gelaufen.

Was ist? Was ist denn los?

SCHINDLER Frag nicht dämlich! Wir fahren vor, wegen deiner Scheißgeneralstöle fahren wir vor! Man müßte dir die Fresse polieren!

PFEIFFER Mir? Wieso mir? Das muß auf einem Irrtum beruhen.

SCHINDLER Du bist blöder, als es bei Preußens vorgeschrieben ist!

Er stößt Pfeiffer beiseite auf einen Stapel Munitionskisten und geht, um sein Gepäck aus dem Quartier zu holen. Pfeiffer liegt über den mit einer Plane bedeckten Kisten.

CZYMEK So. So ist das also!

Er reißt zwei eiserne Munitionsbehälter aus dem Anhänger, wirft die Magazine heraus und gibt die beiden Kästen der alten Frau, die gleichfalls herzugelaufen ist.

Büstra, babuschka, büstra! Pack unsere Klamotten zusammen und das Hammelfleisch! Es ist nötig, den Hund des Generals an deinen sibirischen Untermenschen zu rächen.

Die Alte läuft in das Quartier, die Sachen zusammenzupacken. Czymek geht hinter ihr her. Ein anderer Soldat, Partisanenfranz genannt, will die Munitionskästen verladen. Pfeiffer liegt regungslos auf dem Bauch.

PARTISANENFRANZ Komm von den Kästen runter und dreck mir nicht die Plane voll, Mensch! Sauf nicht, wenn du's nicht verträgst.

Pfeiffer rührt sich nicht. Der Soldat richtet ihn auf und sieht, daß Pfeiffer fix und fertig ist.

Meld dich doch krank, Mensch. Du hast doch Fieber, du bist doch kaputt wie eine Filzlaus. Warum willst du dich nicht krank melden?

PFEIFFER Nein. Ich geh zum General. Ich will allein nach vorn geschickt werden.

PARTISANENFRANZ Blödes Zeug, blödes. Als wenn nicht jeder andere von uns die Hundelerge auch umgelegt hätte.

STAATSANWALT Ich fragte: «Und gingen Sie zum General?» Und er sagte:

PFEIFFER Nein.

STAATSANWALT Warum nicht?

PFEIFFER Warum! Ich konnte ja nicht sagen, daß er uns des Hundes wegen vorschickt.

STAATSANWALT Sie meinen, es gab für diesen Einsatz vielleicht auch andere, militärische Gründe?

PFEIFFER Das nicht. Das bestimmt nicht. Das zeigte sich ja auch in Demidowo, daß das unsinnig war, militärisch.

STAATSANWALT Konnten Sie das als einfacher Soldat tatsächlich beurteilen, Herr Pfeiffer?

PFEIFFER Das vielleicht nicht. Aber das wußte jeder, daß das Schikane war, jeder.

STAATSANWALT Warum gingen Sie dann nicht zum General hin?

PFEIFFER Da möcht ich Sie fragen, ob Sie vielleicht Soldat gewesen sind, Herr Staatsanwalt?

STAATSANWALT Nein. Ich war zu jung, glücklicherweise.

PFEIFFER Da möchten Sie vielleicht sonst nicht fragen, Herr Staatsanwalt. Da hätte ich einen sehen mögen, da war auch alles schon im Gange, Befehl ist Befehl, die Wagen liefen und die Landser mit ihren Klamotten –

Man hört das Motorengeräusch der Panzerwagen hinter der Szene. Schindler und andere Soldaten laufen mit ihrem Gepäck über die Bühne. Czymek schleppt sein Zeug aus dem Quartier. Hinter ihm die alte Frau, von einer halbwüchsigen Enkelin begleitet, mit Pfeiffers Sachen. Die alte Frau stellt die Sachen ab und will Czymek mit Gebärden etwas klarmachen.

CZYMEK Was ist? Machst du Freiübungen?

ENKELIN Sie kann dir sagen, ob du stirbst. Sie ist verrückt im Kopf. Wo ihre Hände stehenbleiben, dort wirst du getroffen.

CZYMEK Dann los. In meiner Schaubude haben solche Sachen Geld gekostet, warum soll ich mir nicht ein kostenloses Orakel mitnehmen? Wenn es stimmt, wirst du in meiner Schaubude engagiert gegen freie Verpflegung und Schutz gegen sexuelle Übergriffe, Babuschka.

Er stellt seine Sachen ab. Andere Soldaten stellen sich dazu. Die Frau bekreuzigt sich, benetzt ihre Finger mit Speichel. Sie hat die Augen geschlossen, murmelt unverständlich und läßt ihre Hände über Czymeks Gesicht und Körper gleiten. Die Soldaten grinsen, aber sie sind nicht sicher, ob die Alte nicht tatsächlich den Tod fühlen kann. Ihre Hände passieren Czymeks Körper ohne Aufenthalt, und die alte Frau lächelt.

Du nimmst mir die letzte Hoffnung. Auf einen anständigen Heimatschuß hatte ich fest gerechnet. Der nächste bitte zur Leichenschau!

Die Soldaten schieben den kleinen Schindler vor, der als abergläubisch gilt. Schindler hört auf zu grinsen, als die tastenden Finger der alten Frau an seinem Oberbauch stocken, zurückgehen und erst beim zweitenmal glatt vorbeikommen.

SCHINDLER Du mußt bei mir vor allem auf die edleren Teile weiter unten achten. Da lege ich den meisten Wert drauf.

CZYMEK Der nächste. Komm, Komiker!

PFEIFFER Laß!

CZYMEK Mensch, Komiker, du wirst doch nicht vor einem alten Weib Angst haben.

PFEIFFER Ich habe keine Angst, ich weiß ohne sie, was mit mir los ist. Ich glaube nicht an den Quatsch.

CZYMEK Na also, dann mach keine Sachen, und laß dir von ihr beweisen, daß du so unverwundbar wie der heilige Michael bist, mit dem du eine physiognomische Ähnlichkeit hast.

Er schiebt Pfeiffer zu der alten Frau, die wie bei den anderen die Augen schließt und zu murmeln beginnt. Sie fühlt über seinen Kopf, seinen Hals, und ihre Hände bleiben auf seiner linken Brustseite liegen. Sie hört auf zu murmeln, sie öffnet die Augen und sieht Pfeiffer an.

He, Babuschka, schlaf nicht ein, he! Mach weiter!

Die Alte rührt sich nicht. Pfeiffer sieht sie aus weiten Augen an, als sie ihn zu segnen beginnt.

Weitermachen! Mach weiter, du Gespenst!

Czymek packt die Alte und schüttelt ihren kleinen Körper wie eine Puppe.

PFEIFFER Laß sie los. Laß sie! – Ich glaube sowieso nicht an diese Blödheiten.

Der Waffenunteroffizier kommt, der gegenwärtig den Rest der Kompanie kommandiert.

WAFFENUNTEROFFIZIER Macht hin! Aufsitzen, Czymek, los aufsitzen, wir warten bloß noch auf euch Waldheinis!

CZYMEK Du wirst noch früh genug zu einem kalten Arsch kommen, Kapo!

WAFFENUNTEROFFIZIER Immer nach dir, Czymek. Immer nach dem verfressensten Obergefreiten der deutschen Wehrmacht, der eines Tages an seiner Schnauze aufgehängt wird. Aufsitzen!

Czymek stopft das herausquellende Hammelfleisch in seine Magazinkästen und nimmt wie die anderen Soldaten seine Sachen auf. Die Soldaten gehen in Richtung der nicht sichtbaren Panzerwagen. Das Licht auf der mittleren Spielfläche erlischt. Man hört die Panzerwagen anfahren. Pfeiffer kommt nach vorn.

PFEIFFER Wir fuhren an den Fenstern des General Rampf vorbei. Wir fuhren an die Front. Wir fuhren nach Demidowo.

OBERSTAATSANWALT Es ist zehn vor eins, meine Herren, und ich glaube, wir haben einen ganz guten Punkt, die Mittagspause zu machen, wenn Sie einverstanden sind.

ANWALT Einverstanden.

STAATSANWALT Einverstanden.

SCHWEIGEIS Bitte.

RAMPF Sehr einverstanden.

Die Herren erheben sich schnell und gehen zum Mittagessen.
Pause.
Die offene Bühne ist dunkel. Es sind einige Praktikabel dazugekommen und eine Treppe. Auf das Gongzeichen des Inspizienten fahren die Tiefstrahler und Projektionswände herunter. Die drei Herren der Untersuchungskommission, ferner Rampf und sein Anwalt kommen die Bühne herunter zu ihren Plätzen rechts vorn.

OBERSTAATSANWALT Wir wollen fortfahren. *Die Herren setzen sich.* Herr Fillisch.
STAATSANWALT Ich referiere weiterhin nach dem Protokoll meiner Vorermittlungen.
ANWALT Sie sprachen von Tonbandprotokollen, glaube ich.
STAATSANWALT Ja.
ANWALT Existieren diese Tonbänder noch im Original?
STAATSANWALT Sie sind hier. Ja.
ANWALT Und wo wurden sie aufgenommen?
STAATSANWALT In meinem Büro, in den letzten Wochen.
ANWALT Sie wählten für Ihren Bericht natürlich bestimmte Teile aus.
STAATSANWALT Was mir wesentlich schien, ja.
ANWALT Das wollte ich wissen.
OBERSTAATSANWALT Es stehen natürlich auch die im Bericht nicht berücksichtigten Teile der Vorermittlungen zur Verfügung, wenn das später gewünscht wird. Auch der Zeuge Pfeiffer wurde für heute nachmittag bestellt und kann auf Wunsch von Ihnen selbst verhört werden.
Der Anwalt winkt ab.
STAATSANWALT Ich gehe in der Darstellung weiter, die mir von dem Zeugen Pfeiffer gegeben wurde.
Es wird das Zeugenfoto Pfeiffers projiziert.
ANWALT Können wir das im Original haben?
STAATSANWALT Selbstverständlich. Er sagte – *Er setzt ein Tonbandgerät in Gang.*
STIMME DES PFEIFFER Wir fuhren an den Fenstern des General Rampf vorbei. Wir fuhren an die Front. Wir fuhren nach Demidowo. Wir kamen vor Abend an und fuhren in die Stellung, die wir tags zuvor verlassen hatten.
Die linke Spielfläche wird beleuchtet. Die Projektion zeigt die alte Stellung. Eingegrabene Panzerwagen längs den Brandmauern

aberissener Häuser. Vor einem Mauerrest herumsitzende Soldaten, essend, rauchend, schlafend. Unter ihnen Pfeiffer, Czymek, Schindler, Partisanenfranz, der Waffenunteroffizier. Ein nervöser, älterer Infanteriehauptmann kommt in Begleitung eines jungen Leutnants und faucht den Waffenunteroffizier an.

INFANTERIEHAUPTMANN Wer hat Ihnen gesagt, daß Sie in die alte Stellung fahren sollen? Sie fahren vor! Sie gehen jenseits der Brücke in Stellung! Damit der Rabatz aufhört, den uns die Iwans hier jede Nacht machen. Gestern abend haben sie uns zehn Musiker und ein SMG kassiert. Sie kriegen die dreißig Musiker dazu und besetzen diese lausige Brücke. Das ist ein Divisionsbefehl. Verstanden!

WAFFENUNTEROFFIZIER *langsam:* Jawohl, Herr Hauptmann, ich habe Herrn Hauptmann genau verstanden.

INFANTERIEHAUPTMANN Also. Sie fahren vor, sobald es dunkel ist. Unter Werferschutz. Das Kommando übernimmt Leutnant Faber. – Ich kann gegen einen Divisionsbefehl nicht anstinken.

Der Hauptmann zögert einen Moment, dann entfernt er sich schnell.

SCHINDLER Welche Brücke denn, Kapo?

PARTISANENFRANZ Dreimal darfst du raten.

SCHINDLER Die sind ja verrückt? Da macht uns doch die Pak zu Hackfleisch. Nicht mit mir, nicht wegen dem Pfeifenkopf hier! Da kann ich mich ja gleich hier an die Wand stellen lassen!

CZYMEK Das ist jederzeit und ohne weiteres möglich, Schindler, da es dir an dem Vertrauen fehlt, das ein Soldat setzt in seine Vorgesetzten, die sein Bestes wollen, auch wenn es von diesem spät oder nie erkannt wird. Hab ich recht, Herr Leutnant?

LEUTNANT Der Verein hört auf mein Kommando. *Zum Waffenunteroffizier:* Lassen Sie Stellungswechsel vorbereiten.

WAFFENUNTEROFFIZIER Jawohl, Herr Leutnant.

Der Waffenunteroffizier geht ab. Der Leutnant hockt sich an die Mauer und betrachtet die Karte in seiner neuen Kartentasche.

CZYMEK Da haben Sie wieder ein schönes Glück mit uns gehabt, Herr Leutnant. So frisch an der Front und gleich Glück.

Die Soldaten sehen den Leutnant mit verkniffenen Gesichtern an. Der Leutnant tut, als höre er Czymek nicht zu.

Nichts Schöneres für einen Krieger als einen Auftrag, den ein normaler Mensch für aussichtslos halten möchte. Dabei beginnt erst das wahre Heldentum. Sind Sie schon einmal in einem Wagen gesessen, der abgeschossen wird von Ratschbumm? Ich hatte einmal einen Leutnant, auch einen jungen, der sogar über seinem Feldbett den Spruch angebracht hatte, daß es für einen Offizier nicht genügt vorzuleben, sondern auch vorzusterben. Wir haben ihm ein sehr ansprechendes Birkenkreuz gemacht. Wenn Sie wollen, können Sie in meinem Wagen fahren, ich fahre als erster. *Er nimmt mehrere Kochgeschirre und geht an dem Leutnant vorbei.*

LEUTNANT Wo wollen Sie hin?

CZYMEK Ich gehe den Schnaps holen, der vor Heldentaten verteilt wird.

LEUTNANT Dann melden Sie sich gefälligst ab.

CZYMEK Jawohl, Herr Leutnant. Ich melde mich ab, den Schnaps zu holen, der vor Heldentaten verteilt wird.

Czymek verschwindet.

Der Gefreite Paschke, ein dicklicher, älterer Soldat lacht.

LEUTNANT *plötzlich aufspringend, zu Paschke*: Warum lachen Sie? Sie? Auf! Legen Sie die Ohren an, wenn ich mit Ihnen rede! Achtung! Zigaretten weg!

Die Soldaten sind zögernd aufgestanden und stehen stramm.

Ihr denkt vielleicht, ihr könnt mir auf den Kopf rotzen, weil ich euch nicht den starken Wilhelm mache. Das könnt ihr denken, aber es ist ein Irrtum. *Schreit:* Ich bin schon mit ganz anderen Ganoven fertig geworden! Mit ganz anderen! – Unteroffizier!

Der Waffenunteroffizier kommt.

WAFFENUNTEROFFIZIER Herr Leutnant!

LEUTNANT Die Bereitschaftsstellung ist der Hohlweg am südlichen Ortsrand. 20 Uhr 10 Stellungswechsel.

Der Leutnant entfernt sich schnell.

SCHINDLER Dieser Pflaumenaugust hat uns zu unserem Begräbnis gerade noch gefehlt.

Die Soldaten gehen in Richtung der Wagen. Licht und Projektion werden von der linken Spielfläche weggenommen. Geräusche fahrender Panzerwagen. Danach zeigt die Projektion der mittleren Spielfläche die Bereitschaftsstellung mit den Panzerwagen in einem Hohlweg. Soldaten, darunter Pfeiffer, Czymek, Schindler, Partisanenfranz, Paschke, sitzen in Decken gehüllt, fröstelnd und warten auf den Angriffsbefehl. Jeder ist mit seinen Gedanken beschäftigt. Schindler raucht nervös. Pfeiffer starrt vor sich hin und muß mehrfach ausspucken. Czymek trinkt aus einem Kochgeschirr Schnaps. Man hört den Bericht des Zeugen Pfeiffer von einem Tonband:

STIMME DES PFEIFFER Es waren ziemlich zwanzig Minuten, die wir in Bereitschaftsstellung warteten. Ob einer den fünften oder den fünfundzwanzigsten Angriff fährt, die zwanzig Minuten davor, das sind die zwanzig Minuten, die man noch nicht verreckt ist.

CZYMEK *Pfeiffer das Kochgeschirr reichend*: Trink, Komiker.

Pfeiffer schüttelt den Kopf. Der Partisanenfranz nimmt das Kochgeschirr.

PARTISANENFRANZ Für einen deutschen Rassehund. *Er trinkt.* Trink. *Pfeiffer reagiert nicht. Partisanenfranz trinkt noch einmal.* Es ist alles Schicksal, Mensch. Was willst du dagegen machen. Es geht alles vorüber. So oder so. *Er horcht.* Hör dir das Gegröle von diesen Sibirjaken an, den langschwänzigen. Auf drei Kilometer. Die saufen sich voll und stemmen dicke Weiber. Motorisierte Puffs bis in die Frontlinie. Das ist Komfort, das ist Heimatliebe. Warum werden wir nicht mal auf einen Puff angesetzt, Czymek?

Er trinkt. Über die Projektion laufen Lochscheiben, leichten Schneefall darstellend.

Es schneit. Bald Weihnachten, Mensch, Pfefferkuchen.

PASCHKE *singt leise*:

«Wenn sich die späten Nebel drehn,
wirst du bei der Laterne stehn,
mit mir, Lilimarleen.»

Er wiederholt es.

Schindler springt plötzlich auf und geht auf Paschke los.

SCHINDLER Aufhören! Hör mit dem Lied von dieser gottverfickten Nutte auf! Heiliges Herz Jesu – *Er bekreuzigt sich und läuft weg.*

PARTISANENFRANZ Was ist denn mit dem los? Wo ist er hin?

CZYMEK Abprotzen. Hinter einem Busch und dabei das Heilige Herz Jesu verfluchen. Er denkt, daß er an einem Bauchschuß krepiert. Er ist fromm, ein anderer könnte nicht so fluchen, so gotteslästerlich. Er hat sich einen Leibschutz gemacht, aus Filz, von Filzstiefeln geschnitten, den wird er sich jetzt ummachen. Zehn Minuten noch.

PARTISANENFRANZ Ich möchte nicht die Hoden weggeschossen haben oder blind. Ein Arm schon.

PASCHKE *nachdenklich*: Als ich das letzte Mal in Urlaub war, Weihnachten vor einem Jahr, bin ich mit meiner Alten eine Woche aus dem Bett gar nicht rausgekommen. Das ist sie.

Er zeigt ein Foto.

PARTISANENFRANZ Stramme Frau.

PASCHKE Das ja. Und gutmütig. Ich habe Pensionsanspruch als Briefträger. Karpfen mit polnischer Tunke jedes Weihnachten.

CZYMEK Da kommen auch schon unsere verbündeten Weihnachtsmänner. Fünf Minuten.

Es sind einige Soldaten von der Musikabteilung auf die Spielfläche gekommen. Sie sind sehr verdreckt und haben große Stahlhelme auf. Sie gucken sich unsicher um.

Ihr seid ja so verändert, ihr werdet mir doch nicht unter den Jauchewagen gekommen sein mit euerm hübschen Gepäck.

Einer der Musiker, der etwas stottert und immer noch sein Fagott in einer Hülle bei sich trägt, nimmt drei Zigaretten heraus und wendet sich an Czymek.

SOLDAT Wie soll das denn gehen, wie sollen wir denn alle dreißig auf den drei Wagen sitzen?

CZYMEK *die Zigaretten einsteckend*: Auf dem Fußtrittfänger, du wirst es nicht glauben.

Czymek zündet sich eine Zigarette an. Der Leutnant Faber kommt, er wendet sich an Czymek.

LEUTNANT Beeilung, lassen Sie aufsitzen. Es ist verboten zu sprechen, es ist verboten zu rauchen. Wenn die Werfer loslegen, die beiden Höhen unter Beschuß zu nehmen, fahren wir mit abgedrosselten Motoren langsam und auf Tachoabstand den Knüppeldamm entlang bis zur Brücke vor.

CZYMEK Langsam, das ist gut. Das ist eine gute, sichere Sache für Selbstmörder.

LEUTNANT Das ist ein Befehl! Haben Sie verstanden? Das ist ein Befehl!

CZYMEK Natürlich, natürlich ist das ein Befehl, aber ein ungeeigneter, mit heilen Knochen hinzukommen. Wir fahren als erster Wagen, wie abgesprochen.

LEUTNANT Sie machen, was ich befohlen habe!

CZYMEK Immer, Herr Leutnant, immer! Auf gehts!

Er trinkt das Kochgeschirr mit Schnaps aus. Die Soldaten stehen auf und gehen auf die Wagen zu. Das Licht und die Projektion auf der mittleren Spielfläche werden weggezogen.

Man hört das Geräusch der Panzermotoren und die Abschüsse der Werferabteilung. Pfeiffer ist die Spielfläche herunter nach vorn gekommen und steht in einem Scheinwerfer.

PFEIFFER Als die Werfer losorgelten, trat Czymek das Gas durch und preschte über den Knüppeldamm, den die Russen jeden Moment mit Pak, Stalinorgeln und jedem gewünschten Kaliber zudecken konnten. Schindler und ich hockten vorn auf den Panzerplatten, und wir schrien wie die Stiere, wenn Czymek aus der Richtung zu kommen drohte.

Wir sahen, daß uns der zweite Wagen folgte, um wie wir mit Karacho bis zur Brücke durchzustoßen und auch der dritte mit dem Leutnant, der verrückt herumschrie. Dadurch kam der Fahrer an der Brückenauffahrt vom Weg ab und kippte den Wagen um. Dabei wurden einem Musiker zwei Finger abgequetscht und einem anderen ein Bein gebrochen. Die Landser krochen aus dem Wagen und rannten mit umgeschlagenen Decken über die Brücke. Der Leutnant lief hinter ihnen her und suchte Czymek. Als er auf der Brücke war, legte die russische Artillerie aus zwei- bis dreihundert Rohren los und haute den Weg kurz und klein, den wir soeben zurückgelegt hatten.

Die linke Spielfläche wird beleuchtet. Die Projektion zeigt einen Panzerwagen, der durch die Flußböschung gegen direkten Beschuß gedeckt ist. Die Soldaten horchen auf die entfernten Artillerieeinschläge. Czymek sitzt auf seinen beiden Magazinkästen mit Hammelfleisch. Er raucht eine Zigarette, die er in der hohlen Hand hält. Als das russische Artilleriefeuer aufhört, kommt der Leutnant.

LEUTNANT Das ist Ihr Werk! Sie haben es gewagt, gegen meinen ausdrücklichen Befehl zu handeln!

CZYMEK *freundlich*: Wieso? Gegen welchen Befehl, Herr Leutnant?

LEUTNANT Stehen Sie auf, Mensch! Aufstehn! Ich habe befohlen, daß mit gedrosselten Motoren langsam vorgefahren wird!

CZYMEK Das kann ich mir nicht denken, Herr Leutnant. Das hätte ich bestimmt gehört. Das muß ein Mißverständnis sein. Hast du etwas gehört, Komiker?

PFEIFFER Nichts. Leider gar nichts.

PARTISANENFRANZ Es war die Rede, daß wir als erste fahren. Und Tachoabstand, was ja nicht uns betrifft. Ein Mißverständnis.

CZYMEK Was noch den Nachteil hat, dieses Mißverständnis, daß wir sonst schön ruhig miteinander bei dem alten Herrn da oben auf weiche Wolken säßen, statt hier an einer Scheißbrücke zu liegen bei Frost. Womöglich wäre dort ich Ihr Vorgesetzter, bei der Verkalkung der Obrigkeit.

LEUTNANT Machen Sie keine dämlichen Witze! Die Witze werden Ihnen vergehen, wenn ich einen Bericht über Sie mache!

CZYMEK Das können Sie, Herr Leutnant, das können Sie. Von

einem gewissen Standpunkt aus ist es sogar unangebracht, einen Bericht vermeiden zu wollen, sonst wären wir nämlich jetzt in einem hübsch geheizten Arrest, mein Kamerad und ich. Es war ein Denkfehler von uns zu denken. Ich würde raten, den Bericht sofort zu schreiben, weil wir in ein paar Minuten das Festfeuerwerk hier auf der Brücke haben werden. Ich empfehle, die Leute von der Brücke weit weg auseinanderzuziehen und dann mit sehr abgedrosselten Motoren alles zurückzufahren, was der Zauber übriggelassen hat.

LEUTNANT Ich gebe Ihnen jetzt allen einen guten Rat. Ich rate Ihnen, sich daran zu gewöhnen, daß hier einzig und allein ich befehle und daß ich eine Witterung für Defätismus habe. Ich rate Ihnen, zur Kenntnis zu nehmen, daß diese Brücke hier befehlsgemäß und unter allen Umständen gehalten wird! Bis zum letzten Mann! Die 2-cm-Geschütze und die MGs werden ausgebaut und an dem oberen Böschungsrand mit freiem Schußfeld in Stellung gebracht! Sicht geht vor Deckung! Anfangen! *Der Leutnant geht weg.*

CZYMEK *ruft ihm nach*: Ich werde Sie daran erinnern in ein paar Minuten.

LEUTNANT *kommt zurück, zieht seine Pistole:* Und ich knalle Sie ab, wenn Sie nicht augenblicklich Ihre dreckiges, zersetzendes Maul halten! Haben Sie verstanden!

Czymek sieht den Leutnant an. Der Leutnant entfernt sich befriedigt.

PARTISANENFRANZ Der junge Spritzer scheint sich aus unseren Knochen einen kleidsamen Orden basteln zu wollen. *Er singt:*
«Ha'm Se schon 'n Ritterkreuz?
Nein, nein, wir ha'm noch keins.
Aber Rampf bestellt uns eins!»

SCHINDLER *hysterisch*: Warum legen wir die Sau nicht um? Warum warten wir darauf, daß uns die Stalinorgeln hier zu Fleischsalat verarbeiten! Ich laß mich nicht wie ein Schwein abschlachten! Für nichts, für gar nichts, für diese stinkige Generalsau!

Man hört ein helles Dudeln, die Abschüsse von Salvengeschützen, die Soldaten werfen sich auf den Boden.

PARTISANENFRANZ Das Orgelkonzert beginnt.

Pfeiffer ist nach vorn gekommen und kommentiert.

PFEIFFER Wir krochen in die Erde und zählten: «Eins, zwei, drei, vier, fünf...» Wir hörten das hohe Schellern der Raketengeschosse über uns wegziehen und in ziemlicher Entfernung einschlagen. Wir hoben die Köpfe und Czymek sagte:

CZYMEK Das scheint eine Postwurfsendung für Demidowo gewesen zu sein.

PFEIFFER Wir hörten neue Raketenabschüsse und krochen erneut in die Erde und abermals und abermals und warteten, daß die Brücke dran käme und daß wir ausgelöscht würden. Dann wurde es still, und wir sahen, daß Demidowo brannte. Czymek sagte:

CZYMEK Sinnloser Luxus. Ich weiß nicht, was in diesem lausigen Kaff noch brennen kann. Ich habe das ganze rohe Hammelfleisch mit, und wir können es nicht fressen, weil wir hier kein Feuer haben. – Also, da werden wir die Festung Europa um einen neuen Stützpunkt bereichern.

Die Soldaten richten sich auf, Licht und Projektion erlöschen.

PFEIFFER Wir bauten die MGs und die 2-cm aus und brachten sie am Böschungsrand in Stellung. Wir am weitesten links. Wir erwarteten jeden Augenblick den nächsten Feuerüberfall aus dem Brückenkopf, der uns zudecken würde. Aber er kam nicht. Wir hörten das Rumoren von Panzerfahrzeugen, die in den Dnjepr-Brückenkopf gebracht wurden, hie und da entfernte Stimmen, ein Grölen, ein Lachen, die der kalte Ostwind zu uns herüberwehte.

Auf der linken Spielfläche erscheint die Projektion der Stellung. Czymek an einem MG, Pfeiffer geht auf die Spielfläche und legt sich neben ihn.

PFEIFFER Was ist mit den Iwans los? Warum beharken sie nicht die Brücke? Was haben Sie mit uns vor?

CZYMEK Ich bin kein Hellseher. Aber ich halte es für nützlich, daß wir uns ein bissel den Weg anschauen flußaufwärts. Es wird sich als taktisch unumgänglich erweisen, die Befestigungen von einem verhältnismäßig abgelegenen MG-Posten zu sichern, wozu wir geeignet sind. Schon weil es heißt in einem gelehrten Buch, der Heeresdienstvorschrift, daß ein Soldat kühn zu sein habe, nicht tollkühn, für Haus und Herd. Gehen wir.

PFEIFFER Ohne uns abzumelden?

CZYMEK Nicht doch. Ich bin ja kein Militärverbrecher.

PFEIFFER Der wird uns nicht weglassen. Der hat uns auf dem Strich. – Ssst.

CZYMEK Da wird er uns wegjagen müssen. – Paß auf.

Der Leutnant Faber kommt. Czymek nimmt keine Notiz.

LEUTNANT Was ist? Wollen Sie nicht melden?

CZYMEK Ich will, Herr Leutnant. Obergefreiter Czymek meldet, daß die zu verteidigende Stellung wie befohlen bezogen ist. Es ist allerdings nicht möglich, die Stellung durch einen vorgezogenen MG-Posten zu sichern, da dieser in dem flachen Gelände einzusehen und leicht zu kassieren ist.

LEUTNANT Meinen Sie?

CZYMEK Jawohl, Herr Leutnant!

LEUTNANT Sie haben ein Faible für Strategie, wie mir scheint, Czymek?

CZYMEK Das nicht. Mehr für Überleben, Herr Leutnant.

LEUTNANT Da möchte ich aber vorschlagen, daß der Posten doch bezogen wird. Als Horchposten, ohne MG.

CZYMEK Dann aber nicht weiter von hier als hundert Meter, Herr Leutnant.

LEUTNANT Er wird in wenigstens dreihundert Metern von hier bezogen, und zwar von Ihnen beiden. Sie sind als Wagenführer abgelöst, Czymek. Sie werden von den Strapazen doch nicht zu ermüdet sein? – Sollten Sie mich diesmal besser verstanden haben?

CZYMEK Jawohl, Herr Leutnant.

LEUTNANT Da hat mal einer gesagt, daß eine große Schnauze nicht in einem großen Kopf sitzen muß, ein Weiser.

Der Leutnant entfernt sich, Czymek nimmt seine Sachen auf und die Kanister mit dem Hammelfleisch.

CZYMEK Wie gesagt, gehen wir.

PFEIFFER Ich glaube, von einem Walfisch verschlungen, kämst du heim mit einer Fischbratküche. Wer weiß, wozu alles gut ist. In Demidowo wären wir jetzt im Arsch.

CZYMEK Es ist nicht die Kunst eines Soldaten, einen falschen Befehl falsch auszuführen, so daß dieser zu einem richtigen wird für ihn, einem passenden, das ist Anpassungsfähigkeit, aber noch keine Kunst. Die Kunst der soldatenmäßigen Ausführung eines Befehls beginnt, wie du vielleicht gesehen hast, bei dessen Hervorrufung, wozu es Kenntnisse braucht der menschlichen Seele in ihrer unergründlichen Verblödung. Es ist uns befohlen, uns flußaufwärts abzusetzen. Mach. Ich hole noch die Kaltverpflegung.

Licht und Projektion der linken Spielfläche erlöschen. Pfeiffer kommt ein paar Schritte nach vorn.

STAATSANWALT *zu Pfeiffer*: Das war eine ziemlich philosophische Haltung militärischen Befehlen gegenüber, nicht wahr?

PFEIFFER Das ja. Da hatten wohl die meisten diese Haltung damals.

STAATSANWALT Sie meinen, es war vergleichsweise normal, daß ein

Soldat eine Angriffsorder nach seinem Ermessen ändert und sich einen Vorwand schafft, eine Stellung zu verlassen, wenn ihm die gefährlich scheint?

PFEIFFER Vielleicht nicht normal, aber fast jeder hätte das so machen wollen. Es war ja auch nicht normal, für einen Schäferhund verheizt zu werden mit einem milchigen Leutnant, der vielleicht zuviel Walter Flex gelesen hatte. Da war es vielleicht normal, daß eins nicht verrecken wollte in diesem Wurstkessel und sich umschaut wie wegkommen flußaufwärts.

STAATSANWALT Und das machten Sie dann auch?

PFEIFFER Ja. Denn es war ja klar, daß die Russen hinter die Brücke Sperrfeuer legen würden, wenn sie die fertigmachten, womit ja jeder rechnete jeden Moment. Da haben wir uns umgesehen wie wegkommen und auch den Horchposten danach ausgesucht. Ja.

STAATSANWALT Ist Ihnen bekannt geworden, Herr Pfeiffer, ob der General diese Brückenoperation besonders verfolgt hat, ob er sich darüber berichten ließ?

PFEIFFER Das weiß ich nicht. Da müßten Sie den General Rampf selber fragen.

Das Zeugenfoto Pfeiffers erlischt. Pfeiffer geht ab.

RAMPF Ich ließ mir nicht darüber berichten. Nicht speziell. Ich war immerhin Kommandeur einer Division. Mich beschäftigten andere Dinge, zum Beispiel, wie ich – dem unsinnigen Haltbefehl entgegen – meine Division herausbringe, wenn die Russen die von mir erwartete Zangenoperation aus ihren Brückenköpfen ansetzten und uns umflügelten.

SCHWEIGEIS Bekamen Sie keinen Lagebericht über Demidowo?

RAMPF Ich bekam über alle Abschnitte Lagebericht, natürlich auch über Demidowo, aber es hatte keine Bedeutung für mich. Ich verbrachte die Nacht damit, mich auf die Begegnung mit Fahlzogen vorzubereiten. Es war manches zu bedenken. Manches, meine Herren. Ich fand kürzlich in meinem persönlichen Tagebuch eine Eintragung unter diesem Datum. Ich möchte sie zitieren. *Er liest:* «Die Verantwortung wird riesengroß. Hic Rhodus, hic salta. Werden wir vor der Geschichte bestehen? Wird Europa sich besinnen oder untergehen? Die Geschichte hat in Kulturkreisen zu denken begonnen, und unsere Tragödie wird die Tragödie Europas sein. Gibt es eine Rettung? Morgen weiß ich mehr.» – Es waren andere Dimensionen, Herr Professor Schweigeis, so tragisch diese Brückenepisode menschlich ist, sie war nicht in meinem Gesichtskreis. Und das mag einem heutigen Antigeneralsaffekt nützlich sein.

OBERSTAATSANWALT Wir wollen weitergehen.

STAATSANWALT Ich zitiere weiterhin den Zeugen Pfeiffer. Er berichtete –

Auf allen Projektionsflächen erscheint die Stellung am Fluß in der ersten Morgendämmerung. Es ist dichter Nebel. Die Projektion zeigt Soldaten, in Decken und Zeltplanen gehüllt, schlafend in Erdlöchern. Von Dreck verkrustet, sehen sie wie leblose Bündel oder wie Larven aus. Zeugenfoto Pfeiffer. Pfeiffer kommt auf die mittlere Spielfläche, ebenfalls dreckverkrustet.

PFEIFFER Es war in der Nacht kalt geworden. Wir hatten uns in einer Mulde Schilf untergelegt gegen die Nässe und in Steppdekken gewickelt, und wir schliefen. Als der Wind drehte, hatte ein Kadaver zu stinken angefangen, und wir fanden eine Kuh, die sich verreckend in ein Drainagerohr gezwängt hatte, und es war noch viel an ihr, was stinken konnte. Wir fragten uns, wie eine Kuh hier hinkommt und wie ein Drainagerohr, und wir schliefen. Es muß gegen sechs Uhr gewesen sein, als Czymek von einem undefinierbaren Geräusch aufwachte. Es fing an, hell zu werden. Auf dem Fluß und in der Ebene vor uns lag dichter Nebel. Czymek stieß mich an, und fragte: «He, Komiker, hörst du was?» Ich schob mir den Kopfschützer von den Ohren und horchte und schüttelte den Kopf. Da fing ein russisches SMG in unserem Rücken zu schießen an, und gleich danach war die Hölle los.

Während des folgenden Berichts können auf allen Projektionsflächen in schnellem Rhythmus Bilder und Zeichnungen erscheinen, die Hölle einer heutigen Vernichtungsschlacht darstellend. Die Bilder laufen der Musik einer Schlacht synchron, mit den Mitteln der seriellen Musik sparsam hergestellt. Das ist vermutlich besser als eine Film- und Geräuschmontage.

Die Russen waren nachts mit Pontons über den Sumpffluß gegangen und griffen mit Infanterie von beiden Seiten an. Sie bestrichen die Brücke, die Böschung, den Fluß. Sie hielten mit Flammenwerfern zwischen die Musiker, die rudelweise wie verstörte Kaninchen über die Brücke zu entkommen suchten, zurückfluteten und reihenweise von MGs erledigt wurden. Es stank nach Benzin, und die Schreie der Verwundeten und die Schreie der Ertrinkenden waren wie das Blöken einer brennenden Schafherde, in die Explosivgeschosse hineinfuhren und Pak. Ich versuchte, an das 2-cm-Geschütz heranzukommen, ich trat auf etwas Weiches, ich trat auf den Briefträger Paschke, dem die Schädeldecke abgerissen war. Ich hörte den Leutnant Befehle schreien und sah ihn und einige Soldaten die Böschung hinauflaufen und, von MG-Garben erfaßt, wieder herunterpurzeln. Ich klemmte mich in den Sitz und konnte das Geschütz nicht herumdrehen und suchte nach der Ursache und räumte den kleinen Schindler zur Seite, dessen Beine zwischen Drehkranz und Gestänge geraten waren. Ich riß mich von einem Mann los, der mich vom Geschütz wegzerren wollte, und kriegte ein paar Ohrfeigen und erkannte Czymek, der mich die Böschung herunterriß, flußaufwärts und in das Drainagerohr stopfte und ebenfalls hineinkroch. Da hörte sich das Bersten der Erde dumpfer an, und auch die Schreie waren dumpfer. Wir arbeiteten uns in das faule Fleisch des Kuhkadavers vor, das heiß war von Verwesung. Ich sah, daß Czymek noch immer ein Magazin mit Hammelfleisch bei sich hatte, und ich dachte: «Es ist komisch, daß ein Kadaver zu stinken aufhört, wenn man genug Angst hat.» Wir hörten, wie die Russen das Feuer auf den Fluß zu konzentrieren begannen, daß niemand wegkam, und wir hörten sie über die Brücke kommen. Wir kletterten aus dem Drainagerohr und krochen flußaufwärts den Weg, den wir in der Nacht inspiziert hatten. Der Gefechtslärm wurde dünner und Czymek sagte: «Wer jetzt noch nicht hin ist, der hat den Heldentod noch vor sich.» Da tauchten plötzlich drei Russen vor uns auf. Aus dem Nebel. Es war zu spät wegzulaufen. Sie kamen direkt auf uns zu. Wir robbten an ein Gebüsch, langten die Pistolen heraus und ließen uns bis zum Hals ins Wasser gleiten. Ein langer Sibirier schwenkte sein SMG auf Rädern wie eine Spielzeugkanone und schrie: «Hitler kaputt, Hitler kaputt, Hitler kaputt. – Frühstückspause.» Sie setzten sich keine zehn Schritte von uns entfernt und aßen und rauchten und zeigten große Ausdauer. Ich spürte meine Glieder nicht mehr in dem eiskalten Wasser, und ich fürchtete, die Besinnung zu verlieren. Ich sagte: «Was wird? Ich halte es nicht mehr aus.» Und Czymek: «Ich nehme den Langen und du den Asiaten mit dem spitzen Kopf.» Meine Hand zitterte vor Kälte und auch vor Aufregung. Wir schossen kurz nacheinander und Czymek schoß noch einmal. Wir stießen uns ab und versuchten durch den Fluß zu schwimmen, auf dem noch immer Nebel lag. Ihr MG fing erst zu feuern an, als wir fast drüben waren. Meine Beine schleppten mich eine Böschung hoch, ich fiel in eine Wasserlache, und ich verlor das Bewußtsein. Als ich aufwachte, vermißte ich Czymek. Ich kroch zurück und sah Czymek, der mit beiden Ellbogen die Böschung heraufzurobben suchte und offenbar seine Beine nicht mehr gebrauchen konnte. Ich schleppte ihn in eine morastige Mulde, die von Sumpfgewächsen fast zugedeckt war.

Die linke Spielfläche wird erleuchtet. Die Projektion zeigt die Sumpfmulde. Czymek robbt in die Mulde, Pfeiffer hilft ihm. Die Szene wird nach Pfeiffers Bericht gespielt.

PFEIFFER Er spuckte hellrotes Blut. Er hatte einen glatten Lungendurchschuß und eine Doublette mit Sprenggeschossen durch die linke Beckenseite abbekommen. Ich stopfte zwei große Verbandspäckchen hinein und hatte die Hände bis zu den Handwurzeln voll Blut. Es kam stoßweise, und es war klar, daß die große Arterie zerfetzt war und daß es aus war. Ich zog meinen nassen Mantel aus und schob ihn unter Czymeks Kopf. Ich schnitt ihm die Hosen auf und Czymek sagte:

CZYMEK Hau ab, Komiker. Es hat sich ausgeschissen.

PFEIFFER Es ist besser, wie ich gedacht hab. Wir müssen nur das Bein abbinden, verstehst du, das ist die Hauptsache. Da haben die schon ganz andere zusammengeflickt, Czymek.

CZYMEK *Pfeiffer zurückstoßend*: Mach keine Fisematenten, Komiker, laß mich, ich weiß, was mit mir los ist. Laß. Laß mir Zigaretten hier. Hast du noch Zigaretten?

PFEIFFER Ja, ich glaube ja, aber sie werden hin sein. *Er kramt aus seinem Brotbeutel eine große blaue Packung, die sehr naß ist.* Nil, sechs Pfennig, die wir als Sonderzuteilung gekriegt haben.

CZYMEK Du hast mich drum bescheißen wollen, Komiker, nicht wahr, und jetzt rauch ich sie doch. Du hast sie deinem Alten zu Weihnachten schicken wollen, gibs zu, und jetzt rauch ich sie doch. – Steck mir eine an, das Feuerzeug ist in meiner rechten Hosentasche.

PFEIFFER Ich holte das Feuerzeug heraus und fühlte, daß auch die ganze Tasche schon von Blut durchfeuchtet war. Ich zündete die Zigarette an und steckte sie Czymek in den Mund. Czymek atmete sehr flach, und er sah in die Wolken. Er zog an der Zigarette und unterdrückte einen Hustenreiz. Czymek bemühte sich, genußvoll zu rauchen, und der Rauch kam aus dem Mund und aus dem offenen Pneumothorax.

CZYMEK *nach einer Pause, abwesend*: Quatsch nicht, Komiker, laß mich mit deinem dämlichen Gequatsche zufrieden! Warum, warum, warum! Warum ist kein Mausloch in einem Wolfsrachen? *Er singt:* Denk an die kleine Sardell', zu klein nicht, gefressen zu werden –

PFEIFFER Du mußt jetzt nicht reden, Czymek, weil es dann mehr bluten tut, Czymek. Ich hab ja doch nichts gesagt, Czymek.

CZYMEK *leise, stoßhaft, mit langen Pausen dazwischen*: Von einem Standpunkt aus ist die Sauerei hier gekommen, weil du den Jungen mit dem spitzen Kopf nicht getroffen hast, nicht wahr, diesen Asiaten. – Von einem anderen Standpunkt, weil wir uns nicht haben einbuchten lassen, wegen einem blöden Hund, nicht wahr, weil wir uns was ausgedacht haben. *Er singt:* Achte beim Netz auf die Lücke, auch wenn du ein kleiner Fisch bist. – Von einem dritten Standpunkt aber, weil wir uns nicht früh genug was ausgedacht haben.

PFEIFFER Was hätten wir uns denn ausdenken sollen, Czymek? Du mußt jetzt ganz still liegen, Czymek.

CZYMEK Ja, was? Ich war ein Zirkusarbeiter, als du dir noch die Hosen bedreckt hast, und arbeitslos, als diese schnurrbärtige Laus kam, die bezahlte. Und jetzt hab ich eine Schaubude. Die Juden sind unser Unglück! Und hoch das Bein! Die Ukraine, die brauchen wir – jaaa! – und die Kolonien und den Kaukasus und eine neue Ordnung, die brauchen wir auch in der Schaubude, heil! – *Er singt delirierend:* Wenn der Fluß nicht anders durchschritten werden kann als über Leichen,
mußt du der Letzte sein.
Gib mir Hammelfleisch, Babuschka, mit Muskat, mit Knoblauch angerieben, heiß – heiß – da könnt ihr mal was erleben – gib mir das Filetstück, mit Kapern, mit viel Kapern und Meerrettich – gib – gib – – gib –

PFEIFFER Ja doch, Czymek. Du kriegst, Czymek.

CZYMEK Gib –

PFEIFFER Und ich erinnerte mich der eisernen Ration in meinem Brotbeutel und öffnete die kleine Zinnbüchse Schweinefleisch mit dem Seitengewehr und richtete Czymek auf und gab ihm den Batzen Schweinefleisch in die Hände, die eine schwarze Kruste hatten von Morast und Blut.

CZYMEK *gierig mit den Händen essend*: Mehr – mehr –

PFEIFFER Ich sah Czymek das Fleisch in sich hineinstopfen, und ich sah das Blut aus Czymek herauslaufen, und ich hatte nie gedacht, daß ein Mensch soviel Blut haben könnte. Ich sah, daß es Czymek schmeckte und daß er essend vornüberfiel und daß Czymek tot war.

Ich dachte an die alte Frau, die sich getäuscht hatte, und ich dachte an den General, der gesagt hatte: «Sie werden an diesen Befehl denken. Sie werden an mich denken.» Und ich war vermutlich jetzt der einzige, der an ihn denken konnte. Ich sah auf den dunklen, gallertartigen Blutkuchen, der aus Czymek herausgelaufen war, und der immer noch größer wurde, obwohl Czymek tot war. Und ich dachte, daß es notwendig wäre, mit Czymek dem General gegenüberzutreten. Ich wälzte Czymek auf den Mantel, ich band den Traggurt darum, und ich befestigte das Koppel so, daß ich ihn hinter mir herziehen konnte. Ich zerrte Czymek aus der morastigen Mulde und schleppte mich mit ihm durch den Sumpf des anderthalb Kilometer breiten Niemandslandes nach Demidowo. *Pfeiffer verschwindet, Czymek hinter sich herziehend, im Dunkeln.*

Licht und Projektion der linken Spielfläche erlöschen mit dem Foto des Zeugen Pfeiffer.

STAATSANWALT Soweit. Ich möchte Sie an dieser Stelle um eine Ergänzung bitten, Herr Rampf.

RAMPF Gern.

STAATSANWALT Es geht mir um den Komplex Fahlzogen, um Ihre Zusammenkunft mit Oberst Fahlzogen in Demidowo, die in meinem Bericht naturgemäß fehlt.

RAMPF Aber es ist nicht das einzige, was Ihrem Bericht fehlt, Herr Staatsanwalt.

STAATSANWALT Sicherlich nicht.

RAMPF Das meine ich.

SCHWEIGEIS Sie sagten, daß Sie die Begegnung nach Ihrer Erinnerung aufgezeichnet hätten, glaube ich.

RAMPF Ja. Sinngemäß.

SCHWEIGEIS Und nach dem Kriege.

RAMPF Das sagte ich, Herr Professor Schweigeis.

Er geht auf die mittlere Spielfläche, die erleuchtet wird. Die Projektion zeigt einen fensterlosen Kellerraum, den Kompaniegefechtsstand in Demidowo. Bühnenhelfer bringen einige Kisten herein. Ein Stück Treppe, das in den Keller führt. Der General zieht seinen Mantel an. Zeugenfoto Rampf. Der Darsteller des Oberst Fahlzogen, ein eher kleiner Mann mit dem Habitus eines Gelehrten, kommt ebenfalls auf die Spielfläche, setzt sich auf eine der Kisten und zündet sich eine Zigarre an.

Es war ein Gespräch, an das ich nicht ohne Bewegung zurückdenken kann. Es betraf die Schicksalsfragen unserer Nation und die furchtbare Verantwortung, in der wir uns gemeinsam sahen. Wir sprachen offen, ohne Bandagen, ohne Umschweife.

SCHWEIGEIS Ich nehme an, daß Sie sich der gegenseitigen Diskretion versicherten?

RAMPF Das war unter Generalstabsoffizieren nicht üblich, es verstand sich von selbst. Fahlzogen überbrachte mir persönliche Grüße von Beck und Tresckow.

SCHWEIGEIS Was war der Ausgangspunkt Ihres Gesprächs?

RAMPF Die allgemeine Kriegslage. Fahlzogen erbat meine Einschätzung, und ich gab sie an Hand meiner gründlichen Analyse. Sie war vernichtend, vernichtend auch in der Kritik an der obersten Heeresführung, und ich schloß mit der Folgerung –

Er setzt sich auf eine der Kisten und wendet sich an Fahlzogen:

In Erwägung, daß soldatische Gehorsamspflicht ihre Begrenzung im Wohle der Nation findet, müssen unverzüglich alle gewöhnlichen und außergewöhnlichen Wege beschritten werden, die drohende militärische Katastrophe abzuwenden. Jeder versäumte Tag ist für unser deutsches Vaterland eine verlorene Schlacht und für den verantwortungsvollen Truppenführer die sinnlose Opferung ihm anvertrauter Soldaten. Ich nehme an, daß wir darin übereinstimmen, Herr Fahlzogen.

FAHLZOGEN Deshalb bin ich hier. Ich bin gebeten, in Erfahrung zu bringen, ob mit Ihnen im Ernstfall zu rechnen ist, Herr Rampf?

RAMPF Was darf ich unter Ernstfall verstehen, Herr Fahlzogen?

FAHLZOGEN Die Beseitigung Hitlers und die Übernahme der Regierungsgewalt durch die Armee.

RAMPF Gewaltsam?

FAHLZOGEN Entwaffnung der SS und hitlertreuer Verbände. Wiederherstellung eines deutschen Rechts- und Ordnungsstaates. Eintritt in Verhandlungen um einen ehrenvollen Frieden im Rahmen der alten Reichsgrenzen.

RAMPF Mit welchen realen Kräften soll das ermöglicht werden?

FAHLZOGEN Mit unseren. Dem Handeln traditionsbewußter Führungskräfte, die der Nation vorangehen.

RAMPF Ich bin zu alt, um mich von Wünschen leiten zu lassen.

FAHLZOGEN Es sind die Wünsche eines blutbefleckten Landes.

RAMPF Es sind auch meine Wünsche. – Aber der Staatsstreich ist eine Technik, bestimmte Realitäten, bestimmte Kräfte voraussetzend, und wenn die nicht da sind, dann ist der Bürgerkrieg da, mit militärischem Chaos beginnend und endend mit einem Deutschland unter der Knute bolschewistischer Kommissare! –

Verstehen Sie mich nicht falsch, aber ich kenne die Realität, die Zusammensetzung des Offizierskorps, die allgemeine Feigheit –, und das ist der Grund, warum ich vor dem Weg der Gewalt, bei aller ideellen Sympathie, warnen muß, solange nicht alle weniger verzweiflungsvollen Mittel erschöpft sind.

FAHLZOGEN Welche Mittel sollen sich erschöpfen, Herr Rampf?

RAMPF Die legalen. Hitler muß durch die gemeinsame Forderung aller Heeresgruppenführer veranlaßt werden, der Führung der drei Wehrmachtsteile zu entsagen und diese einem Generalkommando übertragen. Dann ist alles weitere, die Bildung einer verhandlungsfähigen Regierung inklusive, eine Frage des militärischen Befehlsvollzugs.

FAHLZOGEN Ja. Nur wird das auch Hitler klar sein. Er wird die fordernden Heeresgruppenführer erschießen lassen.

RAMPF Dann ist der Weg des Verrats von ihm beschritten! Dann ist Ihr Weg frei.

FAHLZOGEN Zum Galgen, Herr Rampf. Die Initiative wird dann bei Hitler sein.

RAMPF Ich bin nicht Ihrer Ansicht, und ich darf Sie bitten, meine Anregung an die Männer weiterzuleiten, denen ich mich in tiefer Sorge für unser Deutschland verbunden weiß.

Die beiden Herren stehen auf. Der General sieht dem Obersten tief ins Auge und drückt ihm bewegt die Hand. In diesem Augenblick hört man von draußen Lärm, Stimmen, jemand kommt die Kellertreppe herunter. Die beiden Herren erschrecken. Das projizierte Zeugenfoto Rampf wird durch das Zeugenfoto Pfeiffer ersetzt.

STIMME DES PFEIFFER Ich muß zum General!

STIMME DES POSTENS Zurück!

STIMME DES PFEIFFER Wo ist der General Rampf!

Pfeiffer erscheint auf dem Treppenabsatz, das unerkennbare Bündel mit dem toten Czymek hinter sich herzerrend. Der Posten, der Fahrer des Generals, folgt ihm mit gezogener Pistole.

RAMPF Sind Sie wahnsinnig geworden, hier herumzugrölen? Was wollen Sie?

Pfeiffer antwortet nicht. Er packt das dreckverkrustete Bündel und wirft es die Treppe hinunter, vor die Füße des Generals.

Was Sie wollen, Mensch!

PFEIFFER Wir wollen uns bei Ihnen melden, Herr General! Wir kommen von der Brücke! Soldat Pfeiffer und Obergefreiter Czymek melden sich von der Brücke!

RAMPF *verständnislos*: Und?

PFEIFFER *die Stufen herunter auf den General zugehend*: Soldat Pfeiffer und Obergefreiter Czymek melden sich befehlsgemäß verreckt von der Brücke!

RAMPF *schreit ihn zusammen*: Von welcher Brücke, Sie Idiot! Welcher Truppenteil! Sie sind hier beim Militär und nicht bei der Heilsarmee! Nehmen Sie Haltung an! Schnauze! Sie gehen in Ihre Stellung zurück und melden sich bei Ihrem Vorgesetzten! Sonst lasse ich Sie wegen Feigheit vor dem Feind an die Wand stellen! Verstanden! Ob Sie mich verstanden haben!

PFEIFFER *begreifend, daß sich der General weder an ihn noch an Czymek, noch an die Brücke erinnert*: Jawohl, Herr General.

RAMPF Abtreten! Raus! *Auf das Bündel zeigend:* Nehmen Sie den Dreck raus! *Zu dem Posten:* Anfassen, Schubert.

PFEIFFER Jawohl, Herr General. *Er hebt mit dem Fahrer das Bündel auf, und sie verschwinden damit über die Treppe.*

RAMPF Ich bitte um Entschuldigung, Herr Fahlzogen.

FAHLZOGEN Keine Ursache.

RAMPF Es ist das einzige Mittel, einen Knaben mit einem hysterischen Frontkoller zur Räson zu bringen. Wracks, Nervenbündel, man kann es den Jungs nicht verdenken.

FAHLZOGEN Nein. – Ich darf mich dann verabschieden.

RAMPF Auf Wiedersehen, Fahlzogen. Ich wünsche Ihnen Glück, Ihnen und unserer ehrenhaften Sache.

Er reicht Fahlzogen die Hand. Fahlzogen lächelt bitter. Das Licht und die Projektion der mittleren Spielfläche erlöschen. Pfeiffer erscheint in einem Scheinwerfer.

PFEIFFER Ich nahm Czymek die Erkennungsmarke ab und das Soldatenbuch und meldete mich bei dem österreichischen Infanteriehauptmann. Ich bekam ein paar trockene Klamotten, Zigaretten und auch eine neue Büchse Schweinefleisch. – Der General hatte uns nicht erkannt. Er hatte uns nicht einmal erkannt, Herr Staatsanwalt.

Pfeiffer geht ab.

STAATSANWALT Das wäre mein Bericht, meine Zusammenstellung aus den Vorermittlungen. Wenn es notwendig ist, kann ich über weitere Zeugenaussagen referieren.

OBERSTAATSANWALT Schön.

Zu Rampf: Wir können eine Pause machen.

RAMPF Nicht wegen mir. Ich würde gern den Abendzug erreichen.

OBERSTAATSANWALT Dann setzen wir fort. Wie wollen wir verfahren? Wünschen Sie sich zu dem Bericht zu erklären?

ANWALT Ich denke, wir können uns darauf beschränken, Fragen zu beantworten.

OBERSTAATSANWALT Einverstanden. Ich habe mir hier einen Punkt notiert, Herr Rampf, der mir nicht befriedigend geklärt scheint, das ist die Frage der militärischen Notwendigkeit dieser Brükkenoperation. Sie wird von den Zeugen bestritten, und auch Sie scheinen sie zu verschiedenen Zeiten verschieden beurteilt zu haben?

RAMPF Nein. Sie war eindeutig sinnlos. Darüber gibt es keinen Streit.

OBERSTAATSANWALT Aber Sie ordneten die Operation an?

RAMPF Ja.

OBERSTAATSANWALT Obwohl sie von Ihnen für militärisch sinnlos gehalten wurde?

RAMPF Das ist richtig.

OBERSTAATSANWALT Was waren Ihre Gründe?

RAMPF Sie wurde mir befohlen.

OBERSTAATSANWALT Von wem?

RAMPF Von der Armee, von Generaloberst Karrdorst.

OBERSTAATSANWALT Was war dessen Funktion?

RAMPF Er kommandierte die Armee, der meine Division angehörte.

OBERSTAATSANWALT Spielte die Operation für das Gesamtgeschehen im Armeebereich eine Rolle?

RAMPF Nein.

OBERSTAATSANWALT Warum schaltete er sich dann ein?

RAMPF Die Brücke war zu einem Präzedenzfall geworden. Ich habe berichtet, daß ich mich der Operationsabteilung des Korps gegenüber geweigert hatte, meine Kräfte an den Brückenkopf heranzuziehen und die besagte Brücke besetzen zu lassen. Der Chef der Operationsabteilung hatte sich über mich beschwert, so wurde ich von Karrdorst angerufen.

OBERSTAATSANWALT Stellte er sich auf dessen Seite?

RAMPF Es blieb ihm nichts anderes übrig. Die Geschichte war von dem Chef der Operationsabteilung zu einer Entscheidung für oder gegen die Linie des Führerhauptquartiers gemacht worden, die Karrdorst innerlich ebenfalls für falsch hielt.

SCHWEIGEIS So daß eigentlich wieder Hitler die sechzig Leute schlachten ließ.

RAMPF *kühl*: Wenn Sie so wollen, ja, Herr Professor Schweigeis. *Er wendet sich an den Oberstaatsanwalt.* Eine Bagatelle war zu einer Prinzipienfrage geworden, und Karrdorst wollte die Sache nicht hochspielen. Deshalb riet er mir, wenigstens in der Brückensache nachzugeben, als ein Kompromiß quasi.

SCHWEIGEIS Riet er Ihnen –

OBERSTAATSANWALT Ich bin mit meinen Fragen leider nicht fertig.

SCHWEIGEIS Verzeihung.

OBERSTAATSANWALT War das ein Rat, der Ihnen die Entscheidung frei ließ, oder kam das einem Befehl gleich?

RAMPF Er riet mir dazu, aus taktischen und auch freundschaftlichen Erwägungen, und ich sagte, daß ich seinem Rat folgen wolle, wenn er mir das befehle. Da befahl er mir, seinem Rat zu folgen.

OBERSTAATSANWALT Meinen Sie, daß er von dem Charakter der Operation eine Vorstellung hatte?

RAMPF Vermutlich keine detaillierte, es ging für ihn in diesen Tagen immerhin um die Frage, wie er seine Armee rettet.

OBERSTAATSANWALT Klärten Sie ihn über die Gefährlichkeit der Operation auf?

RAMPF Es war ein Ein-Minuten-Gespräch, aber ich sagte ganz klar, daß ich die militärische Verantwortung dafür nicht selbst tragen könne.

OBERSTAATSANWALT Er gab Ihnen den eindeutigen Befehl, diese bestimmte Brücke besetzen zu lassen?

RAMPF Er gab mir den Befehl, seinem Rat zu folgen.

OBERSTAATSANWALT Sein Rat war, die Brücke besetzen zu lassen?

RAMPF Ja.

ANWALT *ein Dokument überreichend*: Wir legen der Kommission ein erstes Dokument vor, in dem der Generaloberst Karrdorst diesen Zusammenhang schildert und dessen Richtigkeit an Eides Statt erklärt.

Der Oberstaatsanwalt reicht das Schriftstück an Dr. Fillisch und Schweigeis weiter.

Die Erklärung beweist den Befehlsnotstand.

OBERSTAATSANWALT Wann wurden Sie von Generaloberst Karrdorst angerufen? Vor oder nach dieser Hundegeschichte?

RAMPF Ich bin nicht sicher, ich glaube danach, aber ich weiß es nicht. Die beiden Sachen hatten für mich keinen Zusammenhang. Das eine war eine Disziplinargeschichte, die ich in der ungeheuren Anspannung dieser Tage vergaß, das andere war ein operativer Befehl, dem ich nicht ausweichen konnte. Es ist von dem Zeugen Pfeiffer ganz zutreffend geschildert worden, daß ich ihn später nicht einmal wiedererkannte. Die Episode war in meiner Erinnerung gelöscht. Sie hatte auch nie die Wichtigkeit für mich, die ihr der Bericht zumißt. Es gab keinen Zusammenhang.

Oberstaatsanwalt Es wurde berichtet, Herr Rampf, daß Sie zu den beiden Soldaten gesagt hätten – *er liest:* – «Sie werden an diesen Befehl denken. Sie werden an mich denken.» War das nicht als eine Drohung zu verstehen?

Rampf Ich weiß nicht, ob ich das oder etwas Ähnliches gesagt habe. Es war dann jedenfalls eine Floskel.

Oberstaatsanwalt War es nicht Ihre Absicht, die beiden Soldaten auf andere Weise zu bestrafen?

Rampf Ich glaube nicht, ich erinnere mich nicht. Keinesfalls mit einem Einsatz. Ich hätte eine derartige Überlegung bereits für unehrenhaft gehalten.

Oberstaatsanwalt Ich möchte fragen, Herr Rampf, ob der Befehl von Generaloberst Karrdorst bestimmte Anweisungen für dessen Durchführung enthielt.

Rampf Nein.

Schweigeis Das blieb Ihnen überlassen?

Rampf Der Division, ja.

Schweigeis Und die Division wählte dazu gerade jene drei frisch zurückbeorderten Panzerwagen aus, denen der Mann zugehörte, der wenige Stunden zuvor Ihren Hund erschossen hatte und den Sie nicht bestrafen konnten. Ist das nicht ein etwas merkwürdiger Zufall?

Rampf Nein.

Schweigeis Sie finden das nicht merkwürdig?

Rampf Der Befehl konnte nur von einer motorisierten Einheit ausgeführt werden, und außer den drei Panzerwagen verfügte die Division nur noch über eine Abteilung Sturmgeschütze und eine Abteilung Panzergrenadiere, die beide unentbehrlich waren, wenn wir die Division aus der von mir erwarteten Umflügelung kriegen wollten. Es war der objektiv geringe Kampfwert der Einheit, der den Ausschlag gab. Übrigens für Oberstleutnant Houth, meinen zeitweiligen Operationschef, nicht für mich.

Schweigeis Schlugen Sie ihm denn eine andere Truppe vor?

Rampf Ich schlug gar nichts vor. Ich rief ihn an und sagte, daß wir auf Befehl des Korps nun doch diese blödsinnige Brücke sowieso besetzen müßten. Er sagte, daß er die drei ausgelutschten Panzerwagen dazu brauchen wolle. Das war alles.

Anwalt *ein Dokument überreichend:* Wir legen der Kommission ein zweites Dokument vor, in dem der ehemalige Oberstleutnant Houth diesen Vorgang nach seiner besten Erinnerung beschreibt und seine damalige Verantwortlichkeit für den Einsatz der drei Panzerwagen erklärt.

Der Oberstaatsanwalt reicht das Schriftstück den anderen Kommissionsmitgliedern.

Die Erklärung widerlegt die These von den persönlichen Motiven meines Mandanten.

OBERSTAATSANWALT Gibt es noch Fragen?

SCHWEIGEIS Können Sie der Kommission schildern, Herr Rechtsanwalt, auf welche Weise die beiden von Ihnen vorgelegten Zeugnisse zustande kamen?

ANWALT Sie kamen durch den Brief der Kommission zustande. Wir machten die Herren mit dem Inhalt bekannt und baten sie, dazu Stellung zu nehmen.

SCHWEIGEIS Schickten Sie ihnen Kopien des Briefes zu?

ANWALT Nein. Ich besuchte sie.

SCHWEIGEIS Erklärten Sie, worauf es bei den Stellungnahmen ankäme?

ANWALT Nein. Das war überflüssig.

SCHWEIGEIS Formulierten Sie die Erklärungen?

ANWALT Nein.

SCHWEIGEIS Halfen Sie hinsichtlich gewisser juristischer Stilisierungen?

ANWALT Das natürlich.

SCHWEIGEIS Von wem wurde der Text geschrieben?

ANWALT Von meiner Sekretärin.

SCHWEIGEIS Wer diktierte ihn?

ANWALT Ich selbst.

SCHWEIGEIS In beiden Fällen?

ANWALT Ja.

Ich diktierte die von den beiden Herren abgegebenen Erklärungen inhaltlich sinngetreu in ihrer Anwesenheit und ohne ihre beste Erinnerung in irgendeiner Weise zu interpretieren.

SCHWEIGEIS Wie alt ist Generaloberst Karrdorst, Herr Rechtsanwalt?

ANWALT Ist diese Frage zulässig, Herr Vorsitzender?

OBERSTAATSANWALT Warum wird die Frage gestellt?

SCHWEIGEIS Für das Protokoll.

OBERSTAATSANWALT Sie ist zugelassen.

SCHWEIGEIS Wie alt ist Generaloberst Karrdorst?

Anwalt Fünfundachtzig Jahre.

Schweigeis Und er erinnerte sich der genauen Zusammenhänge eines Ein-Minuten-Gesprächs ohne jede Erinnerungshilfe?

Anwalt Ja. So ärgerlich das sein mag.

Schweigeis Es ist nicht ärgerlich, Herr Rechtsanwalt, es wundert mich nur, daß dieser wichtige Befehl in der Vorermittlung nirgends aufgetaucht ist. Ich möchte Herrn Dr. Fillisch fragen, wie sich das erklärt.

Staatsanwalt Er ist neu für mich. Er wurde von keinem Zeugen der Voruntersuchung angeführt.

Schweigeis Es findet sich auch in den unberücksichtigt gebliebenen Aussagen kein Hinweis?

Staatsanwalt Nein.

Schweigeis Auch in der Aussage des damaligen Adjutanten, des Hauptmann Vorderwühlbecke nicht?

Staatsanwalt Nein.

Schweigeis Welche Gründe wurden von ihm für diesen Einsatz gegeben?

Staatsanwalt *nachblätternd*: Ich fragte ihn: «Ist dieser Einsatz nach Ihrer Meinung ganz oder teilweise aus persönlichen Motiven befohlen worden?»

Er sagte:

Auf der mittleren Spielfläche erscheint der Erste Adjutant in Zivil.

Erster Adjutant Nein. Ausgeschlossen. Es war lagebedingt notwendig, die Moral dieser Truppe durch geeignete Maßnahmen wiederherzustellen. Ihr Zustand war dem einer Strafeinheit vergleichbar. Es waren Erwägungen der Truppenführung, die den General veranlaßten, der Einheit die Möglichkeit einer Bewährung durch einen schwierigen Einsatz zu geben. General Rampf hätte gegen die historische Tradition seines Berufsstandes als Offizier verstoßen, wenn er nicht mit allen ihm zu Gebote stehenden Mitteln gegen die Zersetzungserscheinungen vorgegangen wäre.

Schweigeis Ist es eine faire Feststellung, Herr Rampf, daß Ihrem persönlichen Adjutanten der Befehlsnotstand und die Verantwortlichkeit des Oberstleutnant Houth unbekannt geblieben sind?

Rampf Es scheint so. Warum sollte ich ihn unterrichten? Die Sache war für mich mit der telefonischen Übermittlung an Oberstleutnant Houth erledigt.

Schweigeis Wäre sie auch erledigt gewesen, wenn sich in dieser Einheit Ihr Sohn befunden hätte?

Rampf Das ist eine hypothetische Frage. Ich wurde nicht mit ihr konfrontiert.

Schweigeis Ich möchte Sie jetzt damit konfrontieren.

Rampf Ich kann die Frage nicht beantworten. Es gehörte zu meinen Prinzipien, weder einen Sohn noch einen nahen Verwandten unter meinem Kommando zu haben.

Schweigeis Warum?

Rampf Um Konflikte zwischen wesensverschiedenen Pflichten zu vermeiden. Eine Division besteht nicht aus Söhnen.

Schweigeis Nicht aus eigenen, Herr Rampf.

Rampf Herr Vorsitzender, ich bin es nicht gut gewöhnt, in dieser ehrenrührigen Weise befragt zu werden. Der Generaloberst Karrdorst hat der Kommission den tatsächlichen Befehlsnotstand dargelegt und der Oberstleutnant Houth seine Verantwortlichkeit für die Durchführung des Befehls. Ich glaube, ich kann nicht mehr für Sie tun. *Er steht auf.* Ich danke Ihnen.

Schweigeis Ich habe noch Fragen, Herr Vorsitzender.

Oberstaatsanwalt Ich muß Sie bitten, Herr Rampf, die Fragen der Kommissionsmitglieder weiter zu beantworten.

Der Anwalt flüstert Rampf etwas zu, und dieser setzt sich wieder.

Und ich ersuche die Kommissionsmitglieder, sich auf sachlich notwendige Fragen zu beschränken. Es hat sich kein Grund ergeben, die Aufrichtigkeit der vorgelegten Erklärungen in irgendeiner Weise zu bezweifeln, und es sollte das nicht weiter versucht werden.

Schweigeis Ich möchte eine Frage zu Oberstleutnant Houth stellen.

Oberstaatsanwalt Hinsichtlich dessen Erklärung?

Schweigeis Nein.

Oberstaatsanwalt Bitte.

Schweigeis Welche Funktion hatte Oberstleutnant Houth?

Rampf Er leitete die Operationsabteilung.

Schweigeis Leitete er sie in der fraglichen Zeit?

Rampf Ja.

Schweigeis Eine Frage zu Ihrem Gespräch mit Fahlzogen: Was war das Ergebnis Ihrer Zusammenkunft?

Rampf Wie meinen Sie das?

Schweigeis Sie fanden Fahlzogens Vorstellungen ziemlich unrealistisch, nicht wahr?

Rampf Ja. Deshalb meine Anregung, zuvor den gemeinsamen Appell der Heeresgruppenführer an Hitler zu wagen.

SCHWEIGEIS War das eine Form, Ihre Absage zu präsentieren? Wurde das von Fahlzogen so verstanden?

RAMPF Das kann ich mir nicht denken. Wir erörterten verschiedene Wege, verschiedene Phasen zu einem gemeinsamen Ziel. Der Widerstand gegen Hitler war für mich keine Form.

SCHWEIGEIS Fahlzogen durfte der Ansicht sein, mit Ihnen im Ernstfall rechnen zu können?

RAMPF Im Prinzip natürlich.

SCHWEIGEIS Blieb er mit Ihnen in Verbindung?

RAMPF Nein. Der sogenannte Plan «Walküre» wurde bekanntlich fallengelassen, und am 20. Juli 1944 war ich, wie schon gesagt, in Rumänien eingekesselt.

SCHWEIGEIS Machten Sie irgend jemandem von der stattgehabten Zusammenkunft mit Fahlzogen Mitteilung?

RAMPF Damals?

SCHWEIGEIS Ja.

RAMPF Nein.

SCHWEIGEIS Bis Kriegsende?

RAMPF Dienstlich?

SCHWEIGEIS Ja.

RAMPF Nein.

SCHWEIGEIS In diesem Punkt sind Sie Ihrer Erinnerung sicher?

RAMPF Ja. Wenn es so etwas wie sichere Erinnerungen gibt.

SCHWEIGEIS Ich glaube, Sie erwähnten, Herr Rampf, daß Sie aus dem Kessel in Rumänien ausgeflogen wurden.

RAMPF Richtig. Auf OKH-Befehl, gegen meinen Wunsch.

SCHWEIGEIS Haben Sie einen Anhalt, wann das gewesen sein kann?

RAMPF Warten Sie. Es sind immerhin siebzehn Jahre her. Es muß im August gewesen sein, jedenfalls nach dem rumänischen Putsch. Der Verrat des rumänischen Königs, der sich mit den Sowjettruppen in Verbindung setzte, war am 1. August 1944. Einige Zeit danach.

SCHWEIGEIS Können Sie sagen, wie dieses Protokoll, datiert vom 21. Juli 1944 in Königsberg, zustande gekommen sein mag? *Er reicht Rampf eine Fotokopie.*

RAMPF *nach einer Pause*: Keine Ahnung.

Er reicht die Fotokopie seinem Anwalt.

SCHWEIGEIS Halten Sie es für möglich, Herr Rampf –

ANWALT Herr Vorsitzender, ich erhebe Einspruch gegen den Versuch, ein möglicherweise fabriziertes Schriftstück einer in Nürnberg als verbrecherisch klassifizierten Organisation in diese Untersuchung als Material einzuführen. Das Schriftstück steht in keiner Beziehung zu dem Gegenstand der Untersuchung, und ich kann in dessen Vorlage nur die Absicht der politischen Diskriminierung durch ein Mitglied der Kommission sehen.

SCHWEIGEIS Ich werde die Beziehung zum Gegenstand der Untersuchung nachweisen, Herr Rechtsanwalt.

ANWALT Ich protestiere gegen diese Verfahrensweise!

OBERSTAATSANWALT Meine Herren, um was für ein Schriftstück geht es?

SCHWEIGEIS Um ein Protokoll der –

ANWALT Herr Vorsitzender, ich beantrage, die Zulässigkeit dieses Schriftstücks außerhalb des Protokolls zu erörtern.

OBERSTAATSANWALT Wir wollen das Protokoll für ein paar Minuten aussetzen.

Der Protokollant setzt das Protokoll aus.

SCHWEIGEIS Es geht um ein Protokoll der Gestapoleitstelle Königsberg, vom 21. Juli 1944, aus dem hervorgeht, daß Herr Rampf, seiner Aussage entgegen, erstens tatsächlich bereits am 21. Juli 1944 in Königsberg war, daß Herr Rampf, seiner Aussage entgegen, zweitens am 21.7.1944 von einem Major Dr. S., der Stadtkommandantur Königsberg angehörig, zum 20.-Juli-Putsch dienstlich gehört wurde und Oberst Fahlzogen schwer belastete, daß Herr Rampf, seiner Aussage entgegen, drittens bereits im Oktober 1943 eine dienstliche Meldung über die Kontaktaufnahme Fahlzogens abgegeben hat, und zwar gemeinsam mit Oberstleutnant Houth, daß schließlich viertens Oberstleutnant Houth, seiner Erklärung und der Aussage des Herrn Rampf entgegen, zur Zeit der Brückenoperation im Oktober 1943 nicht Chef der Operationsabteilung der Division, sondern deren I c war.

RAMPF Warum soll ein I c nicht zeitweilig auch Operationschef sein. Er war es.

SCHWEIGEIS Nach dem Gewährsmann der Gestapo haben Sie damals erklärt –

ANWALT Herr Vorsitzender, ich beantrage, die Echtheit dieses ominösen Protokolls nachzuweisen, ehe es hier verlesen wird.

SCHWEIGEIS Ich kann Ihnen da mit einem Tonband dienen, Herr Rechtsanwalt. *Er entnimmt seinem Material ein Tonband und legt es auf einen Bandapparat.*

OBERSTAATSANWALT Was ist das?

SCHWEIGEIS Das Tonband, wonach das Protokoll angefertigt wurde.

ANWALT Tonbänder sind manipulierbar!
SCHWEIGEIS Wie jedes andere Dokument, Herr Rechtsanwalt.
ANWALT Herr Vorsitzender, ich protestiere, daß manipuliertes Gestapomaterial hier zugelassen wird!
SCHWEIGEIS Ich glaube, wir erörtern, ob es zugelassen werden soll. Dazu muß es wohl gehört werden.
OBERSTAATSANWALT Wir wollen es außerhalb des Protokolls hören und danach über seine Zulässigkeit beschließen.
SCHWEIGEIS Danach hat Herr Rampf am 21.7.1944 der Gestapo erklärt: *Er bringt das Tonband in Gang.*

Tonband:

STIMME DES GENERALS RAMPF Im Oktober 1943 hatte ich ein Gespräch mit Oberst Fahlzogen über Fragen der Winterausrüstung. Das Gespräch wurde von meinem Divisionspfarrer Schlievland vermittelt. Fahlzogen war im Auftrag der Heeresinspektion Ost unterwegs. Zu meiner Verwunderung brachte er das Gespräch auf die allgemeine Kriegsführung und kritisierte sie auf eine unsachliche und sarkastische Weise. Als er schließlich von wünschenswerten und möglichen Friedensverhandlungen sprach, entgegnete ich ziemlich grob, daß ich mir ein Europa weder im Würgegriff New Yorker Bankjuden noch unter der Knute bolschewistischer Kommissare entfernt vorstellen wolle und daß ich das Gespräch als ein nichtgeführtes ansehe. Ich hielt es aber für meine Pflicht, noch am gleichen Tage meinen I c, Oberstleutnant Houth, zu unterrichten, und mit diesem gemeinsam den Vorfall dem Generalstabschef der Heeresgruppe Mitte, v. Tresckow, zu melden. Ich konnte nicht annehmen, daß Tresckow die Meldung unterschlägt, weil er an dem verbrecherischen Komplott gegen die deutsche Ehre selbst beteiligt war. Ich muß nicht betonen, wie tief mein Abscheu ist.

SCHWEIGEIS Ist es möglich, Herr Rampf, daß Sie das erklärt haben?
RAMPF Ich erinnere mich nicht. Sicher nicht der Gestapo gegenüber.
SCHWEIGEIS Einem Major, Dr. S.?
RAMPF Ich kenne keinen Major Dr. S., aber es ist denkbar, daß ich irgendeinem schnüffelnden Nazi-Offizier ein führertreues Ammenmärchen aufgetischt habe, das er unbemerkt aufgenommen und weitergegeben hat. Fahlzogen war verhaftet, von Tresckow

war verhaftet, es ist eine denkbare Schutzbehauptung, meinen Kopf zu retten. Ich erinnere mich nicht. Unsere Köpfe saßen damals ziemlich locker, und ich hatte wenig Neigung, mich ohne erkennbaren Sinn umbringen zu lassen.

SCHWEIGEIS Das könnten sich die sechzig Leute an der Brücke auch gedacht haben, nicht wahr?

RAMPF Das haben sich viele Tausende denken müssen, die nicht wie Sie in England ihre Pfeife rauchen konnten, Herr Professor Schweigeis! Es ist eine Sache, im Jahre 1960 Gestapoakten zu durchstöbern, und es ist eine andere, die Gestapo im Juli 1944 im Genick zu haben!

SCHWEIGEIS Und Freisler zu bedienen, für dessen Volksgerichtshof diese Protokolle gebraucht wurden!

OBERSTAATSANWALT Herr Professor Schweigeis!

RAMPF *zu Schweigeis*: Ihre Methoden erinnern mich an eben diesen Herrn Freisler! Ihr Haß, Ihr Rachewille –

OBERSTAATSANWALT Herr Rampf –

RAMPF – machen mir klar, daß hier nicht die Schuld eines Menschen untersucht, sondern die Ehre eines Standes besudelt werden soll!

Er verläßt den Raum, gefolgt von seinem Anwalt.

OBERSTAATSANWALT *zu Schweigeis*: Da haben Sie es ja endlich geschafft!

SCHWEIGEIS Was?

OBERSTAATSANWALT Aus diesem juristischen Hühnermist einen politischen Fall zu machen. Ich werde Ihnen den Gefallen nicht tun.

SCHWEIGEIS Ich kann nicht sagen, daß ich viel Gefallen daran habe.

OBERSTAATSANWALT Warum um alles in der Welt kommen Sie dann mit diesem stupiden Protokoll angewackelt, das mit der ganzen Sache nichts zu tun hat? Was wollen Sie damit erreichen, wenn nicht den politischen Fall?

SCHWEIGEIS Ich will erreichen, daß ein verdammter Nazi-General, der sechzig Leute wegen seines Schäferhundes verheizen läßt, nicht mit zwei Gefälligkeitserklärungen um seinen Prozeß kommt.

OBERSTAATSANWALT Aber Herr Schweigeis. Der Mann beweist den Befehlsnotstand, und er beweist, daß er die Leute nicht ausgesucht hat. Sie schaffen die Erklärungen doch nicht weg.

STAATSANWALT Wenn ich sagen darf, es würde ihm juristisch völlig genügen, daß er sich im Verbotsirrtum befunden hat. Die Entscheidungen liegen vor.

OBERSTAATSANWALT Außerdem. Wenn der erwiesene Befehlsnotstand eine Anklage nicht aufhebt, dann haben wir in diesem Land morgen tausend Prozesse.

SCHWEIGEIS Ich glaube, wenn wir diese tausend Prozesse vor zehn oder fünfzehn Jahren gehabt hätten, dann fühlten wir uns besser. Und die anderen auch.

OBERSTAATSANWALT Sie werden als Historiker wissen, warum wir sie nicht gehabt haben. Und wir können sie nicht nachholen. Das werden Sie auch wissen.

SCHWEIGEIS Ich bin nicht sicher. Die Verbrecher sind uns ja nicht unbekannt, und wir werden die Vergangenheit nicht los, wenn wir sie weiterhin verstecken. Es ist eine Frage der Hygiene.

OBERSTAATSANWALT Ich glaube, das ist ein bißchen Emigrantenphilosophie, Schweigeis. Haben Sie den Eindruck, daß uns die Vergangenheit noch sehr belästigt?

SCHWEIGEIS Dann sollten wir das ändern.

OBERSTAATSANWALT Wie denn, Schweigeis?

SCHWEIGEIS Indem wir im Falle des Generals die Anklage empfehlen.

OBERSTAATSANWALT Aber mit welchem Material denn? Selbst wenn wir annähmen, daß diese lausige Hundegeschichte hineingespielt hat, oder was weiß ich, das ist juristisch nicht handhabbar. Es werden sich in jedem beliebigen militärischen Befehl persönliche Motive finden lassen, Verärgerungen, Antipathie, das ist die Unzulänglichkeit der menschlichen Natur. Unsere Empfehlung hat Folgen für andere Fälle. Das ist nicht zu verantworten.

SCHWEIGEIS Sie würden die Unzulänglichkeit der menschlichen Natur auch für das Gestapoprotokoll gelten lassen?

OBERSTAATSANWALT Ich kann das Protokoll in unserer Sache gar nicht zulassen, Schweigeis. Es hat nichts damit zu tun. Davon abgesehen, es hat Hunderte von solchen Schutzbehauptungen gegeben. Rampf ist da in keiner schlechten Gesellschaft.

STAATSANWALT Es kann auch niemand belangt werden, der Hoch- oder Landesverrat nach geltendem Recht angezeigt hat, Herr Oberstaatsanwalt. Deswegen habe ich den ganzen 20.-Juli-Komplex nicht verfolgt.

OBERSTAATSANWALT Wie immer man menschlich dazu stehen mag, Schweigeis, Sie können einen Menschen für ein Schwein halten, weil er nach zwei Seiten laviert, ich auch, man kann ihn deshalb nicht anklagen. Wo haben Sie das Ding überhaupt her?

SCHWEIGEIS Von Schlievland. Sein Bruder wurde tags darauf verhaftet, das Protokoll vor dem Volksgerichtshof gegen ihn und Fahlzogen verwendet. Das war der Widerstand des General Rampf jenseits von dessen Memoiren.

OBERSTAATSANWALT Wenn Schlievland das meint, dann muß er bei der zuständigen Staatsanwaltschaft Klage begehren. Wir haben in unserer Sache zu beschließen, und da hat sich ein zureichender Grund, die Anklage zu empfehlen, ganz eindeutig nicht ergeben. Oder?

STAATSANWALT Das ist rein strafrechtlich keine Frage, glaube ich.

SCHWEIGEIS Ich bin nicht Ihrer Ansicht.

OBERSTAATSANWALT Dann müssen Sie Ihre abweichende Meinung in einem Minderheitsbeschluß niederlegen.

SCHWEIGEIS Ja.

OBERSTAATSANWALT Ich kann Sie menschlich sehr gut verstehen, Schweigeis, aber Befehlsnotstand ist Befehlsnotstand. Der Mann hat sich als militärischer Fachmann, jedenfalls juristisch –

SCHWEIGEIS Wie ein fachmännischer Verbrecher verhalten! Man kann nicht ein Fachmann für Hitler oder Freisler sein, ohne an deren Verbrechen beteiligt zu sein! Und das betrifft nicht nur die Militärs.

Er kriegt schwer Luft, holt sachlich einen kleinen Asthmazerstäuber hervor und atmet das zerstäubte Medikament ein.

Pfeiffer tritt im Mantel ein, den Hut in der Hand.

STAATSANWALT Was möchten Sie bitte?

PFEIFFER Ich war vom Herrn Staatsanwalt gebeten, mich für heute nachmittag als Zeuge bereitzuhalten. Ich sollte gegenübergestellt werden. Ich hab gewartet.

STAATSANWALT Das hat sich erübrigt, Herr Pfeiffer, Sie werden nicht mehr benötigt. Ich habe Sie vergessen, Entschuldigung.

PFEIFFER Ich bin ja nun ziemlich weit hergekommen –

STAATSANWALT Ich weiß. Sie können sich natürlich Ihr Zeugengeld abholen, auch die Fahrtkosten, wenn die Kasse noch auf hat.

PFEIFFER Ja. Das eilt ja nicht. – Danke schön.

STAATSANWALT Keine Ursache, Herr Pfeiffer.

Pfeiffer geht hinaus.

OBERSTAATSANWALT *den Disput mit Schweigeis fortsetzend*: Das sind utopische Gerechtigkeitswünsche, leider, aber Rechtsnorm ist Rechtsnorm.

SCHWEIGEIS Und Mord, Mord.

Bartleby

Fernsehspiel
nach einer Novelle
von Herman Melville

Personen

Bartleby
Morrison
Duncan
Oates
Astor
Brockton
Spencer
Doolittle
Albert
Clubkellner
Beschliesser
Häftling
Wärter
1. Möbler
2. Möbler
3. Möbler
1. Polizist
2. Polizist

1. Bild

Außen, Tag.
Eine weißgetünchte, kahle Friedhofsmauer. Es ist ein trüber Tag. Es regnet leicht. Auf dem Weg, der an der Mauer außen entlangführt, stehen kleine Pfützen.
Auf der Mauer erscheint der Titel.
Eine zweirädrige Eisenkarre kommt ins Bild, die von zwei Gefängniswärtern gezogen wird. Auf der Eisenkarre ist ein billiger Brettersarg. Hinter der Karre geht der Gefängnisgeistliche, verdrossenen Gesichts, ein schwarzes Kreuz in der Hand. Den dreien folgt in geringem Abstand Morrison, ein schwerer Mann, in schwarzem Mantel, Zylinder. Er hat seinen Regenschirm aufgespannt.
Er kommt auf die Kamera zu, die Kamera bleibt groß auf seinem ernsten Gesicht. Wir hören seine Stimme die Geschichte Bartlebys erzählen, während er still dem Sarge folgt.

MORRISON *unbewegten Gesichts*: Ich bin nicht mehr der jüngste. In meinem Alter muß ein Mann an seine Gesundheit denken. Ich weiß nicht, warum ich an einem kalten, regnerischen Tag dem Sarge eines Mannes folge, der mich nichts angeht, der ein paar Wochen lang Kopist in meiner Anwaltskanzlei war und schließlich in den sogenannten Gräbern, der hiesigen Strafanstalt, verstorben ist.
Die Kamera sieht mit den Augen Morrisons an dem Gefängnisgeistlichen vorbei auf den trostlosen Eisenkarren mit dem Sarg Bartlebys.
Die unbeteiligten Rücken der beiden Gefängniswärter, der aufgeweichte Weg, die lange Mauer, an der sich der Zug entlangbewegt.
Morrison im off:
Ich habe in meinem Leben viele Anwaltsschreiber kennengelernt, eine sonderbare Sorte von Menschen. Ich könnte Historien erzählen, aber keine dieser Geschichten hat mich so berührt, auf so unerklärliche Weise beteiligt, wie die des Schreibers Bartleby, dessen Biographie ich nicht kenne, von der ich nichts weiß, als was ich mit eigenen, erstaunten Augen gesehen habe.

Die Kamera sieht den Zug von vorn und bleibt wie vorher auf dem Gesicht des gehenden Morrison.
Es war ein gewöhnlicher Arbeitstag. Ich saß in meinem damaligen Büro, Canal Street, im Geschäftsviertel von New York und beschäftigte mich behaglich mit den Wertpapieren, Hypotheken und Rechtsansprüchen reicher Leute.
Vom Gesicht Morrisons wird übergeblendet.

2. Bild

Innen, Tag. Kanzleichefbüro.
Dunkles Mobiliar, im Geschmack der fünfziger Jahre des vorigen Jahrhunderts. Stucksimse, gemalte Marmorsäulen, schwere Ledersessel, Akten und Bücherschränke, eine Garderobe.
Morrison sitzt an einem großen Schreibtisch und sieht Papiere durch. Hinter sich, auf einem Sockel, zwischen den imitierten Marmorsäulen, eine Cicerobüste.

Morrisons Stimme Meine Berufsgeschäfte hatten einen erheblich größeren Umfang angenommen, seit mir das Amt eines Beisitzers im Kanzleigericht übertragen worden war.
In der Zeit unmittelbar vor Bartlebys Auftreten hatte ich in meiner Kanzlei zwei Kopisten. Nummer eins: Oates, ein untersetzter, asthmatischer Engländer in meinem Alter, also hart an 60.

3. Bild

Innen, Tag. Kanzleivorzimmer.
Ein langweiliger, schlecht beleuchteter Büroraum. Alte Schreibpulte, Schreibgeräte, vollgestopfte Aktenregale, wie sie in dieser Zeit gebraucht wurden. Das Fenster geht auf die häßliche Mauer eines nahegelegenen Hauses. Eine Flügeltür aus Mattglas führt in das Chefbüro.
William Oates, ein dicker Mann, mit spärlichem grauem Haar, der zu hohem Blutdruck neigt, ist über seine Schreibarbeit gebeugt. Er trägt eine fleckige Arbeitsjacke, schwarze Ärmelschoner und füllt seine Seite monoton und wie es scheint zufrieden.

Morrisons Stimme Des Morgens zeigte sein Gesicht eine schöne, blühende Farbe, und er brachte ein großes Arbeitspensum in vorzüglicher, kaum zu übertreffender Weise hinter sich. Nach zwölf Uhr mittags aber – seiner Essensstunde – glühte es wie ein Kohlenrost zur Weihnachtszeit. Dann überkam ihn eine erhitzte, verworrene Betriebsamkeit. Er sprang beständig auf, ließ die Papiere wüst herumfahren und tauchte seine Feder ohne alle Vorsicht ins Tintenfaß, ein bei einem älteren Mann besonders widriger Anblick. –

Glücklicherweise war Nummer zwei, ein einigermaßen seeräuberhaft aussehender junger Mann von 25 Jahren, am Nachmittag in der Regel in ausgeglichener Arbeitslaune.

Die Kamera ist zu Bill Duncan gewandert, ein magerer, besser gekleideter Schreiber mit einem Backenbärtchen und blasser Gesichtsfarbe. Er schreibt an einem in verschiedene Lagen zu verstellenden Schreibpult mit unruhigem, fahrigem Temperament.

Die nervöse Unverträglichkeit, die hämische Reizbarkeit eines anarchistischen Temperamentes, die ihn an diesem wie an jedem Morgen plagte, pflegte sich über Mittag in eine weltmännische Gelassenheit zu verwandeln. So daß mir wenigstens immer einer meiner Kopisten nützlich war. Am Morgen wußte Duncan allerdings überhaupt nicht, was er wollte, wenn nicht von seinem Schreibpult für immer freizukommen. Er fluchte, knirschte mit den Zähnen und lag in beständiger Fehde mit der Höhe seines Arbeitspultes.

Duncan fegt seine Arbeit zur Seite, um seinen täglichen Kampf mit dem wackelnden Schreibpult aufzunehmen. Er legt Holzstückchen, Kartons und schließlich Löschpapier unter die verschiedenen Tischbeine, in sich hineinfluchend und mit den Zähnen knirschend.

Oates schreibt gelassen, ohne ihn zu beachten.

Duncan Warum ist in dieser Höhle kein Pult zu beschaffen, an dem ein Mann arbeiten kann! Vier Cents die Folioseite zu hundert Wörtern und Schreibpulte, die zerhackt gehören!

Oates *ohne seine Arbeit zu unterbrechen*: Ich arbeite in diesem Büro und an diesem Schreibpult seit 28 Jahren, Mr. Duncan. Ich begann drei Jahre, bevor Sie geboren wurden.

Duncan *weiter mit seinem Pult kämpfend*: Und ich arbeite keine drei Tage mehr, wenn nicht hier ein dritter Kopist eingestellt wird!

Oates *unverdrossen seine Urkunden abschreibend*: Es gehört zu

den Fähigkeiten eines Schreibers, sich nicht zum Spielball seiner Gefühle machen zu lassen.
Ich beobachte jeden Vormittag Ihre ungewöhnliche Unruhe, Ihre schlechte Gesichtsfarbe, und ich frage mich, ob Sie nicht dabei sind, das Opfer zweier böser Mächte zu werden, die mehr als ein Kopistenleben zerstört haben, des Ehrgeizes und der Verdauungsstörungen.

DUNCAN Wie soll ein Mensch nicht unter Verstopfung leiden, der Tag für Tag zwölf Stunden in einem Schwitzkasten sitzt und Urkunden und Verträge kopiert und Verträge und Urkunden, die er nach seiner Fähigkeit selber rechtsgültig abfassen könnte! Ein Fachmann, der seine eigenen Klienten haben könnte. Der sie sogar hat, Mr. Oates, der sie hat!
Die Tür des Chefbüros wird geöffnet und Morrison erscheint in der Tür.

MORRISON Mr. Duncan! – Mr. Duncan, wenn ich bitten darf.
Morrison geht in sein Büro zurück.

DUNCAN Ich komme.
Um seine Unabhängigkeit zu statuieren, läßt er sich genügend Zeit. Er steckt die Schreibfeder in das Tintenfaß, trocknet die letzte Seite umständlich, ordnet seine Utensilien und richtet mit Würde seinen Anzug, ehe er sich langsam dem Chefbüro zuwendet.

4. BILD

Innen, Tag. Kanzleichefbüro.
Duncan tritt ein und geht zu Morrison, der wieder an seinem Schreibtisch sitzt.

MORRISON *mit einem Blick auf Duncans leere Hände*: Wo haben Sie die Kopien? Ich sagte Ihnen, daß ich die Vertragsentwürfe von Mr. Astor bis Mittag benötige.

DUNCAN Es tut mir leid, Mr. Morrison, aber ich sah mich beim besten Willen nicht in der Lage –

MORRISON *ihm das Wort abschneidend*: Ihr bester Wille ist offenbar nicht gut genug, Mr. Duncan. Warum schreien Sie herum, statt zu arbeiten. – Wissen Sie, wer John Jacob Astor ist?

DUNCAN Ja, Sir, der reichste Gauner der Stadt.

MORRISON Einer der reichsten des Landes, Mr. Duncan. Habe ich Sie richtig verstanden, sagten Sie Gauner?

DUNCAN *zuckt die Achsel*: Habe ich Gauner gesagt?

MORRISON Glauben Sie, daß ein Millionär Lust hat, auf die Ausfertigung seiner Verträge zu warten?

DUNCAN Kaum. Wenn ich mir eine Bemerkung erlauben darf, Mr. Morrison –

MORRISON *unterbrechend*: Sie dürfen nicht.

DUNCAN *fährt unbekümmert fort*: – wenn Mr. Astor mir die Ehre gäbe, meine Dienste zu beanspruchen –

MORRISON – was er zu seinem Glück nicht tut!

DUNCAN – würde ich mir einen weiteren Kopisten zulegen.

MORRISON Ist das Ihre Sache, Mr. Duncan, oder die meine?

DUNCAN Die Arbeit, die Sie uns zumuten, ist von zwei Kopisten nicht mehr zu leisten. Und was die Bezahlung betrifft –

MORRISON Ich habe Sie nicht um Ihre Meinung gebeten.

DUNCAN Wünschen Sie, daß ich Ihnen einen Brief schreibe, um eine Zulage von einem Cent pro Folioseite zu erbitten?

MORRISON Sie können sich die Mühe sparen. Sie sind entlassen. Ich kann mich nicht jeden Morgen von Ihnen tyrannisieren lassen.

DUNCAN Das trifft sich ausgezeichnet. Ich wollte gerade kündigen.

MORRISON Dann gehen Sie zum Teufel.

DUNCAN Mit Ihrer freundlichen Erlaubnis, Mr. Morrison.
Duncan macht eine steife, förmliche Verbeugung, geht aus dem Zimmer und schließt die Tür geräuschvoll hinter sich.

5. BILD

Innen, Tag. Kanzleivorzimmer.
Duncan kommt aus dem Chefzimmer und geht gespannten Schrittes zu seinem Schreibpult.

DUNCAN *triumphierend*: Ich habe gekündigt!
Er beginnt mit übertriebenem Fleiß seine Verträge zu kopieren.
Ich habe diesem Blutsauger die Arbeit vor die Füße geworfen!
Er kopiert eifrig seine Verträge.

OATES Ich nehme an, Sie wissen, daß Sie kein anderer Anwalt dieser Stadt daraufhin als Kopist beschäftigen wird, Mr. Duncan.

DUNCAN Ich demütige mich nicht, und wenn ich in der Canal Street betteln müßte!

Er beugt sich über seine Arbeit.

STIMME MORRISONS Mr. Oates!

OATES Sofort, Mr. Morrison.

Er steht auf und geht auf das Chefbüro zu.

6. BILD

Innen, Tag. Kanzleichefbüro.

MORRISON Ich nehme an, Sie haben gehört, daß Mr. Duncan soeben gekündigt hat.

OATES Ja, Sir.

MORRISON Ich möchte Ihre Meinung dazu haben, Oates.

OATES Ich muß gestehen, Sir, ich kann dem Vorgang nicht die Bedeutung beimessen, die ihm vielleicht zukommt. Seine Konstitution, sein jugendliches, feuriges Temperament am Morgen –

MORRISON Sein Temperament am Morgen, Ihr Temperament am Nachmittag – wie sollen anständige Abschriften zustande kommen, wenn meine Kopisten unersättlich ihren Temperamenten frönen? – Sehen Sie sich diese Ihre Abschriften an, ein Akt des Kanzleigerichts, besprüht mit Tintenklecksen.

OATES *das Aktenstück nachsichtig betrachtend*: Es ist am Nachmittag geschehen, im Eifer des Nachmittags. Obwohl ich mich, mit aller schuldigen Ehrerbietung, Sir, gerade durch diesen Eifer für Ihre rechte Hand halte!

MORRISON Aber die Tintenkleckse, Oates.

OATES Richtig! – Jedoch mit aller schuldigen Ehrerbietung, Sir: schauen Sie diese Haare! Ich werde alt. Ich möchte doch meinen, Sir, daß ein paar Tintenkleckse an einem heißen Nachmittag einem alten Mann mit grauen Haaren nicht so hart zum Vorwurf gemacht werden dürfen. Das Alter, auch wenn es Tintenflecke macht, verdient Ehrerbietung, Sir: wir werden beide alt! – Wünschen Sie, daß ich nach 28 Jahren die Kanzlei im Stich lasse?

MORRISON Ich wünsche es nicht, Oates. Ich wünsche keine Tintenkleckse und eine ruhige Arbeitsatmosphäre, wie es sich für eine Kanzlei unseres Ranges gehört. – Sehen Sie sich bitte einmal

Ihre Jacke an. – Ist das ein Aufzug, in dem man seriöse Geschäftsleute empfängt. Sind wir eine Vorstadtkanzlei?

OATES *seine fleckige, alte Jacke mit Würde zuknöpfend*: Ich trage diese Jacke seit fünfzehn Jahren, Sir, und, in aller Bescheidenheit, ich kann mir eine bessere nicht leisten.

MORRISON Dann trinken Sie am Nachmittag weniger Bier und kaufen Sie sich eine neue Jacke!

OATES Darf ich Ihre Bemerkung so verstehen, daß Sie Ihrem ältesten Angestellten nach allen Verdiensten nunmehr das Bier verbieten wollen? Ist das die Form, in der Sie Ihrer rechten Hand im Alter den Stuhl vor die Tür zu setzen wünschen?

MORRISON Aber ich will Ihnen nicht den Stuhl vor die Tür setzen! Und ich will auch Duncan nicht verlieren. Ich habe Sie im Gegenteil zu mir gebeten, damit Sie die leidige Sache mit Duncan wieder in Ordnung bringen.

OATES Ich bitte um Entschuldigung Sir, aber ich glaube, das ist nicht meine Angelegenheit.

Morrison steht seufzend von seinem Schreibtisch auf und geht durch die Vorzimmertür, die ihm von Oates geöffnet wird.

7. BILD

Innen, Tag. Kanzleivorzimmer.

Morrison tritt an Duncans Schreibpult und blickt ihm über die Schulter auf die Arbeit.

DUNCAN *nachdem er eine Zeit ruhig weitergeschrieben hat*: Mr. Morrison?

MORRISON Mr. Duncan.

DUNCAN Halten Sie die Kündigung aufrecht?

MORRISON Aber Sie haben doch mir gekündigt. Zum wiederholten Male. Sie doch!

DUNCAN Es tut mir leid, Sir. Ich habe mich hinreißen lassen. Die tägliche Arbeitsüberlastung, mein übertriebenes Pflichtgefühl –

MORRISON Wir wollen es mit Ihrer Entschuldigung bewenden lassen. Was Ihre Forderung von einem halben Cent Zulage pro Folioseite betrifft, so bin ich nach reiflicher Überlegung bereit –

DUNCAN Ich sagte einen Cent!

MORRISON Und ich sage einen halben!

DUNCAN Wie Sie wünschen, Mr. Morrison.
MORRISON Ich finde die Bezahlung angemessen, und Sie können Ihre Bezüge durch eine konzentriertere Arbeitsweise erhöhen.
DUNCAN Und was wird aus einem weiteren Kopisten? Ich werde mit den Astor-Verträgen nicht ohne die Hilfe eines weiteren Kopisten fertig.
MORRISON Wir werden einen zusätzlichen Kopisten bekommen.
DUNCAN Da bin ich nicht so sicher, Mr. Morrison.
MORRISON Wieso?
DUNCAN Es wird nicht leicht sein, eine Hilfskraft zu finden.
MORRISON Die ganze Canal Street wimmelt von arbeitslosen Schreibern.
DUNCAN Das ist mir bekannt.
MORRISON Außerdem habe ich in der «Tribune» inseriert.
DUNCAN Ich habe es vor drei Tagen gelesen. – Aber es hat sich niemand vorgestellt.
MORRISON Was wollen Sie damit sagen?
DUNCAN *hintergründig:* Ich will nichts damit sagen, Mr. Morrison.
MORRISON Ich bin Beisitzer des Kanzleigerichts und der Rechtsbeistand von John Jacob Astor, und es ist für jedermann eine Ehre…

Es wird zaghaft an die Tür geklopft. Klopfen.

Morrison ruft ärgerlich: Herein!

Ohne sich zur Tür zu wenden, fährt er fort:

und es gereicht jedem zur Ehre, für das Büro Morrison…

Er unterbricht sich, weil Duncan und Oates verwundert zur Tür schauen.

Er dreht sich um.

In der Eingangstür steht Bartleby, ein schlaksiger, bleicher Mensch unbestimmten Alters, ausdruckslos, erbarmungswürdig achtbar, hoffnungslos einsam. Seine Kleidung ist äußerst reinlich und sehr abgetragen. Das hervorstechende an Bartleby sind seine vollkommene Passivität und seine entwaffnende Hilflosigkeit in der Sprache, in Gebärde und Ausdruck.

DUNCAN *von seinem Schreibpult aufstehend*: Sie wünschen?
BARTLEBY *mit farbloser Stimme*: Ich habe das Inserat gelesen.
MORRISON Ah, Sie wollen sich um die Stelle eines Hilfskopisten bewerben.
BARTLEBY Mit Ihrer gütigen Erlaubnis, Sir, ich möchte es probieren.

Er schließt behutsam die Tür hinter sich, läßt dabei seinen Hut auf den Boden fallen, hebt ihn umständlich auf.

MORRISON *streng*: Haben Sie schon als Kopist gearbeitet?

BARTLEBY Nein, aber ich schreibe eine saubere Hand. Wenn Sie gütigst die Probe betrachten könnten. Ich gebe mir Mühe.

Er holt aus seiner Innentasche sehr pedantisch einige beschriebene Bögen und reicht sie Morrison mit einer kleinen Verbeugung.

Einen Moment Stille. Dann wirft Morrison einen Blick auf die Blätter, räuspert sich.

MORRISON Wo waren Sie in New York zuletzt beschäftigt?

BARTLEBY Nirgends.

MORRISON Nirgends?

BARTLEBY Ich komme aus Washington, Sir.

MORRISON Hm. Aus Washington. Auch gut. Was haben Sie dort gearbeitet?

BARTLEBY Ich war bei der Postverwaltung angestellt. Im Archiv.

MORRISON Im Archiv. Und da wollten Sie sich verändern.

BARTLEBY Unbedingt.

MORRISON *mißtrauisch*: Archiv – das kann doch keine schwere Tätigkeit gewesen sein...

BARTLEBY *mit einem Seufzer*: Nicht schwer, Sir, aber sie lag mir nicht.

MORRISON Bitte?

BARTLEBY Sie lag mir nicht, Sir. Sie war furchtbar.

MORRISON *wirft ihm einen schiefen Blick zu*: Wenn Sie glauben, daß ich besser bezahlen kann als die Regierung, dann täuschen Sie sich.

BARTLEBY O nein, daran habe ich nicht gedacht. Ganz und gar nicht.

MORRISON Also, wie hoch sind Ihre Ansprüche?

BARTLEBY Ich habe keine Ansprüche.

DUNCAN Mr. Morrison spricht von Ihrem Gehalt.

Duncan zeigt Bartleby hinter Morrisons Rücken fünf Finger, die fünf Cents pro Folioseite bedeuten sollen.

Bartleby betrachtet ihn verständnislos.

MORRISON Ich glaube, das ist nicht Ihre Sache, Mr. Duncan. – Welchen Lohn erhielten Sie in Ihrer letzten Stelle?

BARTLEBY Einen sehr geringen.

MORRISON Ich bin in der Canal Street als ziemlich großzügig bekannt.

Einen Augenblick Pause, in der Morrison die Reaktion bei seinen

Angestellten zu beobachten sucht. Die beiden Angestellten schreiben jedoch, ohne darauf zu reagieren.
Ich bin bereit, Ihnen drei Cent pro Folioseite zu bezahlen.
Duncan macht Bartleby Zeichen, ohne von ihm beachtet zu werden.

BARTLEBY *tonlos*: Drei Cent pro Seite.

MORRISON *unsicher*: Für den Anfang. – Nun ja, Sie sind in dieser Stadt fremd, Sie brauchen vielleicht etwas mehr. Also gut, dreieinhalb Cent.

BARTLEBY O nein. Drei Cent erscheinen mir ausreichend.

MORRISON *des Glaubens, er habe sich verhört*: Wie?

BARTLEBY Ich bin genügsam, und drei Cent scheinen mir ausreichend, Sir.
Morrison betrachtet ihn sehr verwundert.

MORRISON In Ordnung. Wie Sie wünschen.

BARTLEBY *höflich*: Danke, Sir. Ich werde mich anstrengen, Ihr Vertrauen zu rechtfertigen.
Morrison macht brüsk kehrt und geht zur Verbindungstür. Dort macht er halt und ordnet an:

MORRISON Ich möchte, daß Sie mit der Arbeit heute noch beginnen. Sie bekommen ein Schreibpult in mein Zimmer, vor dem zweiten Fenster. Mr. Duncan, bitte stellen Sie den grünen Wandschirm auf, damit er in seinen Anstrengungen nicht von mir gestört wird.
Morrison lacht.
Duncan und Oates fallen pflichtschuldig in Morrisons Lachen ein. Morrisons Blick fällt auf Bartleby, der keine Miene verzieht. Sofort wird Morrison auch ernst.
Humor ist nicht Ihre Sache, wie?

BARTLEBY *ernst*: Ich glaube nicht, Sir.

MORRISON Also bitte, wir haben keine Zeit zu verlieren.
Duncan und Oates setzen sich in Bewegung. Sie tragen ein in der Ecke stehendes Pult in das Chefbüro.

8. BILD

Innen, Tag. Kanzleichefbüro.
Duncan und Oates stellen das Pult in die angewiesene Ecke vor ein zweites, sehr kleines Fenster.
Morrison erscheint in der Tür und gibt Anweisungen.

MORRISON Nicht der Länge nach! – Wenn ich nicht irre, braucht ein Schreiber das Licht von links. Stuhl, Wandschirm, Lampe –!

Er unterbricht sich, weil ihm mit einemmal auffällt, daß sich alle Welt um Bartlebys Pult bemüht, außer diesem selbst. Er wendet sich in der Tür um.

9. BILD

Innen, Tag. Kanzleivorzimmer.
Morrison macht einen Schritt durch die Tür auf Bartleby zu.
Bartleby steht noch immer regungslos am gleichen Fleck wie früher, mit leerem Blick auf seinen neuen Chef sehend.

MORRISON Was haben Sie?
BARTLEBY *verständnislos*: Nichts, Sir.
MORRISON Fühlen Sie sich nicht wohl?
BARTLEBY Oh, danke, ich fühle mich wie immer.
MORRISON *in aufwallendem Zorn*: Wollen Sie nicht gefälligst mit helfen?

Bartleby erwidert seinen Blick ohne Furcht, aber auch ohne Verständnis. Er fragt abwesend:

BARTLEBY Wem, Sir?

Oates und Duncan tragen Wandschirm und Stuhl hinaus.

MORRISON Glauben Sie, daß es unter Ihrer Würde ist, sich Ihren eigenen Arbeitsplatz herzurichten, Mr.... Mr.... Wie heißen Sie eigentlich?
BARTLEBY *auf dem gleichen Fleck verharrend*: Ich heiße Bartleby, Sir.
MORRISON Und wollen Sie sich Ihren Platz nicht wenigstens ansehen?
BARTLEBY Ich bin mit jedem Platz zufrieden.
MORRISON *zornig*: Aber ich wünsche, daß Sie ihn sehen!

Er weist mit einer Geste in das Chefbüro, aus dem Oates und Duncan kommen.
Nach kurzem Zögern folgt Morrison Bartleby.

Innen, Tag. Kanzleichefbüro.
Morrison schließt die Tür, geht an seinen Schreibtisch und wendet sich an Bartleby, der, Morrison den Rücken kehrend, an dem Wandschirm steht und seinen neuen Arbeitsplatz betrachtet.

Morrison Mr. Bartleby.
Bartleby *sich umdrehend*: Ja, Sir.
Morrison *bekämpft eine gewisse Ungeduld*: Setzen Sie sich doch.
Bartleby setzt sich auf die äußerste Stuhlkante, Morrison gegenüber, seinen Hut wie zur Abwehr vor die Brust haltend.
Mr. Bartleby, ich verstehe Ihre Bescheidenheit, die neue Umgebung, die neuen Menschen, ich verstehe das alles. Ich gestehe sogar, daß es gerade dieses bescheidene, stille und ernste Wesen ist, das mich angezogen hat. Weil ich mir einen wohltuenden Einfluß auf meine anderen Angestellten verspreche, deren Arbeit unter einer gewissen Regellosigkeit leidet – Sie verstehen. –
Bartleby sieht ihn still an, ohne etwas zu sagen.
Andererseits ist es auch für einen Kopisten notwendig, daß er eine gewisse Initiative zeigt, eine gewisse innere Heiterkeit, die er zu seiner Arbeit braucht, die Sie sich noch erwerben müssen –
Bartleby Ich werde mir Mühe geben, Sir. Unbedingt.
Morrison Ein gewisses geselliges Verhalten, denn ein Büro ist eine Familie, und ich möchte, daß Sie sich hier wohl fühlen.
Bartleby Ich fühle mich wohl, Sir. Ich finde den Arbeitsplatz sehr angenehm.
Morrison *irritiert auf seine Taschenuhr sehend*: Also gut, es ist gleich Lunchzeit, ich schlage vor, daß Sie nach der Mittagspause pünktlich mit Ihrer Arbeit beginnen.
Bartleby *aufstehend*: Wenn Sie einverstanden sind, dann möchte ich lieber gleich anfangen.
Morrison Haben Sie denn schon gegessen?
Bartleby Ich möchte jetzt nicht essen, Sir. Ich habe keinen Appetit.
Morrison Wie Sie wollen – Sie können mit der Abschrift der Schiffsverträge beginnen.
Morrison händigt dem unbewegt dastehenden Bartleby ein Bündel Papiere ein. Dann geht er an die Garderobe, nimmt seinen Mantel und erwartet, daß Bartleby ihm hilft. Da sich Bartleby nicht rührt, zieht er sich den Mantel an und geht schnell hinaus.

11. Bild

Außen, Tag.
Weißgetünchte, kahle Friedhofsmauer. Ein paar Lebensbäume ragen mit ihren Spitzen über die Mauer, regelmäßig wie Soldaten aufgestellt. Es regnet stärker, die Pfützen auf dem Weg sind stärker geworden. Der Gefängnisgeistliche hat ebenfalls einen Regenschirm aufgespannt. Die Uniformen der Gefängniswärter sind an den Schultern durchweicht. Die Schuhe sind dreckig geworden. Die Räder der Eisenkarre mit dem Sarg sinken in dem weichen Boden ein. Die Kamera läßt den kleinen Leichenzug an sich vorüberziehen und bleibt wie früher auf dem Gesicht des gehenden Morrison.

Morrison *unbewegten Gesichts*: Ich hatte erwartet, daß er mir in den Mantel hilft, wie das jeder andere Schreiber getan hätte. Es war nicht Unhöflichkeit. Ich sehe seine Gestalt noch heute vor mir – ausdruckslos sauber, erbarmungswürdig achtbar, hoffnungslos einsam. Wieso mußte ich über ihn nachdenken? Ein Schreiber, dem man dreieinhalb Cent für die Folioseite bietet, will nur drei haben. Ein Narr also. Aber er hatte etwas an sich, was mich entwaffnete, was mich auf kuriose Weise rührte und mich aus dem Konzept brachte.
Nichtsdestoweniger war ich zufrieden, unter meinen Kopisten fortan einen Menschen von so ungemein stillem Wesen zu haben, einen Mann, dessen Art nach meiner Erwartung wohltätig auf Oates regelloses und Duncans feuriges Temperament einwirken würde.
Ich hatte am nächsten Tag einige geschäftliche Verabredungen und kam erst später in meine Kanzlei.

12. Bild

Innen, Tag. Treppenhaus.
Morrison kommt den letzten Absatz der Treppe zu seiner Kanzleitür hinauf. Es handelt sich um ein New Yorker Geschäftshaus der fünfziger Jahre. Die Wand der Treppe ist mit falschem Marmor verkleidet, die Stufen sind ausgetreten.
Morrison schließt die Tür zu seiner Kanzlei auf und tritt in den dunklen Vorraum.

13. Bild

Innen, Tag. Kanzleivorraum.
Ein schmaler, unbeleuchteter Schlauch, in dem nur ein alter Aktenschrank mit Bündeln von abgelegten Akten steht.

Morrisons Stimme Es war Lunchzeit, und ich hörte schon im Vorraum Oates ungebührlich laut reden. Er sprach über Bartleby. Da es mich interessierte, wie er in der neuen Kanzleigemeinschaft aufgenommen wurde, machte ich mich einen Moment an einem Schrank zu schaffen, der alte Akten verwahrte. Ich hörte Oates sagen:

14. Bild

Innen, Tag. Kanzleivorzimmer.
Duncan und Oates essen ihr Sandwich. Oates trinkt dazu Bier. Da es auf den Nachmittag zugeht, ist Oates unruhig und laut, während Duncan, lässig an sein Pult gelehnt, ruhig zuhört.

Oates Ich bringe ihm noch ein Sandwich mit, ich, ein alter Mann, bringe es ihm, ich sage: «Wie ist es mit einem Schluck Bier, Mr. Bartleby, kopieren macht durstig, wollen Sie nicht einen Schluck Bier mit uns trinken?» Er schreibt wie ein Verrückter, als wäre er nach Kopierarbeiten ausgehungert, frißt er sich mit Dokumenten förmlich voll. «Ich möchte lieber kein Sandwich, danke, ich möchte kein Bier», sagt er. Er ist ein verdammter, vegetarischer Betbruder, der sich ranschmeißen will! Sonst gar nichts. Zwanzig Folioseiten an einem Nachmittag, ohne Pause. «Ich möchte kein Bier.» – «Dann möchte ich, daß Sie hier bald verschwinden», sage ich. Wissen Sie, was er frißt? Pfeffernüsse!

Duncan *weltmännisch*: Warum erregen Sie sich über eine Nichtigkeit, Mr. Oates, über einen Niemand, den man nicht bemerkt, der einfach nicht vorhanden ist.
Er schiebt das letzte Stück Sandwich in den Mund und tupft sich den Mund auf eine gezierte Weise ab.
Wissen Sie, wie Sie Morrison im Hinblick auf Ihre Erregungszustände nennt? – Puter.
Duncan lacht.

Oates läuft zornig an.

OATES Und Sie: Kneifzange!

DUNCAN *lachend*: Puter!

Er hört zu lachen auf, weil er ein Geräusch im Vorraum hört. Er geht an seine Arbeit, gleich darauf öffnet sich die Tür und Morrison tritt herein in Pelz und Zylinder, einen Bambusstock mit einem Elfenbeinknopf in der Hand.

Duncan höflich:

Guten Tag, Mr. Morrison.

OATES *mit leichter Provokation den Rest seines Bieres austrinkend*: Guten Tag, Mr. Morrison.

MORRISON Guten Tag.

Er will zum Chefbüro gehen, doch hält er sich einen Moment bei Duncans Pult auf und fragt:

Wie macht sich der Neue?

DUNCAN Oh, ich glaube ausgezeichnet. Über alle Erwartungen.

Er weist auf einen Stapel Papierbogen, der auf dem Pult liegt.

OATES Er schreibt ununterbrochen. Mechanisch wie ein Ziegenbock, Zeile für Zeile, Bogen für Bogen, ohne Pause, als ob ihm der Teufel im Nacken säße.

MORRISON *ein abgeschriebenes Blatt betrachtend*: Hm. Erstaunlich... Ein ehemaliger Archivar. Und ich dachte immer, bei der Regierung würden sie bloß das Faulenzen lernen.

15. BILD

Innen, Tag. Kanzleichefbüro.

Bartleby ist hinter dem Wandschirm nicht zu sehen.

Duncan kommt hinter Morrison her in das Zimmer und hilft dem Chef aus dem Mantel. Er hängt den Mantel an die Garderobe.

MORRISON Danke, Mr. Duncan.

Er wirft einen Blick auf den Wandschirm, räuspert sich, weil Bartleby keine Notiz von ihm nimmt. Während Duncan hinausgeht, macht sich Morrison noch einmal für Bartleby bemerkbar. Einen Augenblick sieht es aus, als wolle er zu ihm hingehen. Aber er bezwingt sich und setzt sich an seinen Schreibtisch. Nimmt einen Schriftsatz zur Hand und beginnt zu lesen. Er ist nicht ganz bei der Sache, läßt den Akt sinken.

In diesem Augenblick hört man von hinter dem Wandschirm einen langgezogenen Seufzer.
Morrison erhebt sich irritiert, tritt an den Wandschirm und wirft einen Blick dahinter.
Bartleby, über seine Arbeit gebeugt, schreibt still, bleich, mechanisch. Er beendet gerade die letzte Zeile eines Bogens, legt ihn beiseite und greift nach einem neuen, den er zu füllen beginnt.
Morrison verlegen:
Immer fleißig, Bartleby.

BARTLEBY Ja, Sir.

MORRISON Gut so. Man sieht, Sie sind ein Mensch, der es zu etwas bringen wird.

BARTLEBY O nein, Sir.

MORRISON Nun, Sie zeigen großen Ehrgeiz, große Energien –

BARTLEBY Ich bitte um Verzeihung, Sir. Das war nicht meine Absicht.

MORRISON Aber es ist doch keine Schande, wenn jemand vorwärts zu kommen wünscht.

BARTLEBY Aber nein. Nein, ich habe diese Art von Menschen immer bewundert.

MORRISON *unsicher*: Sie brauchen Ihr Licht nicht unter den Scheffel zu stellen. Es freut mich doch. – Wann werden die Gutachten des Marineamtes zu den Schiffsverkäufen fertig?

BARTLEBY *erstaunt*: Die Gutachten des Marineamtes?

MORRISON Aber Sie schreiben doch gerade daran.

BARTLEBY Ach so – die Gutachten – ja, Sir.

MORRISON Ich möchte sie möglichst um vier Uhr vorliegen haben.

BARTLEBY Um vier Uhr. Ja, Sir.

MORRISON Werden Sie es bis dahin schaffen?

BARTLEBY *vage*: Bis vier Uhr? Vielleicht. Wahrscheinlich. Ja, Sir.

MORRISON *aufbrausend*: Sagen Sie doch nicht immer ja Sir! – Ich verlange von meinen Leuten nicht nur Fleiß, sondern auch eigenes Urteilsvermögen und Initiative.

BARTLEBY *tonlos*: Ja, Sir. – Ich bitte um Entschuldigung, Sir.
Morrison beherrscht sich und geht zu seinem Schreibtisch zurück. Auf halbem Wege wendet er sich um und geht nochmals zu dem Wandschirm.

MORRISON Sagen Sie, Mr. Bartleby, was ist los? Es gefällt Ihnen doch bei mir.

BARTLEBY O ja. Ganz gewiß, Sir.

MORRISON Wieso gefällt es Ihnen?

BARTLEBY Der Arbeitsplatz sagt mir zu.

Morrison betrachtet irritiert das trostlose Geviert zwischen Wandschirm und Mauer, in dem Bartlebys Pult steht.

Es ist luftig, Sir.

Morrison forscht in Bartlebys Gesicht nach einer Spur von Ironie, aber Bartleby blickt ihn an wie immer, offen, ernst und bleich.

Und dann die Aussicht. – Wenn mir danach ist, kann ich das Fenster öffnen und ins Freie sehen.

Morrison macht in einem plötzlichen Entschluß einen Schritt zu dem kleinen Fenster und stößt es auf.

Das Fenster führt auf einen Lichtschacht, der von Ziegelmauern eingefaßt ist. Man sieht den Anschnitt eines Glasdaches, welches das ohnedies spärlich von oben einfallende Licht noch mehr dämpft.

Auch die Arbeit eines Kopisten sagt mir zu. Die Stille.

Morrisons Gesicht ist zunehmend trauriger geworden. Er fragt mit trüber Stimme:

MORRISON Sagen Sie, Bartleby, haben Sie eigentlich Familie in New York?

BARTLEBY Nein.

MORRISON Bekannte? Freunde?

BARTLEBY O nein. Ich kenne niemand.

MORRISON Haben Sie eine Unterkunft gefunden?

BARTLEBY Doch.

MORRISON Eine gute?

BARTLEBY Sie genügt mir, Sir. Ich bin nicht anspruchsvoll.

MORRISON Und wie kommen Sie mit den anderen aus?

BARTLEBY Welchen anderen, Sir?

MORRISON Mit Ihren Kollegen, Mr. Oates, Mr. Duncan. Wie kommen Sie mit Ihnen aus? Wie finden Sie die beiden?

BARTLEBY Ich habe nicht darüber nachgedacht, Sir. Ich arbeite, ich schreibe. Ich bemühe mich, den Anforderungen zu genügen.

MORRISON Aber Sie werden sich doch auch mal unterhalten, mal einen Scherz machen –

Bartleby sieht ihn verständnislos und traurig an.

Sie sind doch noch ein junger Mensch, Sie haben das Leben noch vor sich –

BARTLEBY *ausdruckslos*: Ja, Sir.

MORRISON: Ich meine, würden Sie nicht gern einmal unter andere Menschen kommen, sich aussprechen, was anderes sehen, ich meine –

Morrison unterbricht sich ratlos und schüttelt den Kopf.
Bartleby überlegt einen Augenblick, dann sagt er:

BARTLEBY Ich glaube nicht, Sir.

MORRISON Wenn Sie irgendwelche Sorgen haben, private Unzuträglichkeiten, dann kann man Ihnen doch vielleicht helfen –

BARTLEBY Ich habe keine Sorgen, Sir.

MORRISON *geht zum Schreibtisch zurück und sagt in seinem gewöhnlichen Ton:* Passen Sie auf, Bartleby, ich muß jetzt noch zum Kanzleigericht. Ich komme nicht mehr ins Büro, aber ich möchte diese Akten hier –
Er nimmt schnell und wahllos einige Faszikel von seinem Schreibtisch und trägt sie zu Bartlebys Verschlag hinüber.
Diese Akten möchte ich noch heute nacht durcharbeiten.
Er wirft den Stoß auf Bartlebys Arbeitstisch und fährt fort:
Würden Sie die Freundlichkeit haben, mir diese Akten und die Schiffsgutachten nach Arbeitsschluß in den Club zu bringen.
Bartleby blickt von seiner Schreibarbeit auf und sieht Morrison an.

BARTLEBY In den Club?

MORRISON Ja. Sie fragen nach mir. Sie finden mich vermutlich im Billardzimmer.

BARTLEBY *nach einer Pause*: Sie werden die Akten und die Gutachten rechtzeitig bekommen, Sir.

16. BILD

Außen, Tag.
Der kleine Leichenzug ist im Eingang des Friedhofs angelangt, einem düsteren, schmiedeeisernen Tor.
Der Regen ist noch stärker geworden. Die Gefängniswärter haben jetzt ebenfalls Schirme aufgespannt. Die Bekleidung aller Teilnehmer des Zuges ist durchnäßt. Die Leute kämpfen gegen die Unbill des Wetters.
Die Kamera läßt den Zug auf sich zukommen und bleibt wie früher auf dem Gesicht des gehenden Morrison.

MORRISON Warum wollte ich mit ihm reden? Was kümmerte mich seine Vergangenheit, seine privaten Verhältnisse? Warum war ich willens, einem unbekannten, unbedeutenden Schreiber sogar die

Abendstunde zu opfern, die ich behaglich im Club zu verbringen pflegte, seit meine Frau vor zwanzig Jahren verstorben war. Hatte ich jemals das Bedürfnis verspürt, mit Oates oder Duncan oder einem beliebigen anderen Kopisten zu reden, die ich besser kannte? Ich verstand mich nicht.
Ich war am Abend mit John Jacob Astor zum Billardspielen verabredet. Er war ein großer Billardspieler. Es ging um meine, natürlich bescheidene Beteiligung an einem Geschäft, das man mit einem strengen Maßstab als ein nicht ganz solides ansehen mag.

17. Bild

Innen, Abend. Billardzimmer im Club.
John Jacob Astor, allein im Bild, in Hemdsärmeln, hat ein Billardqueue aus dem Regal genommen und prüft es fachmännisch nach Gewicht und Handgriff. Dann beugt er sich über den Billardtisch und spielt mit großer Kennerschaft einen Ball.

Morrisons Stimme John Jacob Astor hatte durch eine Gesellschaft, die er selber war, dreißig Schiffe der Marine kaufen lassen, deren Armierung veraltet und deren Seetüchtigkeit eingeschränkt war.
Astor geht um den Billardtisch herum und setzt seine Billardserie fort.
Die Gesellschaft kaufte sie billig, nach einem Gutachten des Marineamtes, das teuer war. Darauf verkaufte die Gesellschaft die Schiffe an eine wenig bekannte Werft, die ebenfalls Astor war.
Astor lehnt sich über den Billardtisch und spielt einen neuen Ball.
Die Werft überholte die Schiffe, verwandelte die Aufbauten, holte Gutachten ein, teuere, und verkaufte die verwandelten Schiffe einem argentinischen Reeder, der wieder Astor war, und sie seinerseits unserem Seehandelsministerium verkaufte, nach einem Gutachten des Seehandelsamtes. Natürlich ohne die Armierung, die nach Mexiko ging.
Astor beendet seine Billardserie und wendet sich an Morrison.
Astor Was ist mit Ihnen los, Morrison? Ich führe schon mit acht Punkten. Wann bekomme ich die Gutachten des Seehandelsamtes?

Der unaufmerksam spielende Morrison verfehlt seinen Ball.
MORRISON Sie werden uns hierhin gebracht.
ASTOR Schön. Dann können wir übermorgen die unterschriebenen Kaufverträge haben.
Er spielt einen neuen Ball.
Ich möchte nicht kleinlich sein, Morrison, ich bin Ihnen in gewisser Weise verpflichtet. Ist es ein angemessener Vorschlag, Sie mit, sagen wir, drei Prozent zu beteiligen?
Er beobachtet über den Billardtisch hinweg Morrison.
Der Clubkellner kommt herein.
MORRISON *ohne Astors Frage zu beantworten, wendet er sich an den Kellner*: Hat jemand nach mir gefragt?
CLUBKELLNER Es ist jemand da, der Ihnen etwas persönlich auszuhändigen wünscht.
MORRISON *ungeduldig*: Dann lassen Sie ihn herein.
Der Kellner geht hinaus.
Morrison zu Astor:
Es ist mein neuer Kopist, er bringt die Gutachten. Ich darf Sie vielleicht bitten, mich auf eine halbe Stunde zu entschuldigen. Vielleicht sehen Sie inzwischen die Gutachten durch, ich muß mit ihm sprechen –
ASTOR *belustigt*: Mit Ihrem Kopisten?
MORRISON Es sind ein paar private, persönliche Dinge. Ich glaube, da ist er.
Morrison wendet sich vom Billardtisch ab der Tür zu.
Der Clubkellner läßt Oates mit einem Stoß Akten und den Gutachten herein.
Morrison betrachtet Oates überrascht und enttäuscht.
OATES Guten Abend, Sir. Hier sind die Gutachten, die Sie benötigen, und hier sind die Akten.
Morrison nimmt ihm die Papiere aus der Hand und wirft sie auf den Rand des Billardtisches.
Sind es nicht die richtigen? Ist etwas nicht in Ordnung, Sir?
MORRISON Wie? O doch. Natürlich. Ich denke schon.
Er nimmt die Schiffsgutachten an sich.
Ich hatte es nur ausdrücklich Bartleby aufgetragen.
OATES Er fürchtete nicht herzufinden, Sir. Er ist fremd in New York. Und da der Club an meinem Weg liegt und ich mir gern ein bißchen die Beine vertrete –
MORRISON Ja, natürlich.
OATES Er sagte außerdem, er ginge abends niemals aus. Ich

glaube, er hat noch nie ein Glas Bier getrunken, Sir. Geht niemals aus.

MORRISON Ja, er scheint ziemlich zurückgezogen zu leben.

OATES *lacht boshaft*: Zurückgezogen ist gut! Man kann es auch so nennen!

MORRISON *will das Gespräch beenden*: Schönen Dank, Oates. Mögen Sie vielleicht einen Cognac?

OATES Da sage ich nicht nein, Sir, obwohl mir, offengestanden, ein gutes englisches Bier lieber ist. Ein Cognac und vielleicht ein gutes, englisches Bier.

Oates geht auf den Billardtisch zu, betrachtet die Stellung der Bälle und ist drauf und dran, sich am Spiel zu beteiligen.

Ich habe seit zehn Jahren nicht mehr Billard gespielt, obwohl ich zu meiner Zeit ein gesuchter, ein sehr gesuchter Billardpartner war.

Er nimmt ein Queue in die Hand.

Morrison geht zu ihm hin, nimmt das Queue und stellt es in das Regal zurück.

MORRISON Besten Dank, Oates. Man wird Ihnen den Cognac und auch das Bier draußen geben. Wir haben hier noch eine Besprechung.

OATES Ich bedanke mich, Sir. Ich hoffe, daß ich Sie nicht gestört habe.

Oates wird von dem Clubkellner hinausbegleitet.

18. BILD

Außen, Tag.

Der kleine Leichenzug bewegt sich im Inneren des Friedhofs auf einen kahlen Platz zu, wo ein Grab ausgehoben ist. Es regnet noch immer.

Die Kamera bleibt wie früher auf Morrisons Gesicht.

MORRISON Ich war wahrhaftig betrübt, daß Bartleby nicht gekommen war. Ich hatte das Gefühl, mir von diesem armseligen Hungerleider, meinem bezahlten Angestellten, eine schmähliche Abfuhr geholt zu haben. Gab es einen vernünftigen Grund, den ihm aufgetragenen Dienst nicht selbst auszuführen? Ich beschloß, mich nicht länger um Bartleby zu kümmern und ihn wie jeden anderen meiner Angestellten zu behandeln.

19. Bild

Innen, Tag. Kanzleichefbüro.
Morrison versieht ein Schriftstück mit Anmerkungen, schlägt in einem Handelsgesetzkommentar nach und legt es an die Seite seines Schreibtisches.

Morrisons Stimme Seine solide Art, sein unermüdlicher Fleiß, seine Lautlosigkeit, sein unter allen Umständen gleichbleibendes Benehmen, all dies machte ihn zu einer wertvollen Erwerbung.
Bartleby kommt hinter seinem Wandschirm hervor, legt die fertigen Abschriften auf eine Ablage, nimmt von Morrisons Schreibtisch wortlos das mit Anmerkungen versehene Schriftstück und geht wieder hinter seinen Wandschirm.
Er war stets zugegen, morgens der erste am Platz, tagsüber ständig anwesend, und abends der letzte. Auf seine Ehrlichkeit verließ ich mich felsenfest. Meine wertvollsten Papiere waren in seinen Händen völlig sicher.
Ich war daran gewöhnt, ihn hinter dem grünen Wandschirm fast in Reichweite sitzen zu haben, die Zuverlässigkeit selbst.
Bartleby sitzt in seinem Verschlag hinter dem Wandschirm über Papiere gebeugt und schreibt schnell und gleichförmig.
Morrison sieht ein neues Schriftstück durch.
Eines Morgens wollte ich einen kleinen Vorgang, an dem ich eben arbeitete, rasch zu Ende bringen, und ich rief kurzerhand nach Bartleby, der wie gewöhnlich hinter seinem Wandschirm saß und mechanisch schrieb.
Morrison hat seine Korrekturen in dem Schriftstück beendet. Er streckt seine Hand mit dem Schriftstück seitwärts aus, damit Bartleby beim Kommen gleich danach greifen kann.
Bartleby.
Bartleby scheint ihn nicht zu hören, er schreibt weiter.
Morrison, das Schriftstück in der Hand, ruft ungeduldig:
Bartleby! – Lesen Sie mir die Kopie vor, damit ich sie mit dem Original vergleichen kann.
Einen Moment Stille, dann hört man

Bartlebys Stimme Ich möchte lieber nicht.
Morrison sitzt eine Zeitlang schweigend da, als müsse er sich von seiner Verblüffung erholen.
Er steht auf und merkt, daß er sich mit seiner noch immer ausge-

streckten Hand lächerlich macht. Er zieht sie mit dem Papierbogen hastig zurück.

MORRISON Bartleby, haben Sie mich richtig verstanden?

BARTLEBYS STIMME: Ja, Sir, Sie wollten einen Schriftsatz kollationieren.

MORRISON Und Sie – was haben Sie gesagt?

BARTLEBYS STIMME Ich möchte lieber nicht.

MORRISON *springt zornig auf*: Sie möchten lieber nicht? Was soll das heißen?

Er durchquert den Raum und schiebt den Wandschirm so weit zur Seite, daß man Bartleby sieht.

Sind Sie übergeschnappt? Ich wünsche, daß Sie mir diesen Akt durchsehen helfen. Hier –

Er streckt seine Hand mit dem Bogen neuerlich aus, und wieder wird der Bogen von Bartleby nicht entgegengenommen.

Bartleby hat nur seinen Kopf gehoben und blickt Morrison mit trüber Ruhe und leerem Ausdruck an.

Einen Moment sieht es so aus, als würde sich Morrison auf den schmächtigen Schreiber werfen, doch er bezwingt sich, holt tief Atem und sagt:

Es handelt sich um Ihre eigenen Abschriften, die Sie kollationieren sollen. Jeder Kopist ist verpflichtet, seine Arbeiten zu kontrollieren, so will es der Brauch! Oder nicht?

Bartleby erwidert Morrisons Blick nachdenklich, aber ohne Furcht und ohne Verständnis. Er schweigt.

Mann Gottes, welchen Grund haben Sie für Ihre Weigerung – haben Sie sich in den letzten Tagen vielleicht überanstrengt? Sind Sie krank? Sind Ihre Augen nicht in Ordnung?

BARTLEBY O doch. Meine Augen sind ganz in Ordnung.

MORRISON *hebt erneut seine Stimme*: Sie gedenken also aus einer bloßen Laune heraus, meinem Ersuchen nicht zu entsprechen – einem Ersuchen, das sich auf herkömmlichen Brauch und gesunden Menschenverstand stützt? Habe ich Sie da richtig verstanden?

BARTLEBY *sanft*: Ja, Sir.

MORRISON Und Ihr Entschluß ist unumstößlich?

BARTLEBY *leise*: Ja, Sir – ich möchte das lieber nicht.

MORRISON *wendet sich von ihm ab und ruft*: Duncan! Oates!

Morrison geht an dem still dasitzenden Bartleby vorbei an seinen Schreibtisch.

Durch die offene Verbindungstür kommt erst Duncan, dann Oates.

Es ist Morgen, und infolgedessen ist Duncan voll feurigem Temperament und Oates gelassen.
Wendet sich beherrscht an Oates:
Mr. Oates, Sie haben gehört, was sich hier begeben hat. Was halten Sie davon? Bin ich hier mit meiner Forderung nicht im Recht?

OATES Mit schuldiger Ehrerbietung, Sir, ich glaube wohl.

MORRISON Mr. Duncan, was meinen Sie? Was würden Sie an meiner Stelle mit einem Kopisten tun, der aus einer Grille heraus «lieber nicht kollationieren möchte»?

DUNCAN Ich? Ich würde ihn hinausschmeißen! Ich würde dem Möchtenicht mal zeigen, was Mögen ist, dem Maulesel, dem störrischen!

MORRISON *geht auf Bartleby zu und sagt*: Sie hören, was Ihre Kollegen sagen. Kommen Sie jetzt her und tun Sie Ihre Pflicht.
Bartleby sitzt sanftmütig da, als erwäge er all die Argumente, aber er rührt sich nicht und gibt keine Antwort.
Seien Sie vernünftig.

BARTLEBY *nach einer Pause, still*: Ich möchte lieber nicht vernünftig sein.
Er wendet sich ab, beugt sich über seine Arbeit und beginnt wieder zu kopieren.

DUNCAN Ich sage, Sir, der hat Graupen im Kopf. Soll ich hingehen und ihm eine runterlangen?

MORRISON Mr. Duncan, ich möchte – ich möchte das lieber nicht.
Während er das sagt, schiebt er den Wandschirm wieder zurecht, Bartleby auf diese Weise vor der Umwelt schützend.

DUNCAN *beleidigt*: Wie Sie wünschen, Sir, Sie zahlen diesen renitenten Narren, nicht ich!
Er geht in das Vorzimmer ab.
Morrisons Gesicht zeigt eine unzufriedene Ratlosigkeit.

OATES *vertraulich*: Mit schuldiger Ehrerbietung, Sir, ich habe über diesen Bartleby nachgedacht: er geht nie aus, liest keine Zeitung, trinkt kein Bier, nicht einmal Tee, sitzt den ganzen Tag wie angewachsen in seinem Verschlag – wenn er nur täglich ein gutes Viertel Bier trinken würde – aber er rührt sich nicht vom Fleck –

MORRISON *aufmerksam*: Wie meinen Sie das?

OATES Ich habe ihn seit acht Tagen nicht mehr herumgehen hören. Wenn ich morgens komme, sitzt er schon da und schreibt, und wenn ich abends gehe, immer noch.

MORRISON Haben Sie ihn denn noch nie außerhalb der Kanzlei getroffen?

OATES Noch nie, Sir.

Es wird still im Raum. Morrison faßt einen Entschluß. Er winkt Oates, das Chefbüro zu verlassen. Dann greift er nach einem Stuhl, geht hinter den Wandschirm und setzt sich an Bartlebys Seite.

Dieser schreibt und gibt kein Zeichen, ob er der vorangegangenen Konversation gefolgt ist oder nicht.

Morrison zwingt sich zu einer gewissen Sanftmut.

MORRISON Bartleby – ich werde Ihnen nichts auftragen, was Sie nicht möchten. Ich will nur mit Ihnen sprechen.

Bartleby hebt seinen Kopf und blickt Morrison mit unendlicher Traurigkeit an.

BARTLEBY Ja, Sir.

MORRISON Sind Sie gesund?

BARTLEBY Ja, Sir.

MORRISON Sind Sie in New York wirklich gut untergebracht?

BARTLEBY Doch, Sir.

MORRISON Wo wohnen Sie?

BARTLEBY Das möchte ich lieber nicht sagen.

Morrison will auffahren, aber er beherrscht sich.

MORRISON Wo sind Sie geboren, Bartleby?

BARTLEBY In einer kleinen Stadt. –

MORRISON Wo haben Sie Ihre Jugend verbracht? Wer war Ihre Familie?

Bartleby schweigt.

Wollen Sie mir keine Auskünfte über sich geben?

BARTLEBY Ich möchte lieber nicht.

MORRISON Was haben Sie denn für einen Grund, daß Sie nicht mit mir sprechen wollen? Ich meine es doch gut mit Ihnen.

Bartleby, der die ganze Zeit an Morrison vorbei ins Leere gesehen hat, schweigt. Nur um den weißen, eingetrockneten Mund ist ein kaum wahrnehmbares Beben.

Morrison zuredend:

Bartleby –!

BARTLEBY Ich möchte im Augenblick lieber keine Antwort geben, und ich möchte hier drinnen lieber allein bleiben.

Morrison reißt die Geduld, und er springt auf.

MORRISON Aber das ist mein Büro! Und wenn Sie hier sind, dann haben Sie sich an die Gepflogenheiten unserer Kanzlei zu halten!

Er stößt den Wandschirm zur Seite und sieht dabei, daß John Ja-

cob Astor eingetreten ist, ein hagerer grauhaariger Mann in einem teuren Pelz.

MORRISON Mr. Astor –!

ASTOR Ärger, Morrison? – Es gibt keinen Gegenstand, der es lohnt, sich zu erregen. – Ist das der neue Bursche, auf den Sie letzt gewartet haben? Ist er schon unverschämt?

MORRISON O nein, ganz im Gegenteil. Er ist die Hilflosigkeit und die Anspruchslosigkeit selbst.

ASTOR Ein Faulpelz also.

MORRISON Auch nicht. Gar nicht. Er kopiert zwanzig Folioseiten am Tag.

ASTOR Dann verstehe ich nicht, warum Sie sich über ihn ärgern. Fleißig und anspruchslos – das ist doch ein Schreiber, wie man ihn mit der Laterne sucht. Was verlangen Sie denn von einem Kopisten?

MORRISON Oh, ich verlange nicht mehr. Ich bin zufrieden, einen so soliden und stillen Angestellten in meinem Büro zu haben.
Er bietet Astor einen der Ledersessel an und nimmt selbst an seinem Schreibtisch Platz.
Ich nehme an, Sie kommen wegen der unerwarteten Versicherungsklausel in den Kaufverträgen.

ASTOR *lächelt*: Unerwartet heißt nicht unerwünscht. Mein argentinischer Reeder findet sich blutenden Herzens bereit, die Schiffe bei einer englischen Gesellschaft versichern zu lassen.

MORRISON *Astors Lächeln aufnehmend*: Ich nehme nicht an, daß Sie Ihr Geld in dieser Gesellschaft stecken haben.

ASTOR Zur Stunde nicht. Vielleicht sollte ich sie kaufen, im Falle, daß sie sich durch unglückliche Umstände im Schiffsversicherungsgeschäft als zahlungsunfähig erweist.
Morrison sieht ihn überrascht an.
Was ist das interessante an einem guten Geschäft, Morrison?

MORRISON Ich nehme an, sein Gewinn.

ASTOR Falsch. Das interessante an einem Geschäft ist seine Teilbarkeit. Ein guter Geschäftsmann ist ein sich in mehrere Gesellschaften teilender Geschäftsmann.

Außen, Tag.
Kahler Platz an der Friedhofsmauer. Mehrere gleichförmige, nur spärlich grasbewachsene Gräber, ein Grab ist frisch aufgeworfen. Der Zug mit Bartlebys Sarg ist an dem offenen Grab angelangt.
Die Kamera geht auf das Gesicht von Morrison, der etwas entfernt von dem offenen Grab steht und seinen inneren Monolog weiterführt.

MORRISONS STIMME Warum hatte ich Bartleby nicht einfach und ohne alle Umstände hinausgeworfen, wie ich das mit jedem anderen Kopisten ohne Zweifel getan hätte, der sich ohne vernünftigen Grund weigert, seine eigenen Abschriften zu kollationieren.
Die Kamera geht mit Morrisons Blick auf den Platz am Grabe. Die Gefängniswärter, wie alle übrigen noch stärker durchnäßt, mit lehmigen Schuhen und bespritzten Hosenbeinen, laden den Sarg von der Eisenkarre.
Warum verteidigte ich ihn sogar Astor gegenüber, als hätte ich etwas zu verbergen, als trüge ich die Schuld an seinem unverständlichen Verhalten, an dem fahlen Hochmut seiner hoffnungslosen Einsamkeit. Ich war gekränkt über seine Undankbarkeit, und ich ertappte mich immer wieder, daß ich nach Motiven suchte, die seine Haltung entschuldigen oder doch erklären konnten.
Die Wärter heben den Sarg auf Haltegurte und stellen ihn auf den Hügel neben dem offenen Grabe. Der Gefängnisgeistliche, Regenschirm und Kreuz noch immer in der Hand, entnimmt der Tasche ein Gebetbuch und entschließt sich endlich, den Regenschirm zusammenzufalten.
Wenn ich ins Büro kam, hatte ich mehrfach den festen Entschluß in mir getragen, ihn zu entlassen, aber ich brachte es nicht fertig, meine Absicht auszuführen. Es blieb dabei, daß Bartleby sein Pult in meinem Büro einnahm, für mich kopierte, aber dauernd von der Pflicht entbunden war, seine Abschriften zu kollationieren.
Ein Wärter bringt dem Pfarrer eine kleine Tasche, die auf dem Karren mitgeführt wurde. Der Pfarrer entnimmt der Tasche die wenigen Requisiten, die für ein Begräbnis billigster Art gebraucht werden.
Ich fühlte mich ihm gegenüber wie entmannt. Ich sah deutlich, daß er in aller Sanftmut dabei war, die Arbeit des ganzen Büros zu

zerstören, und ich konnte nichts unternehmen. Ich zog mir in zunehmendem Maße die Feindschaft von Oates und Duncan zu, weil ich Bartleby, der doch offenbar im Unrecht war, gegen sie verteidigte.

Mehr als einmal mußte ich, an meinem Schreibtisch arbeitend, Szenen wie diese durch die angelehnte Flügeltür anhören:

21. Bild

Innen, Tag. Kanzleichefbüro.
Morrison sitzt an seinem Schreibtisch und ist dabei, ein Aktenpaket zu verschnüren.
Bartleby kommt hinter seinem Wandschirm hervor, geht blicklos durch den Raum, legt die Abschriften ab und will hinter seinem Wandschirm mit neuen Akten verschwinden.

MORRISON Bartleby, bitte kommen Sie doch mal und halten Sie den Finger hier auf die Schleife.
Bartleby schaut zu ihm hin und sagt still:

BARTLEBY Ich möchte jetzt nicht. Ich möchte bei meiner gewohnten Arbeit bleiben.
Dann geht er mit seinen Papieren erneut hinter den Wandschirm.
Morrison blickt ihm nach, eher ratlos als zornig.
Aus dem Vorzimmer hört man die Stimme von Oates:

OATES Dieser Möchtenicht, diese weiße Enthaltsamkeitsfresse, die kein Mittagbrot ißt, warum lassen wir uns von ihm hochnehmen? Bekommen wir sein Geld?
Morrisons Blick geht zu der Flügeltür.

22. Bild

Innen, Tag. Kanzleivorzimmer.
Üblicher Werktag. Nachmittagssonne fällt durch das Fenster und macht das Büro heller.
Oates sitzt mit hochrotem Kopf über seiner Arbeit. Auf der halben Glatze Schweißtropfen, die er sich mit einem Taschentuch von Zeit zu Zeit abwischt.

Seine Papiere sind durcheinander, er arbeitet fahrig, verspritzt Tinte, flucht in sich hinein.
Duncan beendet seine Arbeit souverän. Löscht seine letzte Seite, richtet seine Schreibutensilien eine Viertelstunde vor Feierabend und beginnt danach, vor einem Handspiegel sein Backenbärtchen mit einer Bartbürste zu bearbeiten.
Oates sucht im Durcheinander seiner Papiere nach einem bestimmten Schriftstück.

OATES Wo ist dieser Vertrag! Dieser Bastard! Wie komme ich bei aller Überlastung dazu, auch noch die Verträge dieses verstockten Hungerleiders fertig zu machen!
DUNCAN *sich zufrieden im Handspiegel betrachtend*: Sie haben Ihre Ansichten erstaunlich geändert, Mr. Oates. Vor einigen Tagen, als ich drauf und dran war, ihm eine runterzuhauen, beurteilten Sie sein Verhalten sehr nachsichtig.
OATES Die ganze Nachsicht kommt vom Bier! Soll ich ihm jetzt einmal zeigen, wie nachsichtig ich bin? Soll ich es ihm zeigen? – Soll ich?
Er springt auf, ballt die Fäuste, bemerkt plötzlich das gesuchte Schriftstück und geht damit durch die angelehnte Flügeltür in das Chefbüro.

23. BILD

Innen, Tag. Kanzleichefbüro.
Morrison am Schreibtisch. Bartleby hinter dem Wandschirm.
Oates kommt wütend herein und geht in Richtung auf den Wandschirm zu.

MORRISON Was wollen Sie, Oates, ich habe Sie nicht gerufen.
OATES Ich will, daß er wie jeder andere seine Abschriften kontrolliert!
MORRISON Und ich will, daß Sie sich mäßigen oder die Kanzlei verlassen!
Oates ist bis zu dem Wandschirm gelangt, den er zur Seite rückt. Man sieht Bartleby unbeteiligt seine Schriftstücke kopieren. Oates wendet sich, den Wandschirm noch in der Hand, an Morrison.

OATES Ich werde die Kanzlei nach 28 Jahren verlassen, Sir, wenn sie nicht in Kürze von diesem bockigen Eigenbrötler verlassen ist! Es ist das erste und letzte Mal, daß ich eine Arbeit ohne Bezahlung gemacht habe!

Oates geht damit hinaus und läßt die Flügeltür zufallen.

Morrison steht auf, geht zu Bartleby hinter den Wandschirm.

Bartleby blickt jetzt über seine Schreibarbeiten hinweg zum Fenster hinaus auf die Brandmauer.

MORRSION Sie haben es gehört, Bartleby. Es geht nicht mehr so weiter. Ich will ihnen nicht übel, und Sie können sich über mangelnde Nachsicht nicht beklagen.

BARTLEBY Ich beklage mich nicht, Sir.

MORRISON Sie müssen Ihre Abschriften wieder wie früher selber vergleichen.

Bartleby sieht ihn still an.

Wenn nicht heute, so wenigstens in einigen Tagen – Sie könnten vielleicht ein paar Tage Urlaub nehmen und mit diesem Entschluß zurückkommen. – Es ist für uns alle das einzig Mögliche. Was meinen Sie dazu?

BARTLEBY Ich möchte lieber keinen Urlaub nehmen. Ich möchte eine stete Beschäftigung.

Er erhebt sich, lehnt sich an das Pult und sieht auf die Mauer des Lichtschachts hinaus.

24. BILD

Außen, Tag.
Kahler Platz an der Friedhofsmauer.
Die Gefängniswärter haben ihre Mützen abgenommen.
Der Gefängnisgeistliche liest ein lateinisches Sterbegebet.
Die Kamera geht auf Morrisons Gesicht.

MORRISONS STIMME Es mußte etwas geschehen. Was sollte ich tun, was tut man in dieser Lage? Ich mußte ihn loswerden, wenn ich nicht meine eigene Seelenruhe und die Existenz meiner Kanzlei aufs Spiel setzen wollte. Es war ja nicht erstaunlich, daß sich die Besucher meiner Kanzlei vom Anblick des unerklärlichen Bartleby einigermaßen betroffen zeigten und abschätzige Bemerkungen machten.

Die Kamera geht mit Morrisons Blick auf das traurige Begräbnis, den schnell und geschäftsmäßig betenden Gefängnisgeistlichen, die Wärter, den erbärmlichen Sarg im nassen Lehm.
Ich mußte ihn zur Vernunft bringen oder ihn loswerden. Ich mußte mich zu diesem Entschluß durchringen. An einem Sonntagmorgen besuchte ich zufällig die Trinity-Kirche, um einen berühmten Prediger zu hören. Ich war etwas früh da, und ich entschloß mich, noch auf einen Sprung in meine Kanzlei hinüberzugehen.

25. Bild

Innen, Tag. Treppenhaus.
Man hört von außen das Läuten der Kirchenglocken.
Morrison erscheint auf dem obersten Treppenabsatz des gänzlich leeren Hauses und geht auf seine Bürotür zu.
Morrison holt sein Schlüsselbund hervor, findet seinen Kanzleischlüssel und steckt ihn ins Schloß. Er beginnt aufzuschließen und stößt auf einen Widerstand. Erst meint er, es liege an seiner Ungeschicklichkeit, dann merkt er, daß es sich um einen wirklichen Widerstand handelt, und er arbeitet mit dem Schlüssel im Schloß.
Plötzlich fällt über die Mattglasscheibe der Bürotür ein Schatten.
Morrison weicht erstaunt zurück, seinen Schlüssel aus dem Schloß ziehend.
Die Tür wird von innen aufgeschlossen und geöffnet.
Bartleby steht in der offenen Tür. Man sieht ihn zum erstenmal derangiert. Während er bisher zwar fadenscheinig, aber sauber gekleidet war, erscheint er jetzt in Hemdsärmeln und Hosenträgern und unfrisiert. Das kragenlose Hemd ist zerdrückt, einer der Ärmel hochgekrempelt.

MORRISON Bartleby! Was tun Sie hier? Was machen Sie am Sonntag in der Kanzlei?
Bartleby zeigt weder Erstaunen noch Verlegenheit, bleich und ausdruckslos hält er einen Moment lang Morrisons Blick stand.
BARTLEBY Ich bitte um Verzeihung, Sir. – Ich habe noch einen Augenblick zu tun, ich stehe sofort zu Ihrer Verfügung.
Er verschwindet in das Innere der Kanzlei.
Morrison stößt mit dem Griff seines Stockes die Tür auf und tritt ein.

26. Bild

Innen, Tag. Kanzleivorzimmer.
Sowie Morrison durch die Eingangstür in die Kanzlei kommt –
– schließt sich die Verbindungstür zum Chefbüro hinter Bartleby.
Man hört, wie dort ein Schlüssel im Schloß gedreht wird.
Morrison steht einen Augenblick unentschlossen. Es sieht aus, als würde er auf die Tür zu seinem Büro zulaufen und sie aufbrechen wollen. Dann holt er tief Atem und blickt sich um.
Die Kamera wandert mit Morrison durch die Kanzlei.
Der leere Raum, dem sonst Duncan und Oates etwas Farbe gegeben haben, wirkt im fahlen Winterlicht kalt und trostlos.
Ein durchgesessenes Wachstuchsofa dient als Behelfsbett. Man sieht noch die Eindrücke einer Person, die darauf gelegen hat. Ein zusammengerolltes Kleiderpaket als Kissen. Über der Lehne des Sofas hängt eine alte Wolldecke.
Morrison tritt näher. Er bückt sich und zieht einen Gegenstand unter einem Stuhl hervor, es ist ein wassergefülltes Waschbecken. Auf dem schwappenden Wasser schwimmt ein Stück Schwamm. Am Rand hängt ein zerrissenes Handtuch, auf dem ein Stück Seife liegt.

MORRISONS STIMME *in seinem inneren Monolog fortfahrend*: Hier wohnte also Bartleby, hier schlug er sein Heim auf, es nie verlassend, trostloser Betrachter der Einsamkeit. – Siehe, das Glück wiegt sich im Licht, also, daß wir denken, die Welt sei heiter; das Elend aber verbirgt sich, also, daß wir denken, es gebe das Elend nicht.

Zum erstenmal in meinem Leben ergriff mich ein Gefühl überwältigender Schwermut und aufrichtigen Mitleids. Je mehr aber Bartlebys Verlassenheit in meiner Phantasie sich steigerte, desto mehr steigerte sich auch meine Schwermut zur Furcht, mein Mitleid zum Widerwillen.

Morrisons Blick fällt auf ein in Zeitungspapier eingewickeltes Päckchen, das auf Duncans Pult liegt. Er öffnet es, es enthält einen Käserest und einige Pfeffernüsse.
Morrison ist von der Trostlosigkeit tief betroffen. Aller Zorn ist aus seinem Gesicht verschwunden, es drückt ein gequältes Mitleid aus und Schwermut.

Ich konnte ihm nicht helfen, und ich fühlte, daß ich mich um meines eigenen Wohls von ihm befreien müsse.

Morrison blickt zur Tür, hinter der Bartleby verschwunden ist, und ruft verhalten:

MORRISON Bartleby.

Aus dem Nebenraum kommt keine Antwort.

Morrison steht einen Moment unschlüssig, dann ergreift er einen der Foliobogen auf Duncans Pult und beginnt darauf zu schreiben.

MORRISONS STIMME Ich schrieb, wenngleich schweren Herzens: «Bartleby, Sie müssen von hier fort. Ich bin Ihnen laut Konto 12 Dollar schuldig, hier sind 32. 20 Dollar als Abschiedsgeschenk. Wir werden uns nicht wiedersehen. Leben Sie recht wohl. Wenn ich Ihnen später von Nutzen sein kann, lassen Sie es mich ungeniert brieflich wissen. Schieben Sie den Schlüssel unter den Abstreifer und viel Glück.»

Er zieht mehrere Banknoten aus seiner Brieftasche und legt sie auf das Pult.

Als er die Banknoten beschweren will, ergreift er unwillkürlich Bartlebys Käsepäckchen. Er wirft es angewidert in den Papierkorb und beschwert die Scheine mit Duncans Tintenfaß. Dann verläßt er schnellen Schrittes die Kanzlei.

27. BILD

Innen, Tag. Treppenhaus.

Das Treppenhaus ist am Sonntag völlig ausgestorben.

Die Kamera fährt mit Morrison den oberen Absatz der Treppe hinunter, am gußeisernen Geländer, falschen Marmorwänden und ausgetretenen Stufen vorbei.

MORRISONS STIMME Meine Absicht, in die Trinity-Kirche zu gehen, blieb an diesem Morgen unausgeführt. Ich wanderte durch die City, die am Sonntag verlassen ist wie die Ruinenstadt Petra.

Morrison bleibt vor dem Spiegel des Treppenabsatzes stehen und betrachtet sein bedrücktes Gesicht.

Ich nahm einen Wagen und fuhr aufs Land. Ich machte Spaziergänge und kam erst am nächsten Nachmittag in mein Büro.

28. Bild

Innen, Tag. Kanzleivorzimmer.
Oates und Duncan sind bei ihrer Arbeit.
Oates trinkt Bier, Duncan macht einen zufriedenen Eindruck.

MORRISONS STIMME *den Monolog fortführend*: Guter Dinge, in dem Gefühl, Bartleby auf so ruhige und menschliche Art losgeworden zu sein.
Die Eingangstür wird geöffnet, und Morrison tritt in einem lebhaft karierten Mantel ein. Er scheint unbeschwert und schwingt vergnügt seinen Stock.
MORRISON Hallo, Duncan, wie geht's? Herrliches Wetter, nicht wahr?
DUNCAN Herrlich, Sir. Jetzt wird es bald Frühling.
MORRISON Man fühlt sich wie neugeboren.
Er läßt sich von Duncan aus dem Mantel helfen und reicht ihm Stock und Hut.
DUNCAN So ist es, Mr. Morrison.
Morrison geht zur Verbindungstür. Im Türrahmen macht er noch einen Moment halt. Er wendet sich um.
MORRISON Gibt es irgend etwas Neues? Irgend etwas von Bedeutung?
DUNCAN Nein, Sir. Nicht daß ich wüßte. Es ist alles bestens.
Morrison geht in sein Büro.

29. Bild

Innen, Tag. Kanzleichefzimmer.
Auch dieser Raum wirkt heute freundlicher. Die durch das Fenster flutende Sonne wirft helle Flecken auf Morrisons Schreibtisch.
Morrison tritt gelöst zum Fenster und blickt hinaus. Er streckt sich.
Im Hintergrund hängt Duncan Hut und Mantel an die Garderobe und geht hinaus.
Morrison läßt sich an seinem Schreibtisch behaglich in seinen Stuhl fallen, lehnt sich zurück, zieht eine Zigarre aus der Tasche und streift die Binde ab. Dann beugt er sich vor, um einen Zigarrenabschneider zu suchen. Dabei fällt sein Blick auf die Dollarscheine, die auf seiner Schreibtischplatte liegen, von einem Aschenbecher beschwert.

Morrison fährt herum und wendet sich dem Wandschirm zu.
Hinter dem Schirm erklingt ein langgezogener Seufzer.
Morrison fährt auf. Mit wenigen Schritten ist er bei dem Wandschirm und zieht ihn zur Seite.
Dort sitzt Bartleby. Er schreibt nicht, sondern blickt zum Fenster hinaus. Sein Winkel ist trostlos wie immer. Der Lichtschacht und das Glas lassen keine Sonne durch.

MORRISON Bartleby.
Bartleby antwortet nicht.
Morrison streng:
Bartleby, ich bin ernstlich ungehalten. Sie enttäuschen mich. Ich hoffte, zwischen uns wären keine überflüssigen Worte nötig. Eine bloße Andeutung würde genügen. Es scheint aber, ich habe mich geirrt.
Schweigen.
Bartleby hat seinen Blick nicht vom Fenster abgewandt.
Sie haben ja nicht einmal das Geld genommen.
Schweigen.
Wollen Sie nun eigentlich gehen, oder nicht?
BARTLEBY *ohne ihn anzusehen*: Ich möchte lieber nicht gehen.
MORRISON Mit welchem Recht wollen Sie denn bleiben? Gehört das Büro Ihnen? Zahlen Sie die Miete?
Wieder Schweigen.
Können Sie etwas vorbringen, was Ihrer Weigerung, diesen Platz zu verlassen, einen Anstrich von Vernunft gibt?
BARTLEBY *leise*: Ich habe mich an ihn gewöhnt. Ich fühle mich irgendwie zu Hause.
MORRISON *holt tief Atem und nimmt einen neuen Anlauf*: Aber Sie können mich doch nicht zwingen, Sie für mich arbeiten zu lassen. Und Sie können von Ihren Kollegen nicht verlangen, daß die Ihre Kopien kollationieren!
Er hält inne, weil er bemerkt, daß Bartlebys Schreibpult völlig leer ist. Kein Papierbogen, kein Tintenfaß, keine Feder.
Was soll das heißen? Wo ist Ihre Arbeit von heute?
BARTLEBY *ruhig, aber bestimmt*: Ich habe das Kopieren aufgegeben.
MORRISON *macht eine Bewegung mit dem Kopf, als habe er falsch verstanden*: Sie haben – was?
BARTLEBY Ich habe das Kopieren aufgegeben.
MORRISON Sie haben das Kopieren aufgegeben?

BARTLEBY Ja, Sir.
MORRISON Aus welchem Grund?
BARTLEBY *mit einem gewissen Ton der Verzweiflung in der Stimme*: Sehen Sie denn den Grund nicht selbst?
Morrisons Stimme klingt jetzt ebenfalls verzweifelt:
MORRISON Und trotzdem wollen Sie bleiben? Sie weigern sich, für mich zu schreiben, Sie weigern sich, die Kopien mit den Originalen zu vergleichen, Sie wollen nicht einmal aufs Postamt gehen –
Morrison mit gehobener Stimme:
– und trotzdem wollen Sie sich hier in meiner Kanzlei häuslich niederlassen!
BARTLEBY Gewiß, Sir, das möchte ich.
Morrison knöpft sich seinen Rock bis oben hin zu und sammelt sich. Dann beginnt er, ihm gütlich zuzureden.
MORRISON Bartleby, nehmen Sie bitte Vernunft an. Ihre Situation hier ist völlig unmöglich. Das müssen Sie selbst einsehen. Tun Sie endlich einmal das, was im Rahmen des Schicklichen liegt.
Bartleby sieht ihm voll ins Gesicht. Es ist ein Blick voll unendlichen Unverständnisses und voll banger Frage.
Sie müssen von hier fort, Bartleby. Es tut mir leid für Sie, aber Sie müssen fort von hier.
Bartleby schüttelt langsam den Kopf.
Sie müssen. – Sie werden mich nicht zu – Maßnahmen zwingen wollen, die uns beiden nicht entsprechen.
BARTLEBY Ganz gewiß nicht, Sir.
MORRISON Gut, Bartleby, das ist vernünftig. Ich möchte, daß Sie sich selber dazu entschließen. Es muß nicht sofort sein – und für den Übergang, ich möchte, daß Sie dieses Geld an sich nehmen. Sie müssen es mir nicht zurückzahlen.
Er reicht Bartleby mehrere Geldnoten.
Bartleby sieht ihn nachdenklich an, rührt sich aber nicht.
Ich lege das Geld hierhin.
Er legt das Geld auf Bartlebys Pult.
BARTLEBY Sie würden mir eine Bedenkzeit einräumen?
MORRISON Ja, Bartleby, sagen wir bis übermorgen.
BARTLEBY Das ist zu kurz. Ich möchte alles sehr genau überlegen. Es ist so wichtig für mich.
MORRISON Ja, Bartleby. Vielleicht entschließen Sie sich auch, Ihre frühere Tätigkeit wiederaufzunehmen und bei mir zu bleiben. Es

würde mich freuen, aufrichtig freuen. Im anderen Fall müssen wir eben als Freunde scheiden, das verstehen Sie doch.

Bartleby antwortet nicht.

Und wie lange glauben Sie, daß Sie zum Überlegen benötigen werden?

BARTLEBY Ich glaube, sechs Tage müssen reichen.

MORRISON *seine Ungeduld unterdrückend*: Sechs Tage. Hm, sechs Tage also. – Gut, Bartleby, in sechs Tagen sprechen wir uns wieder. Und wenn Sie mich dann endgültig verlassen, Bartleby, werde ich zusehen, daß Sie nicht ganz unversorgt von mir gehen. Sechs Tage von diesem Augenblick an, vergessen Sie es nicht.

Er geht an seinen Schreibtisch zurück, während Bartleby wieder seine vorhergehende Stellung einnimmt und mit träumerischem Blick durch das Fenster in den Lichtschacht hinaussieht.

30. BILD

Außen, Tag.
Kahler Friedhofsplatz.
Der Gefängnispfarrer hat sein Gebet beendet, die Wärter lassen Bartlebys Sarg in das ausgeschaufelte Grab hinab.
Die Kamera geht auf Morrisons Gesicht.

MORRISONS STIMME Er hatte das Kopieren aufgegeben, er leistete keinerlei Arbeit im Büro, warum wollte er bei mir bleiben. Nüchtern betrachtet war er allmählich geradezu ein Mühlstein um meinen Hals: als Zierat nicht zu brauchen und unerquicklich zu tragen, und dennoch tat er mir leid.

Der Gefängnispfarrer besprengt den heruntergelassenen Sarg. Die Gefängniswärter packen die Haltegurte auf die abgestellte Eisenkarre.

Morrison tritt näher an das Grab.

Ich bleibe hinter der Wahrheit zurück, wenn ich sage, daß ich nur um seinetwillen bedrückt war. Hätte er mir einen einzigen Verwandten oder Freund namhaft gemacht, so hätte ich sofort hingeschrieben und veranlaßt, daß man den armen Kerl an irgendeinen geeigneten Zufluchtsort gebracht hätte. Aber er schien allein, durchaus allein auf der weiten Welt. Ein Wrack mitten auf dem Atlantik. Der Augenblick kam, wo geschäftliche Rücksichten alle anderen Überlegungen in den Schatten rückten. Und auch die Rücksicht auf mich selbst.

Die Gefängniswärter beginnen mit großen Schaufeln, die sie von dem Eisenkarren nehmen, das Grab zuzuwerfen.

Ich zitterte bei dem Gedanken, daß ein weiteres Zusammenleben mit meinem Schreiber mich womöglich ernstlich geistig schädigen könnte. Etwas an seinem Wesen, die beharrliche Verneinung der Welt, sein Nichtmehrmögen, hatte auf meinen Geist etwas Ansteckendes, und die Besorgnis war nicht ohne Einwirkung auf meinen Entschluß gewesen, zu summarischen Maßregeln zu greifen. Der Gedanke beunruhigte mich, daß Bartleby womöglich uralt werden, für alle Ewigkeit meine Kanzlei bewohnen und meine Autorität in Frage stellen könnte. Ich konnte an fast nichts anderes mehr denken als an Bartlebys Entscheidung. Sogar mit Astor, einer poetischem Überschwang wenig geneigten Persönlichkeit, mußte ich darüber reden.

31. Bild

Innen, Abend. Billardzimmer im Club.

John Jacob Astor zieht die Jacke aus, nimmt Billardqueues aus dem Regal, prüft sie und wählt ein Queue aus. Dann beugt er sich über das Billard und macht einen Versuchsstoß.

Danach kommt Morrison ins Bild. Er beeilt sich, seine Jacke ebenfalls auszuziehen und aufzuhängen.

MORRISON Guten Abend, John Jacob. Habe ich mich verspätet?

Astor hat den Blick auf die Elfenbeinkugeln gerichtet.

ASTOR: Ich bin eben erst gekommen. Wie geht es in der Kanzlei? Ist die Versicherungsgarantie akzeptiert?

MORRISON *während er ein Queue aussucht, in Gedanken*: Ich glaube, ich habe es bald geschafft.

Astor kreidet ein Queue ein.

ASTOR Was?

MORRISON Ihn loszuwerden.

ASTOR Wen?

MORRISON Bartleby, den neuen Kopisten. Ich glaube, ich habe ihn jetzt dazu gebracht zu gehen.

Astor Dazu gebracht? Warum entlassen Sie ihn nicht, wenn er Ihnen nicht paßt?

Morrison Es geht nicht.

Astor Warum packen Sie ihn dann nicht am Kragen und schmeißen ihn hinaus?

Morrison Das wäre sein Tod, fürchte ich.

Astor Aber er kopiert doch nicht mehr, höre ich, er tut Ihnen keinerlei Dienste, außer daß er Sie lächerlich macht. Der Kerl gehört doch in eine Anstalt.

Morrison Ich glaube, er beginnt jetzt einzusehen, daß er gehen muß. Morgen habe ich seine Entscheidung.

Astor *lacht*: Seine Entscheidung? Und wenn er sich entscheidet zu bleiben?

Morrison denkt nach.

Morrison Das wäre furchtbar.

Astor macht einen Witz.

Astor Vielleicht gehen dann lieber Sie mit Ihrer Kanzlei, damit Ihr Kopist bleiben kann.

Morrison betrachtet ihn ernst und nickt.

Morrison, wahrhaftig, was ist mit Ihnen los? Sie sind ein komischer Mensch geworden. Ich spreche von Versicherungsgarantien, Sie sprechen von Ihrem Kopisten. Ich spreche von Ihrer Beteiligung, Sie sprechen von Ihrem Kopisten. Ich hatte erwartet, daß Sie um Ihre Beteiligung kämpfen würden, ich hatte Ihrerseits mit einer Forderung von fünf, wenn nicht zehn Prozent gerechnet. Drei sind mir natürlich lieber.

Morrison *in Gedanken*: Ich glaube, er wird mich nicht enttäuschen.

Astor lacht.

Kann ich es auf mein Gewissen nehmen, dieses verlassenste Geschöpf der Welt von der Polizei auf die Straße setzen zu lassen?

Astor Sie haben Mitleid, Morrison. Sie leisten sich Gefühle, die Ihr Einkommen übersteigen. – Also los, beginnen wir. Sie haben den Anstoß.

Morrison beugt sich über das Billard und visiert den Ball an.

Innen, Tag. Kanzleichefbüro.
Morrison an seinem Schreibtisch.
In den beiden Fauteuils zwei Klienten, Mr. Brockton und Mr. Spencer.

Morrisons Stimme *in seinem inneren Monolog fortfahrend*: Ich hatte am nächsten Tag, dem Tag der Entscheidung, starken Publikumsverkehr, zuletzt Mr. Brockton und Mr. Spencer, zwei Pelzhändler, die ihr Geschäft in Wall Street auflösten.

Morrison Und tut es Ihnen nicht leid, aus New York fortzuziehen?

Brockton Mein lieber Freund, wenn Ihr Onkel stirbt und eine große Firma hinterläßt –

Spencer Das Pelzhaus Spencer in Boston ist eines der größten in den Vereinigten Staaten.

Brockton Der zwanzigfache Umsatz unseres hiesigen Geschäfts.

Morrison *lächelt*: Dann verstehe ich alles – force majeure, sozusagen –

Aus dem Vorzimmer kommt Duncan, einen Stoß Papiere unter dem Arm.

Alles fertig?

Duncan Genauestens, Mr. Morrison. Kündigung an den Hauswirt, Mitteilung an die Handelskammer, die Börse, die Hudson Bai-Company.

Brockton Wir wollen noch schnell die Texte vergleichen. Unlängst hat ein Schreiber von Thomson drei Worte falsch kopiert, das hat den Alten 15 000 Dollar gekostet. Er hat ihn bald umgebracht.

Morrison *zu Duncan*: Legen Sie die Kopien aus. Jeder von uns nimmt ein Blatt. Wir sind ja zu viert.

Spencer Zu fünft.

Morrison Zu fünft? Wieso zu fünft?

Spencer Ihr neuer Kopist hinter dem Wandschirm.

Morrison Der? Ach, Bartleby.

Er lacht verlegen.

Den habe ich ganz vergessen. Ich glaube, er ist zur Post gegangen.

Brockton Ich habe ihn vorhin noch am Fenster gesehen.

Er beugt sich in seinem Fauteuil zurück, daß er bis hinter den Wandschirm sehen kann.

Er ist da. Da sitzt er.

MORRISON *ruft*: Bartleby! *Dann nochmals, die Stimme erhoben:* Bartleby –!

Bartleby kommt aus seinem Verschlag hervor.

Unwillkürlich richten sich die Blicke aller auf ihn.

Morrison betont munter:

Ich wußte nicht, daß Sie schon zurück sind. Sie sollen uns beim Kollationieren helfen, Bartleby. – Setzen Sie sich zu Duncan.

Morrison zu Duncan:

Geben Sie ihm die Blätter.

Bartleby streift die Gruppe mit einem traurigen, verständnislosen Blick, dann zieht er sich wortlos und gelassen hinter seinen Wandschirm zurück.

Einen Augenblick Stille.

SPENCER Was ist mit ihm los?

BROCKTON Ist der Kerl denn verrückt?

Duncan grinst über das ganze Gesicht.

MORRISON *verlegen*: Er ist schon seit einiger Zeit nicht ganz gesund –

BROCKTON Dann stimmt das also. – Vor ein paar Tagen hat ihn Reynolds gebeten, ihm eine Liegenschaftsurkunde in das Kanzleigericht zu bringen. Wissen Sie, was er gemacht hat? Er hat ihn trübsinnig angeschaut und den Kopf geschüttelt. Dann hat er sich wieder in seinen Winkel verkrochen.

Spencer und Duncan lachen.

Reynolds hat es erzählt, wie ich ihn an der Börse getroffen habe. Es gab ein Riesengelächter.

SPENCER Sie haben Angestellte mit ziemlich originellen Pflichtauffassungen, Morrison, das muß ich sagen.

Spencer blickt belustigt zu Brockton.

Morrison hat sich mit einem Ruck erhoben. Ohne seine Klienten zu beachten, geht er mit drohenden Schritten auf den Wandschirm zu. Er verschwindet hinter dem Schirm, in Bartlebys Verschlag. Man hört seine donnernde Stimme:

MORRISON Bartleby!

Bartleby sitzt vor seinem leeren Arbeitstisch.

Morrison tritt drohend auf ihn zu.

Was soll das bedeuten? Die Frist ist vorüber, und ich dachte, Sie wollten es sich überlegen.

BARTLEBY Ich habe es mir überlegt.

MORRISON Und darf ich wissen, zu welchem Resultat Sie gekommen sind?

BARTLEBY Daß mein ursprünglicher Entschluß richtig war.

MORRISON Sie wollen also immer noch keine Vernunft annehmen. *Gesteigert:* Sie weigern sich, weiterhin zu kollationieren, zu kopieren, Aufträge zu übernehmen –?

BARTLEBY *sanft:* Ja, Sir.

MORRISON – und Sie wollen trotzdem weiter hier auf Ihrem Platz bleiben?

BARTLEBY Ja, Sir – ich möchte mich nicht verändern.

Morrison verliert die Fassung. Mit einem Ruck seiner kräftigen Arme hat er Bartleby vom Stuhl hochgerissen. Ohne sich zu wehren, beinahe körperlos, hängt der schlaffe Bartleby in seinem kräftigen Griff.

Jetzt hebt Bartleby langsam den Kopf und blickt Morrison voll an. Es ist ein langer Blick, ohne Vorwurf und ohne Furcht, aber von einer tiefen Hoffnungslosigkeit.

Morrison läßt den Schreiber los, und Bartleby fällt wie eine Marionette auf seinen Stuhl zurück.

Morrison kommt hinter dem Wandschirm vor, tief atmend, seine derangierte Jacke glattstreichend. Die Blicke aller Anwesenden sind auf ihn gerichtet.

MORRISON *noch etwas außer Atem:* Die Sache ist erledigt. Man wird an der Börse nicht mehr über mich lachen.

BROCKTON Haben Sie ihn handfest belehrt?

SPENCER Und sind Sie ihn jetzt los?

MORRISON *etwas mysteriös:* Ich denke ja. –

Spencer und Brockton tauschen Blicke.

Morrison, als wechsle er den Gesprächsgegenstand:

Mir ist durch Ihren Umzug ein Gedanke gekommen, Mr. Brockton – ich glaube, es wäre eine gute Idee, Ihre freiwerdenden Büroräume in Wall Street zu mieten.

33. BILD

Innen, Tag. Kanzleivorzimmer.

Der Raum ist bereits leer. Zwei Möbelpacker tragen ein Stehpult hinaus, behindert durch Duncan und Oates, die Aktenfaszikel durch die Tür schleppen.

Die Kamera fährt zur Verbindungstür in das Chefbüro – durch die andere Packer kommen, Morrisons Schreibtisch hinaustragend.

34. Bild

Innen, Tag. Kanzleichefbüro.
Morrisons Büro ist noch nicht leer. Packer nehmen Möbel auf und tragen sie hinaus. Einer nimmt die Cicerobüste hinter Morrisons Schreibtisch. Inmitten der allgemeinen Auflösung steht Morrison im Mantel und dirigiert.

MORRISON Vorsicht! – Diese Büste ist ziemlich empfindlich. Sie stellt Cicero dar.

1. PACKER Schon gut, Sir, ich beiße ihm nichts ab.
Morrison, zu einem anderen, der sich eine Kommode aufgeladen hat:

MORRISON Warten Sie, es wird nicht leicht sein, damit durch die Tür zu kommen.
Er öffnet den Türflügel weiter, um ihm behilflich zu sein. Dabei fällt sein Blick auf einen anderen Packer, der gerade nach dem Wandschirm greifen will.
Morrison brüsk:
Halt!

2. PACKER *verblüfft*: Sir –?

MORRISON Dieser Wandschirm hat Zeit. – Nehmen Sie inzwischen das da –
Er zeigt auf die Garderobe.

2. PACKER Wie Sie wünschen.
Er greift nach der Garderobe und nimmt auch Morrisons Bürostuhl mit.
Inzwischen sind die anderen Packer mit den Sachen aus dem Zimmer gegangen.
Der zweite Packer geht hinter ihnen her.
Mit einemmal steht Morrison im leeren Raum, in dem nur noch der Wandschirm zu sehen ist.
Morrison ist allein. Einen Moment ist er unschlüssig, was er tun soll. Gleichzeitig kommt ein dritter Packer durch die Verbindungstür und sieht sich fachmännisch um.

3. PACKER Wir sind soweit, scheint's.
Sein Blick fällt auf den Wandschirm, und er sagt:
Das da noch.
Morrison macht eine Bewegung, als wolle er ihn zurückhalten.
Der Mann hat den Wandschirm aber schon hochgehoben und zusammengefaltet.
Dahinter kommt Bartleby zum Vorschein, der auf seinem Stuhl

sitzt und teilnahmslos zum Fenster hinaus auf die Brandmauer starrt.

3. Packer verblüfft:

Da sitzt ja jemand! – He, Sie!

MORRISON *kurz angebunden*: Kümmern Sie sich nicht um ihn.

3. PACKER Verzeihung, Sir, aber –

MORRISON Nehmen Sie den Wandschirm und gehen Sie zu den anderen.

3. PACKER – aber der Stuhl fehlt noch. *Zu Bartleby:* Hallo, Bester –

MORRISON Lassen Sie in drei Teufels Namen diesen Stuhl stehen! Ich brauche ihn jetzt nicht.

Aber bevor Morrison noch zu Ende sprechen kann, ist Bartleby bereits aufgestanden. Ohne auf den Möbelpacker zu achten, stützt er eine Hand an den Fensterrahmen und fährt fort, in den Lichtschacht zu blicken.

Der Möbelpacker geht eilig mit Stuhl und Wandschirm ab.

Der Raum ist jetzt völlig leer.

Morrison tritt zu Bartleby und beginnt sich in großer, innerer Spannung zu verabschieden.

Leben Sie wohl, Bartleby. Ich gehe jetzt – leben Sie wohl, und Gott sei mit Ihnen –

Bartleby sieht ihn mit einem trostlosen Blick fahlen Hochmuts an.

Morrison greift in die Tasche und versucht, dem anderen etwas Geld, einige Banknoten und Münzen, in die Hand zu stecken.

Hier, nehmen Sie. – Für die Übergangszeit –

Bartleby greift nicht nach dem Geld. Es fällt zu Boden, die Münzen rollen über die Dielen des kahlen Raumes.

Morrison bewegt:

Gott segne Sie, so gut es geht, Bartleby.

Dann reißt er sich, beinahe gewaltsam, von der Gesellschaft des bleichen Schreibers los. Er geht zur Verbindungstür und wirft einen letzten Blick auf den einsamen, ernsten Mann im leeren Raum.

Kamera auf Morrisons Gesicht.

MORRISONS STIMME Seltsam zu sagen, daß ich mich von ihm, den loszuwerden ich mich so gesehnt hatte, fast mit Gewalt fortreißen mußte.

Man sieht Bartleby wie bisher in dem ausgeräumten Raum stehen.

Es war mir, als mauerte ich seine Überreste in den Hauswänden meines alten Büros ein. Ich fühlte mich schuldig, an was? Ich konnte es nicht benennen.

35. Bild

Außen, Tag.
Die Gefängniswärter haben das Grab mit großen Schaufeln fast vollgeworfen. Der Gefängnisgeistliche entfernt sich vom Grab. Morrison steht allein in unmittelbarer Nähe des Grabes.

Morrisons Stimme Als ich in meiner neuen Kanzlei eingerichtet war, hielt ich erst einmal einige Tage die Tür verschlossen und fuhr bei jedem Schrittgeräusch auf den Gängen zusammen.
Die Wärter werfen die letzten Schaufeln auf den Erdhügel.
Kam ich nach kurzer Abwesenheit ins Büro zurück, so hielt ich auf der Schwelle einen Augenblick inne und lauschte erst angestrengt, ehe ich aufschloß. Meine Furcht war jedoch unnütz. Bartleby nahte sich mir nicht.
Die Wärter haben ihre Arbeit beendet. Sie packen ihre Geräte zusammen und werfen sie rüde auf den Eisenkarren.
Allmählich kam eine gewisse Ruhe über mich, und ich begann wie gewöhnlich zu arbeiten, obwohl ohne Lust. Ich dachte über Dinge nach, die zu bedenken ich früher für grillenhaft gehalten hätte. Meine alltäglichen Geschäfte interessierten mich zunehmend weniger, und ich lebte ohne Vergnügen. Wozu? Wozu? – Auf rätselhafte Weise hatte ich es mir angewöhnt, die Worte «möchte lieber nicht» bei allen möglichen und unmöglichen Gelegenheiten zu verwenden.
Die Wärter haben ihre Eisenkarre beladen und fahren ab.
Morrison bleibt allein zurück, den Blick auf Bartlebys Grab gerichtet.
Immerhin, ich fühlte mich von Bartleby wie von einem unerträglichen Alp befreit.

36. Bild

Innen, Tag. Kanzleichefbüro in der Wall Street.
Das neue Büro hat helle Wände und größere, hohe Fenster. Die stuckverzierten Wände und das dunkle alte Mobiliar, Cicerobüste etc. lassen es aber nicht viel trostvoller erscheinen als das ehemalige Büro.
Morrison, Zigarre im Mund, diktiert Duncan einen Brief. Er geht auf und ab, während der Schreiber sitzt.

MORRISON Verschiedene Umstände, vor allem der kürzlich erfolgte Umzug in die Wall Street und die Modernisierung meiner Büroräumlichkeiten – haben Sie?

DUNCAN Einen Augenblick – so.

MORRISON *fortfahrend*: – meiner Büroräumlichkeiten, zwingen mich, meine Reise nach Washington zu verschieben. Ich hoffe jedoch, pünktlich am – den Wievielten haben wir heute, Mr. Duncan?

DUNCAN Den Fünften.

MORRISON Gut. Dann schreiben Sie: am 20. dieses Monats –

Er unterbricht sich und hebt seinen Kopf.

Aus dem Vorraum hört man Stimmen und Lärm.

Morrison runzelt unwillig die Stirn.

Die Verbindungstür wird von außen geöffnet, und Oates erscheint echauffiert.

Ich habe mir ausdrücklich jede Störung verbeten, Mr. Oates.

OATES Mit aller schuldigen Ehrerbietung, es ist mir bekannt. Aber der Herr läßt sich nicht abweisen.

MORRISON Welcher Herr?

OATES Es ist Mr. Doolittle, Sir. Doolittle, unser Hauswirt aus der Canal Street.

Mr. Doolittle ist ein aufgeschwemmter Typ mit pomadisiertem Scheitel, der lebhaft gestikuliert.

DOOLITTLE Jawohl, ich bin es, Mr. Morrison. Und bei allem guten Einvernehmen, das zwischen uns geherrscht hat, und obwohl ich wegen der Störung um Verzeihung bitte, muß ich Sie ersuchen, mich anzuhören.

MORRISON *nervös*: Was gibt es? Etwas nicht in Ordnung? Habe ich die Räume nicht in korrektem Zustand zurückgelassen, wie es meine Pflicht war?

DOOLITTLE Die Räume schon.

MORRISON Und was haben Sie zu beanstanden?

DOOLITTLE Sie haben uns etwas zurückgelassen, was uns Schwierigkeiten macht. Oder besser gesagt: jemanden zurückgelassen.

Morrison blickt Doolittle an.

Den störrischen, verrückten Schreiber –

OATES Bartleby! Was habe ich gesagt, Sir? Was habe ich Ihnen hinsichtlich dieses Maulesels geraten!

MORRISON *grob*: Halten Sie den Mund, Oates, und gehen Sie an Ihre Arbeit!

OATES *sein explosives Temperament bändigend*: Ich nehme das zur

Kenntnis, Sir. Ich konstatiere, daß Sie meinen Rat, den Rat Ihres ersten Mitarbeiters, abermals nicht befolgt haben.

MORRISON Gehen Sie hinaus!

Oates geht betont langsam und würdevoll hinaus.

Es tut mir leid, Mr. Doolittle, aber der Mann, von dem Sie sprechen, geht mich nichts an. Ich habe ihn entlassen. Er steht nicht länger bei mir im Dienst. Von einer Verantwortlichkeit von meiner Seite kann also keine Rede sein.

DOOLITTLE Aber in Gottes Namen, wer ist denn der Mann?

MORRISON Ich weiß es nicht. – Ich pflege mich nicht um das Privatleben meiner Angestellten zu kümmern.

Mit gewisser Befriedigung:

Ich muß Sie bitten, ihn selber zu befragen, wenn Sie das für notwendig halten.

DOOLITTLE Das habe ich ja getan. Aber er antwortet doch nicht einmal. – Er sitzt bloß auf der Treppe und starrt vor sich hin.

MORRISON *nach einer Pause*: Was sagen Sie? Auf der Treppe?

DOOLITTLE Ja, Ihr Nachfolger hat ihn mit Gewalt aus den Büroräumen befördert. Seither treibt er sich im Treppenhaus herum. Bei Tag sitzt er auf der Treppe, und nachts schläft er unter der Tür. Die Mieter sind empört, mein schönes Haus gerät in Verruf. Man fordert, daß er von der Polizei abgeholt wird.

MORRISON Von der Polizei?

DOOLITTLE Ja, von der Polizei. Es ist der letzte Ausweg. Sie soll ihn in die «Gräber» bringen, das Gefängnis, wo man die Vagabunden einsperrt.

MORRISON Aber er tut doch niemandem etwas. Es scheint mir ein unmenschlicher Gedanke, einen hilflosen Menschen –

DOOLITTLE Richtig, Sir. Und es ist ein mit Aufsehen verbundener Gedanke. Deshalb komme ich zu Ihnen. Sie waren immerhin sein letzter Chef. Sie kennen ihn, ich dachte mir, daß Sie ihm vielleicht ins Gewissen reden können. In Ihrem Interesse, Sir.

Morrison überlegt. Schließlich ringt er sich zu einem Entschluß durch und sagt:

MORRISON Nun gut, ich komme, Mr. Doolittle. – Ich weiß nicht, ob ich etwas erreichen werde, aber ich will es jedenfalls versuchen.

Während er sich umwendet und seinen Zylinder vom Haken nimmt, wird übergeblendet.

37. Bild

Innen, Tag. Treppenhaus.
Im Treppenhaus herrscht das übliche Kommen und Gehen eines Arbeitstages.
Morrison kommt etwas keuchend die Stufen herauf. Er ist gezwungen, einige Male zu grüßen.
Er sieht sich suchend um und entdeckt Bartleby, der auf dem Geländer sitzt. Es sieht aus, als habe er den Platz gewählt, um niemanden zu stören, niemanden im Hinauf- und Hinabgehen zu behindern. Er sitzt mit eckigen Schultern, die Arme eng an den Leib gelegt, und sieht mit verlorenem Blick vor sich hin.
Morrison tritt zu ihm.
Bartleby gibt kein Zeichen des Erkennens.
Morrison stellt sich so, daß die Vorbeikommenden sein Gesicht nicht sehen können.

MORRISON Bartleby, was tun Sie hier, Bartleby?
BARTLEBY *milde*: Ich sitze auf dem Treppengeländer.
MORRISON Ist Ihnen bekannt, daß Sie Anlaß zu ernsten Beschwerden geben, indem Sie sich hartnäckig hier im Treppenhaus herumtreiben? Seitdem man Sie aus dem Büro gewiesen hat?
Bartleby antwortet nicht.
Sie können hier nicht bleiben. Sie müssen sich eine Arbeit suchen. – In was für einem Berufszweig würden Sie sich gerne betätigen?
BARTLEBY Ich möchte mich nicht gerne verändern.
MORRISON Und möchten Sie dann für irgend jemanden wieder Abschreibearbeiten machen?
BARTLEBY *schüttelt den Kopf*: Ich habe das Kopieren aufgegeben.
MORRISON Würde Ihnen ein Posten als Kommis zusagen? Sagen wir in einem Kurzwarengeschäft? –
BARTLEBY Da ist man zu sehr an einen Fleck gebunden. Nein, ein Posten als Kommis sagt mir nicht zu. – Ich bin nicht wählerisch.
MORRISON Zu sehr an einen Fleck gebunden! Aber Sie binden sich ja selber an einen Fleck!
Bartleby überlegt und sagt dann, wie nach wohlerwogener Entscheidung:
BARTLEBY Nein, einen Posten als Kommis möchte ich lieber nicht annehmen.
MORRISON Und wie wäre es mit einer Arbeit als Schankkellner? Das strengt die Augen nicht an, wie das Kopieren.

Bartleby – das würde mir in keiner Weise zusagen, obwohl ich, wie gesagt, nicht wählerisch bin.

Morrison Vielleicht möchten Sie im Land herumreisen? Als Reisender arbeiten? Oder als Inkassant? Das käme Ihrer Gesundheit zustatten.

Bartleby Nein. Das ist mir zu unstet. Für mein Gefühl ist da nichts Dauerndes dabei. Ich möchte gerne seßhaft werden. Ich bin nicht wählerisch.

Morrison *gerät in Wut*: So, seßhaft! Seßhaft hier im Treppenhaus! Seßhaft sollen Sie werden! Wenn Sie nicht auf der Stelle dieses Grundstück verlassen, sehe ich mich veranlaßt und nicht nur veranlaßt, sondern verpflichtet – dieses Grundstück selbst zu verlassen.

Er merkt, daß er sich verheddert hat und wischt sich den Schweiß von der Stirn. Er versucht, seine Gedanken zu sammeln und sieht sich einen Moment nervös um, ob man ihn beim Schreien nicht gehört und erkannt habe.

Bartleby, es ist keine Zeit mehr zu verlieren, es muß etwas geschehen. Entweder Sie fassen einen Entschluß, oder er wird über Ihren Kopf weg gefaßt.

Er legt Bartleby freundschaftlich seine Hand auf die Schulter.

Bartleby – wollen Sie mit mir nach Hause kommen? Nicht in mein Büro, in meine Wohnung. Und bei mir bleiben, bis wir uns in aller Ruhe und Gemütlichkeit auf einen passenden Ausweg geeinigt haben! – Wenn Sie einverstanden sind, können wir gleich gehen.

Bartleby Nein, im Augenblick möchte ich mich lieber überhaupt nicht verändern.

Morrison *schwer atmend*: Dann sind Sie verloren, Bartleby. Die Mieter dieses Hauses haben die Geduld verloren, und der Wirt wartet nur diesen meinen letzten Versuch mit Ihnen ab, ehe er Sie –

Er stockt. Von unten hört man Lärm und Stimmengewirr.

Die Vorbeikommenden machen halt und beugen sich über das Treppengeländer, um zu sehen, was es gibt.

Auch Morrison läßt von Bartleby ab und beugt sich über das Geländer.

Zwei Polizisten, in der doppelt geknöpften Uniform jener Tage, kommen den letzten Absatz der Treppe hinauf.

Morrison tritt zurück, als wolle er sich distanzieren, und als ginge ihn die Sache nichts an.

Die Polizisten wenden sich ohne zu zögern direkt an Bartleby:
1. POLIZIST *zum zweiten*: Das ist er!
2. POLIZIST *zu Bartleby*: Heißen Sie Bartleby!?
BARTLEBY *ohne aufzusehen*: Ja.
2. POLIZIST Dann kommen Sie mit!

Bartleby erhebt sich nicht gleich.

Beide Polizisten fassen ihre Stöcke fester, aber ehe sie noch etwas tun können, ist Bartleby bereits von dem Treppengeländer gestiegen.

Die Polizisten machen Anstalten, ihn unter den Armen zu fassen. Doch wieder kommt ihnen Bartleby zuvor. Ohne dazu aufgefordert zu sein, geht er langsam und willig die Treppe hinunter.

Die Polizisten tauschen einen schnellen Blick, dann gehen sie hinter ihm her.

Morrison steht jetzt allein. Er tritt vor, blickt nach unten. Sein ernstes Gesicht drückt ein Schuldgefühl aus. Die Kamera bleibt auf seinem Gesicht.

MORRISONS STIMME Sobald mir die ruhige Besinnung wiederkehrte, konnte ich mir in voller Deutlichkeit sagen, daß ich das Menschenmögliche getan hatte, Bartleby zu retten, und doch empfand ich Schuld, als hätte ich ihn in die sogenannten Gräber eingeliefert, als hätte ich ihn aus bloßer Selbsterhaltung ermordet. Des Schreibers bleiche Gestalt trat mir vor Augen: unter den Blicken von Dieben und Mördern, die aus den engen Schlitzen der Zellenfenster spähten, lag er hingestreckt, frostblaß im Leichentuch.

Ich übertrug Duncan für einige Tage die Führung des Geschäfts, mietete eine Kutsche und fuhr ziellos durch die obere Stadt und die Vororte. Ohne mein Gewissen zu besänftigen.

Am folgenden Tag entschloß ich mich, in den Gräbern vorzusprechen, den Hergang zu schildern und Bartleby, wenn möglich, freizukriegen.

38. BILD

Innen, Tag. Gefängniskorridor.

Morrison kommt mit einem Beschließer den langen Gang entlang; der Gang wird durch kleine, vergitterte Fenster nur fahl erhellt.

Morrison bleibt einen Moment stehen und blickt sich unbehaglich um.
Der Beschließer merkt sein Unbehagen und meint gemütlich:

BESCHLIESSER Es ist nicht so schlimm, wie es aussieht, Sir. Ihr Klient geht ohnehin in den Hof hinaus, sobald es nur ein bißchen Sonne gibt. Er darf sich frei bewegen. Es liegt nichts gegen ihn vor als Herumtreiberei und Ruhestörung.

MORRISON Er ist ein durchaus redlicher Mensch. Ein wenig überspannt vielleicht. Ich möchte ihn hier wieder herauskriegen. Möglicherweise kann ihn ein Armenhaus aufnehmen, ich komme dafür auf.

BESCHLIESSER *im Weitergehen*: Da kann ich nichts sagen, Sir. Dann muß nun leider das Verfahren abgewartet werden. Eine Formsache. –
Wir haben sowieso keine Dauergäste bei uns. Die einen gehen von hier in die Freiheit, die anderen nach Sing-Sing.
Unterdes haben sie ein Gittertor erreicht, das der Beschließer öffnet. Von außen her dringt etwas Sonnenlicht.
Bitte, Sir, nach Ihnen.
Er läßt Morrison den Vortritt. Sie treten ins Freie.

39. BILD

Außen, Tag. Gefängnishof.
Ein spärliches Stück abgetretener Wiese zwischen hohen Mauern. Während Morrison und der Beschließer in den Hof treten, kommt ein Wärter vorbei und grüßt.

BESCHLIESSER *zum Wärter*: Wir suchen den Häftling Bartleby, O'Brian. Haben Sie ihn im Hof gesehen?

WÄRTER Meinen Sie den Stillen?

BESCHLIESSER Den dünnen Blassen, der gestern gekommen ist, der nichts redet. Haben Sie ihn gesehen?

WÄRTER Gewiß doch. Es ist noch nicht lange her, da ist er aus seiner Zelle gekommen.
Zu Morrison: Ein durch und durch bescheidener Mensch, Sir. Er zieht sich immer dort in den Winkel zurück, wo die Abfallkästen stehen. Da sitzt er und schaut auf die Mauer.

Er deutet in die Richtung.

Der Beschließer und Morrison gehen in die angezeigte Richtung. Die Mauern bilden hier einen stumpfen Winkel, der von dem übrigen Gefängnishof abgesondert ist. Auch dieser Winkel ist von spärlichem Gras bedeckt. Mehrere Abfallkästen aus Metall stehen aufgerichtet und sauber an einer Mauer entlang.

In einigem Abstand davon sitzt Bartleby mit hochangezogenen Beinen und sieht auf die gegenüberliegende Mauer.

BESCHLIESSER *zu Morrison*: Er sieht sehr niedergeschlagen aus. Das sind sie aber anfangs alle. – Sie können sich ruhig Zeit nehmen, Sir.

Damit zieht sich der Wärter in den größeren Teil des Hofes zurück. Morrison tritt zu Bartleby und ruft:

MORRISON Bartleby!

Bartleby rührt sich nicht.

Bartleby, ich habe Ihren Fall übernommen.

BARTLEBY *ohne sich umzublicken*: Ich kenne Sie. Und ich habe Ihnen nichts zu sagen.

MORRISON Ich will Sie freibekommen, Bartleby. Sie wissen, ich kann nichts dafür, daß Sie verhaftet wurden. – Sie sollten auch nicht zu bitter von Ihrem Aufenthalt hier denken. Es ist nichts Ehrenrühriges, daß Sie hier sind. Sie sehen ja auch, es ist kein so trauriger Platz, wie man meinen sollte. Sehen Sie, da ist der Himmel und da das Gras –

BARTLEBY Ich weiß, wo ich bin.

Morrison schweigt abwartend.

Bartleby hat sich ihm aber nicht zugewendet, und er sagt auch nichts mehr.

MORRISON Ich habe beantragt, daß Ihr Verfahren beschleunigt wird, Bartleby. Es ist eine Frage von wenigen Tagen. Ich komme Sie besuchen.

Bartleby steht langsam auf und begibt sich ruhigen Schrittes in einen anderen Teil des Gefängnishofes. Er läßt sich dort in der gleichen Haltung an der Mauer nieder.

Als sich Morrison umwendet, unschlüssig, ob er Bartleby folgen oder den Gefängnishof verlassen soll, tritt ein breiter, wie ein Stück Fleisch aussehender Häftling mit einer Schürze auf ihn zu. Er schlenkert den Daumen in Richtung Bartleby und fragt:

HÄFTLING Ist das ein Freund von Ihnen?

MORRISON Ja.

HÄFTLING Will der verhungern? Dann brauchen Sie ihn nur auf Gefängniskost zu setzen – das genügt.

Ich bin der Mann mit dem Essen. Die Herrschaften, die Freunde hier sitzen haben, stellen mich an, damit ihre Schützlinge etwas Gutes zu futtern kriegen. Es ist nicht teuer, Sir.

MORRISON Gut so. –

Er läßt dem Häftling etwas Silbergeld in die Hand gleiten.

Ich möchte, daß Sie auf ihn besonders achtgeben. Besorgen Sie ihm das beste Essen, das Sie auftreiben können. Und seien Sie bitte immer recht höflich zu ihm.

HÄFTLING Wird besorgt. Wird bestens besorgt. – Vielleicht stellen Sie mich ihm am besten gleich vor. – Ich bin ein Mann der Form, Sir, der bessere Tage gesehen hat.

Morrison gibt ihm ein Zeichen, ihm zu folgen. Dann geht er mit ihm zu dem Platz, wo sich Bartleby niedergelassen hat.

MORRISON Bartleby, das ist ein Leidensgefährte von Ihnen, der es gut mit Ihnen meint, und der Ihnen viel nützen kann.

Häftling mit einer formellen Verbeugung zu Bartleby:

HÄFTLING Ihr Diener, Sir. Ich will alles tun, damit Sie sich behaglich fühlen. Gepflegtes Grundstück – kühle Wohnräume. – Was möchten Sie heute zum Essen haben?

BARTLEBY Nichts.

HÄFTLING Nichts?

Bartleby erhebt sich langsam aus seiner verkrampften Stellung.

BARTLEBY Ich möchte heute lieber nicht essen. Es würde mir nicht bekommen. – Ich bin an Mahlzeiten nicht gewöhnt.

Damit läßt er Morrison und den Häftling stehen. Er geht wieder auf den äußersten Winkel zu, wo die Abfallkästen stehen, und stellt sich dort vor die kahle Mauer, den Rücken zu Morrison.

Der Essensmann wendet sich mit einem erstaunten Blick zu Morrison.

HÄFTLING Nanu? Der ist wohl komisch, was?

MORRISON *traurig*: Ich glaube, er ist ein bißchen gestört.

HÄFTLING Gestört? Gestört also. Wissen Sie, Ehrenwort, wenn Sie mich gefragt hätten, ich hätte den für einen von den Herren Falschmünzers gehalten. Die sind immer so bleich und wohlerzogen, die Falschmünzers. Mir tun sie immer leid, Sir. Weiß Gott, mir tun sie immer leid. – Haben Sie Monroe Edwards gekannt?

Er sieht Morrison eindringlich an und wartet auf eine Antwort.

Er ist in Sing-Sing gestorben, an der Schwindsucht. Sie haben ihn also nicht gekannt, den Monroe?

MORRISON Nein, ich habe nie in Falschmünzerkreisen verkehrt.

Ich kann mich auch leider nicht länger aufhalten. Kümmern Sie sich bitte um den da drüben. Es soll Ihr Schade nicht sein. Auf Wiedersehen.

HÄFTLING Immer zu Ihren Diensten, Sir. Hoffentlich bleibt der Herr eine Weile bei uns.

Der Essensmann macht eine förmliche Verbeugung und entfernt sich.

Nach kurzem Zögern geht Morrison noch einmal kurz zu Bartleby, der noch immer in der gleichen Haltung vor der Mauer steht.

MORRISON *eindringlich*: Ich werde Sie freibekommen, Bartleby. Ich komme wieder. Ich komme schon in wenigen Tagen wieder.

Da sich Bartleby nicht umwendet, geht Morrison nach kurzem Warten weg, auf das Tor zu dem Gefängnishof zu. Dort erwartet ihn der Beschließer.

40. BILD

Außen, Tag.
Morrison am Grabe Bartlebys. Er richtet mit seinem Schirm einige Erdschollen an dem unordentlichen Grabhügel.

MORRISONS STIMME Ich war fest entschlossen, ihm zu helfen, wenn es irgendeine Hilfe gab. Vielleicht konnte ich irgendwelche Angehörige ausfindig machen, vielleicht konnte mir die Postverwaltung, bei der er vorher gearbeitet hatte, einen Hinweis geben. Ich fuhr schon am nächsten Tag nach Washington und erfuhr dort mit einiger Mühe, Bartleby habe im Amt für unbestellbare Briefe einen untergeordneten Schreiberposten innegehabt und sei dort infolge eines Wechsels in der Verwaltung plötzlich entlassen worden. Nähere Angaben wußte man über ihn nicht zu machen. Ich suchte das Archiv auf, und ich fand tatsächlich seinen Nachfolger.

41. BILD

Innen, Tag. Archiv für unbestellbare Briefe.
Ein mit Regalen vollgestellter Raum. Die Regale reichen bis zur Decke und sind mit verschnürten Stapeln alter Briefe vollgestopft.

Auch der schmale Gang, der von der Eingangstür bis zum Platz des sortierenden Beamten führt, ist auf beiden Seiten von solchen Regalen begrenzt. Durch ein Oberlicht fällt nur wenig Tageslicht. Über dem Tisch des Archivangestellten hängt eine brennende Gaslampe. Der einzige Einrichtungsgegenstand, außer Regalen und Tisch, ist ein durchgesessener Stuhl.

Auf dem Tisch sitzt Albert, ein junger Mann mit hervorstehendem Adamsapfel, der das Archiv betreut. Er läßt seine Beine über die Tischplatte baumeln.

Er ist in Hemdsärmeln, trägt eine karierte Weste. Seine Jacke hängt über der Stuhllehne. Während der Arbeit hält er eine brennende Zigarette zwischen den Mundwinkeln.

Er ist damit beschäftigt, von einem großen Stapel Briefe zu seiner Rechten Briefe zu nehmen, aufzureißen, zu überfliegen. Danach legt er sie auf einen hohen, auf dem Boden liegenden Briefstapel.

Geräusch an der Tür.

Albert horcht einen Moment auf, ohne seine Beschäftigung zu unterbrechen.

Näherkommende Schritte im schmalen Gang.

ALBERT *ohne von seinen Briefen aufzusehen*: Wer ist da?

Morrison kommt bis zu seinem Tisch und nimmt den Hut ab.

MORRISON Ich bitte um Entschuldigung, wenn ich störe –

ALBERT Keine Ursache. Meine Arbeit ist nicht pressant. Wollen Sie wirklich zu mir?

MORRISON Warum fragen Sie?

ALBERT Seit ich den Posten hier angetreten habe, sind Sie der erste Besucher.

Morrison sieht sich im Raum um. Die trostlose Szenerie ist ihm unangenehm.

MORRISON Es ist ziemlich still hier.

ALBERT Das kann man sagen. Hier kann man ungestört dösen. – Verzeihung, Sir.

Er nimmt seine Jacke vom Stuhl und schlüpft hinein.

Was kann ich für Sie tun?

MORRISON Ich habe Ihren Vorgänger gekannt, deshalb bin ich hier.

ALBERT Meinen Vorgänger? Ja, ich erinnere mich. Ein unzugänglicher Mensch. Ich habe ihn nur einmal gesehen, als er mir den Schreibtisch übergab.

MORRISON Bartleby war sein Name.

ALBERT Möglich.

MORRISON Mr. Bartleby war in meiner New Yorker Kanzlei beschäftigt – Sie verstehen –, da er mir auch menschlich nähersteht, und da ich gerade geschäftlich in Washington bin, da war ich interessiert, seine frühere Tätigkeit kennenzulernen.

ALBERT Da gibt's nicht viel zu sehen.

MORRISON Ich würde gerne etwas Näheres über seine Person erfahren.

ALBERT Tut mir leid, ich kannte ihn kaum. Da werden Sie sich an das Personalbüro wenden müssen.

MORRISON Dort war ich schon. Die wissen gar nichts. Es scheint, daß man einem Bewerber für diesen Posten nicht viele Fragen stellt.

ALBERT *grinsend*: Richtig. Es wird auch nicht viel bezahlt. Aber sonst eine ideale Stellung. Wenig Arbeit, keine Kontrolle –

MORRISON Ihnen gefällt es also hier?

ALBERT Blendend. Die Anstellung, die ich mir immer gewünscht habe.

MORRISON Bei Mr. Bartleby scheint das anders gewesen zu sein. Er sagte mir, er habe es hier nicht länger ausgehalten.

ALBERT Möglich. Vielleicht war er ehrgeizig.

MORRISON O nein. Vielleicht hat er die Luft nicht vertragen.
Er sieht sich im Raum um.

ALBERT Aber die Räume sind im Winter glänzend geheizt. Und die Arbeit ist ein Kinderspiel. – Sehen Sie, das alles hier sind unbestellbare Briefe. Nach einem Jahr werden sie sortiert und verbrannt, wenn sie nicht reklamiert werden. – Unter uns, sie werden fast nie reklamiert.

MORRISON Und Sie sortieren die Briefe, die verbrannt werden?

ALBERT Manchmal mache ich auch Stichproben. Was man da manchmal zu lesen kriegt – am liebsten lese ich Liebesbriefe –, was da oft drinsteht, zum Totlachen manchmal. Nehmen Sie zum Beispiel den hier, den ich gerade gehabt habe:
Er hebt einen Brief von dem Stapel und liest ihn vor.
«Meine Innigstgeliebte, obwohl ich fürchte, daß Dich auch dieses Schreiben nicht erreichen wird, ist es mir ein Bedürfnis, Dir mein Herz auszuschütten. Ich habe das Gefühl, Du sitzt wieder neben mir wie damals und siehst in meine Augen» –

MORRISON Was ist daran komisch?

ALBERT Warten Sie, ich hab noch bessere. Die besten hebe ich mir nämlich immer ein bißchen auf. – Warten Sie –

Albert verschwindet durch den Gang, um die Briefe zu holen.
Morrison steht zwischen den hohen Regalen, und sein Blick geht über die vielen Stapel.

MORRISONS STIMME *den Monolog fortführend*: Unbestellbare Briefe – haben sie nicht etwas von Gestorbenen? Kann es für einen Menschen wie Bartleby einen ungeeigneteren Beruf geben als den Umgang mit unbestellbaren Briefen, die er für den Flammentod sortieren muß. Der bleiche Beamte entnimmt dem Papier einen Ring, der Finger, für den er bestimmt war, modert schon im Grab, oder eine Banknote – der, dem sie Hilfe bringen sollte, lebt nicht mehr.
Morrison geht den Gang zwischen den Regalen hinaus.
Morrisons Stimme den Monolog fortsetzend:
Nicht daß ich Bartlebys Verhalten aus seiner Tätigkeit erklären möchte. Ich habe keine Erklärung, wenn nicht die, nicht mehr zu wollen, das Leben nicht und nicht die zermürbende Prosa des Alltags. Ich habe keinen zureichenden Grund, seine Haltung zu erklären, gefunden.
Einige Tage später, nach New York zurückgekehrt, erhielt ich abermals Zutritt zu den Gräbern.

42. BILD

Außen, Tag. Gefängnishof.
Morrison und der Beschließer treten aus dem Gittertor auf den Gefängnishof.

BESCHLIESSER Ein schwieriger Häftling, Sir, Ihr Klient. Ja, das ist er.
MORRISON Sie werden nicht sagen können, daß er aufsässig ist.
BESCHLIESSER O nein, ganz und gar nicht, Sir. Sanft wie ein Lamm, aber er weigert sich zu essen.
MORRISON Die ganze Zeit hindurch?
BESCHLIESSER Ich habe sogar überlegt, ob ich der Direktion Anzeige erstatte, wegen Hungerstreiks. Aber er will ja mit seinem Hungern gar nichts durchsetzen. Und in diesem Fall ist es doch eigentlich kein Hungerstreik, nicht wahr?
MORRISON Nein, nein.
BESCHLIESSER Ich habe ihn gefragt, ob er sich zu beklagen hat.

Nein, keine Klagen. – Ich wollte seine Wünsche erfahren. Er hatte keine. – Er liegt nur immer im Gras und sieht auf die Mauer.

Unterdes sind sie über den Gefängnishof zu der Stelle gekommen, wo die Abfallkästen ausgerichtet stehen.

Dort liegt Bartleby auf dem Rücken, den Kopf an die Steine der Mauer gelehnt, regungslos. Seine Augen sind weit offen, als betrachte er die Mauer.

An seiner Seite steht ein Blechnapf mit Essen, das unberührt ist.

Er schläft wieder. Vor einer Viertelstunde habe ich gesehen, wie er sich niederlegte.

MORRISON *ruft ihn an*: Bartleby –!

Bartleby rührt sich nicht.

Bartleby, ich bin es, Ihr Freund.

Morrison wartet einen Moment, dann tritt er nahe zu ihm, beugt sich über ihn und sieht, daß seine trüben Augen offenstehen. Er greift nach seiner Hand, läßt sie erschrocken los und ruft:

Bartleby!

BESCHLIESSER Er hat sein Essen heute wieder nicht angerührt. Lebt er, ohne zu essen?

MORRISON Lebt ohne zu essen.

Er beugt sich über Bartleby und drückt ihm die Augen zu.

BESCHLIESSER *erschrocken*: Machen Sie keine Scherze, Sir. Der schläft doch nur, was –?

Morrison schluckt.

MORRISON Ja, er schläft. Mit Königen und Ratsherren.

Er nimmt feierlich seinen Zylinder ab.

Ja, ja. Bartleby. Ja, Menschentum.

43. BILD

Außen, Tag.

Morrison noch immer an dem Grab Bartlebys.

Die Wärter haben vergessen, das kleine Holzkreuz aufzustellen, als sie weggingen.

Morrison findet es in den Lehm getreten, nimmt es auf, überlegt, ob er es auf Bartlebys Grab stecken soll, wirft es wieder hin.

MORRISONS STIMME Verzeihung denen, die verzweifelnd starben, Hoffnung denen, die hinübergingen ohne Hoffnung. Gute

Nachricht denen, die gestorben sind unter dem Würgegriff der ungelinderten Not.

Morrison wendet sich von dem Grab ab und tritt den Rückweg an. Er kommt an den beiden Wärtern vorbei, die an einer windgeschützten Stelle auf dem Eisenkarren ihr Bierfrühstück beenden.

Einer von ihnen, der Beschließer, verstaut eine Bierflasche und das Butterbrotpapier in einer abgenutzten schwarzen Ledertasche und spricht Morrison an.

BESCHLIESSER Was sagen Sie zu diesem Dreckwetter, Sir? Von hundert Gräbern, die ich zugeschaufelt habe, nicht zwei bei Sonnenschein. Sehen Sie sich diese Schuhe an. Wer denkt an uns? Können die Wege hier nicht gepflastert werden? Wissen Sie, was wir dafür kriegen? Einen Dollar. Traurig. –

Der Beschließer gibt seine Tasche auf die Karre und begleitet Morrison ein Stück.

Ich habe Sie beobachtet, Sir. Ein mitfühlendes Herz. Ich hätte Ihnen das voraussagen können, als ich den ersten Blick auf ihn geworfen hatte. Ich habe einen siebenten Sinn für Todeskandidaten, bis vierzehn Tage im voraus. Oder die Praxis. Friede seiner Asche, wir müssen alle sterben, sage ich immer, der eine früher, der andere später. Habe ich recht, Sir? Die Welt ist voller Geheimnisse. Nichts für ungut. –

Da Morrison nicht auf ihn eingeht, bleibt er zurück und hilft seinem Kumpanen beim Ziehen der Eisenkarre.

Morrison geht den Weg an der Friedhofsmauer entlang aus dem Bild.

Editorische Bemerkungen

SHAKESPEARE DRINGEND GESUCHT wurde 1952 in Berlin geschrieben und am 28. Juni 1953 im Deutschen Theater in Berlin uraufgeführt. Regie: Herwart Grosse, Bühnenbild: Heinrich Kilger. Die Rolle des Färbel spielte Rudolf Wessely.
Erste Veröffentlichung im Henschelverlag, Berlin / DDR 1954.

DER AUFSTIEG DES ALOIS PIONTEK wurde 1954 geschrieben und am 12. Februar 1956 im Deutschen Theater Berlin uraufgeführt. Regie: Heinar Kipphardt, Bühnenbild: Heinrich Kilger. Piontek spielte Rudolf Wessely, Sambale Herbert Richter.
Erste Veröffentlichung im Henschelverlag, Berlin / DDR 1956.

DIE STÜHLE DES HERRN SZMIL wurde 1956/57 in Berlin geschrieben. Die Uraufführung fand an den Wuppertaler Bühnen am 29. Januar 1961 statt. Regie: Rudolf Wessely, Bühnenbild: Siegfried Stepanek. Szmil spielte Willy Leyrer, Kasch spielte Friedel Bauschulte.
Die hier abgedruckte vom Autor revidierte Neufassung des Stücks stammt von 1978. Der Text der Wuppertaler Uraufführung wurde zuerst in «Junges Deutsches Theater von heute», Langen-Müller-Verlag, München 1961, veröffentlicht.
Ein gleichnamiges Fernsehspiel wurde im ARD-Programm am 25. März 1979 gesendet. Regie: Vojtech Jasny, Szmil spielte Rudolf Wessely, Kasch spielte Wolfgang Kieling. Das Textbuch des Films erschien in dem Band ‹*Zwei Filmkomödien*›, Verlag Autoren Edition, Königstein 1979.

DER HUND DES GENERALS, 1960/61 in Düsseldorf geschrieben, wurde am 2. April 1962 an den Münchner Kammerspielen uraufgeführt. Regie: August Everding, Bühnenbild: Jörg Zimmermann. Den Pfeiffer spielte Robert Graf, den Czymek Norbert Kappen, den General Rampf Paul Hoffmann.
Erste Veröffentlichung im Suhrkamp Verlag, Frankfurt 1963.
Ein gleichnamiges Fernsehspiel wurde im ARD-Programm am 23. April 1964 gesendet. Regie: Franz-Peter Wirth, Pfeiffer und Rampf waren wie bei der Uraufführung des Stücks besetzt, den Czymek spielte Willi Semmelrogge.

BARTLEBY wurde 1962 gedreht und am 11. April 1963 vom Zweiten Deutschen Fernsehen gesendet. Regie: Ludwig Cremer, als Bartleby spielte Rudolf Wessely, als Morrison Kurt Ehrhardt.
Der Text des Fernsehspiels wird im vorliegenden Band zum erstenmal veröffentlicht.

Nachwort des Herausgebers

«Vielleicht findet Ihr es seltsam, daß ich gerade ein Lustspiel schreibe – ich lache ja nicht gerade häufig –, aber ich fühle mich seit langem von allen Gattungen des Komischen angezogen», schrieb Heinar Kipphardt seinen Eltern am 13. Juni 1952, und er fügte hinzu: «Mein Talent ist, glaube ich, ein kritisches, und das Lachen ist die listigste Form der Kritik, auch die wirkungsvollste.» Er arbeitete zu dieser Zeit an seinem ersten Drama *‹Shakespeare dringend gesucht›*, das er den Eltern im selben Brief ankündigte als «recht turbulentes Lustspiel, das nichts weiter als ein handfestes Theaterstück sein soll, geeignet richtiges, herzhaftes Lachen über unsere Schwächen hervorzurufen. Es soll nach meinem Wunsch eine feste Leichtigkeit haben und die komischen Elemente von der Farce zur Groteske zur Tragikomödie enthalten. Literarische Ansprüche habe ich dabei nicht.»[1]

Einige Monate später berichtet Kipphardt verwundert, er habe nicht gedacht, «daß dieses kleine Lustspiel, diese immerhin doch liebenswürdige Satire die Gemüter so heftig beschäftigen könnte, wie es das Stück schon vor seiner Aufführung tut»[2]. Die Komödie um den Dramaturgen Amadeus Färbel, von ihrem Autor als «etwas leichtfertige Abschweifung» von ernsthafter literarischer Arbeit angesehen[3], kam schließlich am 28. Juni 1953 im Deutschen Theater in Berlin zur Uraufführung. Das Stück wurde zu einem der größten Erfolge in der Theatergeschichte der DDR und ging über zahlreiche Bühnen in einem Dutzend weiterer Länder. Das war ein sensationeller Durchbruch für einen bis dahin kaum bekannten Schriftsteller.

Heinar Kipphardt, geboren 1922 in Schlesien, nach dem Krieg in Düsseldorf zum Doktor der Medizin promoviert, war 1949 mit Frau und Kind nach Ost-Berlin übergesiedelt. Ab 1950 arbeitete er als Dramaturg am Deutschen Theater, der damals führenden Bühne der DDR, unter der Intendanz von Wolfgang Langhoff. Kipphardts Weg von West nach Ost war eine bewußte politische Entscheidung gewesen; seine Briefe an die Eltern aus den frühen fünfziger Jahren zeugen von den Hoffnungen, mit denen er den gesellschaftlichen Neubeginn im östlichen Deutschland erlebte und mitzugestalten versuchte. Der Literatur und dem Theater schrieb er dabei eine betont kritische, die sozialen Widersprüche aufgreifende Rolle zu.

«Schönfärberei ist im Drama so schädlich wie in der Politik», stellte er 1954 in einem Essay klar und polemisierte gegen solche Dramatiker, die Konflikte zu vermeiden und «Helden aus Marzipan» zu erfinden trachten – denn allseitig geglättete Idealfiguren seien «schon im Leben sehr lästig, auf der Bühne aber unerträglich». Kipphardt stritt mit Nachdruck gegen die «opportunistische Ansicht», wonach «sich der Sozialismus von selbst zu höheren Formen entwickelt»[4].

‹Shakespeare dringend gesucht› erwies sich als vehemente Einmischung in gesellschaftliche Prozesse. Mit dem Stück wurden Bürokratismus und Karrieredenken attackiert, und die Kritik war mit bisweilen drastischer Komik und ausgeprägtem Sinn für Pointen ausgeführt. Kipphardt hatte seine Satire im Theatermilieu angesiedelt, weil er sich darin besonders gut auskannte. Der Kulturbetrieb sei aber keineswegs der Gegenstand des Stücks, betonte er später in einem Brief; Gegenstand seien vielmehr opportunistische und konformistische Verhaltensweisen, wie er sie auch in anderen Bereichen verbreitet sah.[5]

In einem Programmheft-Beitrag erläuterte der Autor sein poetisches Konzept.[6] Angesichts des sozialistischen Aufbaus befinde sich der Satiriker in einer besonderen Lage: «Seine Aufmerksamkeit muß auf das Alte, Überlebte und Häßliche gerichtet sein, das er durch das Lachen zu zerstören unternimmt, weil es den neuen Weltzustand gefährdet.» Figuren wie der Intendant Schnell und der Dichter Monhaupt werden unversöhnlich dem Lachen preisgegeben, um die Zuschauer zu «erziehen, gegen die Schnells in unserem Leben aufzutreten». Gleichzeitig aber muß es dem Satiriker gelingen, «das vernichtenswerte Alte mit dem Schönen und Zukünftigen zu konfrontieren». Neue Menschen seien zum Beispiel Raban und seine Frau, vor allem aber der junge Fridolin, in Kipphardts Sicht «die eigentlich positive Gestalt des Stücks», denn Fridolin «kennt den richtigen Weg und wird später weder ein Färbel noch ein Schnell werden». Der liebenswerte Amadeus Färbel dagegen ist «keine rundum positive Gestalt», sondern ein Held mit deutlichen Schwächen und Fehlern. Kipphardt sah in ihm eine Variante des «kleinen Mannes», wie ihn Gogol und Chaplin mit Vorliebe darstellten, nur daß die neue sozialistische Umgebung dem Kampf des «kleinen Mannes» anders geartete Widrigkeiten entgegenstellt. In Färbel seien noch manche Reste des alten Bewußtseins lebendig, und zu deren Überwindung sollen die Zuschauer ermuntert werden.

Für die literarische Öffentlichkeit der DDR wirkte diese Komödie wie ein Akt der Befreiung. «Ein Lustspiel, das zur rechten Zeit kam» war eine der maßgeblichen Kritiken überschrieben[7], und in einer anderen Besprechung wurde festgestellt, dies sei «endlich der Durchbruch zu unserer Satire».[8] Kipphardts beherzte aktuelle Stellungnahme war ungewöhnlich in einer Gegenwartsdramatik, in deren Stücken es sonst – mit Färbels Worten – zuging «wie in einem Kuhmagen, nur, daß statt Gras Gedanken und altes Zeitungspapier wiedergekäut werden». Der außerordentliche Erfolg des Stücks wird verständlich, wenn man die zeitgeschichtliche Konstellation hinzudenkt. Kipphardt erinnerte im Rückblick: «Diese erste Satire, nach langer satireloser Zeit in der späten Stalin-Ära, schien dem Publikum eine Probe sensationellen literarischen Mutes zu sein. Die Generalprobe des Stücks war immerhin am 17. Juni 1953.»[9]

‹*Shakespeare dringend gesucht*› kam auf die Bühnen am Beginn einer Entwicklung, die – nach einem Romantitel Ilja Ehrenburgs – als Periode des «Tauwetters» bezeichnet wird. Stalin war im März 1953 gestorben, in der Sowjetunion setzte eine Phase der Liberalisierung ein. In der DDR provozierten massive Unruhen in der Bevölkerung im Juni 1953 eine Selbstkritik der Parteiführung, die sich in der Propagierung eines «Neuen Kurses» niederschlug. Dessen Hauptinhalt sollte eine Verbesserung der wirtschaftlichen Lage der Bevölkerung sein, aber auch ein Ende «der unfruchtbaren, kleinlichen Bevormundung und Beengung» von Wissenschaft und Kunst wurde versprochen.[10] Kipphardts Stück entstand im Gärungsprozeß dieser gesellschaftlichen Vorgänge, und vielen erschien seine Komödie als literarischer Inbegriff des «Neuen Kurses». Sie enthielt ein unmißverständliches Plädoyer für mehr Kritikfreudigkeit und offene Auseinandersetzung im Sozialismus. Die Uraufführung wurde von Mitgliedern der Staatsführung besucht, an der Spitze der Ministerpräsident Otto Grotewohl, der demonstrativ Beifall spendete. Heinar Kipphardt erhielt für sein Stück den Nationalpreis der DDR, III. Klasse, weil er einen wertvollen Beitrag zur Entwicklung der zeitgenössischen Satire geleistet habe.

Später mochte der Autor selbst seinen Erstling nur noch «mit einiger Pein» lesen.[11] Die Schwanktechnik fand er im nachhinein allzu naiv und zu nahe der flachen Komik von Franz Molnar oder Arnold und Bach. Vor allem aber genierte Kipphardt die ungebrochen positive Lösung des dramatischen Konflikts durch die gute Genossin Mellin aus dem Ministerium: dies empfand er nachträglich als parteifrommes, systemkonformes Zugeständnis. In einem

«Eine Zeitlang war kein Geld mit einem Stück zu gewinnen…

…wenn Dichter und Schauspieler sich nicht darin mit ihren Gegnern herumzausten», sagte Rosenkranz im *Hamlet*.

Daran hat sich im Prinzip nichts geändert. Das Theater lebt von Konflikten, sonst wäre es langweilig. Und für ein langweiliges Stück zahlt niemand Eintritt. Konflikt hin, Konflikt her – finanziell gesehen ist jedes Stück ein Risiko. Viele Theaterbesucher gehen deshalb auch zur Bank.

Brief aus dem Jahre 1962, als er bereits wieder im Westen lebte, schlug er eine neue Lesart vor: «Der dritte Akt ist ein als Über-Happy-End auszustellender Moliere-Schluß, da sich der ja auch nicht trauen konnte, daß es übel ausgeht, aber wenn man es als Phrase groß ausstellt, geht es eben doch übel aus. Die Dame, die die gute Lösung bringt, kann aus dem Theaterhimmel kommen, ordensgeschmückt, eine Göttin des Parteiapparates quasi.»[12] Das läßt an das Finale von Bertolt Brechts *‹Dreigroschenoper›* denken, in dem der reitende Bote des Königs das parodistische Happy-End einleitet. Heinar Kipphardt, der nach zehn Jahren die DDR politisch enttäuscht verlassen hatte, wollte den Glauben an eine Hilfe «von oben» nun voll bitterer Ironie ins Märchenhafte verwiesen sehen.

Kipphardt war, nach *‹Shakespeare dringend gesucht›*, in der DDR zunächst ein sehr gefragter Bühnenautor geworden. Den Eltern berichtete er am 19. Juli 1953: «Ich kann nicht die Hälfte der lohnenden Aufträge annehmen, die mir angetragen werden. Jedermann sieht in mir augenblicklich einen Spezialisten der Satire, wer seine Pflicht zu kritisieren versäumt hat, möchte es jetzt nachholen, da es mühelos und ungefährlich geworden ist. Mir machen derartige Bequemlichkeiten keinen Spaß.» Er wandte sich anderen Gegenständen zu. Sein zweites Stück *‹Der Aufstieg des Alois Piontek›* wurde Anfang 1956 – wieder im Deutschen Theater – uraufgeführt. Die tragikomische Farce handelt von einem Wirtschaftswunder, das auf purem Betrug beruht.

Das *‹Piontek›*-Stück war inspiriert von einer tatsächlichen Affäre, die damals durch die Zeitungen ging. Ein Geschäftsmann in Westdeutschland hatte synthetische Diamanten billig herzustellen versprochen und mit fremden Geldern sein Unternehmen aufgebläht. Dem ersten Edelstein gab er den Namen «Erhard», dem Vater des wirtschaftlichen Wiederaufstiegs der Bundesrepublik zu Ehren. Wirtschaftsminister Ludwig Erhard bescheinigte persönlich «das größte Interesse» an dem Vorhaben. Doch wurde der angebliche Diamantenmacher Hermann Meincke bald als Betrüger entlarvt; er wanderte schließlich für drei Jahre ins Gefängnis.[13] – Kipphardt steigerte den Fall bis zur Groteske: seine Helden Sambale und Piontek produzieren ihre falschen Diamanten aus verdorbenem Pflaumensaft und Kandiszucker, sie legen auf der Suche nach Geldgebern eine ganze Regierung herein. Die Überzeichnung der Figuren zu karikaturenhaften Typen («Der nickende Minister», «Der geistige Minister» usw.) erinnert an die Kapitalismuskritik in Heinrich Manns Novelle *‹Kobes›*, in der die Inflationsgewinnler der frühen zwanziger Jahre als Sinnbild des spätbürgerlichen Zeitalters beschrieben werden.

Bei Kipphardt lautet die von Sambale verkündete Moral, daß «die Methoden der Diebe, / der Einbrecher und Raubmörder, / hoffnungslos dumm und erfolglos (seien) / in Zeiten des Börsenberichts, / in Zeiten des Diebstahls am Fließband». Bis in die Wortwahl ist darin das große Vorbild Brecht zu hören, in dessen *‹Dreigroschenoper›* die Quintessenz heißt: «Was ist ein Dietrich gegen eine Aktie? Was ist ein Einbruch in eine Bank gegen die Gründung einer Bank?» In der bürgerlichen Gesellschaft, so ist beider Schriftsteller Botschaft, wird die skrupellose Bereicherung zur normalen Form des geschäftlichen Verkehrs. Der Gauner Alois Piontek bezeichnet sich selbst als kläglichen Anfänger, gemessen an dem permanenten, gesetzlich geschützten Betrug der großen Geschäftsleute und Staatsmänner.

Auch an Brechts Stück *‹Der aufhaltsame Aufstieg des Arturo Ui›* gibt es im *‹Piontek›*-Drama Anklänge, nicht nur im Titel. So läßt Kipphardt seinen Helden die Wirkung einer Rede in verschiedenen Posen proben und zeigt damit die kalkulierte Inszenierung von Politik und Kommerz. Ähnlich läßt sich Brechts Arturo Ui von einem alten Shakespeare-Darsteller für öffentliche Auftritte schulen; nur ist die Szene ungleich überzeugender ausgeführt und hat als Hitler-Parodie einen präzisen satirischen Angriffspunkt. Die *‹Piontek›*-Farce wirkt dagegen wie eine recht allgemeine Kritik am überlebten Kapitalismus. Dieses Stück beweise «die Zerstörung der Vernunft in der späten Bürgerwelt», erläuterte der Autor in einem Brief.[14]

Tragikomische Züge bekommt *‹Piontek›* durch den Widerstand, den die Titelfigur ihrem abrupten sozialen Aufstieg entgegensetzt. Alois Piontek möchte eigentlich ein ehrlicher Mensch sein und sträubt sich gegen die Machenschaften, in die er verwickelt wird. Aber er kämpft gegen Windmühlenflügel, die Verhältnisse lassen seiner Wahrheitsliebe keine Chance. Am Ende erhängt er sich an einem Baum. Kipphardt wendet solche ernsten Momente des Stükkes stets zurück ins Komische: Pionteks Freitod zum Beispiel wird gefeiert als Glück der anderen versammelten Hochstapler, die einen unbequemen Mitwisser los sind. Auch läßt der Autor den Piontek häufig mit expressionistischem Pathos deklamieren, und in der Liebesszene des falschen Gelehrten mit der Hure Magdalena ist gar eine Parodie auf Goethes *‹Faust›* zu erkennen. Die Anleihen aus dem Fundus der humanistischen Literatur des Bürgertums sind im Munde des scheiternden Piontek hohle Worte, sie erweisen sich als obsolet in einer zum Untergang verurteilten Gesellschaft – und wirken lächerlich.

Wie schon in seinem ersten Drama gilt Kipphardts besonderes Augenmerk auch im *‹Piontek›* der Sprache. Er nimmt scheinheilige, formelhafte Redeweisen auf, überzeichnet sie und führt die Phrasen auf der Bühne ad absurdum. Vor allem der im Adenauer-Staat so verbreitete Mißbrauch christlichen Gedanken- und Sprachgutes wird im *‹Piontek›* ausgiebig persifliert. Ein satirischer Glanzpunkt ist eine Rede des Präsidenten in einem Martin Heidegger parodierenden Wortsalat. Heinar Kipphardt hatte in jungen Jahren die Phraseologie des Nationalsozialismus im Kontrast zur blutigen Wirklichkeit des Faschismus erlebt; daraus resultierte ein zeitlebens geschärftes sprachkritisches Bewußtsein. Durch sein gesamtes Œuvre zieht sich die Methode der Konfrontation von Worten und Taten, und er selbst war stets um eine lakonische, genaue Sprache bemüht.

‹Der Aufstieg des Alois Piontek› fand bei Zuschauern und Kritikern wenig Anklang. Die Rezensenten beklagten ein Übermaß an Absichten und Anspielungen, daraus sei in diesem Fall «eine ermüdende Manier» geworden.[15] Und die Vermischung von Formelementen unter anderem Sternheims, Georg Kaisers und Brechts könne nicht überzeugen, monierte Herbert Ihering – «Kipphardt ist begabt und witzig. Aber er darf sein Talent nicht überbeanspruchen. Er zieht aus, um eine ganze Front von Dramatikern zu schlagen, benutzt dabei jedoch deren Waffen und Sprache. Die literarischen Gewalttaten wenden sich gegen den Verfasser.»[16] Der so Gescholtene war zunächst verletzt; er fand dagegen seinen Erstling überschätzt und äußerte Unmut, «daß im eigenen Land ein unvergleichlich besseres und wichtigeres Stück wie *‹Piontek›* nicht recht begriffen wird».[17] Später gestand er, selbst nicht ganz zu wissen, ob die Farce nun «sehr gut oder sehr schlecht» sei.[18] In einem Brief an seinen ersten westdeutschen Verleger aber gab er unumwunden zu: «Der *‹Piontek›* ist verkorkst.»[19]

Mehr Wirkung versprach das nachfolgende Stück *‹Die Stühle des Herrn Szmil›*. Kipphardt ging dabei vom Hauptmotiv eines Klassikers der sozialistischen Satire aus, dem Roman *‹Zwölf Stühle›* von Ilja Ilf und Jewgeni Petrow. 1928 war dieser Roman der zwei russischen Autoren erstmals erschienen, später dann in der Sowjetunion als «Entstellung der Wirklichkeit» verurteilt worden; erst im Zuge der Entstalinisierung wurde er nach 1956 dort wieder gedruckt. Kipphardt übernahm von Ilf und Petrow nicht nur die Fabel – die

Suche nach dem in einem von zwölf Stühlen versteckten Familienschatz –, sondern auch die beiden Ebenen der satirischen Kritik.

Attackiert werden zum einen die personifizierten Restbestände bourgeoiser und feudaler Gesellschaft und Gesinnung, die im Sozialismus noch fortexistieren und auf eine Rückkehr der alten Verhältnisse hoffen. Kipphardt entwirft das groteske Bild einer Gruppe kleinbürgerlicher Verschwörer, die sich wie ein Geheimbund von Fossilien um den Titelhelden schart, jeder auf seine persönliche Bereicherung bedacht. Szmil selbst, einst ein begüterter Baron von Szmilicz und nun im sozialistischen Staat ein mürrischer Standesbeamter, hofft auf den Coup seines Lebens und steht doch am Ende mit leeren Händen da. Den für die Erbtante voreilig bestellten Sarg wird er, des Lebens müde, für sich selbst verwenden. Für ihn und seinesgleichen gibt es ein für allemal keine Zukunft mehr.

Auf einer zweiten Ebene der Kritik führen Ilf und Petrow wie auch Kipphardt einen schlitzohrigen Hochstapler ein, der die Sprachregelungen und die Hierarchien des sozialistischen Systems genau kennt und für sich benutzt. Kalle Kasch wird für Szmil zum unerwünschten Partner, er hält die Fäden der Schatzjagd stets in der Hand. Kipphardt knüpft mit Kasch an den Typus des intelligenten Gauners an, wie er ihn schon mit Sambale im ‹*Piontek*›-Stück entworfen hatte. Kasch allerdings agiert unter neuen gesellschaftlichen Bedingungen, und wenn er sich verkrustete Strukturen und Terminologien zunutze machen kann, erwächst daraus eine satirische Kritik am Sozialismus. Kipphardt war also zurückgekehrt zum Thema seines Erfolgsstücks ‹*Shakespeare dringend gesucht*›.

Seinen Eltern berichtete er am 11. April 1958, das Deutsche Theater habe die neue Komödie, die zunächst ‹*Esel schrein im Dunkeln*› betitelt war, zur Uraufführung angenommen: «Wir beginnen wohl Ende Juni mit den Proben, kommen Anfang der nächsten Saison mit der Premiere. Rudolf Wessely wird es mit mir zusammen inscenieren, Kilger wird das Bühnenbild machen. Es kann eine angenehme Arbeit werden.» Aber die kulturpolitische Entwicklung in der DDR machte einen Strich durch die Rechnung. Die Ära des «Neuen Kurses» war längst zu Ende, mit dem Anspruch einer zweiten Etappe der Kulturrevolution wurde eine enge Auffassung von Parteilichkeit wieder zur verbindlichen Doktrin erklärt. In öffentlichen Angriffen wurde die Spielplanpolitik des Deutschen Theaters scharf verurteilt, dem Chefdramaturgen Kipphardt eine Vorliebe für unverbindliche Unterhaltung und bürgerliche Dramatik vorgeworfen.[20] Ein maßgeblicher Kulturfunktionär bemängelte Anfang 1958 unmißverständlich, Heinar Kipphardt vernachlässige «den Klassenstandpunkt der Arbeiterklasse – der heute u. a. in der völligen Identität mit dem Parteistandpunkt besteht und der das wichtigste ideelle Kriterium für den sozialistischen Charakter eines Dramas ist».[21] Im Klartext hieß das, in einem sozialistischen Stück müsse der Parteivertreter immer recht bekommen. Kipphardt dagegen hatte schon fünf Jahre vorher in einem Essay gespottet über Dramen mit «ewig rechthabenden, von keinem Konflikt auch nur berührten Parteifunktionären, die fade und langweilig, wenn nicht wegen ihrer dozierenden Rechthaberei gar unsympathisch wirken».[22]

Am 22. November 1958 schreibt Kipphardt in einem Brief an die Eltern: «Ich könnte vermutlich als freier Schriftsteller auskommen, wenn die Arbeiten erscheinen können, aber das ist in der gegenwärtigen Lage so riskant, daß ich es nicht wagen mag. Andererseits will und kann ich keine Literatur machen, die den wirklichen Fragen der Gegenwart ausweicht. Literarische Stukkateure sind so ungefähr das widerwärtigste was ich kenne. Dann lieber nicht publizieren – warten, hart arbeiten. Ob das Stück aufgeführt wird oder nicht, weiß ich zur Stunde nicht zu sagen – es ist niemand zu finden, der ein Verbot oder eine Aufführung verantworten möchte – was praktisch auf ein Verbot ohne Namen und Adresse hinausläuft. Gut, ich werde kein Stück mehr machen, das Gegenwartsfragen bei uns behandelt – jedenfalls nicht, solange unsere Kulturpolitik so unmarxistisch und unsinnig ist. In nächster Zeit soll im Theater ein Gespräch sein, das eine Entscheidung bringen soll. Jeder drückt sich.»

Am Ende der Querelen stand eine bittere Konsequenz: Kipphardts Übersiedlung in die Bundesrepublik. In einem Notatheft hielt er für sich fest, die DDR sei die «Diktatur eines spießbürgerlichen Parteiapparates, die sich mit dem Namen Sozialismus drapiert»; blinde Unterwerfung gelte dort als Disziplin und Lobhudelei als Parteilichkeit.[23] – *‹Die Stühle des Herrn Szmil›* wurde erst 1961 in Wuppertal uraufgeführt. Für den Autor gab es einen Achtungserfolg, aber die auf DDR-Verhältnisse zugeschnittene Satire wirkte im Westen doch ein wenig deplaciert. Die Rezensenten bescheinigten Kipphardt immerhin glänzende Einfälle und herzhaften Witz; ein Kritiker befand, das Stück sei «handwerklich oft meisterhaft. Der Mann kann Szenen schreiben.»[24]

Mitgebracht in den Westen hatte Kipphardt auch den Entwurf eines Fernsehspiels, das auf eine bereits 1957 veröffentlichte Erzählung zurückging: *‹Der Hund des Generals›*. Aus dem Stoff entstand 1960/61 ein Schauspiel gleichen Titels. Nachdem es im April 1962 in München seine Uraufführung erlebt hatte, erschien in einer dortigen Zeitung eine bezeichnende Leserzuschrift: «Der Verfasser des Stückes, Heinar Kipphardt, treibt unter dem Vorwand ein Problem zu behandeln, einfach die Diffamierung des deutschen Generals.» Das Stück diene «nur dem Zweck, gegen deutsche Generale zu hetzen und ihre Gesinnung als niedrig und verantwortungslos zu kennzeichnen. Es ist tief bedauerlich, daß derartige Elaborate wohl nur in Deutschland erscheinen können. In jedem anderen Volk würden Erzeugnisse dieser Art nicht geduldet werden...»[25] Der Brief verrät in Gesinnung und Diktion einen ehemaligen Offizier der Nazi-Wehrmacht, und die Heftigkeit der Replik zeigt, wie sehr Kipphardt gleich mit seinem ersten in der Bundesrepublik entstandenen Stück ein zentrales gesellschaftliches Problem aufgegriffen hatte. ‹*Der Hund des Generals*› wurde sein erster großer Theatererfolg nach ‹*Shakespeare dringend gesucht*› und machte ihn auch im Westen zu einem bekannten Schriftsteller.

«... man wird mir schon drauf kommen, was ich für ein Nestbedrecker bin», schrieb Kipphardt Anfang 1962 seinem Freund Heinrich Kilger.[26] ‹*Der Hund des Generals*› wirkte als literarische Provokation in einem Staat, dessen Repräsentanten nicht von der NS-Vergangenheit, sondern von Wirtschaftswunder und Westintegration sprechen wollten. In den Unterlagen, die Kipphardt zur Vorbereitung seines Schauspiels benutzte, finden sich viele Zeitungsberichte über Vorgänge, die damals die westdeutsche Öffentlichkeit nolens volens beschäftigten: Prozesse gegen Nazi-Generale, deren Mitschuld an Kriegsverbrechen untersucht wurde; Enthüllungen über Juristen, die unter Hitler wie unter Adenauer an der Rechtsprechung mitwirkten; Diskussionen über die Schwierigkeit, anderthalb Jahrzehnte nach Kriegsende Verantwortung für einzelne Handlungen «im Felde» noch eindeutig festzustellen.

Kipphardt macht genau diese Schwierigkeit zum Ausgangspunkt seines Stücks. Er läßt auf der Bühne eine Untersuchungskommission zusammentreten, die Ermittlungen über einen «durchschnittlichen Fall» anstellt: einen militärisch sinnlosen Einsatzbefehl des Generals Rampf, durch den 1943 an der Ostfront 60 deutsche Soldaten umkamen. In der Sicht der ermittelnden Staatsanwälte bleiben die Motive für das Handeln des Generals im Zwielicht einander widersprechender Aussagen. Den Vorwurf, Rampf sei von persönlicher Rache für den Tod seines Schäferhundes getrieben worden, halten sie am Ende für unbewiesen. Der zur Kommission gehörende Historiker aber bewertet die Vorgänge völlig anders. In den Rampf entlastenden Aussagen erkennt er Gefälligkeitserklärungen alter Kameraden, und wo die Juristen dem General bereitwillig einen Befehlsnotstand attestieren, lautet des Historikers Anklage unmißverständlich: Mord. Das Stück behandelt also nicht nur den Fall des Generals Rampf, sondern auch den einer Justiz, deren Methoden untauglich sind zur wirklichen Aufklärung der NS-Verbrechen.

In der Dramenform ging Kipphardt – nach drei satirischen Stükken – mit ‹*Der Hund des Generals*› völlig neue Wege. Er verwende «gewisse Elemente der Piscatorbühne, weil sie sich als natürliche für ein Prozeßstück ergeben», berichtete er seinem Verleger.[27] Vorgesehen ist eine Bühne mit mehreren Spielflächen; die Prozeßsituation wird immer wieder durch szenische Rückblenden unterbrochen; auf Leinwände im Hintergrund werden Fotos und Filmdokumente projiziert. Das sind Techniken eines antiillusionistischen Theaters, die es dem Autor ermöglichen, einer Montage ähnlich verschiedene Sichtweisen und Zeitebenen zu konfrontieren. In einem Beitrag für das Programmheft der Uraufführung polemisierte Kipphardt gegen die überkommene Methode des «psychologischen Theaters»: der Ausschnitt der Wirklichkeit, den man mit Hilfe der Ibsendramaturgie abbilden könne, sei zu klein. Die heutigen Bühnenschriftsteller «finden es nicht zureichend, die Welt im seelischen Reflex einiger Menschen abzubilden. Sie wollen nicht nur die Gardine zeigen, die ins Zimmer weht, sondern auch den Wind, der sie bewegt. Nicht nur die Wirkung, sondern auch die Ursache. Das Wie und das Warum. Die Armut kommt nicht von der Povertät, die Trauer nicht von der Traurigkeit, der Krieg nicht von kriegerischen Trieben.»[28]

An Kipphardts Stück beeindruckt das Neben- und Gegeneinander verschiedener Perspektiven. Vor allem das Leben (und Sterben) der einfachen Landser und die Sphäre des Generalstäblers werden in den Rückblenden kontrastiert. Während die Soldaten buchstäblich im Dreck liegen, hungernd und verlaust, verzehrt Rampf etwas Rebhuhn und verfaßt an seinem Rokokotisch eine Denkschrift über strategische Fragen. «Es waren andere Dimensionen», berichtet der General vor der Kommission, er mußte über die Tragödie Europas nachsinnen; die strittige Operation, die 60 Männern den Tod brachte, «war nicht in meinem Gesichtskreis». Rampf sei ein Vertreter der Generale, «die Soldaten als Personen nicht bemerken, auch wenn sie deren Arbeit benutzen», kommentierte der Autor.[29]

Die Handlungsführung des Stücks wechselt mit Hilfe der Spielflächen ständig zwischen Untersuchungskommission heute und Kriegsszenen damals. Bühnen-Umbauten und Schauspieler-Einkleidung vollziehen sich häufig vor den Augen der Zuschauer – nicht deren Einfühlung und Mitleiden werden verlangt, sondern Reflektion und Urteilsvermögen. Kipphardt macht es dem Publikum auch mit den negativen Figuren seines Schauspiels nicht leicht. Der General etwa ist ein gescheiter und im Auftreten gewandter Mann, keinesfalls eine Militaristen-Karikatur; erst am Ende des Stücks werden Rampfs Ausführungen, er habe mit den Widerstandskreisen des 20. Juli zusammengearbeitet, durch ein Tonbanddokument erschüttert. Die Mythen, mit deren Hilfe führende Nazi-Militärs sich nach dem Krieg in den neuen Verhältnissen einzurichten verstanden, werden im *‹Hund des Generals›* auf sehr subtile Weise zerstört. Kritiker gingen soweit, dem Autor Objektivität der Darstellung zu bescheinigen.[30] Damit freilich wird Kipphardt denn wohl doch mißverstanden; seinem Freund Peter Hacks schrieb er unverblümt: «Wenn die Lehre nicht herauskommt, daß Nazigenerale als solche Obermörder und Verbrecher sind, dann muß sie hinein. Mich interessiert doch kein sogenannter Gewissenskonflikt. Die Lehre ist drin, aber wahrscheinlich zu fein. Man ist ja immer um 300 % zu fein.»[31]

Mit der Figur des Obergefreiten Czymek, einem der beiden Gegenspieler Rampfs, hat Kipphardt noch einen zweiten Fabelstrang neben der Generalshandlung in das Stück eingebaut. Er soll zeigen, «daß mit einer Schwejkhaltung nicht durch den zweiten Weltkrieg zu kommen ist und durch keinen anderen Krieg mehr».[32] Die skurril-sympathische Czymek-Figur erweist sich als direkte Anknüpfung an Hašeks und Brechts Schwejk-Gestalten. Czymek ist ein listiger, genußsüchtiger Mensch, der mit eigenwilligen Maximen zu überleben versucht; er nutzt kaltblütig alle Lücken, die einem kleinen Mann von der Obrigkeit gelassen werden. Czymek, so betonte Kipphardt, ist härter als Schwejk: «Wenn der Fluß nicht anders durchschritten werden kann als über Leichen, / mußt du der Letzte sein», singt der Soldat in einem Lied. Aber Czymek kommt nicht durch. Seine Haltung wird von der Geschichte widerlegt. Brechts optimistischere Version vom *‹Schweyk im Zweiten Weltkrieg›*, der den Sturm der Zeit «in kleinster Größe» zu überstehen vermag[33], fand Kipphardt allzu unbedacht.[34] *‹Der Hund des Generals›* ist auch ein Gegenentwurf zu Brechts Stück.

Heinar Kipphardt hatte lange Zeit gehofft, Erwin Piscator würde die Uraufführung seines Schauspiels inszenieren. Über Monate verhandelte er mit dem Regisseur, den er als den Begründer des politischen Theaters in Deutschland verehrte. Aber Piscator wurde es schwergemacht, nach seiner Rückkehr aus dem Exil Fuß zu fassen in der Bundesrepublik. Offenbar zögerte er, sich mit dem *‹Hund des Generals›* zu exponieren. Kipphardt redete ihm zu: «Manche Leute wird das Stück nicht freuen, wenn man sich aber davon beeindrucken läßt, dann kann man die Wirklichkeit auf dem Theater überhaupt nicht mehr beschreiben. Unsere Personalunion halte ich nicht für so gravierend, Verschönerungsarbeiten an dieser Welt und Erbauungen der deutschen Seele werden von uns ja nicht erwartet. Außerdem: Das Stück braucht Sie wirklich.»[35] In der Tat wird in keinem anderen Drama Kipphardts so ausgiebig von den Theatermitteln Piscators Gebrauch gemacht. Die gewünschte Zusammenarbeit kam jedoch nicht zustande. Erst Kipphardts folgendes Stück *‹In der Sache J. Robert Oppenheimer›* wurde 1964 in der Regie von Erwin Piscator uraufgeführt.

Ebenfalls 1964 wurde *‹Der Hund des Generals›* als Fernsehspiel gesendet. Im selben Jahr gab es in der Bundesrepublik heftige Auseinandersetzungen um die Frage, ob Naziverbrechen ab Mai 1965 als verjährt gelten sollten. Da noch Tausende von Fällen nicht geklärt und nicht gesühnt waren, hätte eine Verjährung damals das pauschale Vergessen für zahllose ungeheure Verbrechen bedeutet. Kipphardt betrachtete seinen *‹Hund des Generals›* als deutliche Stellungnahme zu solchen Bestrebungen kollektiver Verdrängung, er sprach von einem «Eiertanz um die Verjährungsfristen».[36] Schon im Programmheft zur Uraufführung hatte er Position bezogen: «Die Vergangenheit wird erst ruhen, wenn sie wirklich Vergangenheit geworden ist. Und die Schriftsteller werden die schlimme Vergangenheit erst dann nicht mehr behandeln, wenn sie behandelt ist. Zur Stunde ist sie das nicht.»[37] Das Thema Nationalsozialismus und die Frage des Nach- und Fortwirkens faschistischer Strukturen in der Gegenwart haben Heinar Kipphardt bis an sein Lebensende nicht losgelassen.

Das Medium Fernsehen faszinierte Kipphardt, schon wegen der Chance einer besonders breiten Wirkung. Viele der von ihm behandelten Stoffe hat er auch als Fernsehspiele ausgearbeitet. Nach seiner Übersiedlung in die Bundesrepublik war er von der Bertelsmann Fernseh-Produktion engagiert worden, um Texte anderer Autoren für das Fernsehen einzurichten. Kipphardt bot das eine willkommene Möglichkeit, seine Existenz als freier Schriftsteller aufzubauen. Im Auftrag von Bertelsmann entstand nach einer Erzählung von Herman Melville das Fernsehspiel *‹Bartleby›*, das 1962 gedreht und im April 1963 vom ZDF erstmals gesendet wurde. Dieses wenig beachtete (und als Text bisher nicht zugängliche[38]) Werk Kipphardts war aber genau besehen weit mehr als bloße Brotarbeit.

‹Bartleby› ist die Geschichte eines Sonderlings. Der Titelheld wird von einem New Yorker Anwalt, Mitte des vorigen Jahrhunderts, als Kopist eingestellt. Zunächst verblüfft er durch Arbeitseifer und seinen Verzicht auf eine angebotene höhere Bezahlung. Doch bald weigert sich Bartleby, Aufträge auszuführen; er stellt schließlich jede Tätigkeit ein, verläßt aber das Büro nicht, auch nicht bei Nacht. Als der Anwalt neue Kanzleiräume bezieht, wird Bartleby festgenommen und stirbt im Gefängnis, weil er keinerlei Nahrung zu sich nimmt. – Bartleby wird schon beim ersten Auftritt beschrieben als auffallend durch «seine vollkommene Passivität und seine entwaffnende Hilflosigkeit in der Sprache, in Gebärde und Ausdruck». Er ist ein radikaler Verweigerer, dabei von völliger Sanftheit. Der Anwalt Morrison, aus dessen Sicht Kipphardt die Geschichte Bartlebys berichten läßt, sucht nach Motiven für das rätselhafte, verunsichernde, ja ansteckende Verhalten seines Angestellten. Er findet «keine Erklärung, wenn nicht die, nicht mehr zu wollen, das Leben nicht und nicht die zermürbende Prosa des Alltags».

In Kipphardts Notatheften finden sich Aufzeichnungen, datiert vom 19. Juni 1960, die den Schlüssel liefern für sein Interesse an Melvilles Erzählung. Swifts *‹Gullivers Reisen›* lesend, wird Kipphardt klar, warum Brecht einen so großen Bedacht auf die Verfremdung legte. «Was B. Verfremdung nannte, ist das allgemeine Mittel großer Literatur, das gewöhnlich Furchtbare, das unbemerkt Furchtbare bemerkbar zu machen. In einem Irrenhaus lebend, seine Gewohnheiten lebend, akzeptierend, kann ich die wirklichkeitsgetreue Darstellung eines Irrenhauses nicht auffällig, nicht änderns-wert finden. Ich bemerke die getreue Schilderung aller Details, aber nicht seinen Irrenhauscharakter, gerade der vielen gewohnten, geliebten Details wegen.» Und Kipphardt hält fest: «Das Gewöhnliche unseres Lebens, das widersinnig Scheußliche, wird bemerkbar erst, wenn wir es mit Kunstgriffen als ungewöhnlich darstellen.»[39] Das Fernsehspiel *‹Bartleby›* ist in genau diesem Sinne ein Versuch, grundlegende Maßstäbe des bürgerlichen Lebens als höchst fragwürdig zu erweisen.

Der Schreiber Bartleby hat Berührungspunkte mit der Gestalt des schizophrenen Dichters März, die Kipphardt in den siebziger Jahren beschäftigte. Bartlebys Antwort, als ihn Morrison für Büroarbeiten heranziehen will, lautet: «Ich möchte lieber nicht.» Ebenso reagiert im Roman *‹März›* die Titelfigur, wenn sie einem Oberpfleger bei der Arbeitstherapie erklärt: «Ich möchte heute lieber gar nicht.» Und als der Arzt Kofler März nach dem Warum fragt, heißt die Antwort: «Das sehen Sie doch selbst.» Auch Bartleby erwidert Morrison, der nach dem Grund für das Verweigern jeder Mitarbeit fragt: «Sehen Sie denn den Grund nicht selbst?» März und Bartleby, die scheinbar verrückten Außenseiter, sind kritische Reflexe auf die Verrücktheit einer für normal gehaltenen entfremdeten Leistungsgesellschaft. Beide können am Ende ihre Identität nur wahren, indem sie in den Tod gehen.

Das Fernsehspiel ‹*Bartleby*› hält sich in wesentlichen Zügen an die Erzählung Melvilles, die – 1853 veröffentlicht – bis heute erstaunlich modern wirkt. Kipphardt übernahm auch die Erzählperspektive des Prosatextes, den Blickwinkel Morrisons nämlich; aus der Sicht eines Vertreters gutsituierter Normalität erscheint das Verhalten Bartlebys besonders fremd und beunruhigend. Der Einfall, den Anwalt schon zu Beginn auf dem Friedhof zu zeigen und Bartlebys Beerdigung als szenischen roten Faden zu benutzen, stammt von Kipphardt allein. Kritiker bescheinigten dem Autor nach der Sendung, er habe Melvilles Geist, der an Tschechow und Kafka erinnere, bewahrt und die Erzählung geschickt in Szene gesetzt. Der Film beweise «das spezifische Fernsehtalent» Heinar Kipphardts.[40] ‹*Bartleby*› war seine erste Arbeit für dieses Medium. Später wurde Kipphardt mehrfach mit bedeutenden Film- und Fernsehpreisen ausgezeichnet.

Als Textvorlage für die vorliegende Ausgabe wurden die Fassungen der Stücke verwendet, die Kipphardt in seinen 1978 erschienenen Band ‹*Theaterstücke Band 1*› (Verlag Kiepenheuer & Witsch, Köln) aufnahm. Eine Reihe von kleineren Fehlern wurde nach dem Vergleich mit im Nachlaß befindlichen Manuskripten korrigiert. Das erstmals in Buchform veröffentlichte Fernsehspiel ‹*Bartleby*› wird nach einem vervielfältigten Typoskript gedruckt, das aus dem Nachlaß des Schriftstellers stammt und von ihm mit der Aufschrift «gesendete Fassung 1962» versehen wurde.

Für Auskünfte, Hinweise und Materialien, die der Vorbereitung des Bandes dienten, danke ich der Akademie der Künste (West-Berlin) sowie Peter Hacks (Berlin, DDR), Walter Karbach (Buenos Aires), Peter Nicolaisen (Flensburg), Heinrich Peters (Hamburg), Rudolf Wessely (Wien) und besonders Michael Töteberg (Frankfurt).

Hamburg, im Oktober 1987 Uwe Naumann

Anmerkungen

1 Heinar Kipphardt, Brief an seine Eltern, 13. Juni 1952. Dieser Brief, wie alle nachfolgend zitierten, im Nachlaß des Schriftstellers in Angelsbruck.
2 Brief an seine Eltern, 8. März 1953.
3 Brief an seine Eltern, 1. Februar 1953.
4 Heinar Kipphardt: Schreibt die Wahrheit. In: Theater der Zeit, Heft 5/1954, S. 1–5, hier S. 5.
5 An Helmut Pigge, 23. Juli 1960.
6 Bemerkungen zu ‹*Shakespeare dringend gesucht*›, im Programmheft zur Uraufführung am Deutschen Theater, 1953. Gekürzter Wiederabdruck in: Deutsches Theater, Bericht über 10 Jahre, Berlin/DDR 1957.
7 Lothar Kusche, in: Die Weltbühne, 8. Juli 1953.
8 In: Tribüne, 9. Juli 1953.
9 Brief an Karlheinz Braun, 12. November 1962.
10 So der Ministerpräsident Grotewohl, zitiert nach Hermann Weber, Kleine Geschichte der DDR, Köln 1980, S. 80.
11 Brief an Karlheinz Braun, 12. November 1962.
12 Ebenda.
13 Vgl. die Berichte in: Der Spiegel, Nr. 35 vom 27. August 1952, S. 6–9, und Nr. 38 vom 15. September 1954, S. 4.
14 An Hans Pavel, 8. November 1959.
15 Fritz Erpenbeck in: Theater der Zeit, Heft 4/1956, S. 46.
16 Herbert Ihering: Bemerkungen zu Stücken und Filmen. In: Sinn und Form, Heft 2/1956, S. 321.
17 Brief an seine Eltern, 11. April 1956.
18 Brief an Karlheinz Braun, 12. November 1962.
19 An Hans Pavel, 8. November 1959.
20 Vgl. Hans Koch: Extrakutsche des Chefdramaturgen? In: Sonntag, Nr. 35/1958.
21 Derselbe: Marxismus und dramatische Kunst. In: Sonntag, Nr. 1/1958.
22 Heinar Kipphardt: Zur Frage des Typischen im Drama. In: Theater der Zeit, Heft 2/1953, S. 2–5, hier S. 3.
23 Notiert unter dem 1. April 1960. Notatheft im Nachlaß des Schriftstellers, Angelsbruck.
24 Helmuth de Haas: Zwölf Stühle sind zuviel Holz. In: Die Welt, 3. Februar 1961.
25 Leserbrief von Bruno Schatz, in: Münchner Merkur, 12. April 1962.
26 Brief vom 26. Januar 1962.
27 An Hans Pavel, 30. April 1960.
28 Heinar Kipphardt: Soll die Vergangenheit nicht endlich ruhen? In: Werkraum-Heft V der Münchner Kammerspiele, 1962.
29 In einer Diskussion über «Das dokumentarische Theater», abgedruckt im Programmheft der Freien Volksbühne Berlin zu ‹*Hund des Generals*›, 1966.

30 Zum Beispiel Rolf Michaelis: Ein Dramatiker! In: Stuttgarter Zeitung, 4. April 1962.
31 Brief vom 17. August 1961.
32 Brief an Helmut Pigge, 23. Juli 1960.
33 Vgl. Bertolt Brecht, Gesammelte Werke, Band 12, Frankfurt 1967, S. 410.
34 Vgl. die in Anmerkung 29 zitierte Diskussion.
35 Brief an Erwin Piscator, 14. September 1961.
36 Brief an Karlheinz Braun, 3. Februar 1965.
37 Wie Anmerkung 28.
38 Die Nähe der szenischen Form von Theaterstück und Fernsehspiel ließ es sinnvoll erscheinen, ‹*Bartleby*› in den vorliegenden Band mit Stücken aufzunehmen. Eine gesonderte Publikation aller Fernsehspiele Kipphardts ist vorerst nicht geplant.
39 Notatheft im Nachlaß, Angelsbruck.
40 Ulrich Gregor: Shakespeare – Kipphardt – Mende. In: Frankfurter Rundschau, 26. Juni 1964.

Wolfgang Borchert

Das Gesamtwerk
Laterne, Nacht und Sterne · Die Hundeblume · An diesem Dienstag · Draußen vor der Tür · Gedichte · Nachlaß
Mit einem Nachwort von Bernhard Meyer-Marwitz. Sonderausgabe. 352 Seiten
1 Tafel. Gebunden

Draußen vor der Tür
und ausgewählte Erzählungen. Mit einem Nachwort von Heinrich Böll
rororo Band 170

Die traurigen Geranien
Geschichten aus dem Nachlaß
Mit einem Nachwort herausgegeben von Peter Rühmkorf. rororo Band 975

Wolfgang Borchert
Dargestellt in Selbstzeugnissen und 70 Bilddokumenten von Peter Rühmkorf
rowohlts monographien Band 58

Die Hundeblume/Nachts schlafen die Ratten doch
80 Seiten. Gebunden

rororo

C 9/21

Albert Camus

Reisetagebücher
Deutsch von Guido G. Meister
125 Seiten. Gebunden

Dramen
Deutsch von Guido G. Meister
346 Seiten. Sonderausgabe. Gebunden

Jonas oder Der Künstler bei der Arbeit. Gesammelte Erzählungen
Deutsch von Guido G. Meister
251 Seiten. Sonderausgabe. Gebunden

Der Fall
128 Seiten. Sonderausgabe. Gebunden

Fragen der Zeit
Deutsch von Guido G. Meister
223 Seiten. Sonderausgabe. Gebunden

Der glückliche Tod
Roman. Cahiers Albert Camus I.
Mit Anmerkungen von Jean Sarocchi.
Deutsch von Eva Rechel-Mertens.
Nachwort und Anmerkungen wurden von Gertrude Harlass übersetzt
192 Seiten. Sonderausgabe. Gebunden

Unter dem Zeichen der Freiheit
Camus-Lesebuch.
Herausgegeben von Horst Wernicke
256 Seiten. Gebunden

C 18/34 a